武汉大学规划教材建设项目资助出版

莎士比亚戏剧精粹赏析

主　编　戴丹妮

副主编　赵育宽　张艺璇

WUHAN UNIVERSITY PRESS
武汉大学出版社

图书在版编目(CIP)数据

莎士比亚戏剧精粹赏析/戴丹妮主编.—武汉:武汉大学出版社,2022.11
(2025.7重印)
ISBN 978-7-307-23265-5

Ⅰ.莎… Ⅱ.戴… Ⅲ.莎士比亚(Shakespeare,William 1564-1616)—
戏剧文学—文学欣赏—高等学校—教学参考资料 Ⅳ.I561.073

中国版本图书馆 CIP 数据核字(2022)第 156262 号

责任编辑:邓　喆　　责任校对:李孟潇　　版式设计:韩闻锦

出版发行:**武汉大学出版社**　　(430072　武昌　珞珈山)
　　　　　(电子邮箱:cbs22@whu.edu.cn 网址:www.wdp.com.cn)
印刷:武汉邮科印务有限公司
开本:787×1092　1/16　印张:26　字数:506 千字　　插页:3
版次:2022 年 11 月第 1 版　　2025 年 7 月第 2 次印刷
ISBN 978-7-307-23265-5　　定价:69.00 元

主编简介

　　戴丹妮，武汉大学外国语言文学学院英文系副教授，戏剧影视文学博士。中国莎士比亚研究会常务理事，国际莎士比亚研究会会员。撰写或主编《莎士比亚戏剧与节日文化研究》《英语词语拾趣——莎士比亚篇》《莎士比亚戏剧与西方社会》《莎士比亚戏剧导读》等多部莎士比亚研究专著和教材，并在多个重要期刊发表相关论文。主持"莎士比亚悲剧的剧场性研究""莎士比亚戏剧与节日文化研究""中国大学莎剧演出与英语教学研究""关于莎剧研读与表演对提高大学生英语综合能力的效果研究""中国大学莎剧教学与研究生助教创新模式探索""莎士比亚戏剧在中国大学舞台上的演出研究"等多项莎剧教学与研究项目。

前　言

本书为武汉大学通识课程"莎士比亚戏剧导读"相关配套教材，可与其指定教材《莎士比亚戏剧导读》与武汉大学核心通识规划教材《莎士比亚戏剧与西方社会》配套使用，相得益彰。

英语中有许多词语来自莎士比亚的作品，这些词语不仅生动有趣，而且是西方文化不可或缺的一部分。要学好英语，深入理解西方文化，就离不开追溯这些词语的源头。

放心，我们的探源之旅妙趣横生，一点儿都不闷。不仅能用三言两语使你明白这些词语的来龙去脉，对它们的用法恍然大悟，而且会让没时间看原著的你，也能说出莎士比亚的精华之所在！

事实上，西方人引用莎士比亚作品中的词句已长达几百年的时间了，如，从《安东尼与克莉奥佩特拉》中汲取的"infinite variety"（变化无穷，多种多样）；来自《亨利五世》的"household word"（家喻户晓的人/物）；《哈姆雷特》里的名句"Neither a borrower nor a lender be"（不要向人借钱，也不要借钱给人）和"Brevity is the soul of wit"（简洁是智慧的灵魂）等。

本书有些词条，如"wild goose chase"（徒劳之举；白费力气的追逐），似乎并非出自莎翁之手，而是在其之前就已经在英语中出现了，但莎士比亚却是第一个有文字记录的使用者。况且，英语的发展像是一个充满回音的房间，常常无法推断某句话或某个成语起源何处，尤其在口语文化里，语言的创新鲜为某个特定作者的功劳。

此外，尽管诸如"be all Greek to me"（一窍不通，完全不懂是怎么回事）和"All that glitters is not gold"（金玉其外，败絮其中）之类的句子并非莎翁首创，但却是他将这些佳句（无论多么间接地）发扬光大和广为流传。

本书先是按照莎翁创作的戏剧类型分为喜剧、历史剧、悲剧、传奇剧四大部分，其中，"喜剧""悲剧"及"传奇剧"部分按照剧名首个关键词首字母顺序排列，如《仲夏夜之梦》（*A Midsummer Night's Dream*）一剧，首个关键词首字母为"M"；"历史剧"则按照史实顺序以便贯连理解。而后每部剧的词条编排则按幕场顺序排列。每部剧伊始还会有一段剧情简介，之后每个词条的解析包括**中英原文对照、上下文剧情与语言知识详解、**

例句三个部分，对相关词条展开全方位的分析与探讨，力求帮助读者更好地掌握这些词句，在日常学习与生活中灵活运用，为英语语言润色添彩。

此外，本书最后还有两个附录，分别是"**字母顺序词条索引**"与"**主题分类词条索引**"，可供学习者快速检索。其中，按字母顺序排列是以词条中读者最容易记住的第一个单词的首字母为准（其前面单词会加上括号"（）"方便核对，如词条"to be, or not to be"加上括号为"(to) be, or not to be"），因此，"a feast of languages"（文字的盛宴）是以"feast"来排列，而"The game is afoot"（好戏开场；事情正在进展之中）是按"game"来排列。"主题分类词条索引"则在按字母顺序排列的基础之上对全部词条进行主题分类。

本书引文中的英文原文采用 *The New Oxford Shakespeare*（下简称"New Oxford"版），由 Gary Taylor，John Jowett，Terri Bourus 和 Gabriel Egan 编辑，牛津大学出版社（Oxford University Press）于 2016 年出版。中文译文均来自《莎士比亚全集：纪念版》（全 11 册）（下简称"纪念版"），朱生豪等译，方平等校，人民文学出版社 2014 年出版。一些约定俗成的人名则均采用大众习惯的译法（"哈姆雷特""奥赛罗"等）而非朱译（"哈姆莱特""奥瑟罗"等）。值得注意的是，英文引文中存在不少撇号（'）表示省略不发音字母的情况，如 i'th' 表示 in the；o'th' 表示 of the。此外，书中我们还用斜线（/）表示所引诗句的换行——个别虽是散文体，但仍遵照"New Oxford"版标注转行。

本书依照惯例，在英文引文后标注幕次、场次与行号，并使用罗马数字简写，例如"（V. i. 105-112）"；中文引文则仅标注幕、场次，如"（第一幕第一场）"。需要注意的是，英文引文遵循"New Oxford"版的错位排版，因此存在两行文字归属一行的现象，如下方两行错位排版的粗体文字都归属第 59 行：

MACBETH   **If we should fail**?
LADY   **We fail.**
        But screw your courage to the sticking place,
        And we'll not fail.

                                          （*Macbeth*，I. vii. 59-61）

本书在编写过程中难免有疏漏之处，祈望专家、学者、同行不吝指正！

戴丹妮

2022 年 6 月于珞珈山

目　录

喜　剧

历 史 剧

悲 剧

喜 剧

《终成眷属》
All's Well that Ends Well

《海丽娜与伯爵夫人》（John Masey Wright 绘制，馆藏于福尔杰莎士比亚图书馆）

　　《终成眷属》大约写于 1602—1603 年，并于 1623 年首次发表在《第一对开本》中。该剧描写了聪明美丽的女主人公费尽心力追求一位纨绔肤浅的贵族子弟的故事。寄养在伯爵夫人府中的海丽娜（Helena）虽然出身低微，但品格高尚贤淑，才华出众。她暗恋伯爵夫人的儿子勃特拉姆（Bertram）已久，但苦于二人门第悬殊，她只得将爱意深埋心底。听闻国王病危，身为名医独女的她主动请缨去为国王治病，并成功挽救国王的生命，国王当场恩准海丽娜提出的准许她与心仪之人结婚的条件。她给了勃特拉姆拒绝的自由，但国王坚持以这桩婚姻作为对海丽娜的奖赏。婚礼过后，勃特拉姆心有不甘，遂决定离开，前往佛罗伦萨参战。他给海丽娜写下一封家书，说若想让他接受她为妻，就必须获得他手上的戒指，并怀上他的孩子。海丽娜遂把自己打扮成香客前去佛罗伦萨。恰巧，她在一个寡妇家里投宿，并得知勃特拉姆正想勾引寡妇的女儿狄安娜（Diana）。海丽娜于是顺水推舟，让狄安娜假装允诺勃特拉姆，暗地里却替代她与勃特拉姆共度良宵，并趁机与他互换戒指。不久，得知妻子亡故的勃特拉姆匆匆返回故土。国王趁机想把老臣拉佛（Lafeu）的女儿许配给勃特拉姆，却碰巧看到自己赏赐给海丽娜的戒指在他手上。国王认定他伤害了海丽娜，勃特拉姆百口莫辩，被关进了监狱。接着，狄安娜也赶来，要求勃特拉姆履行同她成婚的诺言，众人顿时乱作一团。最后，海丽娜出现并向大家解释，勃特拉姆所提出的条件她都已一一做到。勃特拉姆最终被海丽娜的忠贞不渝所打动，并发誓将永远爱她。这个依靠国王支持和裁决的大团圆结局渗透着苦涩，最后的终成眷属也并非皆大欢喜。莎士比亚写出的这首爱情战胜等级偏见的颂歌实质上成了虚幻的影子。

Love all, trust a few, do wrong to none. | 兼爱，择信，无欺。

COUNTESS   Be thou blessed, Bertram, and succeed thy father

In manners as in shape. Thy blood and virtue

Contend for empire in thee, and thy goodness

Share with thy birthright. **Love all**, **trust a few**,

Do wrong to none. Be able for thine enemy

Rather in power than use, and keep thy friend

Under thy own life's key. Be checked for silence

But never taxed for speech. What heaven more will

That thee may furnish and my prayers pluck down,

Fall on thy head.

(I. i. 48-57)

伯爵夫人   祝福你，勃特拉姆，愿你不但在仪表上像你的父亲，在气概风度上也能够克绍箕裘，愿你的出身和美德永远不相上下，愿你的操行与你高贵的血统相称！**对众人一视同仁，对少数人推心置腹，对任何人不要亏负**；在能力上你应当能和你的敌人抗衡，但不要因为争强好胜而炫耀你的才干；对于你的朋友，你应该开诚相与；宁可被人责备你朴讷寡言，不要让人嗔怪你多言偾事。愿上天的护佑和我的祈祷降临到你的头上！

（第一幕第一场）

《海丽娜和国王》(Michael Goodman 绘制，1880 年)

收到法国国王的命令后，勃特拉姆启程离开。临行前，公爵夫人祝愿他在仪表和气概风度上堪比他亡故的父亲，并且愿他有与身份和血统相匹配的高尚美德和操行。与此同时，公爵夫人还教导他要"兼爱，择信，无欺"（Love all，trust a few，/Do wrong to none）。对父亲刚离世并且即将远行的勃特拉姆来说，这句话是一则颇有价值的人生建议。"love all"意为敞开胸怀与所有人为友，即便他们不在乎、不关心你。"trust a few"意为谨慎地相信他人，从而保护自己免遭那些不值得你信任的人的伤害和利用。"do wrong to none"则意为不要对任何人刻薄、拒绝亏负或欺骗他人，这样其他人就没有理由说你的坏话；同时，保持不对他人刻薄也可以帮助你心存善意，帮你赢得他人的信赖，使你交到更多的朋友。

"Love all，trust a few，do wrong to none"使用了三句合一修辞法（"hendiatris"，一种用三个词来表达同一个思想的强调修辞法）。莎剧中同样使用三句合一修辞法的语句还有"Cry 'God for Harry! England and St. George!'"（一边喊："上帝保佑亨利、英格兰和圣乔治！"）（*Henry V*，III. i. 34），"Friends, Romans, countrymen, lend me your ears"（各位朋友，各位罗马人，各位同胞，请你们听我说）（*Julius Caesar*，III. ii. 65），"Be

5

bloody, bold, and resolute"（你要残忍、勇敢、坚决）(*Macbeth*, Ⅳ. i. 77)，"Serve God, love me, and mend"（敬礼上帝，尽心爱我，你的身子就可以好起来）(*Much Ado About Nothing*, V. ii. 69)。

例句

* "Love all, trust a few, do wrong to none" is a truly worthy life advice.

  "兼爱，择信，无欺"是一则十分有价值的人生建议。

* "Love all, trust a few, do wrong to none" can be regarded as one's yardstick to his/hers behavior.

  "兼爱，择信，无欺"可被视作衡量一个人行为准则的标准。

breathe life into a stone | 妙手回春，起死回生

LAFEU I have seen a medicine

That's able to **breathe life into a stone**,

Quicken a rock, and make you dance canary

With sprightly fire and motion; whose simple touch

Is powerful to araise King Pépin, nay,

To give great Charlemagne a pen in's hand

And write to her a love-line.

(Ⅱ. i. 67-73)

拉佛 我刚看到一种药，可以**使顽石有了生命**，您吃了之后，就会生龙活虎似地跳起舞来；它可以使培平大王重返阳世，它可以使查里曼大帝拿起笔来，为她写一行情诗。

（第二幕第一场）

　　法国国王沉疴不起，在尝试了诸多药方均不见效之后，慢慢放弃了治疗，也不相信自己的病情会有任何转机。而老臣拉佛坚称有一位神医能妙手回春，医好国王的病。这位名医就是这出戏的女主人公海丽娜。海丽娜从父亲那里习得医术，掌有家传良药的秘方，而且有一种神乎其神的治愈能力。拉佛以诗歌的意象来说服满腹狐疑的国王，他声

称海丽娜的药可以"breathe life into a stone"(使顽石有了生命),也就是说能"quicken a rock"(这个意象可能来自《圣经·创世纪》的第二章第七节,上帝将气吹入尘土捏就亚当)。拉佛还不愿就此打住,进一步宣称这种药的疗效甚至可以使年老病衰的国王"dance canary"("canary"是一种跳起来极其费力的舞蹈)。这种药——还有海丽娜这个人——可以在必要时,把查里曼大帝的亡父培平大王从坟墓里拉回阳间,并让查里曼本人起死回生。其实海丽娜并非真的能赋予顽石以生命,查里曼也没有再写出一句情诗,但她最后确实医好了国王。值得一提的是,英国天才歌手 Declan Galbraith 的歌曲《Angles》里有这么一句,"She breathes flesh to my bone",这一表达与莎翁的表达有异曲同工之处。

例句

* Huatuo, a renowned doctor who lived 1700 years ago during the Three Kingdoms Period, is said to be able to breathe life into a stone.

  据说生活在 1700 年前的三国时期的神医华佗可以妙手回春。

* She had such ability of breathing life into a stone that the dying child was finally saved by her team.

  她的医术如此之高,这个濒临死亡的孩子终于在她的团队的治疗之下起死回生了。

 All's well that ends well. | 结果好,一切都好。

HELENA　Yet, I pray you.

　　　　　　But with the word the time will bring on summer,

　　　　　　When briers shall have leaves as well as thorns

　　　　　　And be as sweet as sharp. We must away,

　　　　　　Our wagon is prepared, and time revives us.

　　　　　　All's well that ends well; still the fine's the crown.

　　　　　　Whate'er the course, the end is the renown.

(IV. iv. 30-36)

海丽娜　请再忍耐片时,转眼就是夏天了,野蔷薇快要绿叶满枝,遮掩了它周身的棘刺;苦尽之后会有甘来。我们可以出发了,车子已经预备好,疲劳的精神也已经养息过来。**万事吉凶成败，须看后场结局**；倘能如愿以偿，何患路途纡曲。

（第四幕第四场）

《海丽娜》(J. W. Wright 绘制，1837 年)

莎士比亚的两部喜剧 *All's Well that Ends Well* 和 *As You Like It* 因为译文的缘故常常被弄混。朱生豪先生把前者译为《终成眷属》，后者译为《皆大欢喜》；而梁实秋先生却把前者译为《皆大欢喜》，后者译为《如愿》。所以如果仅仅提到《皆大欢喜》，人们常常搞不清楚到底是莎翁的哪部作品，但学界普遍认定的仍是 *As You Like It*。

海丽娜说这段话时，已经成功凭借寡妇和狄安娜的帮助同勃特拉姆共度良宵，并且获得他手上的戒指。同时她也同寡妇和狄安娜强调还需忍耐一时，必须像她计谋的那样行动，决定成败的时机还在最后的结局。莎翁这里的"All's well that ends well"这种不看过程而以结果来判定一切的思想有点类似于中文里的"以成败论英雄"。

与原文表达的意思不同，现在"All's well that ends well"更多强调的是"一个好的结果可以让人遗忘或忽略过程中遭遇的任何不快或挫折"，即"结果好，一切都好"。英语中还有另外一个体现"过程"和"结果"关系的谚语：Well begun is half done.（好的开端是成功的一半。）

⌘ 例句

* All's well that ends well — at least it didn't rain for my entire wedding day.

8

只要结局好一切就都好，至少我婚礼那天并不是整天都在下雨。

* We're not fighting anymore, and that's all that matters. All's well that ends well.
  重要的是我们现在已经不再打架了，结果好一切就都好。

《皆大欢喜》
As You Like It

《皆大欢喜》第四幕第一场：罗瑟琳和奥兰多模拟结婚仪式（Walter Howell Deverell 绘制，1853 年）

　　《皆大欢喜》（又译《如愿》）约写于 1599 年，并于 1623 年在《第一对开本》首次出版。该剧讲述的是弗莱德里克（Frederick）不顾兄弟情谊，篡夺了自己兄弟（即罗瑟琳父亲）的公爵之位并将他流放到森林里。不久之后，被放逐的公爵之女罗瑟琳（Rosalind）也被叔父——篡位者弗莱德里克放逐。她迫不得已女扮男装，和弗莱德里克之女西莉娅（Celia）还有小丑试金石（Touchstone）逃亡到亚登森林，后来与受到长兄奥列佛（Oliver）迫害而被迫逃离家乡的年轻绅士奥兰多（Orlando）不期而遇，随后相爱。罗瑟琳女扮男装的身份误会解除后，奥兰多与罗瑟琳、牧人西尔维斯（Silvius）与牧女菲苾（Phoebe）双双幸福地结合。他们一起生活在森林里，帮罗瑟琳寻找父亲。后来，受到长兄虐待的奥兰多以德报怨，从母狮子口中救下了兄长。奥列佛良心发现，并与罗瑟琳的堂姐西莉娅产生了爱情。最终，罗瑟琳在森林里找到了父亲，而弗莱德里克也受隐士点拨，幡然悔悟，将权位归还给了胞兄。最后，奥兰多与罗瑟琳、奥列佛与西莉娅、牧人西尔维斯与牧女菲苾、小丑试金石与村姑奥德蕾(Audrey)四对恋人喜结良缘，以善胜恶，皆大欢喜。莎士比亚将诗意与哲理结合，融合戏剧情调与剧中人物情感，谱写出一曲讴歌爱情、友谊和婚姻的人文主义颂歌，反映了莎士比亚理想中的以善胜恶的美好境界。

 ## as you like it | 皆大欢喜；如愿以偿

朱生豪先生将 *As you like it* 译作《皆大欢喜》，而梁实秋先生则译为《如愿》。"as you like it"直译过来是"正如你所喜欢的那样"，可以引申为"如你所愿""如愿以偿"的意思。在剧中，四对恋人喜结良缘，以善胜恶，皆大欢喜，正如标题所指，每个人最后都如愿以偿。这一表达也因莎士比亚这部剧作而为世人熟知和所用。

表达"如你所愿""随心所欲"等类似含义的谚语还有"(just) as you wish"(悉听尊便)，"as/whenever/etc. the fancy takes you"(只要你乐意)，"please yourself/do as you please"(随心所欲)，"suit sb. (right) down to the ground"(称某人的心)，"suit yourself"(随自己的意愿)。

例句

* You can do whatever you want as you like it.

  你可以随心所欲。

* As you like it or not, you have to go to work.

  不管你喜欢与否，你都必须去工作。

 ## lay it on with a trowel | 恭维，吹捧

CELIA	Boon-jour
	Monsieur le Beau, what's the news?
LE BEAU	Fair princess, you have lost much good sport.
CELIA	Sport? Of what colour?
LE BEAU	What colour, madam? How shall I answer you?
ROSALIND	As wit and fortune will.
CLOWN	Or as the destinies decrees.

CELIA   Well said. That was **laid on with a trowel**.

(I. ii. 72-79)

西莉娅   您好，勒·波先生。有什么新闻？

勒·波   好郡主，您错过一场很好的玩意儿了。

西莉娅   玩意儿！什么花色的？

勒·波   什么花色的，小姐！我怎么回答您呢？

罗瑟琳   凭着您的聪明和您的机缘吧。

试金石   或者按照着命运女神的旨意。

西莉娅   说得好，**极尽堆砌之能事**了。

(第一幕第二场)

《皆大欢喜》第一幕第六场：奥兰多击败拳师查尔斯(Francis Hayman 绘制，约 1740 年)

弗莱德里克的侍臣勒·波(Le Beau)过来告诉大家有一场摔跤比赛——这个"good sport"由西莉娅的叔叔、现任公爵举办。在这场比赛里，罗瑟琳将会遇见她未来的丈夫，不过莎士比亚却让他们经历了一系列好笑的冲突后，才终成眷属。

也许早在莎士比亚将"laid on with a trowel"写进剧本之前，砖瓦匠们已在商量抹泥灰时使用过这句话；不过这句话的比喻和谚语形式则很可能首创于莎翁。显然，小丑试金石的这句"Or as the destinies decrees"是对罗瑟琳所说的"As wit and fortune will"的浮夸模仿，西莉娅于是用一句"That was laid on with a trowel"来形容他的语言是强行堆砌而成的，以此调侃试金石粗俗的语言功底。不过该表达在今天的用法与原意相比已有所不同，反倒是勒·波那种过于彬彬有礼的语言才是如今"laid on with a trowel"的常见攻击目标——急于奉承的说话方式。

此外，"lay it on with a trowel"与"lay it on thick"的意思完全相同，本义都与园艺有关，用园艺铲（trowel）厚厚地（thick）涂抹，其引申之义即"大力吹捧，极尽恭维之能事"。这一语言现象的产生无疑与英国人喜爱园艺、自己动手DIY有关。此外，还有一个表示"恭维、奉承"的常用短语"butter up sb."。这个习惯用语的形成可能是因为面包涂上黄油之后味道就好多了；或者是因为黄油很滑溜，就像那些奉承别人的话听起来很顺耳一样。在汉语中，我们也常用"某人嘴上像抹了油一样"来形容一个人很圆滑，很会拍马屁。

例句

* Harry is working hard to lay it on with a trowel to the boss to get that promotion.
  哈里为了提升，正在想方设法地对老板拍马奉承。
* I felt so awkward about laying it on with a trowel to people. So I gave up a long time ago.
  要我去说那些奉承别人的话，我总觉得很难受。所以，我早就放弃了。

Sweet are the uses of adversity. | 逆境（苦难）的价值是甜美的。

DUKE SENIOR The seasons' difference, as the icy fang

And churlish chiding of the winter's wind

Which, when it bites and blows upon my body

Even till I shrink with cold, I smile, and say,

'This is no flattery. These are counselors

That feelingly persuade me what I am.'

Sweet are the uses of adversity

Which like the toad, ugly and venomous,

Wears yet a precious jewel in his head;

And this our life, exempt from public haunt,

Finds tongues in trees, books in the running brooks,

Sermons in stones, and good in every thing.

(II. i. 6-17)

公爵 冬天的寒风张舞着冰雪的爪牙，发出暴声的呼啸，即使当它砭刺着我的身体，使我冷得发抖的时候，我也会微笑着说，"这不是谄媚啊；它们就像是忠臣一样，谆谆提醒我所处的地位"。**逆运也有它的好处**，就像丑陋而有毒的蟾蜍，它的头上却顶着一颗珍贵的宝石。我们的这种生活，虽然远离尘嚣，却可以听树木的谈话，溪中的流水便是大好的文章，一石之微，也暗寓着教训；每一件事物中间，都可以找到些益处来。

（第二幕第一场）

公爵被恶弟篡位并放逐，但他身处"逆运"（adversity）却能泰然处之，并领会其间的"好处"（sweet uses）。公爵的"uses"在这里的意思是"利益"。他把表面上的苦难——例如，他的历经沧桑——比作一只"丑陋而有毒的蟾蜍"（like the toad, ugly and venomous），传说它的太阳穴里嵌了一颗"珍贵的宝石"（precious jewel），能治百病。就他目前的情况而言，他的宝石或者"好处"就是"远离尘嚣"（exempt from public haunt），可以静下心来欣赏"树木的谈话，溪中的流水"（finds tongues in trees, books in the running brooks），因为大自然的一草一木中都"暗寓着教训；每一件事物中间，都可以找到些益处来"（sermons in stones, and good in every thing）。公爵认为大自然口才雄辩、言语真诚，比所有那些辩士、典籍和箴言都要更胜一筹，就算是石头做伴也好过朝臣在侧。

公爵的比喻现在看上去有些牵强，然而"Sweet are the uses of adversity"却流传了下来，成了一句真诚的安慰语。我们每个人都会遇到各种各样的挫折，希望下面的话语能给遭遇逆运的你我打气：Adversity reveals genius; fortune conceals it. （苦难显才华，好运隐天资。）Adversity leads to prosperity. （逆境迎向昌盛。）Our bravest and best lessons are not through success, but through misadventure. （最好最妙的教训不是来自成功，而是来自失利。）Difficult circumstances serve as a textbook of life for battlefield. （艰难环境是生活战场的教科书。）Extreme hopes are born of extreme misery. （极端的痛苦产生极端的希望。）

例句

* Sweet are the uses of adversity, since hard times will always teach you a lesson.
  逆境的价值是甜美的，因为艰难岁月总会给你适当的教训。
* Sweet are the uses of adversity, as adversity hones man.
  逆境的价值是甜美的，因为它可以磨练人。

Thereby hangs a tale. | 说来话长，其中大有文章。

JAQUES   And then he drew a dial from his poke

And, looking on it with lack-lustre eye,

Says very wisely, 'It is ten o'clock.'

'Thus we may see,' quoth he, 'how the world wags：

'Tis but an hour ago since it was nine,

And after one hour more 'twill be eleven,

And so from hour to hour, we ripe and ripe,

And then from hour to hour, we rot and rot,

And **thereby hangs a tale**.' When I did hear

The motley fool thus moral on the time,

My lungs began to crow like chanticleer,

That fools should be so deep-contemplative.

(II. vii. 20-31)

杰奎斯   于是他从袋里掏出一只表来，用没有光彩的眼睛瞧着它，很聪明地说，"现在是十点钟了；我们可以从这里看到世界是怎样在变迁着：一小时之前还不过是九点钟，而再过一小时便是十一点钟了；照这样一小时一小时过去，我们越长越老，越老越不中用，这上面真是**大有感慨可发**"。我听了这个穿彩衣的傻子对时间发挥的这一段玄理，我的胸头就像公鸡一样叫起来了，纳罕着傻子居然会有这样深刻的思想。

（第二幕第七场）

　　老迈的愤世嫉俗者杰奎斯（Jaques）是流亡公爵的从臣，他在亚登森林遇到小丑试金石后向老公爵转述这个愚人的哲思。愚人说随着时间一点一滴的变化，我们身处其中的人也在"越长越老"（ripe and ripe），"越老越不中用"（rot and rot），"这上面真是大有感慨可发"（thereby hangs a tale）。小丑试金石开始是弗莱德里克公爵的宫廷职业小丑，后来成为与罗瑟琳和西莉娅一同逃亡的同伴。作为一个"有执照的小丑"，他可以说任何他想说的话。试金石虽是小丑和愚人，但他也很聪明——他对人性很有洞察力，而且机智敏捷。他以其惊人的文字能力而出名，擅长歪曲言论而且喜欢对小事挑刺儿，因此也为世人带来很多欢笑。

莎士比亚戏剧中还有许多诸如此类愚人多智、大智若愚的情况，例如《李尔王》（*King Lear*）中的弄人（Fool），可以用诙谐而非教条的方式说出明智的道理。大多数情况下，试金石是一个聪明的人，他不认为自己高于任何人，或战胜了人类与生俱来的愚蠢。他嘲弄自己和嘲笑别人一样轻松，他不修边幅、风趣、善于观察，总是能为整部戏剧的各种意外发现和变化无常提供一个诙谐的视角。

莎士比亚在《驯悍记》（*The Taming of the Shrew*）、《温莎的风流娘儿们》（*The Merry Wives of Windsor*）以及《两位贵亲戚》（*The Two Noble Kinsmen*）里也用了这一表达，意指"这其中还有许多可说或可解释的""说来话长"。与"tale"有关的英文谚语还有"an old wives' tale"（不经之谈；迷信），"live to tell the tale"（幸存；从困境中挺过来），"spin（sb.）a yarn/tale"（杜撰故事；编造故事），"tell its own tale/story"（不言而喻；明摆着），"tell tales（about sb./sth.）"（打小报告；揭人短处），"tell tales out of school"（泄密，暴露隐情），"tell the same/a different tale/story（of sth.）"（所显示的一致/不一致；反映相同/不同的情况）。

例句

* There is a lot behind all this; thereby hangs a tale.

其中大有文章。

* "What about that house, Mr. Chucks?" "Why, thereby hangs a tale," replied he, giving a sigh.

"那房子怎样，查克斯先生？""唔，"他叹了一口气说，"说来话长。"

All the world's a stage. | 全世界是一个舞台。

JAQUES   All the world's a stage,

And all the men and women merely players;

They have their exits and their entrances,

And one man in his time plays many parts,

His acts being seven ages. At first the infant,

Mewling and puking in the nurse's arms.

Then the whining schoolboy with his satchel

And shining morning face, creeping like snail
Unwillingly to school. And then the lover,
Sighing like furnace, with a woeful ballad
Made to his mistress' eyebrow. Then a soldier,
Full of strange oaths, and bearded like the pard,
Jealous in honour, sudden and quick in quarrel,
Seeking the bubble reputation
Even in the cannon's mouth. And then the justice,
In fair round belly, with good capon lined,
With eyes severe and beard of formal cut,
Full of wise saws and modern instances;
And so he plays his part. The sixth age shifts
Into the lean and slippered pantaloon,
With spectacles on nose and pouch on side,
His youthful hose well saved, a world too wide,
For his shrunk shank and his big manly voice,
Turning again toward childish treble, pipes
And whistles in his sound. Last scene of all,
That ends this strange eventful history,
Is second childishness, and mere oblivion,
Sans teeth, sans eyes, sans taste, sans everything.

(II. vii. 138-165)

杰奎斯 **全世界是一个舞台**，所有的男男女女不过是一些演员；他们都有下场的时候，也都有上场的时候。一个人的一生中扮演着好几个角色，他的表演可以分为七个时期。最初是婴孩，在保姆的怀中啼哭呕吐。然后是背着书包、满脸红光的学童，像蜗牛一样慢腾腾地拖着脚步，不情愿地呜咽着上学堂。然后是情人，像炉灶一样叹着气，写了一首悲哀的诗歌咏着他恋人的眉毛。然后是一个军人，满口发着古怪的誓，胡须长得像豹子一样，爱惜着名誉，动不动就要打架，在炮口上寻求着泡沫一样的荣名。然后是法官，胖胖圆圆的肚子塞满了阉鸡，凛然的眼光，整洁的胡须，满嘴都是格言和老生常谈；他这样扮了他的一个角色。第六个时期变成了精瘦的趿着拖鞋的龙钟老叟，鼻子上架着眼镜，腰边悬着钱袋；他那年轻时候节省下来的长袜子套在他皱瘪的小腿上显得宽大异常；他那朗朗的男子的口音又变成了孩子似的尖声，像是吹着风笛和哨子。终结着这段古怪的多事的历史的最后一场，是孩提时代的再现，全然的遗忘，没有牙齿，没有眼睛，没有口味，没有一切。

（第二幕第七场）

"全世界是一个舞台"这个理念在莎士比亚写《皆大欢喜》时早已是陈词滥调了，因此杰奎斯在这里有些刻意地装腔作势。杰奎斯是住在亚登森林里的一个牢骚满腹的人，这片森林里住的都是遭流放的政治人物、被驱逐的恋人以及普通的牧羊人。当被流放的公爵随口提出世界有如"广大的宇宙的舞台"（wide and universal theatre）时，杰奎斯信手拈来把这个舞台的比喻用到了此处著名的"人生七阶段论"（infant, schoolboy, lover, soldier, justice, pantaloon and death）。在杰奎斯看来，人生的第一阶段是幼儿期，此时的婴儿只会"在保姆的怀中啼哭呕吐"（Mewling and puking in the nurse's arms），最后一阶段则是"孩提时代的再现和全然的遗忘"（second childishness and mere oblivion），即彻底的衰老。他这些郁郁寡欢的警句组成了一篇"现成的演讲词"；莎士比亚有意让这番话听起来像是练习过的，有如一小段演说，在字斟句酌之后，找个合适（或不合适）的场合一吐为快。

莎士比亚的这句经典名言在英文修辞格的范畴中理所应当属于"隐喻"。隐喻（metaphor）是相对于明喻（simile）而言的，运用隐喻这一修辞手法的人，一般在句中不明确告诉读者 A 像 B 或 B 像 A，而是说 A 是 B 或 B 就是 A。在这里，莎翁精练地将"the world"比作"a stage"，"all"在这里起到加强语气的作用，更能凸显饱经沧桑的莎翁面对世俗社会的惆怅，与著名诗人威廉·叶芝（William B. Yeats）的诗句"Education is not the filling of a pail, but the lighting of a fire"（教育不是注满一桶水，而是点燃一把火）有异曲同工之妙。

例句

* The world is a stage, but the play is badly cast.

—Oscar Wilde

这世界就是舞台，但演出的角色就分配得不像样子。

——奥斯卡·王尔德

* All the world's a stage, and everything else is vaudeville.

—Allan Moore

全世界都是一个舞台，其他的一切都是杂耍。

——阿兰·摩尔

 ## bag and baggage | （尤指被驱逐之人的）全部家当

CLOWN　Come, shepherd, let us make an honourable retreat, though not
with **bag and baggage**, yet with scrip and scrippage.

（III. ii. 140-141）

试金石　来，牧人，让我们堂堂退却：**大小箱笼**都不带，只带一个头陀袋。

（第三幕第二场）

　　这一场开始，牧羊人柯林（Corin）和宫廷小丑试金石在亚登森林谈论着牧人生活和宫廷生活的差别。就在这时，被放逐的罗瑟琳和西莉娅登场了。西莉娅示意他们俩离开，试金石很识相地说："来，牧人，让我们堂堂退却：大小箱笼都不带（though not with bag and baggage），只带一个头陀袋。"说完，柯林和试金石就下场了。

　　用一个人的行李（bag and baggage）来指代其全部的家当，属于借代（metonymy）的修辞手法；且"bag"和"baggage"念起来比较押韵，又体现了押头韵（alliteration）的技巧。英语里押头韵的习语比比皆是，比如"black and blue"（青一块紫一块），"now or never"（机不可失），"then and there"（当场，立即）。但值得注意的是，这一习语中的"bag"和"baggage"的意思相同，把两个意义完全相同的词语用"and"连接明显属于语义重复。语义重复的用法在汉语母语者眼中丝毫没有不妥，然而，注重逻辑的英语则十分忌讳语义重复，英语中除了像"safe and sound"（安全地，安然无恙地）、"bag and baggage"等少数几个押头韵习语外，一般难以见到类似的无意义重复。

　　英汉的这一差异在翻译的时候要格外注意，也就是说汉语的语义重复是一种强调型修辞，译成英语时只需取其一义即可。比如"崎岖不平"如果直译成"rough and bumpy"便显累赘，"耳听为虚，眼见为实"也没有必要翻译为"Hearing is vague, seeing is believing"。汉译英时，只需保留其中一层意思即可。

　　"bag and baggage"本来是军事用语，指士兵随身携带的全部装备，现多用于口语，往往单独使用，相当于副词，作伴随状语用。其实，像"bag and baggage"这种已变为成语的"零冠词+单数可数名词+and+零冠词+单数可数名词"的结构，在英语中并不乏其例。如：He had flung himself into the project **body and soul**. （他全心全意地投入了那项计划。）"body and soul"也可说"soul and body"，均意为"全心全意地，尽心竭力地"。又如：He was **hand and glove** with his new friend. （他与这位新朋友合作密切。）

例句

* I can't understand why Ted puts up with a drunken brother-in-law in his house. Most people would have turned him out, bag and baggage, long ago.

我不明白泰德为什么能容忍一个酗酒的内弟待在家里，大多数人恐怕早就连人带物把他赶出去了。

* The hotel manager asked them to leave, bag and baggage, immediately.

酒店经理让他们立刻卷铺盖走人。

女扮男装的罗瑟琳(Robert Walker Macbeth 绘制，1888 年)

 ## too much of a good thing | 过犹不及

ORLANDO	Then love me, Rosalind.
ROSALIND	Yes, faith, will I, Fridays and Saturdays and all.
ORLANDO	And wilt thou have me?

ROSALIND   Ay, and twenty such.

ORLANDO   What sayst thou?

ROSALIND   Are you not good?

ORLANDO   I hope so.

ROSALIND   Why then, can one desire **too much of a good thing**?

(IV. i. 87-94)

奥兰多　那么爱我吧，罗瑟琳！

罗瑟琳　好，我就爱你，星期五、星期六以及一切的日子。

奥兰多　你肯接受我吗？

罗瑟琳　肯的，我肯接受像你这样二十个男人。

奥兰多　你怎么说？

罗瑟琳　你不是个好人吗？

奥兰多　我希望是的。

罗瑟琳　那么**好**的东西会嫌太多吗？

（第四幕第一场）

    故事的男主人公奥兰多被哥哥剥夺了继承权后遭到放逐，女主人公罗瑟琳也因故被自己的叔叔弗莱德里克流放，为保护自己而选择了女扮男装。两人相遇在流放地亚登森林，奥兰多向女扮男装的罗瑟琳演练告白，问她是否愿意接受他，是否愿意接受他们两人的爱情，女扮男装的罗瑟琳回答："肯的，我肯接受像你这样二十个男人……你不是个好人吗？……那么好的东西会嫌太多吗？（Why then, can one desire too much of a good thing?）"其意是好的东西越多越好。

    与莎翁从前的用法不同，现在"too much of a good thing"更多取其贬义，指再好的东西也会因过量而变得有害，引申为过犹不及。

例句

* Sunlight may be the best disinfectant, but there can be too much of a good thing.

    阳光或许是最好的消毒剂，但凡事过犹不及。

* I do not doubt their good intentions, but a directive would be too much of a good thing.

    我并非怀疑他们的好意，但他们的指令也可能是过犹不及。

meat and drink | 极大的享乐/乐趣

CLOWN   It is **meat and drink** to me to see a clown. By my troth, we that
have good wits have much to answer for. We shall be flouting; we cannot
hold.

(V. i. 8-10)

试金石   看见一个村汉在我是**家常便饭**。凭良心说话,我们这辈聪明人真是作孽不浅;
我们总是忍不住要寻寻人家的开心。

(第五幕第一场)

　　试金石和奥德蕾正在商议结婚的事情,追求奥德蕾的威廉出场,小丑试金石看见他
后便说出了这段话,后来便借着问话告诫他不要再与奥德蕾交谈。可能是由于"meat
and drink"是人们日常生活中经常能吃到、喝到的东西,所以"It is meat and drink to me
to see a clown"便引申为"家常便饭"。但随着英语的发展,现在当人们运用"be one's
meat and drink"时,其意义已经渐渐演变为"某人精神上的寄托",或者"对某人来说是
极大的乐趣"。

　　与"meat"有关的谚语还有"one man's meat is another (man)'s poison",中文可翻译
为"甲之蜜糖,乙之砒霜"或者"萝卜白菜各有所爱",意思是一个人喜欢的东西可能会
让另一个人感到厌恶,或者对一方有利的未必对另一方也有利。在这句谚语中,"meat"
和莎士比亚的表达"meat and drink"有异曲同工之处,都指代"某人精神上的寄托""对某
人来说是极大的乐趣"。

❧ 例句

* Scandal and gossip are meat and drink to him.

　　各种丑闻和流言蜚语是他最感兴趣的事。

* The weekly letters from his son are meat and drink to the old man.

　　儿子每周的来信对这位老人来说是极大的快慰。

The fool doth think he is wise, but the wise man knows himself to be a fool. |
傻子自以为聪明，但智者自知无知。

CLOWN   Art thou wise?

WILLIAM   Ay, sir, I have a pretty wit.

CLOWN   Why, thou sayst well. I do now remember a saying：'**The fool doth think he is wise, but the wise man knows himself to be a fool.**' The heathen philosopher, when he had a desire to eat a grape, would open his lips when he put it into his mouth, meaning thereby that grapes were made to eat, and lips to open.

（V. i. 24-30）

试金石   你聪明吗?

威　廉   呃，先生，我还算聪明。

试金石   啊，你说得很好。我现在记起一句话来了，"**傻子自以为聪明，但聪明人知道他自己是个傻子。**"异教的哲学家想要吃一颗葡萄的时候，便张开嘴唇来，把它放进嘴里去；那意思是表示葡萄是生下来给人吃，嘴唇是生下来要张开的。

（第五幕第一场）

    追求奥德蕾的威廉出场后，小丑试金石忍不住要捉弄这个情敌，便借着向他问话的契机对他进行揶揄。当威廉回答自己还算聪明时，试金石说他想起一句话"The fool / doth think he is wise, but the wise man knows himself to be a fool"（傻子自以为聪明，但聪明人知道他自己是个傻子），来对威廉进行明嘲暗讽。

    "The fool doth think he is wise, but the wise man knows himself to be a fool"这句话的字面意思是：只有傻瓜才自认为聪明；智者知道自己并非有真正的智慧。意在强调真正的智者虚怀若谷且有自知之明，自知自己学得的知识、习得的智慧不过是沧海一粟，只有自以为是的愚者才会自认为聪明。

    这句话似乎源于苏格拉底的名言"唯一真正的智慧是自知无知"（The only true wisdom is in knowing you know nothing）。有意思的是，我国古代思想家孔子和老子也曾说过类似的名言，《论语》中的"知之为知之，不知为不知，是知也"和《道德经》中的"知人者智也，自知者明也"都在强调高明、智慧的人是有自知之明的人。

例句

* You are so arrogant that you consider yourself as a wise man. There's a saying goes like, "The fool doth think he is wise, but the wise man knows himself to be a fool."

你认为自己是智者未免太过自大了，要知道有句话说"傻子自以为聪明，但智者自知无知"。

* The fool doth think he is wise, but the wise man knows himself to be a fool. You can never truly stop learning, therefore we have to be modest and learn with an open mind.

傻子自以为聪明，但智者自知无知。知识永远无法学尽，因此我们更需要保持谦逊，虚心学习。

《错误的喜剧》
The Comedy of Errors

《错误的喜剧》百老汇演出海报(1879 年)

　　《错误的喜剧》(又译《错中错》)约写于 1592—1594 年，最早出版于 1623 年。该剧讲述了叙拉古商人伊勤(Egeon)年轻时在外经商，和妻子生下一对孪生儿子大安提福勒斯(Antipholus of Syracuse)和小安提福勒斯(Antipholus of Ephesus)，并将他们与买来的一对孪生奴仆大德洛米奥(Dromio of Syracuse)和小德洛米奥(Dromio of Ephesus)一起抚养。一次海上遇险，妻子和两家的小儿子一起随浪飘走，被一艘渔船救起。伊勤打听不到他们的下落，只得独自带着另外两个孩子生活。很多年以后，孩子们长大了。伊勤抚养的两家的大儿子告别父亲，执意去寻找母亲和弟弟，可是一去便没了踪影。孤身一人的伊勤冒险来到以弗所寻找他们，但因违反了以弗所和叙拉古不得相互往来的规定而被捕并判死刑。以弗所公爵十分同情他的遭遇，答应只要他凑足赎金即可免于一死。外出寻找母亲和弟弟的大安提福勒斯和大德洛米奥，无意间来到以弗所。由于二人长相都酷似自己的弟弟，在互不知情的情况下，四人间上演了一出令人啼笑皆非、阴差阳错的闹剧，惹出了一连串麻烦和故事。最后，当兄弟四人同时出现在众人面前的时候，误会消除，全家人终于高兴地团聚了。《错误的喜剧》通过叙拉古商人伊勤一家离散多年终于团圆的故事，形象地反映了 16 世纪英国的社会生活和风俗人情，并体现了文艺复兴的时代精神和莎士比亚人文主义的美好理想，具有一定的思想意义。

neither rhyme nor reason | 毫无道理，无缘无故

ANTIPHOLUS①	Shall I tell you why?
DROMIO②	Ay, sir, and wherefore; for they say every why
	hath a wherefore.
ANTIPHOLUS	'Why' first: for flouting me; and then
	'wherefore':
	For urging it the second time to me.
DROMIO	Was there ever any man thus beaten out of season,
	When in the why and the wherefore is **neither rhyme nor reason**? —

(II. ii. 41-48)

大安提福勒斯	要我讲讲道理吗？
大 德 洛 米 奥	是，大爷，还有缘由；因为俗话说得好，有道理必有缘由。
大安提福勒斯	先说道理——你敢对我顶撞放肆；再说缘由——你第二次见了我还要随口胡说。
大 德 洛 米 奥	真倒霉，白白地挨了这一顿拳脚，**道理和缘由却仍然是莫名其妙**。

（第二幕第二场）

因大小德洛米奥外貌酷似，大安提福勒斯错将之前对他说"胡话"的小德洛米奥认作大德洛米奥，因而对大德洛米奥进行质问。看着大德洛米奥一头雾水的样子，大安提福勒斯误以为大德洛米奥在装傻放肆，便打了他。大德洛米奥希望大安提福勒斯能给一个打自己的理由，可听过大安提福勒斯的理由后，大德洛米奥仍无法理解，还用"the why and the wherefore is neither rhyme nor reason"（道理和缘由却仍然是莫名其妙）来形

---

① 人名有所删减，这里的"ANTIPHOLUS"即"ANTIPHOLUS OF SYRACUSE"，大安提福勒斯。
② 人名有所删减，这里的"DROMIO"即"DROMIO OF SYRACUSE"，大德洛米奥。

容对方的理由之荒谬。

“neither... nor...”句型结构想必大家并不陌生，它表达的意思是“既不……也不……”。“rhyme”指诗歌，引申为所有艺术创作；“reason”则指理由、道理，引申为理性和逻辑，因此，“neither rhyme nor reason”可以理解为“既不具艺术性也无法用逻辑来理解或证明”，即“莫名其妙”“毫无道理”。

莎士比亚也在另一部喜剧《皆大欢喜》(*As You Like It*)中使用过这一表达：

ROSALIND But are you so much in love, as your rhymes speak?

ORLANDO **Neither rhyme nor reason** can express how much.

(III. ii. 334-335)

罗瑟琳 可是你真的像你诗上所说的那样热恋着吗？

奥兰多 **什么也不能**表达我的爱情的深切。

(第三幕第二场)

但这里的“neither rhyme nor reason”含义略有不同，它的字面意思是“我的爱超出任何诗句或道理”“无论是感性还是理性都没有办法表达我的爱”，因此这里“neither rhyme nor reason”可以引申为“无论什么”的意思。

现在，人们多用“neither/no/without rhyme (n) or reason”来表示“毫无道理(或逻辑)可言”“莫名其妙”“没有理由”的意思。同样表示“毫无道理”的英文短语还有“beyond (all) reason”(毫无道理)，“for no reason”(无缘无故)。

例句

* However, it is not in the least neither rhyme nor reason, its hundreds of years' history had showed its rationality.

  但这并非无缘无故，其几百年的历史进程正说明其合理性所在。

* There is neither rhyme nor reason in his actions.

  他的行为毫无道理。

It's high time to... | 是做……的时候了

ANTIPHOLUS OF SYRACUSE There's none but witches do inhabit here,

And therefore **'tis high time that** I were hence.

She that doth call me husband, even my soul

Doth for a wife abhor. But her fair sister,

Possessed with such a gentle sovereign grace,

Of such enchanting presence and discourse,

Hath almost made me traitor to myself.

But, lest myself be guilty to self-wrong,

I'll stop mine ears against the mermaid's song.

(III. ii. 149-157)

大安提福勒斯 这儿都是些妖魔鬼怪，**还是**快快离开**的好**。叫我丈夫的那个女人，我从心底里讨厌她；可是她那妹妹却这么美丽温柔，她的风度和谈吐都叫人心醉，几乎使我情不自禁；为了我自己的安全起见，我应该塞住耳朵，不去听她那迷人的歌曲。

(第三幕第二场)

1890 年的一本卷首插画中的大小德洛米奥

随着故事的发展，大安提福勒斯爱上了小安提福勒斯妻子阿德里安娜的妹妹露西安娜（Luciana）。当第三幕第二场大安提福勒斯向露西安娜表露自己的感情时，错把大安提福勒斯当成小安提福勒斯的露西安娜并没有接受他的表白，而是让他把这些情话说给自己的妻子听。历经各种摸不着头脑的混乱场面后大安提福勒斯感叹道："这儿都是些妖魔鬼怪，还是快快离开的好。"（There's none but witches do inhabit here，／And therefore 'tis high time that I were hence.）

对于"It's time to do sth."这一句型结构大家熟悉得不能再熟悉了，而有时为了强调"恰好是这个时候，就是这个时候"，我们在"time"前面加上"high"或者"the very"，得到"It's high time to do sth."或者"It's the very time to do sth."的表达。当然，如果不强调时间的准确性，而想表达"大概是做……的时间了"，则使用"It's about the time to do sth."这一句型。需要提醒和注意的是，如果"It's high time"后面跟的是"that"引导的从句（"that"可以省略），则从句需要使用虚拟语气。

例句

* It's high time you got a job and settled down.
  你该找个工作安定下来了。
* It's high time you studied hard.
  你该努力学习了。

《爱的徒劳》
Love's Labour's Lost

《爱的徒劳》第四幕第三场：那瓦君臣念情诗

（Thomas Stothard 绘制，约 1800 年，馆藏于英国政府艺术收藏局）

　　《爱的徒劳》约创作于 16 世纪 90 年代中期，并于 1598 年以四开本形式首次出版。该剧讲述了那瓦国王腓迪南（Ferdinand）与侍臣俾隆（Biron）、杜曼（Dumaine）、朗格维（Longueville）共同发誓：三年之内，潜心于学问，清心寡欲，拒绝一切物质享受，并且不近女色。可是当美丽的法国公主和她那群天仙般的侍女来访后，他们就把誓言忘得一干二净，身不由己地陷入爱恋之中。后来，爱情以其不可抗拒的力量战胜了清规戒律，那瓦君臣争先恐后地向她们求爱。但由于他们缺少真实的感情，法国公主把他们训斥一番以后因故离他们而去。临行前，她们告诉那瓦君臣：若想赢得爱情，必须经受一年的考验。借这部并非以圆满为结局的喜剧，莎士比亚嘲笑了摒弃爱情的禁欲主义，也讽刺了爱情的盲目性。

love's labour's lost | 爱的徒劳；徒劳无益的事

"love's labour's lost"指一个人耗费了大量的精力追求爱情，最后却没有成功，由此引申为"徒劳无功""没有意义"。"love's labour's lost"既可以解释为"the labour of love is lost"（白费了为爱所作出的努力），也可以解释为"the lost labours of love"（白费努力的爱），但不管怎么理解这个从属关系，这个标题强调的都是一场为爱所作出的徒劳。剧中，那瓦君臣用了各种方式向法国公主和她的侍女们求爱，却只是遭到她们的奚落和嘲笑，直到她们最后离开，法国公主和她的侍女们仍没有答应他们，但给他们留下了考验。从表面上看，正如标题所说，可谓一场"爱的徒劳"。

剧名 Love's Labour's Lost 取自希腊诗人尼斯的一句诗，"To do good to one's enemies is love's labour's lost"（为敌人做好事是爱的徒劳），而"love's labour's lost"这一表达更多因为莎士比亚这部喜剧而被人们所熟知。与"love's labour's lost"用词相似的谚语还有"a labour of love"，意为"为了快乐和满足而做的工作；乐意做的事"。

同样表达"徒劳无功""没有意义"含义的谚语还有"flog a dead horse"（鞭策死马；白费精力），"of little/no avail"（没有用处），"in vain"（枉费心机），"a fool's errand"（徒劳无益的差事），"a wild goose chase"（徒劳之举），"draw a blank"（一无所获），"labour of Sisyphus"（西西弗斯的苦役；徒劳无功的），"for one's pains"（吃力不讨好），"come to nothing；not come to anything/much"（没有结果），"for nothing"（徒劳无功；白白地做某事）。

《爱的徒劳》第四幕第一场：公主、罗瑟琳等人在那瓦王御苑
（John & Josiah Boydell 绘制，约 1793 年，馆藏于大都会艺术博物馆）

例句

* He pursued Anna for a long time without winning her heart for a second, which is totally love's labour's lost.

  他追求安娜很长时间都没有赢得她的芳心，这简直是一场爱的徒劳。

* Much as he knows it would be love's labour's lost, Jack never gives up pursuing Anna.

  即便知道这会是场爱的徒劳，杰克也从不放弃追求安娜。

Light, seeking light, doth light of light beguile. | 本想寻找光明，反而失去了光明。

BIRON Why, all delights are vain, but that most vain

Which, with pain purchased, doth inherit pain;

As painfully to pore upon a book

To seek the light of truth, while truth the while

Doth falsely blind the eyesight of his look.

Light, seeking light, doth light of light beguile;

So ere you find where light in darkness lies

Your light grows dark by losing of your eyes.

Study me how to please the eye indeed

By fixing it upon a fairer eye,

Who dazzling so, that eye shall be his heed,

And give him light that it was blinded by.

(I. i. 72-83)

俾隆　一切愉快都是无聊；最大的无聊却是为了无聊费尽辛劳。你捧着一本书苦苦钻研，为的是追寻真理的光明；真理却虚伪地使你的眼睛失明。这就叫作：**本想找光明，反而失去了光明**；因为黑暗里的光明尚未发现，你两眼的光明已经转为黑暗。我宁愿消受眼皮上的供养，把美人的妙目恣情鉴赏，那脉脉含情的夺人光艳可以扫去我眼中的雾障。

(第一幕第一场)

俾隆这番话的缘起，是那瓦国王签署了一个条令，要求签名的人三年之内都不得亲近女色，也不得享有所有其他"微不足道"的乐趣，比如一日三餐。国王的目的是建立一个"小研究院"（"little academe"，他仿效柏拉图，发明了"academe"这个词），在这个学院里，他和他的同伴们将会虔诚地追求智慧，他们的名望也会因此传遍全球，永垂青史。俾隆的反对尽管听起来有些牵强附会，却依然闪烁着一丝智慧的光芒。他争辩说，眼睛盯着书看太久了，是很痛苦的；为什么人们要抱着追求痛苦的想法去放弃快乐呢？读书让人眼盲："light"（眼睛）因为"seeking light"（追求真理），"doth light of light beguile"（反而失去了光明）。如果你认为可以在漆黑的书堆里找到"真理"，那要不了多久，你就会陷入失望透顶的绝境，因为失明会阻挠你与真理的亲密接触。

俾隆的这番话在日常英语里并不常用，不过却值得大家牢记。"本想寻找光明，反而失去了光明"（Light, seeking light, doth light of light beguile）具备成为谚语的所有特质。荒唐的头韵和俾隆下意识的诡辩都使得这句话显得更加迷人。这句话的含义也有点类似中文所说的"偷鸡不成蚀把米"（Go for wool but come back shorn）。

例句

* Light, seeking light, doth light of light beguile. The dust of flower petals, unspoken. It doth not leave a trace to posterity.

—from the song Hollow

在光明贪求黑暗之瞬间，泛在之色彩皆遍染沉默。飘零而落的花瓣终究枯化为尘，不留下丝毫痕迹。

——选自歌曲《空》

* Light, seeking light, doth light of light beguile. You are now running around like a chicken with its head off.

本想寻找光明，反而失去了光明。你现在就像只没头苍蝇似的跑来跑去。

 ## a feast of languages | 文字的盛宴

ARMADO [*to Mote*] Chirrah.

HOLOFERNES [*to Nathaniel*] Quare 'chirrah', not 'sirrah'?

ARMADO Men of peace, well encountered.

HOLOFERNES Most military, sir, salutation!

MOTE	[*to Costard*] They have been at **a great feast of languages** and stolen the scraps.
COSTARD	[*To Mote*] O, they have lived long on the alms-basket of words. I marvel thy master hath not eaten thee for a word, for thou art not so long by the head as *honorificabilitudinitatibus*. Thou art easier swallowed than a flapdragon.

（V. i. 27-36）

亚 马 多	（向毛子）崽子！
霍罗福尼斯	不曰小子而曰崽子，何哉？
亚 马 多	两位文士，幸会了。
霍罗福尼斯	最英勇的骑士，敬礼。
毛 子	（向考斯塔德）他们刚从**一场文字的盛宴**上，偷了些吃剩的肉皮鱼骨回来。
考 斯 塔 德	（向毛子）啊！他们一向是靠着咬文嚼字过活的。我奇怪你家主人没有把你当作一个字吞了下去，因为你连头到脚，还没有 honorificabilitudinitatibus 这一个字那么长；把你吞下去，一点儿不费事。

（第五幕第一场）

　　塾师霍罗福尼斯(Holofernes)和喜欢吹牛的士兵唐·亚马多(Armado)正做着他们最爱的事——要嘴皮子：他们曲解别人的言语，说起话来"咬文嚼字"——滥用古语和外来词。霍罗福尼斯把拉丁语（"Quare"，意思是"为什么"）和英语混到一起就是个典型的例子，亚马多也一样，他做作地把"和平之士"（men of peace）当作"平民"的委婉语。毛子(Mote，亚马多的侍童)和考斯塔德(Costard，一个乡下小丑)以常人的眼光来诊断这种语言疾病：书呆子和吹牛大王就像可怜的乞丐一样，从某个"文字的盛宴"（feast of languages）上偷了些残羹冷炙回来。他们七拼八凑的方言对话就像个混为一谈的大杂烩，仿佛是各种不同的剩菜倒在一起似的。"alms-basket"是用来为穷人募捐的篮子；亚马多和霍罗福尼斯长久以来一直都是花这个篮子里的钱，来维持他们无聊的对话。

　　"a feast of languages"运用了移觉（transferred epithet）的手法，将视觉与味觉打通，从而达到一种化平常为新颖的艺术效果，使读者感受到形象描绘的美意。所谓移觉，就是身体的一个器官受到刺激在另一个器官上触发的感觉，达到刺激审美想象、渲染意境的目的。如："black silence"（黑色的寂静）是由听觉转移到视觉，"soft music"（柔和的音乐）是由听觉转移到触觉，"sweet melody"（甜美的曲调）则是由听觉转移到味觉，

"sweet light"（甜美的灯光）则是由视觉转移到味觉。

　　"feast"的意思是"盛宴；（举行）盛大的筵席"。如果宴请你的眼睛，使你的眼睛得到享受，实际上也就是"大饱眼福"的意思。"feast one's eyes on"这个说法可以应用到各个方面，比如说看到美貌的女子，欣赏自然风光，观赏艺术作品等。举个例子，一个去华盛顿访问的人也许会说：The place I enjoyed most was the National Gallery of Art. I spent a whole afternoon there feasting my eyes on all their modern paintings.（我最喜欢的地方是国家艺术馆。我花了整整一个下午在那里欣赏他们的现代绘画，真是大饱眼福。）我们经常挂在嘴边的两句习语也与"feast"相关："a contented mind is a perpetual feast"（知足常乐）和"a good conscience is a continual feast"（白日不做亏心事，夜半敲门心不惊）。

例句

* The classic novel *Persuasion* by Jane Austen offers a feast of languages.

　　简·奥斯汀的经典小说《劝导》给人以文字盛宴的享受。

* It is a feast of languages to read Edgar Allan Poe's short stories.

　　阅读埃德加·爱伦·坡的短篇小说就是赴一场文字的盛宴。

《一报还一报》
Measure for Measure

《克劳狄奥与依莎贝拉》(William Holman Hunt 绘制，1850 年)

　　《一报还一报》(又译《请君入瓮》《量罪记》) 约写于 1604 年，并于 1623 年首次发表在《第一对开本》中。该剧讲述的是维也纳的公爵文森修 (Vincentio) 深感国家法纪不严，政令失修，佯装暂时离开，将政务委托给持身严谨、屏绝嗜欲的安哲鲁 (Angelo)。安哲鲁摄政后，严厉执行法律，下令将维也纳近郊的妓院一律拆除，并逮捕了使年轻女孩朱丽叶 (Juliet) 未婚先孕的克劳狄奥 (Claudio)，下令要将他处死。事实上，克劳狄奥和朱丽叶两情相悦、互许终身，只是因为婚礼推迟，没有举行表面仪式，并非奸淫，最多只能称为道德上的逾矩。克劳狄奥的姐姐依莎贝拉（Isabella）得到消息后，去向安哲鲁求情，试图营救弟弟。没想到，道貌岸然的安哲鲁却对依莎贝拉起了淫心，以她的贞洁相要挟，作为释放克劳狄奥的交换条件。并未离开维也纳的公爵化身教士，来到监狱感化克劳狄奥，并由此得知安哲鲁的险恶和堕落。他巧妙地设计阻止安哲鲁：让依莎贝拉假意答应安哲鲁，被安哲鲁抛弃的未婚妻玛利安娜（Mariana）假冒依莎贝拉深夜赴约，然后让狱吏用一颗死囚的头颅假冒克劳狄奥，最后让依莎贝拉公开揭露、控告安哲鲁，从而使他的阴谋暴露，得到惩罚。莎士比亚通过此剧证明了正义和法律的重要地位，揭露了资产阶级法律的虚伪性，同时还谴责了安哲鲁的伪善，这正是他对中世纪社会混乱和道德沦丧的认识和批判。

 ## brief authority | 暂时的权威

ISABELLA   Could great men thunder

As Jove himself does, Jove would never be quiet,

For every pelting petty officer

Would use his heaven for thunder, nothing but thunder.

Merciful heaven,

Thou rather with thy sharp and sulphurous bolt

Splits the unwedgeable and gnarlèd oak

Than the soft myrtle. But man, proud man,

Dressed in a little **brief authority**,

Most ignorant of what he's most assured,

His glassy essence, like an angry ape...

(II. ii. 114-124)

依莎贝拉   世上的大人先生们倘使都能够兴雷作电，那么天上的神明将永远得不到安静，因为每一个微僚末吏都要卖弄他的威风，让天空中充满了雷声。上天是慈悲的，它宁愿把雷霆的火力，去劈碎一株槎枒壮硕的橡树，却不去损坏柔弱的郁金香；可是骄傲的世人掌握到**暂时的权力**，却会忘记了自己琉璃易碎的本来面目，像一头盛怒的猴子一样……

（第二幕第二场）

《依莎贝拉与安哲鲁》（James Fittler 雕刻，1794 年）

安哲鲁是维也纳城的临时代理首席长官，他暗下决心要以一己之力来重整犯罪司法体系，着手严厉整治并贯彻忽略多年的法律，其中有条法令就是对私通者处以死刑。依莎贝拉的弟弟因故被误会，于是她请求安哲鲁法外施恩。安哲鲁无情地回绝了她的请求，依莎贝拉的情绪则越来越激动。她提出上天尚且有好生之德，以反衬安哲鲁的执法严苛与顽固不化，即使上天要下极刑，至少也只会处罚冥顽不化和冷酷无情的罪犯，而安哲鲁得了"一点点暂时的权威"（brief authority）——一点点短暂有限的权力——就狂妄自大，专横地发起威来，即使对柔弱如郁金香一般的依莎贝拉的弟弟也不稍加宽容。

提及"权威"，除了"authority"，英语里还有一些其他的习语表达，如："the tail wagging the dog"（次要的部分主导全局），"top dog"（组织中有权威的人），"under one's thumb"（完全由某人掌控），"the upper hand"（上风优势），"wear the trousers"（有权力做重大决定，掌权）。谈及权威，再来讲讲常见的"政治表达"：腐败分子（corruptionist）往往会在公务（office politics）上争权夺利，官场（politics in official circles）上明争暗斗，同时利用官职捞取私利（the spoils of office）；而真正有政治头脑（to be very political in outlook）的政治家（statesman）则会廉洁清正（to keep the hands clean），从而最终等待他们的将是政修年丰（to enjoy a good government and bumper harvest）。

例句

* He suffered a loss of the brief authority.
  他丧失了暂时的权力。

* The provisional mayor earned the trust of the citizens by the use of his brief authority.

这位临时市长利用暂时的权威赢得了公民的信任。

 **enough to make the angels weep |
极为令人伤心的，悲惨的**

ISABELLA   But man, proud man,

Dressed in a little brief authority,

Most ignorant of what he's most assured,

His glassy essence, like an angry ape

Plays such fantastic tricks before high heaven

As **makes the angels weep**, who, with our spleens,

Would all themselves laugh mortal.

(Ⅱ. ii. 121-127)

依莎贝拉   可是骄傲的世人掌握到暂时的权力，却会忘记了自己琉璃易碎的本来面目，像一头盛怒的猴子一样，装扮出种种丑恶的怪相，**使天上的神明们**因为怜悯他们的痴愚而**流泪**；其实诸神的脾气如果和我们一样，他们笑也会笑死的。

（第二幕第二场）

依莎贝拉的弟弟被判死刑，于是她来向法官安哲鲁求情，可安哲鲁却始终无动于衷，依莎贝拉感叹傲慢专横的人类会使"天上的神明们因为怜悯他们的痴愚而流泪"（Play such fantastic tricks before high heaven／As makes the angels weep）。此短语也可以写成"enough to make the angels weep and the devil rejoice"。这个不难理解，一件能令天使潸然泪下的事情就一定会让恶魔感到兴高采烈。

现代英语中，类似结构的谚语还有不少，比如"enough to make saint swear"（连有涵养的圣人都会发脾气，该短语用来形容一件事情让人忍无可忍），"enough to puzzle a Philadelphia lawyer"（"Philadelphia lawyer"，费城律师，用来指代那些精明能干的律师，尤指擅长辞令和善于要手段者，他们总是善于发现并利用合法的专业手段，为自己的辩护方争取到最大的利益。连如此精明的大律师都困惑的事情一定是很错综复杂的，用以形容解不开的复杂的事情），"enough to make a cat speak"（猫如果能开口说话，也可以算得上一件奇事了，该短语用以表示"令人惊讶"的意思），"enough to make a horse

:

laugh"（极其可笑，让人笑掉大牙）。

 例句

* For several years the government has continuously reduced the amount of money spent on education. Now they complain that teachers are not doing their job properly — it is enough to make the angels weep.

政府连续几年削减教育方面的经费，而现在却来抱怨老师们没有把工作做好，这件事说起来实在是令人伤心。

* It is enough to make the angels weep that the young man finally died of cancer, leaving his old mother by herself.

令人伤心的是，这个年轻人最终还是死于癌症，把他的老母亲独自留在了世上。

measure for measure | 一报还一报

DUKE　For this new-married man approaching here,

Whose salt imagination yet hath wronged

Your well-defended honour, you must pardon

For Mariana's sake; but as he adjudged your brother—

Being criminal in double violation

Of sacred chastity and of promise-breach,

Thereon dependent, for your brother's life—

The very mercy of the law cries out

Most audible, even from his proper tongue,

'An Angelo for Claudio, death for death'.

Haste still pays haste, and leisure answers leisure;

Like doth quit like, and **measure still for measure**.

Then, Angelo, thy fault's thus manifested,

Which, though thou wouldst deny, denies thee vantage.

We do condemn thee to the very block

Where Claudio stooped to death, and with like haste.

（V. i. 386-401）

公爵 这个新婚的男子，虽然他曾经用淫猥的妄想侮辱过你的无瑕的贞操，可是为了玛利安娜的缘故，你必须宽恕他。不过他既然把你的兄弟处死，自己又同时犯了奸淫和背约的两重罪恶，那么法律无论如何仁慈，也要高声呼喊出来，"克劳狄奥怎样死，安哲鲁也必须照样偿命！"一个死得快，一个也不能容他缓死，用同样的处罚抵销同样的罪，这才叫**报应循环**！所以，安哲鲁，你的罪恶既然已经暴露，你就是再想抵赖，也无从抵赖，我们就判你在克劳狄奥授首的刑台上受死，也像他一样迅速处决。

（第五幕第一场）

公爵设计来揭露安哲鲁奸淫和背约的双重罪行（double violation /Of sacred chastity and of promise-breach），并且为了惩罚他，强调了"克劳狄奥怎样死，安哲鲁也必须照样偿命"（An Angelo for Claudio，death for death）的相互公平、一报还一报原则。

莎士比亚创造的"measure for measure"（一报还一报）这一短语通常被认为取自《圣经·马太福音》第七章第二节："For in the same way you judge others，you will be judged，and with the measure you use，it will be measured to you."（因为你们怎样论断人，也必怎样被论断；你们用什么量器量给人，人也必用什么量器量给你们。）

除此之外，"measure for measure"（一报还一报）也与"an eye for an eye"（以牙还牙，以眼还眼）这一谚语所提及的报应性司法原则类似。"an eye for an eye"最早出现在《汉谟拉比法典》（*The Code of Hammurabi*）上，而《圣经》中关于惩罚暴行的条例也有相似描述："But if there is serious injury，you are to take life for life，eye for eye，tooth for tooth，hand for hand，foot for foot，burn for burn，wound for wound，bruise for bruise."（若有别害，就要以命偿命，以眼还眼，以牙还牙，以手还手，以脚还脚，以烙还烙，以伤还伤，以打还打。）（出埃及记 21：23-27）

同样表示"一报还一报"的英文俗语还有"tit for tat"（以牙还牙；一报还一报），"quid pro quo"（拉丁语原意为"以物易物"，英文中为抵偿物、交换物的意思）。

例句

* He hit me, so I hit him back — it was measure for measure.

他打了我，所以我也回击他了，这就叫一报还一报。

* "Measure for measure" expresses the principle of reciprocal justice.

"一报还一报"表达了相互公平的原则。

《威尼斯商人》
The Merchant of Venice

Herbert Beerbohm Tree 饰演的夏洛克(Charles Buchel 绘制，1914 年)

　　《威尼斯商人》又名《威尼斯的犹太人》，约写于 1596—1597 年，发表于 1600 年。该剧讲的是安东尼奥(Antonio)的好朋友巴萨尼奥(Bassanio)因要向贝尔蒙特的一位继承了万贯家财的美丽女郎鲍西娅(Portia)求婚，向他借了三千块金币。手头已无余钱的安东尼奥在别无他法的情况下，只得以他那尚未回港的商船为抵押品，向犹太人夏洛克(Shylock)借来了三千块金币。夏洛克和安东尼奥同为商人，但由于安东尼奥借钱给人不要利息，影响夏洛克的生意，还曾侮辱过夏洛克，所以夏洛克仇恨安东尼奥，乘签订借款契约之机设下圈套，要求用他的一磅肉代替商船。到贝尔蒙特的巴萨尼奥通过了考验，成功抱得美人归，同时鲍西娅的女仆尼莉莎(Nerissa)也接受了巴萨尼奥的朋友葛莱西安诺(Graziano)的求婚。夏洛克的女儿杰西卡(Jessica)同恋人罗兰佐(Lorenzo)私奔并拿走了她父亲的钱和珠宝，夏洛克因失去女儿和钱财而心情烦乱。当他得知安东尼奥在海上的投资全部丧失的消息之后，决定向安东尼奥讨回借款。法庭上，鲍西娅和尼莉莎女扮男装假扮法官和书记员，为安东尼奥辩论。鲍西娅同意夏洛克按照契约规定割下安东尼奥的一磅肉，但是割这一磅肉必须严格按照契约执行，不能多也不能少，不能流一滴血，也不能因此伤害安东尼奥的性命，否则夏洛克就得用他的性命及财产来补赎。夏洛克无法做到，只好认输。这样，鲍西娅巧妙地挽救了安东尼奥的性命。最后，除了夏洛克，每个人都有了一个满意的结局。《威尼斯商人》体现了莎士比亚对资产阶级社会中金钱、法律和宗教等问题的关注，反映了资本主义早期商业资产阶级与高利贷者之间的矛盾，是莎士比亚早期喜剧中最富有社会讽刺色彩的一部。

 Truth will out. | 纸包不住火，真相终将大白。

GIOBBE	Alack the day, I know you not, young gentleman. But I pray you tell me, is my boy — God rest his soul — alive, or dead?
LANCELET	Do you not know me, father?
GIOBBE	Alack, sir, I am sand-blind. I know you not.
LANCELET	Nay, indeed, if you had your eyes you might fail of the knowing me. It is a wise father that knows his own child. Well, old man, I will tell you news of your son. Give me your blessing. Truth will come to light; murder cannot be hid long. A Man's son may, but in the end **truth will out**.

(II. ii. 56-64)

老 高 波	唉，我不认识您，年轻的少爷；可是请您告诉我，我的孩子——上帝安息他的灵魂！——究竟是活着还是死了？
朗斯洛特	您不认识我吗，爸爸？
老 高 波	唉，少爷，我是个瞎子；我不认识您。
朗斯洛特	噷，真的，您就是眼睛明亮，也许会不认识我，只有聪明的父亲才会知道自己的儿子。好，老人家，让我告诉您关于您儿子的消息吧。请您给我祝福；真理总会显露出来，杀人的凶手总会给人捉住；儿子虽然会暂时躲过去，**事实到最后总是瞒不过的**。

（第二幕第二场）

唯利是图、冷酷无情的高利贷者夏洛克有一个仆人名叫朗斯洛特·高波（Lancelet），有一天朗斯洛特在路上碰巧遇见了去寻找他的盲人父亲老高波（Old Giobbe），朗斯洛特想捉弄父亲一把，于是骗老高波说他的儿子已经死了。看到老高波伤心欲绝，朗斯洛特不忍心继续欺骗自己的父亲，于是说："好，老人家，让我告诉您关于您儿子的消息吧。请您给我祝福；真理总会显露出来（truth will come to light），杀人的凶手总会给人捉住；儿子虽然会暂时躲过去，事实到最后总是瞒不过的（but in the end truth will out）。"

同样与"真相大白""坦白真相"有关的英文谚语还有"bring sth. to light"（披露；揭发），"(all) come out in the wash"（秘密真相大白，水落石出），"time will tell"（时间会证明一切；真相终会大白），"come clean（with sb.）（about sth.）"（全盘招供；和盘托出），"put/lay your cards on the table"（摊牌；和盘托出），"make a clean breast of sth."（彻底坦白；如实供认），"call a spade a spade"（据实而言；直言不讳），"get to the bottom of sth."（弄清事物的真相；找到根源）。

📖 例句

* Even if you try to keep something a secret, the truth will out eventually.

即便你想向世人隐瞒这件事，事实还是终将大白于天下。

* The truth will out no matter how hard you try to conceal it.

真相终将大白于天下，无论你费多大劲儿想隐藏都于事无补。

in the twinkling（of an eye）| 转眼之间，瞬间

LANCELET Father, in. I cannot get a service,

no. I have ne'er a tongue in my head.

[*He looks at his palm*]

Well, if any man in Italy have a fairer table which doth offer to swear upon a book, I shall have good fortune. Go to, here's a simple line of life, here's a small trifle of wives — alas, fifteen wives is nothing. Eleven widows and nine maids is a simple coming-in for one man, and then to scape drowning thrice, and to be in peril of my life with the edge of a featherbed. Here are simple scapes. Well, if Fortune be a woman, she's a good wench for this gear. Father, come, I'll take my leave of the Jew

in the twinkling.

(II. ii. 128-137)

朗斯洛特　　爸爸，进去吧。我不能得到一个好差使吗？我生了嘴不会说话吗？好，（视手掌）在意大利要是有谁生得一手比我还好的掌纹，我一定会交好运的。好，这儿是一条笔直的寿命线；这儿有不多几个老婆；唉！十五个老婆算得什么，十一个寡妇，再加上九个黄花闺女，对于一个男人也不算太多啊。还要三次溺水不死，有一次几乎在一张天鹅绒的床边送了性命，好险呀好险！好，要是命运之神是个女的，这一回她倒是个很好的娘儿。爸爸，来，我要**用一霎眼的工夫**向那犹太人告别。

（第二幕第二场）

　　朗斯洛特·高波曾经是夏洛克的仆人，由于夏洛克对仆人太过严苛，朗斯洛特便从主人家跑了出来。在路上，他意外地遇见了去寻找他的父亲老高波。父亲见儿子没了工作，便想把儿子介绍到巴萨尼奥家做工。巴萨尼奥让朗斯洛特先去向夏洛克告别，然后就可以去他们家做工了。朗斯洛特迫不及待地说道："我要用一霎眼的工夫向那犹太人告别。"（I'll take my leave of the Jew in the twinkling.）

　　"twinkle"原本指"（星星）闪耀，闪烁"，那么，"twinkling of an eye"则表示"眨眼的工夫"，也就是"瞬间"的意思。也可以直接用"in the twinkling"或者"in the blink of an eye"表达同样的含义。

✍ 例句

* After I caught sight of the UFO, it disappeared in the twinkling of an eye.

　　我看到 UFO，可它瞬间就消失了。

* I'll be with you in the twinkling of an eye.

　　我马上就去你那儿。

Love is blind. ｜ 爱情使人盲目。／情人眼里出西施。

JESSICA　　Here, catch this casket. It is worth the pains.

　　　　　　I am glad 'tis night, you do not look on me,

45

For I am much ashamed of my exchange；

But **love is blind**, and lovers cannot see

The pretty follies that themselves commit；

For if they could，Cupid himself would blush

To see me thus transformèd to a boy.

（II. vi. 33-39）

杰西卡 来，把这匣子接住了，你拿了去会大有好处。幸亏在夜里，你瞧不见我，我改扮成这个怪样子，怪不好意思哩。可是**恋爱是盲目的**，恋人们瞧不见他们自己所干的傻事；要是他们瞧得见的话，那么丘匹德瞧见我变成了一个男孩子，也会红起脸来哩。

（第二幕第六场）

《杰西卡》（Luke Fildes 绘制，1888 年）

杰西卡准备和恋人罗兰佐私奔，并计划用女扮男装的方法躲避他人眼目。当杰西卡女扮男装出现在她的恋人罗兰佐面前时，杰西卡感叹爱情是盲目的，爱一个人会让你什么都愿意去做。

《仲夏夜之梦》对爱神 Cupid 有这样的描述："爱情是不用眼睛而用心灵看着的，因此生着翅膀的丘匹德常被描成盲目。"（Love looks not with the eyes, but with the mind；/ And therefore is winged Cupid painted blind.）（第一幕第一场）在许多画作中，爱神 Cupid 常被绘成眼睛被飘带遮住的盲目的模样，但 Cupid 也并非乱点鸳鸯谱，因为"Love looks not with the eyes, but with the mind"（爱情是不用眼睛而用心灵看着的）。

　　关于爱情，莎翁除了这句经典名言"Love is blind"（爱情是盲目的。意指看不见对方的缺点，即所谓的"情人眼里出西施"）之外，他在《第十二夜》中还借小丑之口唱出了"Journeys end in lovers meeting"（II. iii. 38）（恋人总在旅程的终点相会）的名言，类似于中文所说的"有情人终成眷属"。英语中有关爱情的谚语还远不止此，要知道"爱情不分贫贱与富贵"（Love lives in cottage as well as in courts），人人都有爱与被爱的权利，但"单恋不成爱"（Love should not be all on one side），爱情必须要两个人情投意合，毕竟"爱情是强求不来的"（Love cannot be forced）。爱一个人时，你会觉得对方是完美的，因为"情人眼里出西施"（Beauty lies in the eyes of the beholder）；你也会因为"爱屋及乌"（Love me, love my dog）而喜欢、包容对方的一切，哪怕是缺点。但当"新欢逐旧爱"（One love drives out another），两人不欢而散时，便会觉得"一朝情意淡，样样不顺眼"（Faults are sick when love is thin）。

例句

* Love is blind, so it makes the love triangle.

　爱情是盲目的，因此它也制造了三角恋。

* Love is blind. You know, it has nothing to do with your social position.

　爱情是盲目的，要知道，爱与你的社会地位是毫无关系的。

All that glitters is not gold. ｜ 金玉其外，败絮其中。

MOROCCO　O hell！What have we here？

　　　　　　A carrion death, within whose empty eye

　　　　　　There is a written scroll. I'll read the writing.

　　　　　　'**All that glisters is not gold**,

　　　　　　Often have you heard that told.

　　　　　　Many a man his life hath sold

　　　　　　But my outside to behold.

Gilded tombs do worms infold.

Had you been as wise as bold,

Young in limbs, in judgement old,

Your answer had not been inscrolled.

Fare you well; your suit is cold.'

(II. viii. 62-73)

摩洛哥亲王 哎哟，该死！这是什么？一个死人的骷髅，那空空的眼眶里藏着一张有字的纸卷。让我读一读上面写着什么。

那闪光的不全是黄金，

古人的说话没有骗人；

多少世人出卖了一生，

不过看到了我的外形，

蛆虫占据着镀金的坟。

你要是又大胆又聪明，

手脚壮健，见识却老成，

就不会得到这样回音：

再见，劝你冷却这片心。

(第二幕第八场)

鲍西娅年轻、貌美、智慧超人，而且还是个富家女。面对纷至沓来的求婚者，她并不看重对方的门第财富，而是把品行作为考虑的第一条件。她遵从父亲遗训，设置了金、银、铅三个匣子供求婚者挑选，结果攫取金匣的摩洛哥王子(Prince of Morocco)得到了一张骷髅画，拿了银匣的阿拉贡亲王(Prince of Aragon)看到的是傻瓜画像，只有聪明、坦诚的巴萨尼奥选中了朴实无华的铅匣，得到了藏在里面的鲍西娅的倩影。

这句话在《威尼斯商人》中的原句为"All that glisters is not gold"，由于"glister"多用于英式英语，现在则多半用"glitter"来代替"glister"一词了。其字面意思为："所有能闪闪发光的东西，未必都是黄金。"换言之就是，许多外表漂亮的物品，未必都是真正的宝贝，言下之意即"金玉其外，败絮其中"。还有一句相似的成语：Don't judge a book by its cover.（不能以书皮的美丑，去判断书的内容好坏。）

也有人把这句话说成"All is not gold that glitters"，英语里面还有很多类似结构的谚语俗语，如：All is not lost that is in danger（在危险中的东西未必都会损失）；All is not gain that is put in the purse(放入钱包的钱财，并非都是应得的)；All is not at hand that helps(有用的东西并不都是垂手可得的)。

 例句

* All that glitters is not gold — there must be something wrong with this used car.

看起来光鲜亮丽不见得好，这部二手车一定有什么毛病。

* Don't be cheated by his physical complexion. Remember, all that glitters is not gold!

不要被他漂亮的外表所迷惑了。请记住，所有能闪闪发光的东西，未必都是黄金。

a blinking idiot｜一个眯着眼睛的傻瓜

ARAGON   What's here? The portrait of **a blinking idiot**

Presenting me a schedule. I will read it.

How much unlike art thou to Portïa!

How much unlike my hopes and my deservings!

'Who chooseth me shall have as much as he deserves'!

Did I deserve no more than a fool's head?

Is that my prize? Are my deserts no better?

(II. ix. 53-59)

阿拉贡亲王   这是什么？**一个眯着眼睛的傻瓜**的画像，上面还写着字句！让我读一下看。唉！你跟鲍西娅相去得多么远！你跟我的希望，跟我所应得的东西又相去得多么远！"谁选择了我，将要得到他所应得的东西。"难道我只应该得到一副傻瓜的嘴脸吗？那便是我的奖品吗？我不该得到好一点的东西吗？

(第二幕第九场)

美丽富有、父母双亡的鲍西娅吸引了众多单身贵族的注意，但是根据她父亲的遗愿，只有选中三个匣子中装有这位小姐本人小画像的求婚者，才能与她结为夫妻。作为求婚者之一，阿拉贡亲王根据银匣子上的箴言"谁选择了我，将要得到他所应得的东西"（Who chooseth me shall have as much as he deserves），选择了银匣子，最后发现里面仅是"一个眯着眼睛的傻瓜"（a blinking idiot）画像。"blinking"的原义是"眨眼睛"，但是所谓的"眨眼睛"的动作在画像上是表现不出来的，莎士比亚之所以这么写，或许是为了影射阿拉贡亲王的洞察力之差。

现在，人们常用"blinking"来表达不耐烦或者愤怒的情绪，含义和用法都类似于"bloody"，而"a blinking idiot"如今则意指"大傻瓜"。在日常生活中，很少有人喜欢"傻瓜"，也许因为"fools are fain of fitting"（傻瓜见异思迁），或者因为"twerp"（小傻瓜）做出的很多蠢事，"stupid is as stupid does"（蠢人做蠢事）让我们感到他们"of all the idiots"（糊涂透顶），抑或是因为我们认为"fools will be fools still"（傻瓜总归是傻瓜）。然而不要忘了，莎剧中的傻瓜往往是大智若愚之人，正如《阿甘正传》中的"the colossal fool"（大傻子）阿甘亦曾说出了这句名言：Life is like a box of chocolate; you never know what you are gonna get.（生活就像一盒巧克力，你永远不知道下一个会是什么触动着我们心灵的深处。）

例句

* What a blinking idiot he is!
  他真是个大傻瓜啊！
* A blinking idiot actually always regards himself as the cleverest person in the world.
  真正的傻瓜其实往往会认为自己是全世界最聪明的人。

 Hath not a Jew eyes？ | 难道犹太人没有眼睛吗？

SHYLOCK I am a Jew. **Hath not a Jew eyes**? Hath not a Jew hands, organs, dimensions, senses, affections, passions; fed with the same food, hurt with the same weapons, subject to the same diseases, healed by the same means, warmed and cooled by the same winter and summer as a Christian is? If you prick us do we not bleed? If you tickle us do we not laugh? If you poison us do we not die? And if you wrong us shall we not revenge? If we are like you in the rest, we will resemble you in that.

(III. i. 44-51)

夏洛克　　　只因为我是一个犹太人。**难道犹太人没有眼睛吗**？难道犹太人没有五官四肢、没有知觉、没有感情、没有血气吗？他不是吃着同样的食物，同样的武器可以伤害他，同样的医药可以疗治他，冬天同样会冷，夏天同样会热，就像一个基督徒一样吗？你们要是用刀剑刺我们，我们不是也会出血的吗？你们要是搔我们的痒，我们不是也会笑起来的吗？你们要是用毒药谋害我们，我们不是也会死的吗？那么要是你们欺侮了我们，我们难道不会复仇吗？要是在别的地方我们都跟你们一样，那么在这一点上也是彼此相同的。

（第三幕第一场）

　　听闻夏洛克愤慨自己女儿和一个基督徒私奔，另外两个基督徒不由对其进行嘲讽。他们嘲笑完夏洛克之后，问他要是安东尼奥拖欠借款，他是否真的打算从安东尼奥身上割一磅肉。夏洛克坦言他绝对是认真的，近来不断遭受的基督徒的侮辱更坚定了他的决心。"难道犹太人没有眼睛吗？"（Hath not a Jew eyes?）他巧妙地反问——犹太人也和基督徒一样，会感受到痛苦、会流血和死亡，也一样有复仇的冲动。这部戏里的所有基督徒都一致认为他们比犹太民族要高贵，然而夏洛克却坚称他们并不比犹太人纯净，犹太人也不比基督徒缺乏人性。夏洛克在本剧里因为犹太人的身份饱受歧视和排挤，但他的这番话里愤怒之余也不无感伤，也许可以理解为剧作家莎士比亚对犹太人处境的同情。或许可以这么说：剧中的夏洛克和基督徒们都要好好学学仁慈和谦卑，学会相互尊重。

✑ 例句

* Hath not a Jew eyes? Regardless of race, everyone deserves respect.

  难道犹太人没有眼睛吗？不论种族，每个人都值得被尊重。

* Shylock's rhetorical question "Hath not a Jew eyes?" reflects racism prevailing in the British society in 16th century.

  夏洛克的这句反问"难道犹太人没有眼睛吗？"反映了16世纪英国社会盛行的种族主义。

heart's content | 尽情，心满意足

PORTIA　　　My people do already know my mind,

And will acknowledge you and Jessica

In place of Lord Bassanio and myself.

So fare you well till we shall meet again.

LORENZO Fair thoughts and happy hours attend on you.

JESSICA I wish your ladyship all **heart's content**.

(III. iv. 37-42)

鲍西娅 我的仆人们都已知道我的决心，他们会把您和杰西卡当作巴萨尼奥和我自己一样看待。后会有期，再见了。

罗兰佐 但愿美妙的思想和安乐的时光追随在您的身旁！

杰西卡 愿夫人**一切如意**！

(第三幕第四场)

　　《威尼斯商人》剧中有一句祝福语"愿夫人一切如意！"（I wish your ladyship all heart's content），而莎翁不仅仅在这一处使用了"heart's content"这一表达，他在《亨利六世》（中）（*Henry VI, Part II*）中同样写道："她（玛格莱特王后）的外貌已使我目眩魂迷，她的婉转的辞令又十分庄重得体，更使我欢情洋溢，热泪盈眶。我心中充满愉悦。"（Her sight did ravish, but her grace in speech, /Her words y-clad with wisdom's majesty, /Makes me from wond'ring fall to weeping joys, /Such is the fullness of my heart's content.）（第一幕第一场）

　　这一表达还出现在《特洛伊罗斯与克瑞西达》（*Troilus and Cressida*）的第一幕第二场："虽然我的心里装满了爱情，我却不让我的眼睛泄漏我的秘密。"（Then though my heart's content firm love doth bear, /Nothing of that shall from mine eyes appear.）莎翁在如此多的剧中都使用了这个短语，使得我们不禁猜测这个短语就是莎翁自己创造的。

　　现代英语中在使用莎翁的这一表达时，前面往往会搭配介词"to"，即"to one's heart's content"（尽情地），在口语中我们常常用"as much as one wants"来表达同样的含义。

❧ 例句

* Now I am going to rest and revel to my heart's content.

　　现在我要休息，并且要恣意地狂欢。

* Everyone danced to his heart's content at the garden party.

　　在游园会上，每个人都尽情地跳着舞。

pound of flesh | 虽合法却极不合理的要求

SHYLOCK THE JEW You have among you many a purchased slave,

Which, like your asses and your dogs and mules

You use in abject and in slavish parts

Because you bought them. Shall I say to you

'Let them be free, marry them to your heirs.

Why sweat they under burdens? Let their beds

Be made as soft as yours, and let their palates

Be seasoned with such viands.' You will answer

'The slaves are ours.' So do I answer you.

The **pound of flesh** which I demand of him

Is dearly bought as mine, and I will have it.

If you deny me, fie upon your law:

There is no force in the decrees of Venice.

(IV. i. 89-101)

夏洛克　你们买了许多奴隶，把他们当作驴狗骡马一样看待，叫他们做种种卑贱的工作，因为他们是你们出钱买来的。我可不可以对你们说，让他们自由，叫他们跟你们的子女结婚？为什么他们要在重担之下流着血汗？让他们的床铺得跟你们的床同样柔软，让他们的舌头也尝尝你们所吃的东西吧，你们会回答说："这些奴隶是我们所有的。"所以我也可以回答你们：我向他要求的这**一磅肉**，是我出了很大的代价买来的；它是属于我的，我一定要把它拿到手里。您要是拒绝了我，那么你们的法律去见鬼吧！威尼斯城的法令等于一纸空文。

(第四幕第一场)

　　夏洛克无疑是《威尼斯商人》中最为经典的人物形象，这个犹太高利贷者贪婪、冷酷、毫无人性。他痛恨安东尼奥，却借给他一大笔钱，条件是要是不能按期偿还就要割下安东尼奥身上的一磅肉作为代价："我向他要求的这一磅肉，是我出了很大的代价买来的（The pound of flesh which I demand of him /Is dearly bought）；它是属于我的，我一定要把它拿到手里。"莎士比亚的这部名作流芳百世，随之产生了用"pound of flesh"这个表达来形容合法却极不合理的要求。

与"flesh"有关的英文谚语还有"the spirit is willing but the flesh is weak"（心有余而力不足；力不从心），"put flesh on（the bones of）sth."（对……进行充实；添加细节于），"flesh and blood"（血肉之躯），"be a thorn in your flesh/side"（眼中钉；肉中刺），"press（the）flesh"（名人或政治人物和选民握手以博得好感）。

例句

* Their boss pays the highest wages, but he wants his pound of flesh in return and makes them work very hard.

他们的老板虽然给的薪水是最高的，但为了能让其支付的薪水产生最大的利益，老板让他们拼命地工作。

* My business is closed and my wife has cancer, and still the bank wants its pound of flesh; they'll take my house if I can't pay back what I borrowed for my wife's hospital bills.

我的企业倒闭了，我妻子又得了癌症，而银行却还要不合情理地催逼债务。如果我不能偿还我为付妻子的医院账单而借的款子，他们就要没收我的房子。

have an old head on young shoulders |
少年老成，年轻而有见识

DUKE [*Reads*]

'Your Grace shall understand that at the receipt of your letter I am very sick, but in the instant that your messenger came, in loving visitation was with me a young doctor of Rome; his name is Balthasar. I acquainted him with the cause in controversy between the Jew and Antonio, the merchant. We turned o'er many books together. He is furnished with my opinion, which, bettered with his own learning, the greatness whereof I cannot enough commend, comes with him at my importunity to fill up your grace's request in my stead. I beseech you, let his lack of years be no impediment to let him lack a reverend estimation, for I never knew **so young a body with so old a head**. I leave him to your gracious acceptance, whose trial shall better publish his commendation.'

(IV. i. 149-160)

公爵　（读）"尊翰到时，鄙人抱疾方剧；适有一青年博士鲍尔萨泽君自罗马来此，致其慰问，因与详讨犹太人与安东尼奥一案，遍稽群籍，折中是非，遂恳其为鄙人庖代，以应殿下之召。凡鄙人对此案所具意见，此君已深悉无遗；其学问才识，虽穷极赞辞，亦不足道其万一，务希勿以其年少而忽之，盖如此**少年老成**之士，实鄙人生平所仅见也。倘蒙延纳，必能不辱使命。敬祈钧裁。"

（第四幕第一场）

《威尼斯商人》第四幕"法庭"一场戏是全剧的高潮。剧中情节线索到这里会合，主要人物全部登场。夏洛克一上场，公爵、巴萨尼奥、葛莱西安诺相继与他展开辩论，要求他放弃处罚，但都遭到拒绝。就在戏剧冲突发展到不可开交的关口，鲍西娅持着久负盛名的培拉里奥博士（Doctor Bellario）的一封推荐信，以律师身份出场了，剧情有了转折。培拉里奥在信里对鲍西娅装扮的博士鲍尔萨泽的学问才识大加赞赏，说他虽然年轻，但"少年老成，实鄙人生平所仅见也"（for I never knew so young a body with so old a head）。

现代英语中，"so young a body with so old a head"已经演变为"have an old head on young shoulders"——年轻的肩膀上有一个年老的脑袋，自然表明"年轻但办事老练"。英语里面有不少的习语表达都和人的身体部位相关，如"put one's best foot forward"，字面是"把你最好的那只脚放在前面"，引申过来就是"展现出你最好的一面，设法给人留下好的印象"，其反义词为"get off on the wrong foot"（给人留下坏印象）；"give the cold shoulder"意思是"待人态度很不友好，很冷淡"，可想而知"受到冷遇"就是"get the cold shoulder"了；还有，"break a leg"字面意思是"折了一条腿"，但当别人对你说"break a leg"时，你可别生气，因为它真正的意思是表示"good luck"，所以当你有朋友要参加考试、论文答辩、上台演出或找工作时，你就可以对他们说"break a leg"。

值得一提的是，"break a leg"的来源大致有三种说法，其一认为"break a leg"中的"leg"指的是舞台上的柱子，意为祝你演出成功，观众的掌声大得连柱子也震断了；其二认为，依据莎士比亚时期的演出传统，演员要在演出结束后到前台谢幕，如若表演出色、赢得"小费"，便需弯腿行"屈膝礼"，由此，"break a leg"成了希望演员演出成功的形象说法；其三则带有一定的迷信色彩，人们相信有一些喜欢制造麻烦、故意让许下的愿望往反方向发展的精灵，所以当要祝某人好运时，就需要故意说"祝你跌断一条腿"，以便骗过那些精灵，换来好运。

 例句

* Young Mark seems very knowledgeable and experienced for his age — definitely an old head on young shoulders.

  年轻的马克似乎比他同龄的人更有知识和经验，确切地说，他是一个年轻而有见识的人。

* That man would do this job very well, for he clearly has an old head on young shoulders.

  那个小伙子虽年轻却很有头脑，一定能把工作干得很好。

The quality of mercy is not strained. │ 慈悲不是出于勉强。

PORTIA	[*To Antonio*] You stand within his danger, do you not?
ANTONIO	Ay, so he says.
PORTIA	Do you confess the bond?
ANTONIO	I do.
PORTIA	Then must the Jew be merciful.
SHYLOCK THE JEW	On what compulsion must I? Tell me that.
PORTIA	**The quality of mercy is not strained.**
	It droppeth as the gentle rain from heaven
	Upon the place beneath. It is twice blest:
	It blesseth him that gives, and him that takes.

(IV. i. 174-181)

鲍 西 娅　（向安东尼奥）你的生死现在操在他的手里，是不是？

安东尼奥　他是这样说的。

鲍 西 娅　你承认这借约吗？

安东尼奥　我承认。

鲍 西 娅　那么犹太人应该慈悲一点。

夏 洛 克　为什么我应该慈悲一点？把您的理由告诉我。

鲍 西 娅　慈悲不是出于勉强，它是像甘霖一样从天上降下尘世；它不但给幸福于受施
　　　　　的人，也同样给幸福于施与的人。

（第四幕第一场）

鲍西娅乔装成一位法学博士来拯救威尼斯商人安东尼奥，当她认定案件事实之后，一开始并没有诉诸法律细节——这是唯一可以逼迫夏洛克作出让步的方法——而是说了一番基督教的教义。夏洛克质问为什么他"应该"（must）慈悲时，鲍西娅回答说慈悲的精神刚好和强迫背道而驰，是没有强制性的（strained）。正是因为慈悲是自愿的（the quality of mercy is not strained）——因为它缓和了法律的强迫性——才谈得上是真慈悲，它"像甘霖一样从天而降"（it droppeth as the gentle rain from heaven），是一种自然而又高尚的品质，与法律无关。鲍西娅把基督教的道德规范看作自然而又普遍的品质，反过来又让人对她给予犹太人的同情心的诚意产生了质疑。

当然，如果仅仅是假慈悲，英语里还有一种有趣的口语表达"crocodile tears"（鳄鱼的眼泪；假慈悲）。提及仁慈，不妨与大家共同分享美剧《绝望的主妇》（*Desperate Housewives*）中 Mary Alice Young 的一段精彩结语："People are complicated creatures. On the one hand, able to perform great acts of charity; on the other hand, capable of the most understandable forms of betrayal. It is a constant battle that ranges within all of us, between the better angels of our nature, and the temptation of our inner demons. And sometimes the only way to ward off the darkness is to shine the light of compassion."（人是一种复杂的生物。一方面，能乐善好施；另一方面，也能背信弃义。在我们的内心中，善良的天使和欲望的魔鬼总是在不断地斗争着。有时，抵挡黑暗的唯一办法就是发出仁慈的光芒。）

例句

* The quality of mercy is not strained. Otherwise, it has no difference to crocodile tears.
  慈悲是自愿的，否则出于勉强的慈悲与鳄鱼的眼泪无异。
* The quality of mercy is not strained. You just do it as you wish.
  慈悲不是出于勉强。你就按自己的意愿来行事吧。

a Daniel come to judgement | 公正的法官

PORTIA　　　　　It must not be. There is no power in Venice

Can alter a decree establishèd.

'Twill be recorded for a precedent,

And many an error by the same example

Will rush into the state. It cannot be.

SHYLOCK THE JEW　　**A Daniel come to judgement**, yea, a Daniel!

O wise young judge, how I do honour thee.

(IV. i. 212-218)

鲍西娅　　那可不行，在威尼斯谁也没有权力变更既成的法律；要是开了这一个恶例，以后谁都可以借口有例可援，什么坏事都可以干了。这是不行的。

夏洛克　　一个但尼尔来做法官了！真的是但尼尔再世！聪明的青年法官啊，我真佩服你！

(第四幕第一场)

《鲍西娅》(William Salter Herrick 绘制，1879)

　　鲍西娅女扮男装，充当法官，假装把安东尼奥的一磅肉判给夏洛克，使他的阴谋得逞。因此，夏洛克对着鲍西娅拍马屁，称赞她是"但尼尔再世！聪明的青年法官"(Yea, a Daniel! O wise young judge)。

Daniel(但尼尔)这一人物源于《圣经》，是一个聪明正直的法官、预言家。这种用人名来作比喻，表达与人物有关的特征和品性，即用人名这专有名词来代替普通名词的修辞手法被称为"换称"(antonomasia)。这一手法在中英两种语言里均屡见不鲜，比如中文里将医术高明的人称为"华佗再世"，将乐于助人的人称为"活雷锋"。英文换称中的专有名词要么来源于宗教神话人物，例如希腊神话中逍遥自在的山林之神 Pan(潘)，"as carefree as Pan"也就顺理成章地译成"自在快乐似神仙"。又如《圣经·创世记》中的 Adam(亚当)，是基督教创世理论中的第一个男人，他和夏娃被安置在伊甸园中，因蛇的引诱，他们偷吃了禁果，人类从此便有了原罪——而了解了这一文化背景，下句中的典故也就容易理解了："There is a bit of the old Adam in us all."(我们大家都有一点干坏事的本性。)还有些换称中的专有名词来源于历史上或政治上的某一著名人物，如：If he couldn't be a Bayard, he wished to become a Michelangelo. (如果他不能成为贝尔德那样的战士，他便想成为米开朗基罗那样的画家)。(Bayard 是一个有名的法国勇士，而 Michelangelo 是意大利的著名画家。)当然，剩下还有不少换称的人名源于文学作品，特别是小说、戏剧或电影中那些拥有典型性格的人物。例如"美国文学之父"华盛顿·欧文(Washington Irving)笔下的 Rip Van Winkle(瑞普·凡·温克尔)，他一觉睡足 20 年，醒来后世界变化巨大，因此我们用这一名字指代"懒虫，瞌睡虫"；或者用查尔斯·狄更斯(Charles Dickens)笔下的 Fagin(费金)来指代"教唆儿童犯罪的教唆犯"等。

✎ 例句

* That respectful judge was regarded by citizens as a Daniel coming to judgement.

那位受人尊敬的法官被老百姓誉为公正廉明的父母官。

* A Daniel come to judgement! He dares to challenge the authorities!

他真是个英明的法官！他敢于挑战权威！

《温莎的风流娘儿们》
The Merry Wives of Windsor

安·培琪(Thomas Francis Dicksee 绘制, 1862 年)

　　《温莎的风流娘儿们》约写于 1597 年, 出版于 1602 年。该剧描述了一位大腹便便、嗜财贪色的没落贵族约翰·福斯塔夫爵士(Sir John Falstaff), 为了捞取钱财, 同时向温莎的两个富绅福德(Ford)和培琪(Page)的妻子求爱, 给她们写了两封笔迹、文辞完全相同的情书。然而, 他贪财好色的企图被这两位聪明的夫人识破, 她们决心商议计策捉弄他。与此同时, 培琪先生的女儿安(Anne)已到了适婚年龄, 培琪大娘喜欢卡厄斯(Caius)医生, 培琪先生则看好乡村法官夏禄(Shallow)的侄儿斯兰德(Slender), 但安自己则对清贫的少年绅士范顿(Fenton)情有独钟。一开始, 福德大娘故意邀请福斯塔夫来家里幽会, 培琪大娘前来谎报福德回家的消息。慌乱中, 福斯塔夫被塞进脏衣篓抬出去扔到了烂泥沟里。后来, 福德大娘写信再次邀约福斯塔夫, 他又一次大胆赴约。不料, 福德先生突然回家搜查房间, 福斯塔夫只能穿上女装, 扮成福德最痛恨的一个老婆子被赶出门。最后，福德和培琪先生也成了两位女士的同谋，他们计划在温莎的森林里举办化装舞会以捉弄福斯塔夫。培琪夫妇还准备在舞会中把女儿交给各自中意的女婿，但安和范顿早已约好在森林里相会。夜里，福斯塔夫到森林里赴约，他先被两位女士所吸引，但很快一群精灵打扮的人将他团团围住，拿蜡烛烫他还把他拧得遍体鳞伤，最终他承认了错误。与此同时，安与范顿在森林乐队的伴奏中互表心意，音乐声中大家相互谅解，共同庆贺这对年轻人喜结连理。莎士比亚将自己的乐观主义精神和人文主义生活原则融入此剧，并借此辛辣地嘲讽了封建时期没落阶级的颓废情绪与丑恶行径，同时提倡男女青年恋爱自由、婚姻自主。

King's/Queen's English | 王室英语，纯正的英语

QUICKLY I pray thee, go to the casement and see if you can see my master, Master Doctor Caius, coming. If he do, i'faith, and find anybody in the house, here will be an old abusing of God's patience and the **King's English**.

(I. iv. 2-4)

桂嫂 请你到窗口去瞧瞧看，咱们这位东家来了没有；要是他来了，看见屋子里有人，一定又要给他用蹩脚的**伦敦官话**，把我昏天黑地骂一顿。

(第一幕第四场)

爱文斯(Evans)派斯兰德的仆人辛普儿(Simple)去卡厄斯医生家把斯兰德的信交给快嘴桂嫂(Mistress Quickly)，桂嫂怕卡厄斯医生此时会回来，便叫另一个仆人勒格比(Rugby)去窗户边看看。

英国的标准英语发音是以英国南部受过良好教育之人的英语语音为基础，并在英国的私立中学得到发展，具有非地区性的特点。而在所有的发音中，"王室英语"是英语的最高标准，是英国有地位之人说的英语，以此和平民、贫民阶层相区别。这种变体根据英国君主统治者的性别变化而被称为"King's English"（国王英语）或"Queen's English"（女皇英语）。言外之意，就是把国王或女皇的英语作为口头语或笔头语的标准模式加以模仿。快嘴桂嫂这里就使用了这一表达：here will be an old abusing of God's patience and the King's English. （一定又要给他用蹩脚的伦敦官话。）

有趣的是，英国《每日邮报》曾经公布的一项研究结果显示，英国女王伊丽莎白二

世(Queen Elizabeth II)的口音中夹杂了部分社会阶层相对较低者的口音(即人们常说的"cockney",也就是伦敦方言)。可见,随着英国社会改革的进行,社会阶层的差别不再明显,以口音划分社会等级的做法也已过时。所以,今天的英国,无论是"King's/Queen's English",还是"BBC English""Oxford English""Public School English",都被统称为"标准发音"("Received Pronunciation",简称 RP)。

例句

* She can speak the Queen's English fluently.

  她能说一口流利的标准英语。

* Students learning English nowadays basically have no concept of what the Queen's English is and how it differs from American English.

  如今大多数学生没有标准英语的概念,更不了解它与美式英语之间的不同之处。

the long and short (of it) |
概括地说(某事的基本事实)

NIM [*to Page*] And this is true. I like not the humour of lying. He hath wronged me in some humours. I should have borne the humoured letter to her; but I have a sword, and it shall bite upon my necessity. He loves your wife. There's **the short and the long**.

My name is Corporal Nim. I speak and I avouch. 'Tis true:

My name is Nim, and Falstaff loves your wife. Adieu.

I love not the humour of bread and cheese. Adieu.

(II. i. 101-107)

尼姆 (向培琪)这是真的,我不喜欢撒谎。他在许多地方对不起我。他本来叫我把那鬼信送给她,可是我就是真没有饭吃,也可以靠我的剑过日子。**总而言之**一句话,他爱你的老婆。我的名字叫做尼姆伍长,我说的话全是真的;我的名字叫尼姆,福斯塔夫爱你的老婆。天天让我吃那份儿面包干酪,我才没有那么好的胃口呢;我有什么胃口说什么话。再见。

(第二幕第一场)

福斯塔夫分别给福德大娘和培琪大娘这两位有夫之妇写了情书，想同她们调情。福斯塔夫的仆从毕斯托尔(Pistol)和尼姆(Nim)对此并不认同，于是跑去提醒福德和培琪，让他们赶快防备。不料福德与培琪听了却将信将疑，尼姆便再三保证："这是真的，我不喜欢撒谎……总而言之一句话，他爱你的老婆(He loves your wife. There's the short and the long.)……我说的话全是真的……福斯塔夫爱你的老婆。"

这一习惯用语把长(the long)和短(the short)这两个对立面结合在一起，它有两个意思：(1)"总而言之"，即有关某件事的基本事实和情况说得很明白了；(2)指某事的基本事实。这个表达最初的形式是"the short and the long"，大约可以追溯到16世纪，而直到17世纪末才建立起现在的语序"the long and (the) short"。现代英语中同样包含一组反义词的俗语还有"black and white"(白纸黑字)，"back and forth"(来回地，反复地)，"pros and cons"(利弊)，"ups and downs"(跌宕起伏)，"ins and outs"(详情，来龙去脉)。

例句

* A：Do you know why John left our company?

  B：It's a complicated story but the long and short of it is that he transferred a large sum of money wrongly.

  甲：你知道为什么约翰离开我们公司了吗？

  乙：这事很复杂，但概括地说，他错转了一大笔资金。

* If you think you're not able to observe the rules I've set, you can move out anytime — that's the long and short of it!

  要是你认为你不能遵守我定的规矩的话，那你可以随时搬出去。我已经把话都说清楚了。

The world's one's oyster. |
一切都在掌握之中，什么都能做。

FALSTAFF	I will not lend thee a penny.
PISTOL	I will retort the sum in equipage.
FALSTAFF	Not a penny.

PISTOL   Why then, **the world's mine oyster**, which I with sword will open.

(II. ii. 1-4)

福斯塔夫   我一个子儿也不借给你。

毕斯托尔   那么我要凭着我的宝剑，去**打出一条生路**来了。你要是答应借给我，我将来一定如数奉还，决不拖欠。①

(第二幕第二场)

    福斯塔夫的仆从之一毕斯托尔是个靠偷吃扒拿过日子的无赖。一次，他向福斯塔夫爵士借钱不成，便恼怒地说："那么我要凭着我的宝剑，去打出一条生路来了。"(Why then, the world's mine oyster, which I with sword will open.)这句话的字面意思是"世界就是我的牡蛎，我要用剑将它剖开吃"，可以引申为"世界就在我的掌控之中"。

    虽然莎翁在这里用的是"oyster"的本义，但在这一俗语中，"oyster"并非指我们餐桌上的生猛海鲜"牡蛎"，而是指"the one who rules the world""the one in charge of everything"。于是，人们用"The world is one's oyster"表示"世上一切都在掌握之中，什么都能做到"。此外，人们用这句话时也常常把原文的"mine"改成"my"，以遵循现代英语的语法规则。

    英语里面还有一些谚语也与"oyster"有关，比如形容一个人"守口如瓶"，可以说"as dumb as an oyster"；形容两个事物之间"毫无相似之处"，则可以说"as like as an apple to an oyster"。

❧ 例句

* Then I was a young single woman and the world was my oyster.

    那时我是个年轻的单身女子，真是想干什么就可以干什么。

* She left school feeling that the world was her oyster.

    她毕业了，感到前途无限美好。

---

    ① 不同版本的莎剧全集，个别台词内容会有所不同。"New Oxford"版相较"纪念版"译本多了Pistol 的"I will retort the sum in equipage"和 Falstaff 的"Not a penny"这两句台词，"纪念版"译本相较"New Oxford"版则多了毕斯托尔的"你要是答应借给我，我将来一定如数奉还，决不拖欠"这一句。

laughing stock | 笑柄，笑料

CAIUS 　　［*to Evans*］I pray you, let-a-me① speak a word with your ear. Verefore vill you not meet-a me?

EVANS 　　［*aside to Caius*］Pray you use your patience. ［*Aloud*］In goot time!

CAIUS 　　By Gar, you are de coward, de jack-dog, john-ape.

EVANS 　　［*aside to Caius*］Pray you let us not be **laughing-stocks** to other men's humours. I desire you in friendship, and I will one way or other make you amends. ［*Aloud*］By Jeshu, I will knog your urinal about your knave's cogscomb.

（III. i. 64-71）

卡厄斯 　　请你让我在你的耳边问你一句话，你为什么失约不来？

爱文斯 　　（向卡厄斯旁白）不要生气，有话慢慢讲。

卡厄斯 　　哼，你是个懦夫，你是个狗东西猴崽子！

爱文斯 　　（向卡厄斯旁白）别人在**寻**我们**的开心**，我们不要上他们的当，伤了各人的和气，我愿意和你交个朋友，我以后补报你好啦。（高声）我要把你的便壶摔在你的狗头上，谁叫你约了人家自己不来！

（第三幕第一场）

　　卡厄斯医生和威尔士籍牧师休·爱文斯（Sir Hugh Evans）约好见面，但由于一方弄错了见面的地点，害得两人都等对方许久。卡厄斯归咎于爱文斯，气势汹汹要找他算账。这时，爱文斯冷静地劝说道："不要生气，有话慢慢讲……别人在寻我们的开心，我们不要上他们的当（Pray you let us not be laughing-stocks to other men's humours），伤了各人的和气，我愿意和你交个朋友，我以后补报你好啦。"

　　"laughing stock"这一表达最早可追溯到 16 世纪，"stock"在此表示刑具——用来夹双踝或双腕的两块木板。正是基于"受刑者遭嘲笑"这一本义，"laughing stock"后来引申为"受嘲笑的人或事"，也就是"笑柄"了。同样与"笑柄"有关的英文俗语还有"be the

---

　　① 卡厄斯医生是法国人，部分台词使用了特殊拼写，例如"let-a-me""meet-a"等，虽不符合现代英语习惯，却能更好地表现其外国人身份。

butt of sth.", 意思是"成为嘲讽(或批评)的对象; 成为笑柄(或话柄等)"。

 例句

* He made himself the laughing stock of the town.

  他成为镇上居民的笑柄。

* Wendy was so eager to get a promotion that she faked some of the statistics in her last research report and now she's a laughing stock among her colleagues.

  由于温迪迫切地想得到提拔, 她在上一次的研究报告里假报了一部分数据, 结果现在她在同事们当中成了一个笑柄。

the dickens | 究竟, 到底

MISTRESS PAGE   I cannot tell what **the dickens** his name is my husband

                     had him of. —What do you call your knight's name, sirrah?

ROBIN   Sir John Falstaff.

(Ⅲ. ii. 14-16)

培琪大娘   我总记不起把他送给我丈夫的那个人叫什么名字。喂, 你说你那个骑士姓甚名谁?

罗　宾   约翰·福斯塔夫爵士。

(第三幕第二场)

　　在以往的浪漫喜剧里, 莎士比亚多着墨于少女, 而在这出戏里, 他描绘的则大多是妇人, 没有那么多诗意, 在人物的语言方面处处透着市井气息。譬如在这一场戏里, 培琪大娘去找福德大娘, 约翰·福斯塔夫爵士的侍童罗宾(Robin)跟在她后面。培琪大娘在半路上碰到了福德, 当被问及她后面跟着的小鬼头是哪儿来的时, 培琪大娘回答道: "我总记不起那个人叫什么名字(I cannot tell what the dickens his name is)。"

　　不少人看到"the dickens", 自然会联想到大名鼎鼎的英国小说家狄更斯(Charles Dickens)。但"the dickens"跟狄更斯并没有任何关系, 毕竟莎士比亚在写《温莎的风流娘儿们》时狄更斯尚未出世。"Dickens"有可能源于"Dickin"或者"Dick"这两个英语名字。有时人们要说粗话, 却又不想说得太粗俗, 尤其是女性, 她们就会使用委婉一点的语言

来替代诸如"hell""devil"之类的诅咒词。例如不说"damn it"（真该死），改说"darn it"；不说"shit"（见鬼），而说"shoot"。"the dickens"就是"the devil"的委婉代词，可以作咒骂语，也可以用在"where""why""what""how"等疑问词之后，加强说话语气，例如：Why the devil/dickens are you here?（你到底在这里干什么？）当然，如果一位女性连"the dickens"也不太能接受，那她往往会用"ever"来加强疑问代词的语气，如"Whoever told you that"或者"Whatever do you mean by doing so"，而避免使用"who the devil"或者"what the dickens"之类的用语。

❧ 例句

* Where the dickens did he go?

他究竟上哪儿去了？

* What the dickens are you thinking?

你脑子里究竟在想些什么？

 as luck would have it | 幸运的是；不凑巧的是

FORD	And did he search for you, and could not find you?
FALSTAFF	You shall hear. **As** good **luck would have it**, comes in one Mistress Page, gives intelligence of Ford's approach, and, by her invention and Ford's wife's distraction, they conveyed me into a buck-basket—

(III. v. 64-68)

福　　德	他没有把您搜到吗？
福斯塔夫	您听我说下去。**总算我命中有救**，来了一位培琪大娘，报告我们福德就要来了的消息；福德家的女人吓得毫无主意，只好听了她的计策，把我装进一只盛脏衣服的篓子里去。

（第三幕第五场）

《福斯塔夫被装进脏衣篓》(Jean-Pierre Simon 绘制，1793 年)

福德乔装打扮后和福斯塔夫谈后者的艳遇，福斯塔夫毫不知情，只顾吹牛，把之前在福德大娘家经历的一切说给福德听。福斯塔夫之所以感叹"good luck"是因为他和福德大娘卿卿我我时，福德到家里来捉奸，他以为自己是因为碰巧遇到培琪大娘为他们通风报信，才躲过这一劫。

既然有"as good luck would have it"（幸运的是）来感叹好的事情发生，就有"as bad luck would have it"（不幸得很，不巧）来感叹不好的事情发生，如：As bad luck would have it, he was caught by the teacher again. （不幸的是，他又一次被老师逮个正着。）现代英语中已将两个短语合并为"as luck would have it"，需要依据上下文来判断该短语的褒贬。

❧ 例句

* As luck would have it, a doctor happened to be there when she fainted.

  她晕倒时幸好旁边正有一位医生。

* As luck would have it, I was caught in the rain on my way home.

  真不凑巧，回家的路上我淋了一场雨。

hot-blooded | 感情强烈的；易怒的

FALSTAFF The Windsor bell hath struck twelve; the minute draws on.
Now the **hot-blooded** gods assist me! Remember, Jove, thou wast a
bull for thy Europa; love set on thy horns. O powerful love, that in
some respects makes a beast a man; in some other, a man a beast! You
were also, Jupiter, a swan for the love of Leda. O, omnipotent love!
How near the god drew to the complexion of a goose! A fault done first
in the form of a beast — O Jove, a beastly fault! — and then another fault,
in the semblance of a fowl — think on't, Jove, a foul fault! When
gods have hot backs, what shall poor men do?

(V. v. 1-9)

福斯塔夫　温莎的钟已经敲了十二点，时间快到了。**好色的**天神们，照顾照顾我吧！记着，乔武大神，你曾经为了你的情人欧罗巴的缘故，化身做一头公牛，爱情使你头上生角。强力的爱啊！它会使畜生变成人类，也会使人类变成畜生。而且，乔武大神，你为了你心爱的勒达，还化身做过一只天鹅呢。万能的爱啊！你差一点儿把天神的尊容变得像一只蠢鹅！这真是罪过哪：首先不该变成一头畜生——啊，老天，这罪过可没有一点人气味！接着又不该变做一头野禽——想想吧，老天，这可真是禽兽一般的罪过！既然天神们也都这样贪淫，我们可怜的凡人又有什么办法呢？

（第五幕第五场）

福斯塔夫半夜顶着公鹿头扮作猎夫赫恩到温莎森林里赴约，他难掩自己的好色之心和淫欲说出了这番话，因为在希腊罗马神话中都有天神化作动物形态接近凡人女子的故事，所以此时福斯塔夫也将乔装作公鹿的自己与"the hot-blooded gods"类比，以此来合理化自己贪淫的罪恶。

此处的"hot-blooded"并非热血青年之类的意思，它有两层含义，一指"感情强烈很难控制""急躁的"，大体上类似于"passionate"；二指"好色的""淫荡的"，大体上类似于"lustful"。正如人们提到"conservative"（保守的）会联想到英国人，"parsimonious"（吝啬的）会联想到荷兰人，提到"hot-blooded"（感情强烈的）往往会不禁联想到意大利人，这就是所谓的"cultural stereotype"（文化定型，即对某一民族的刻板印象）。

《福斯塔夫在赫恩的橡树下》（Michele Beneditti 绘制，1793 年）

比起"hot-blooded"，其反义词"cold-blooded"（冷血的，没有感情的）更加为大家所熟悉。两栖动物或鱼类是"cold-blooded animals"（冷血动物），但这个词也可以用来形容人，如：You are the most cold-blooded man I've ever known.（你是我所认识的最冷血的人了。）除此之外，还有"warm-blooded"的表达，意思是"温血的；恒温的（动物）"。

例句

* His neighbors remembered him as a hot-blooded teenager, a self-styled ladies' man.
  他的邻居记得他是一个热情洋溢的少年，一个自封是讨女人喜欢的男人。
* As a hot-headed, hot-blooded youth, he still had much to learn.
  作为一个急躁、感情强烈的年轻人，他还有很多东西要学。

《仲夏夜之梦》
A Midsummer Night's Dream

《提泰妮娅和波顿》（Edwin Landseer 绘制，1848—1851 年）

　　《仲夏夜之梦》大约写于 1595—1596 年，该剧以庆祝雅典公爵忒修斯（Theseus）和阿玛宗女王希波吕忒（Hippolyta）的婚礼为背景并行三条主线。一开始，赫米娅（Hermia）的父亲强迫她嫁给狄米特律斯（Demetrius）。当时的雅典法律规定家庭可以决定女儿的婚姻，女儿不遵守就要被处死或放逐至修道院终老一生。赫米娅不肯，与心上人拉山德（Lysander）相约在夜晚的森林碰面并私奔。这时，二人碰见海丽娜（Helena）并把他们私奔的计划告诉了她；海丽娜为讨狄米特律斯的欢心，又将这个计划告诉给了他。到了晚上，四人在森林里彼此跟踪和寻找，后来在森林中迷路并分离，累了便在树下打盹休息。与此同时，仙王奥布朗（Oberon）和仙后提泰妮娅（Titania）到达森林，并计划参加忒修斯和希波吕忒的婚礼。因提泰妮娅拒绝把她的印度童仆送给奥布朗，奥布朗决心惩罚提泰妮娅，于是命精灵迫克（Puck）去摘一种紫色魔花，并趁仙后睡觉时将其花汁滴在她眼皮上，这样她醒来时便会爱上她第一眼看到的人。另一边，为了给忒修斯公爵和希波吕忒女王的婚礼助兴，织工波顿（Bottom）和他的劳工朋友们在森林中排练悲剧《皮拉摩斯和西斯贝》（*Pyramus and Thisbe*）。波顿在换装时，被迫克恶作剧变成了驴头，不料仙后醒来见到的第一个人便是他，于是仙后疯狂爱上了波顿。森林另一处，仙王也命令迫克将花汁滴在狄米特律斯眼皮上，不料迫克错将拉山德认成狄米特律斯，结果四人上演了一出混乱的求爱大戏。仙王见形势不对便要求迫克自己去解决闯下的祸，给除了狄米特律斯外的其他人都解除了魔法。清晨来临后，醒来的情侣和劳工们都认定这一夜发生的事是一场梦。回到雅典后，赫米娅的父亲不再坚持他的决定，大家如愿以偿都得到了属于自己的一份爱情。莎士比亚借这部浪漫喜剧，向我们传达了反抗封建婚姻，追求自由恋爱，实现人世间普遍的和谐以及幸福的思想。

The course of true love never did run smooth. | 真爱之路多崎岖。好事多磨。

LYSANDER	Ay me, for aught that I could ever read,
	Could ever hear by tale or history,
	The course of true love never did run smooth,
	But either it was different in blood —
HERMIA	O cross！ — too high to be enthralled to low.
LYSANDER	Or else misgrafted in respect of years —
HERMIA	O spite！ — too old to be engaged to young.
LYSANDER	Or merit stood upon the choice of friends —
HERMIA	O hell！ — to choose love by another's eyes.

（I. i. 132-140）

拉山德	唉！我在书上读到的，在传说或历史中听到的，**真正的爱情，所走的道路永远是崎岖多阻**；不是因为血统的差异——
赫米娅	不幸啊，尊贵的要向微贱者屈节臣服！
拉山德	便是因为年龄上的悬殊——
赫米娅	可憎啊，年老的要和年轻人发生关系！
拉山德	或者因为信从了亲友们的选择——
赫米娅	倒霉啊，选择爱人要依赖他人的眼光！

（第一幕第一场）

《赫米娅和拉山德》(John Simmons 绘制，1870 年)

赫米娅的父亲强迫她嫁给狄米特律斯，雅典公爵忒修斯也劝说赫米娅听从父亲的意志，否则就必须被处死或立誓终生不嫁。但赫米娅早已有了心上人拉山德，与公爵谈话之后二人便有了这段对话，意在强调包办婚姻这一法律的不公。

"course"在这里并不是"课程"的意思，而是"过程，进程，历程"，也可以被用来形容江河流向，因此拉山德此处是将爱情比喻为河流，并认为这条河流向来并不通畅，因为真爱往往因阶级(血统)、年龄的不同，或他人(所谓的朋友)的想法而无法善终，即"The course of true love never did run smooth"(真正的爱情，所走的道路永远是崎岖多阻)。"smooth"在此则表示"无困难的，顺利的"。

例句

* Their love story really proved that saying, "The course of true love never did run smooth."
  他们的爱情故事真的应了那句话："真爱之路多崎岖。"

* Don't give up! As the proverb goes, "The course of true love never did run smooth." It is always the case.
  别气馁！正如谚语所说："通向真爱的路从无坦途。"事情往往就是如此。

 swift as a shadow | 迅如掠影

LYSANDER   Or if there were a sympathy in choice,

> War, death, or sickness did lay siege to it,
>
> Making it momentary as a sound,
>
> **Swift as a shadow**, short as any dream,
>
> Brief as the lightning in the collied night,
>
> That, in a spleen, unfolds both heaven and earth,
>
> And, ere a man hath power to say 'Behold!',
>
> The jaws of darkness do devour it up.
>
> Quick bright things come to confusïon.

(I. i. 141-149)

拉山德 或者，即使彼此两情相悦，但战争、死亡或疾病却侵害着它，使它**像**一个声音、**一片影子**、一段梦、黑夜中的一道闪电**那样短促**，在一刹那间展现了天堂和地狱，但还来不及说一声"瞧啊!"，黑暗早已张开口把它吞噬了。光明的事物，总是那样很快地变成了混沌。

（第一幕第一场）

　　拉山德在谈论真爱，他确信爱的路径"永远是崎岖多阻"（never did run smooth），即便爱情源于"两情相悦"（sympathy），而不是迫于家庭压力，依然会出现各种困难，譬如战争、死亡、疾病。简言之，岁月的摧残总会向真心恋人发起攻击，使他们的爱像声音一样"短促"（momentary）。拉山德让这个念头给困住了，衍生出了更多冗长的比喻来形容爱的短暂——爱情如同影子一般稍纵即逝，仿佛仲夏夜之梦一样短暂，又如闪电一般短促。对拉山德而言，爱情就是"quick bright things"，被无情的岁月和自然界的侵袭给弄得乱七八糟。

　　而拉山德所说的"swift as a shadow"是这段话里最有名的句子，最早出自 12 世纪前后的谚语"to flee like a shadow"（跑得像影子一样快）。"as"在这里是明喻的引导词，在英文中运用广泛，可借以状物、写景、抒情、喻理，使表达生动形象，明白易懂，新鲜有趣。比如弗朗西斯·培根（Francis Bacon）在他的《论读书》（Of Studies）一文中写道：Beauty is as summer fruits, which are easy to corrupt and cannot last.（美者犹如夏日蔬果，易腐难存。）再如莎翁在《罗密欧与朱丽叶》（Romeo and Juliet）中写道：Love goes towards love, as schoolboys from their books, /But love from love, towards school with heavy looks.（II. i. 198-199）（恋爱的人去赴他情人的约会，像一个放学归来的儿童；可是当他和情人分别的时候，却像上学去一般满脸懊丧。）久而久之，英语里不少明喻的搭配就变成了约定俗成的成语，其结构为"as+形容词+as+名词"。如："as firm as a rock"（坚如磐石），"as light as a feather"（轻如鸿毛），"as close as an oyster"（守口如瓶），"as mute as a fish"（噤若寒蝉）等。

 例句

* Epiphyllum's life is as swift as a shadow.

  昙花的生命像影子一样短暂即逝。

* As swift as a shadow, a bird flew by.

  一只鸟像影子一样迅速地飞过。

fancy-free ┃ 无拘无束的，自由自在的

OBERON   But I might see young Cupid's fiery shaft

                  Quenched in the chaste beams of the wat'ry moon,

                  And the imperial vot'ress passèd on,

                  In maiden meditation, **fancy-free**.

                  Yet marked I where the bolt of Cupid fell.

                  It fell upon a little western flower —

                  Before, milk-white; now, purple with love's wound —

                  And maidens call it love-in-idleness.

                  Fetch me that flower; the herb I showed thee once.

                  The juice of it on sleeping eyelids laid

                  Will make or man or woman madly dote

                  Upon the next live creature that it sees.

(II. i. 161-172)

奥布朗 可是只见小丘匹德的火箭在如水的冷洁的月光中熄灭，那位童贞的女王心中一尘不染，沉浸在纯洁的思念中**安然无恙**；但是我看见那支箭却落下在西方一朵小小的花上，那花本来是乳白色的，现在已因爱情的创伤而被染成紫色，少女们把它称作"爱懒花"。去给我把那花采来。我曾经给你看过它的样子；它的汁液如果滴在睡着的人的眼皮上，无论男女，醒来一眼看见什么生物，都会发

疯似的对它恋爱。

（第二幕第一场）

　　因仙后提泰妮娅拒绝把她的印度童仆送给仙王奥布朗，奥布朗决心惩罚提泰妮娅，于是吩咐小精灵迫克去找一朵"爱懒花"①，并详细描述了这种花出现的缘由以及地点。

　　在 16 世纪，"fancy"就是"love"的意思，因此，"fancy-free"即形容一个人"没有谈恋爱"，引申为"（因无家室或其他责任而）没有牵挂的，无拘束的，无忧无虑的"。随着语言的发展，到了 17 世纪，人们用"footloose"一词来表达"自由、没有羁绊"的意思。这个词很形象，"foot"加"loose"就是"脚"加"松"，脚松绑了当然就可以随心所欲到处走动了。而到了 19 世纪，"footloose"和"fancy-free"自然而然联系在了一起，于是又有了"footloose and fancy-free"这一短语，表示"完全自由，不受地域、工作或家事的羁绊"。

　　补充一点，"available"也可以形容一个人还是"自由的，单身的"。如"I'm still available"，就是"我还没交男/女朋友"的意思，而"I'm unavailable"自然就是"已有男/女朋友"了。

例句

* Bit of a lad is Mr. Bryan, running round fancy-free for years.

　　布赖恩先生真是个放荡不羁的人，多年来优哉游哉，逍遥自在。

* I think I'll go hiking in Europe for my holidays; I'll probably go on my own, footloose and fancy-free.

　　我假期想去欧洲徒步旅行。我很可能会独自去，自由自在，无拘无束。

---

　　① 即三色堇。在《仲夏夜之梦》这部剧中，三色堇具有神奇的功效，它的汁液若滴在睡着的人的眼皮上，无论男女，这个人便会疯狂地爱上醒来第一眼看见的生物。

《无事生非》
Much Ado About Nothing

《希罗》(John William Wright 绘制，1849 年)

　　《无事生非》大约创作于 1598—1599 年，并于 1600 年以四开本形式首次出版，这也是这部剧在 1623 年《第一对开本》之前的唯一版本。该剧以求婚为主线，围绕两对情侣的分分合合展开。傲气的贝特丽丝 (Beatrice) 与温顺的希罗 (Hero) 是堂姐妹，希罗的端庄吸引着伯爵克劳狄奥 (Claudio)，而贝特丽丝则和贵族培尼狄克 (Benedick) 是欢喜冤家。希罗是总督里奥那托 (Leonato) 的独生女，阿拉贡亲王唐·彼德罗 (Don Pedro) 从中撮合，并说服总督答应她与克劳狄奥的婚事。口舌冤家培尼狄克和总督侄女贝特丽丝则每次相遇都唇枪舌剑、互不相让，亲王倒觉得他俩是天造地设的一对，在他的撮合下，这对欢喜冤家一步步坠入爱河。婚礼前一晚，阿拉贡亲王的庶弟约翰 (John) 因嫉妒而欺骗亲王和克劳狄奥，让他们以为希罗是不贞洁的女子，以致第二天他们在婚礼上当面指责羞辱希罗，差点置希罗于死地。神父救醒希罗后，建议总督对外假称希罗已死，且为她办丧事。面对这突如其来的变故，贝特丽丝和培尼狄克始终保持着清醒的头脑，不遗余力为希罗伸张正义。在此过程中，他们之间的感情也与日俱增。查出真相后，约翰的骗局被揭穿，希罗的冤情也得以昭雪，克劳狄奥与希罗重归于好。此时培尼狄克和贝特丽丝的爱情也已完全成熟。最后，大家绕着两对有情人翩翩起舞，全剧在欢快的舞曲声中结束。在这部情节曲折、引人入胜的喜剧中，莎士比亚讲述了那个时代两种不同类型的爱情故事：一种是遵循社会规范与门第观念，代表传统结合的希罗和克劳狄奥；另一种是起初相互嘲讽、各不相让，最后却是彼此倾心、不走寻常路的培尼狄克和贝特丽丝。借此剧，莎翁也探讨了自我意识、男女之间的真诚与相互尊重，以及社会秩序等问题。

much ado about nothing | 无事生非，小题大做

典出《无事生非》(*Much Ado About Nothing*)标题。

"ado"的原义是"费力，（无谓的）忙乱"，"make much ado"则表示"费了很大的劲"，如：I made much ado to forebear laughing.（我费了很大的劲才忍住没笑。）一般人费了很大劲去做的事情一定是相对重要的事情，而莎士比亚却别出心裁在"much ado"后面搭配了"about nothing"，两个短语的语义是相互矛盾的，而这一矛盾却恰当地将"终日瞎忙，无所事事"的讥讽传神地表现出来，具有画龙点睛的效果。除了"无事生非"，这个短语也可以理解为"庸人自扰，小题大做"，比如：Why are you making so much ado about nothing?（你为什么为这件事这般小题大做？）

《红楼梦》(*A Dream of Red Mansion*)第四十二回中宝钗曾说宝玉是"无事忙"，杨宪益先生在其译文中将这三个字直接处理成了"much ado about nothing"，比起霍克斯的译文"busybody"，应该说杨宪益的译文保留了汉语原文前后矛盾的语言特点，不仅使译文与原文的风格保持一致，而且使其产生出了生动活泼、诙谐讽刺与耐人寻味的效果。

现代英语中，我们还可以用"make trouble out of nothing""create problems where none exists""make uncalled-for trouble""start trouble when things are quiet""stir up trouble"来表示同样的意思。

例句

* "Much ado about nothing, that's you," observed Baochai. "I say one word and off you go to consult them. At least wait till we've reached a decision. First let's discuss what materials we'll need."

— from *A Dream of Red Mansion*

宝钗道："我说你是无事忙，说了一声你就问去。等着商议定了再去。如今且拿什么画？"

——摘自《红楼梦》

* He is not the sort of man who patches up a quarrel and reconciles the parties concerned, but the sort of man who makes much ado about nothing.

他不是个息事宁人的人，而是喜欢无事生非。

 on the windy side of... | 不为……所害，在……影响之外

BEATRICE　Speak, cousin, or, if you cannot, stop his mouth with a kiss, and let not him speak neither.

PRINCE①　In faith, lady, you have a merry heart.

BEATRICE　Yea, my lord, I thank it. Poor fool, it keeps **on the windy side of** care. My cousin tells him in his ear that he is in her heart.

（II. i. 235-239）

贝特丽丝　说呀，妹妹；要是你不知道说些什么话好，你就用一个吻堵住他的嘴，让他也不要说话。

彼 德 罗　真的，小姐，您真会说笑。

贝特丽丝　是的，殿下；也幸亏是这样，我这可怜的傻子才从来不知道有什么心事。我那妹妹附着他的耳朵，在那儿告诉他她的心里有着他呢。

（第二幕第一场）

　　贝特丽丝为了撮合希罗和克劳狄奥，催促克劳狄奥向希罗表白。面对心上人的表白，希罗不知道如何回应。贝特丽丝打趣地说："要是你不知道说些什么话好，你就用一个吻堵住他的嘴，让他也不要说话。"（Or, if you cannot, stop his mouth with a kiss / and let him not speak neither.）而当看到这对有情人终于表达了对彼此的爱恋，贝特丽丝

────────────

　　①　这里的"PRINCE"即阿拉贡亲王（Prince of Aragon）唐·彼德罗（Don Pedro）。因版本原因，"New Oxford"版相较"纪念版"用"PRINCE"而非"DON PEDRO"或"PEDRO"代指唐·彼德罗。下同。

转而感叹道："我这可怜的傻子才从来不知道有什么心事。"（Poor fool, it keeps on the windy side of care.）

《贝特丽丝》（John William Wright 绘制，1849 年）

"windy"是"当风的；受大风吹的"意思，"windy side"也就是"迎风的一面，逆风的一面"，依据"New Oxford"版莎剧全集的解释，当一个人处于"心事"（care）的逆风处，大风招摇，其存在便不会被悲伤、苦恼等情绪所感知，从而就能够摆脱其影响。"on the windy side of..."由此引申为"不为……所害，在……影响之外"。

其实英语里面还有很多与"side"相关的表达，比如"on the shady side of"（在背阴面），"on the flip side"（反之，反过来说），"The grass is always greener on the other side of the fence"（这山望着那山高），"have the egg sunny side up"（荷包蛋煎单面）等。

例句

* Mary's always on the windy side of care.

  玛丽总是无忧无虑。

* He's currently on the windy side of the bad news.

  目前他还没受到这个坏消息的影响。

sigh no more | 别再叹气

BALTHASAR 　[*Sing*] **Sigh no more** ladies, sigh no more.

　　　　　　　Men were deceivers ever,

　　　　　　　One foot in sea, and one on shore,

　　　　　　　To one thing constant never.

　　　　　　　Then sigh not so, but let them go,

　　　　　　　And be you blithe and bonny,

　　　　　　　Converting all your sounds of woe,

　　　　　　　Into hey nonny, nonny.

　　　　　　　Sing no more ditties, sing no moe,

　　　　　　　Of dumps so dull and heavy.

　　　　　　　The fraud of men was ever so

　　　　　　　Since summer first was leafy,

　　　　　　　Then sigh not so, but let them go,

　　　　　　　And be you blithe and bonny,

　　　　　　　Converting all your sounds of woe

　　　　　　　Into hey nonny, nonny.

(II. iii. 52-67)

鲍尔萨泽　(唱)**不要叹气，姑娘，不要叹气，**

　　　　　男人们都是些骗子，一脚在岸上，一脚在海里，

　　　　　他天性里朝三暮四。

　　　　　不要叹息，让他们去，

　　　　　你何必愁眉不展？

　　　　　收起你的哀丝怨绪，

　　　　　唱一曲清歌婉转。

　　　　　莫再悲吟，姑娘，莫再悲吟，

　　　　　停住你沉重的哀音；

　　　　　哪一个夏天不绿叶成荫？

　　　　　哪一个男子不负心？

不要叹息，让他们去，

你何必愁眉不展？

收起你的哀丝怨绪，

唱一曲清歌婉转。

（第二幕第三场）

　　应亲王唐·彼德罗（Don Pedro）的要求，他的侍从鲍尔萨泽（Balthasar）在招待他们主人的花园里再次高歌一曲，他们假装听歌，实际上则是在等待培尼狄克落入总督为撮合他和贝特丽丝而设下的圈套。莎翁借鲍尔萨泽之口表达了"男人们都是些骗子""天性里朝三暮四"的观点，并且安慰姑娘们不要因此感到哀伤，不去在意不去理睬他们，去洒脱快乐地生活就好。

　　希腊现代诗人卡瓦菲斯曾因受莎翁这首诗的启发，于1884年作了一首《给女士们》：

女士们，别把时间浪费在叹息上；

男人这族类是一群奸诈之徒。

一脚踏在陆上，一脚踏在水里，

他们做事没耐性，目标不坚定。

所以别叹息，

别哀痛哪怕片刻，

这样你们就可以快乐地生活，远离他们！

别再用悲戚的声音唱哀痛的歌，

对着聋的耳朵抱怨不休；

他们欺瞒的行为是一种古老的邪恶，

如同第一个盛夏。

所以别叹息，别哀痛哪怕片刻，

这样你们就可以快乐地生活，远离他们！

　　在这首诗中，卡瓦菲斯进一步表达了对女士们处境的共情和对女性自我实现的支持，他希望女士们"别把时间浪费在叹息上"，男人"是一群奸诈之徒""做事没耐性，目标不坚定"，女士们不值得为他们"哀痛哪怕片刻"，想要通过抱怨来让他们改变也是无用的，不如"快乐地生活，远离他们"，专注自我实现。

　　为了抒发自然流露的情感，卡瓦菲斯和莎翁都跳脱出了男性的身份桎梏，虽然他们的诗也并非对现实的客观再现，但从某种程度上来说却更为接近另一种真实，即情感的真实、人性的真实。

例句

* Sigh no more, better luck tomorrow.
  不要叹气，明天会更好。
* Tomorrow will be another day, sigh no more my friend.
  明天会是全新的一天，不要叹气我的朋友。

lie low | 尽量不引起注意，不露声色；不与他人来往，独处

PRINCE	Good e'en, good e'en.
CLAUDIO	Good day to both of you.
LEONATO	Hear you, my Lords?
PRINCE	We have some haste, Leonato.
LEONATO	Some haste, my lord! Well, fare you well, my lord.
	Are you so hasty now? Well, all is one.
PRINCE	Nay, do not quarrel with us, good old man.
BROTHER	If he could right himself with quarrelling,
	Some of us would **lie low**.

(V. i. 46-52)

彼 德 罗　早安，早安。

克劳狄奥　早安，两位老人家。

里奥那托　听我说，两位贵人——

彼 德 罗　里奥那托，我们现在没有工夫。

里奥那托　没有工夫，殿下！好，回头见，殿下；您现在这样忙吗？——好，那也不要紧。

彼 德 罗　嗳哟，好老人家，别跟我们吵架。

安东尼奥　要是吵了架可以报复他的仇恨，咱们中间总有一个人会**送命**的。

（第五幕第一场）

希罗假死的消息传出后，里奥那托气愤不已，迫切想让克劳狄奥和亲王还有那些污蔑希罗名誉的人知道他们的错误，可克劳狄奥和彼德罗上场后却说"我们现在没有工夫"，这在里奥那托看来态度极为恶劣，现场火药味四溢。见形势不对，彼德罗劝道："好老人家，别跟我们吵架。"里奥那托的弟弟安东尼奥(Antonio)则为饱受丧女之愤的兄长打抱不平，说："要是吵了架可以报复他的仇恨，咱们中间总有一个人会送命的。"(If he could right himself with quarrelling, /Some of us would lie low.)这里的"lie low"意指死亡，丧命。

如今，"lie low"的含义已经不再是当年莎士比亚所使用的那样。"lie low"现有两个意思：(1)不露声色；避免被他人发现(也可写作"lay low")；(2)不与他人来往，独处。其实，用"lie low"来表示"不露声色"还是相当之形象的。想象一下，一个猎人低低地伏在树丛草堆中，屏息静待一头大意的鹿走到他枪支的射程范围内。这个猎人是在"打埋伏"或者"潜伏"，也就是"lie low"。值得注意的是，这一习惯用语除了表示隐蔽身体之类有形的东西之外，也可以表示隐藏某种无形的东西，比如计划(plan)、决策(decision)等。

例句

* I'm sorry I haven't been around to see you lately, but with the police investigating the company I thought it would be better to lie low for a while.

  不好意思最近都没怎么拜访你，警察最近在调查公司，我想着还是低调一段时间吧。

* I think I'm just going to lie low at home this weekend—I don't really feel like going out at all.

  我想我这个周末还是待在家里独处吧，并不太想出门。

《驯悍记》
The Taming of the Shrew

《凯瑟丽娜对着空盘沉思》（Edward Robert Hughes 绘制，1898 年）

　　《驯悍记》约写于 1593—1594 年，并于 1623 年收入《第一对开本》首次出版。该剧以一个引子开场，讲述的是补锅匠克里斯朵夫·斯赖（Christopher Sly）一日喝得醉醺醺躺在地上睡觉，一个路过的贵族见了便打算捉弄他，让他醒来后误以为自己是个爵士，还让戏班子为他演了一出名为《驯悍记》的戏。《驯悍记》剧名中的"悍"是帕多瓦商人巴普提斯塔（Baptista Minola）的大女儿凯瑟丽娜（Katherina）。凯瑟丽娜的脾气远近闻名，没有哪个男人能够控制她，但她的妹妹比恩卡（Bianca）却是个温顺美丽的少女，许多人都向她求婚。可巴普提斯塔曾发誓大女儿出嫁前他不会让小女儿结婚，因此比恩卡的两个求婚者葛莱米奥（Gremio）和霍坦西奥（Hortensio）决定联盟为凯瑟丽娜找个丈夫。爱财的彼特鲁乔（Petruchio）得知凯瑟丽娜有丰厚的嫁妆后，便企图向凯瑟丽娜求婚。虽然彼特鲁乔求婚成功，可从求婚到结婚以后两人始终争吵不断，因为凯瑟丽娜脾气火暴，从不把彼特鲁乔放在眼里。精明的彼特鲁乔为了改造妻子想出了种种奇怪的方法——他不让她睡觉，找出种种原因来饿她，为她买漂亮的衣服然后又将这些衣服扯碎……凯瑟丽娜受到各种折磨之后终于屈从于自己的丈夫，就此被改造成一个温柔贤惠的妻子。从现代女性主义的角度来看，这部戏显然贬抑女性，尤其结尾不可忍受，但这个戏不仅仅是简单的丈夫驯妻的故事，更多的是一出关于男女关系的爱情戏，既体现了人物性格的复杂组合，也体现了人文主义者莎士比亚对人的探索。

 ## not budge an inch | 绝不让步，寸步不让

HOSTESS　　I know my remedy, I must go fetch the headborough.

BEGGAR①　　Third or fourth or fifth borough, I'll answer him by law. I'll

　　　　　　　not budge an inch, boy. Let him come, and kindly.

(Ind. i. 9-11)

女店主　我知道怎样对付你这种家伙；我去叫官差来抓你。

斯　赖　随他来吧，我没有犯法，看他能把我怎样。是好汉**绝不逃走**，让他来吧。

（序幕第一场）

序幕一开场，喝得酩酊大醉的补锅匠斯赖在小酒馆撒泼，当女店主(Hostess)威胁着要找治安官来抓他时，他说道："随他来吧，我没有犯法，看他能把我怎样。是好汉绝不逃走(I'll not budge an inch)，让他来吧。"说罢便躺在地上睡去。

牛津英语大词典(*Oxford English Dictionary*)指出，"budge"(让步，稍微移动)这个动词几乎一直用于否定句，即"not budge"这一形式。如果说"Oh, sure, I'll budge if you like"(哦，没问题，要是你愿意我就挪开)，听起来会很滑稽。

除了"not budge an inch"之外，同样表示"寸步不让""不肯放弃"意思的英文谚语还有"not give/move an inch"(寸步不让)，"hold fast to sth."(坚持，不肯放弃)，"dig your heels in"(拒不让步；固执己见)，"stay the course"(奋力贯彻始终；坚持到底)，

———————————

①　这里的"BEGGER"即补锅匠(tinker)克利斯朵夫·斯赖(Christopher Sly)。因版本原因，"New Oxford"版相较"纪念版"用"BEGGER"而非"CHRISTOPHER SLY"或"SLY"代指克利斯朵夫·斯赖。下同。

"stick to your guns"（一意孤行；固执己见；坚持自己的立场），"hold/stand your ground"（坚守阵地；不让步；不退却）。

《女店主和斯赖》（Charles Heath 绘制，约 1825—1840 年）

例句

* If I were in your position, I wouldn't budge an inch.

如果我处在你的位置，我绝不妥协退让。

* The Chinese government will not budge an inch on sovereignty.

中国政府在主权问题上绝不让步。

Let the world slip. | 管他世事沧桑。/ 任世事变更。

BEGGAR	Marry, I will let them play it. Is not a comonty a Christmas gambol, or a tumbling trick？
LADY	No, my good lord, it is more pleasing stuff.
BEGGAR	What, household stuff：
LADY	It is a kind of history.

BEGGAR Well, we'll see't. Come, madam wife, sit by my side
And **let the world slip**. We shall ne'er be younger.

(Ind. ii. 130-135)

斯赖　很好，就叫他们演起来吧。你说的什么喜剧，可不就是翻翻斤斗、蹦蹦跳跳的那
　　　种玩意儿？

小童　不，老爷，比那要有趣得多呢。

斯赖　什么！是家里摆的玩意儿吗？

小童　他们表演的是一桩故事。

斯赖　好，让我们瞧瞧。来，夫人太太，坐在我的身边，让我们享受青春，**管他什么世
　　　事沧桑**！

(序幕第二场)

　　一个路过的贵族见斯赖醉醺醺躺在地上，想要作弄他一番，于是把斯赖抬到床上并
把他扮作富人的样子，再和自己的仆人们一起同他演戏。斯赖醒来后，仆人说一群戏班
子要演一出喜剧给他解闷。不知道"喜剧"为何物的斯赖几次错将"喜剧"理解为其他的
意思，扮作斯赖夫人的小童（Bartholomew）解释清楚后，斯赖便说道："And let the
world slip. We shall ne'er be younger."（让我们享受青春，管他什么世事沧桑！）这句话的
意思是：让我们忘记日常事务中的烦恼，我们不会再次年轻，因此应该及时行乐。

　　斯赖的这句"let the world slip"与前文所说的"let the world slide"（Ind. i. 5）算是旧短
语的新变体，这一表达的最初形式至少可以追溯到 15 世纪早期。"let the world pass"是
最早有记录的形式，而在莎士比亚之前最常用的表达是"let the world wag"。1529 年的
戏剧 *Gentleness and Nobility* 中的一个农夫说道："I will let the world wag and home will I
go /And drive my plough as I was wont to do."（顺其自然吧，我就要回家，然后像往常一
样，扛起我的犁啊。）农夫将"let the world wag"看作一种对日常的回归，但斯赖则将"let
the world slip"看作对日常生活的逃避，这已和我们如今的用法别无二致。

❧ 例句

＊ Why can't we live on Peter Pan's Neverland forever and let the world slip?
　为什么我们不能永远住在彼得·潘的梦幻岛上，管他世事沧桑呢？

＊ Let's fully indulge ourselves in rejoice and let the world slip.
　让我们纵情欢乐，任他世事变更。

There's small choice in rotten apples. | 左右为难。

HORTENSIO Faith, as you say, **there's small choice in rotten apples**. But come, since this bar in law makes us friends, it shall be so far forth friendly maintained till, by helping Baptista's eldest daughter to a husband, we set his youngest free for a husband, and then have to't afresh. Sweet Bianca! Happy man be his dole. He that runs fastest, gets the ring. How say you, Signor Gremio?

(I. i. 127-132)

霍坦西奥 正像人家说的，**两只坏苹果之间，没有什么选择**。可是这一条禁令既然已经使我们两人成为朋友，那么让我们的交情暂时继续下去，直到我们帮助巴普提斯塔把他的大女儿嫁出去，让他的小女儿也有了嫁人的机会以后，再做起敌人来吧。可爱的比恩卡！不知道哪一个幸运儿捷足先登！葛莱米奥先生，你说怎样？

（第一幕第一场）

葛莱米奥和霍坦西奥都想向巴普提斯塔的小女儿比恩卡求婚，但巴普提斯塔曾发誓，他不会让小女儿在大女儿凯瑟丽娜出嫁前结婚。于是两个求婚者决定先携手合作，为泼辣彪悍的凯瑟丽娜找一个丈夫，而后两人再公平竞争。霍坦西奥在说服葛莱米奥时说的便是这段话。

正如字面意思所表达的那样，"there's small choice in rotten apples"的意思是：当面对两个或两个以上同样不理想的选择时，无论你选哪一个都无关紧要，因为这些选项其实都不太好。因此，"there's small choice in rotten apples"也可以引申为"左右为难""进退维谷"。有趣的是，英语中还有一个俗语表达是"a rotten apple"，即"rotten apples"的单数形式，但"a rotten apple"并非意为"一个不理想的选择"，而是"害群之马"的意思。这个也很好理解，因为在生活中，放在一起的水果中若有一个已经腐烂，其余的不免会受到影响，过不多久也会腐烂。

📖 例句

* Since there's small choice in rotten apples, he gave up choosing.

鉴于这些可选项都不太理想，他最终放弃选择。

* Don't be picky if all alternatives are undesirable—there's small choice in rotten apples.

如果都是不好的选择就别那么挑剔了——一筐坏苹果之间没什么选择。

 ## strive mightily | 奋力一搏

TRANIO   Sir, I shall not be slack. In sign whereof,

          Please ye we may contrive this afternoon,

          And quaff carouses to our mistress' health,

          And do as adversaries do in law—

          Strive mightily, but eat and drink as friends.

(I. ii. 265-269)

特拉尼奥　这没有问题，为了表示我的诚意，我想就在今天下午，请在场各位，大家聚在一块儿欢宴一次，恭祝我们共同的爱人的健康。我们应该像法庭上打官司的律师，**在竞争的时候是冤家对头**，在吃吃喝喝的时候还是像好朋友一样。

(第一幕第二场)

为了获得比恩卡的芳心，比萨富商的儿子路森修(Lucentio)决定扮作教书先生接近比恩卡，还让自己的仆人特拉尼奥(Tranio)顶替他的名字，代他主持家务，指挥仆人。彼特鲁乔因觊觎凯瑟丽娜丰厚的嫁妆决定向她求婚，比恩卡的求婚者联盟因此沾光，其中之一便是扮作路森修的特拉尼奥。他设宴招待在场的人，也算是给予彼特鲁乔报酬。

如今，我们冒着艰难和困苦"奋力一搏"(strive mightily)，是为了达成某种高尚而又无私的目标，然而原文语境中特拉尼奥心里想的根本不是什么英雄行为，他所奋力拼搏的无非是替他的主人路森修赢得貌美如花、温柔娴静的比恩卡的芳心。

提到"奋力拼搏，尽力去做"，除了"strive (mightily) for sth. / to do sth."之外，比较常用的短语还有"try hard to do sth." "do one's best/utmost to do sth." "make a bold push for sth." "determined to do sth."等。一个人只有拼搏才能成功，所以丹麦作家安徒生(Hans Christian Andersen)曾说："One cannot succeed if one does not strive."(一个人必须经过一番奋斗，才会有所成就。)民主革命家孙中山也说过："To succeed in competition, one must strive."(人类要在竞争中求生存，便要奋斗。)英国诗人丁尼生

（Alfred Tennyson）也告诫我们在困难面前要一拼到底，不要屈服："To strive, to seek, to find, and not to yield."（要奋斗，要探索，要有所发现，但不要屈服。）

 例句

* We should strive mightily to act against talk.

　我们应一致反对的是空谈，应一致努力的是实践。

* A man must strive long and mightily within himself, before he can learn fully to master himself.

　在一个男人可以学会控制自己之前，他必须和自己的境界做长期斗争。

Marry in haste, repent at leisure. | 结婚太急，后悔莫及。

KATHERINE　　No shame but mine. I must forsooth be forced

　　　　　　　To give my hand opposed against my heart

　　　　　　　Unto a mad-brain rudesby full of spleen,

　　　　　　　Who **wooed in haste and means to wed at leisure**.

　　　　　　　I told you, I, he was a frantic fool,

　　　　　　　Hiding his bitter jests in blunt behaviour,

　　　　　　　And to be noted for a merry man

　　　　　　　He'll woo a thousand, 'point the day of marriage,

　　　　　　　Make friends, invite them, and proclaim the banns,

　　　　　　　Yet never means to wed where he hath wooed.

（III. ii. 8-17）

凯瑟丽娜　谁也不丢脸，就是我一个人丢脸。你们不管我愿意不愿意，硬要我嫁给一个疯头疯脑的家伙，**他求婚的时候那么性急，一到结婚的时候，却又这样慢腾腾了**。我对你们说吧，他是一个疯子，他故意装出这一副穷形极相来开人家的玩笑；他为了要人家称赞他是一个爱寻开心的角色，会去向一千个女人求婚，和她们约定婚期，请好宾朋，宣布订婚，可是却永远不和她们结婚。

（第三幕第二场）

凯瑟丽娜定好和彼特鲁乔结婚，可在他们大婚那天，彼特鲁乔却迟迟没有出现，凯瑟丽娜感觉自己的颜面丢尽，说："谁也不丢脸，就是我一个人丢脸。你们不管我愿意不愿意，硬要我嫁给一个疯头疯脑的家伙，他求婚的时候那么性急，一到结婚的时候，却又这样慢腾腾了（who wooed in haste and means to wed at leisure）"。

莎翁的这句"wooed in haste and means to wed at leisure"借鉴了埃德蒙·蒂尔尼爵士（Edmund Tilney）于 1566 年发表的一篇名叫《婚姻中简短而愉快的论述，被称为友谊之花》（*A briefe and pleasant discourse of duties in mariage*，*called the flower of friendshippe*）的散文中的思想：

This loue must growe by little and little，

and that it may be durable，must by degrées

take roote in the hart. For hasty loue is soone gone.

And some haue loued in post hast，

that afterwards haue repented them. ①

但这一表达为人们熟知并非由于莎翁的《驯悍记》，而是后来英国剧作家威廉·康格里夫（William Congreve）1693 年的喜剧《老单身汉》（*The Old Batchelour*）：

Thus grief still treads upon the heels of pleasure：

Married in haste，we may repent at leisure.

发展到今天，这一谚语的形态已变成了"marry in haste，repent at leisure"，意思是"结婚太急，追悔莫及"，意在提醒人们在确定自己找到了合适的人之前不要匆忙结婚，否则追悔莫及。

例句

* Marry in haste，repent at leisure. You need to take a second thought of it.

结婚太急，后悔莫及。你得好好考虑一下才行。

* The newly married couple was in quarrel again. This really proved that proverb：marry in haste，repent at leisure.

这对新婚夫妇又吵起来了。这真是应了那句谚语：结婚太急，后悔莫及。

---

① 蒂尔尼爵士通过这段话强调爱情的滋长应是细水长流，而仓促的爱情则会转瞬即逝，一些人不经仔细思考便作出草率结婚的决定，最后往往追悔莫及。

forever and a day | 永远，永久

BIONDELLO I cannot tell, except they are busied about a counterfeit assurance. Take you assurance of her *cum privilegio ad imprimendum solum* — to th' church take the priest, clerk, and some sufficient honest witnesses. If this be not that you look for, I have no more to say, but bid Bianca farewell **for ever and a day**.

(IV. v. 16-20)

比昂台罗 我也不知道是什么意思，我只知道趁着他们都在那里假装谈条件的时候，您就赶快同着她到教堂里去，找到了牧师执事，再找几个靠得住的证人，取得"只此一家，不准翻印"的权利。这倘不是您盼望已久的好机会，那么您也**从此**不必再在比恩卡身上转念头了。

(第四幕第四场)①

　　假扮路森修的特拉尼奥携假扮比萨富商文森修（Vicentio）的老学究（Pedant），装作和巴普提斯塔谈论向比恩卡求婚的条件，以便让假扮家庭教师堪比奥（Cambio）的路森修能够趁机带着比恩卡去教堂结婚。路森修的另一个仆人比昂台罗（Biondello）此处是在通知路森修他们的计策。这里的"*cum privilegio ad imprimendum solum*"（"只此一家，不准翻印"的权利）是拉丁语，即"拥有独家印刷权"的意思。"印刷"（printing）曾通常被用以比喻生子，莎士比亚也曾在其他作品中使用这一比喻，例如"Although the print be little, the whole matter / And copy of the father"（虽然是副缩小的版子，那父亲的全副相貌，都抄了下来了）（*The Winter's Tale*, II. iii. 97-98），以及"For she did print your royal father off, / Conceiving you."（因为她在怀你的时候，全然把你父王的形象铸下来了）（*The Winter's Tale*, V. i. 124-125）。

　　"for ever"已经表示"永久的，永远的"，在"for ever"的基础上再加上"a day"（一天）也还是"永远"，这一添加看似多余，但实则是一种强调手段。莎士比亚似乎很喜欢这一表达，他在其作品中频频使用这一短语，其中最浪漫的用法当属莎翁之后在《皆大欢喜》（*As You Like It*）里写的一段关于婚恋的名言：

---

　　① "New Oxford"版将 *The Taming of the Shrew* 的第四幕细分为六场，"纪念版"译本则只分为五场，故此处中英文幕场不一致。

ROSALIND	Now tell me how long you would have her after you have possessed her?
ORLANDO	**For ever and a day.**
ROSALIND	Say 'a day', without the 'ever'. No, no, Orlando, men are April when they woo, December when they wed. Maids are May when they are maids, but the sky changes when they are wives.

(IV. i. 110-115)

罗瑟琳	现在你告诉我你占有了她之后，打算保留多久？
奥兰多	**永久再加上一天。**
罗瑟琳	说一天，不用说永久。不，不，奥兰多，男人们在未婚的时候是四月天，结婚的时候是十二月天；姑娘们做姑娘的时候是五月天，一做了妻子，季候便改变了。

（第四幕第一场）

　　罗瑟琳和奥兰多相爱，两个人约好在森林里相见，罗瑟琳因奥兰多迟到而抱怨，随后让心爱之人向自己求婚。她问奥兰多能爱她多久，奥兰多回答"永久再加上一天"（For ever and a day）。如此浪漫的回答并没有迷惑住罗瑟琳，她反而回答说："说一天，不用说永久。男人们在未婚的时候是四月天，结婚的时候是十二月天；姑娘们做姑娘的时候是五月天，一做了妻子，季候便改变了。"（men are /April when they woo, December when they wed. Maids are May when /they are maids, but the sky changes when they are wives.）在很多人看来，婚前更多的是男人对爱人的海誓山盟，婚后更多的是女人对丈夫的担心抱怨，莎翁几百年前对婚姻的判断可谓一针见血，而这句话也被当作经典广为传诵。

　　英语中"for ever"和"forever"表达的都是"永远，永久"的意思，它们的不同之处在于"for ever"是英式英语，而"forever"是美式英语，这两种拼写方式都是正确的，但随着英文的逐渐发展，相较"for ever"，"forever"的使用变得越来越为普遍，因此，莎翁的这一表达也从"for ever and a day"演变为了现在常用的拼写方式"forever and a day"。

　　另外，除"forever and a day"之外，"forever and ever"同样也是加强语气的一种表达方式，比"forever"更深一层，更永久。

✎ 例句

* Forever and a day that's how long I'll be loving you.

我爱你，一生一世！

* When her son went to fight in the war, his mother felt she'd say goodbye to him forever and a day.

儿子动身上前线作战时，母亲觉得她是在向他永远道别。

《第十二夜》
Twelfth Night

第二幕第四场：托比、安德鲁、小丑等人喝酒寻欢作乐（Walter Howell Deverell 绘制，1850 年）

　　《第十二夜》约写于 1600—1602 年间，并于 1623 年收入《第一对开本》。该剧讲的是，相貌相同的孪生兄妹西巴斯辛（Sebastian）和薇奥拉（Viola）在一次海难中失散，薇奥拉以为哥哥身遭不幸，便女扮男装化名西萨里奥（Cesario），到伊利里亚公爵奥西诺（Orsino）门下当侍童。奥西诺派薇奥拉替他向伯爵小姐奥丽维娅（Olivia）求婚，可这时薇奥拉已经暗自爱上了奥西诺，而奥丽维娅却对代主求婚、女扮男装的薇奥拉一见钟情。为赢得奥丽维娅的芳心，奥西诺再次派薇奥拉到奥丽维娅的家中游说，不料奥丽维娅愈加爱慕薇奥拉，但奥丽维娅的叔父托比爵士（Sir Toby Belch）却执意要将她嫁给他的朋友安德鲁（Sir Andrew Aguecheek），于是他和奥丽维娅的女仆玛利娅（Maria）一起极力鼓动安德鲁和薇奥拉决斗。另一边，原来西巴斯辛遇难时被海盗船长安东尼奥（Antonio）所救，二人结成莫逆之交。来到伊利里亚后，由于安东尼奥船长惧怕当局的追捕，不能陪西巴斯辛进城，便把钱袋交给他使用。后来安东尼奥意外碰到正在和安德鲁决斗的薇奥拉，错把她当成西巴斯辛，遂上前拔刀相助。然而，路过此地的警察认出了他并把他逮捕。安东尼奥看薇奥拉对自己被捕既无动于衷，也不肯还他钱袋，大为吃惊，遂指责她忘恩负义。安德鲁等人还想找薇奥拉决斗，但是他们遇到了西巴斯辛，错把他当成薇奥拉，便拔剑相向，幸被及时赶来的奥丽维娅所制止。奥丽维娅也错把西巴斯辛当成薇奥拉，并把他请到家里，两人私下结成百年之好。最后一切真相大白，西巴斯辛和薇奥拉兄妹重逢，西巴斯辛和奥丽维娅相爱，奥西诺公爵被薇奥拉的品貌所感动并宣布娶她为妻，安东尼奥船长亦获自由，众人皆大欢喜。莎士比亚以抒情的笔调，浪漫喜剧的形式，借此剧讴歌了人文主义对爱情和友谊的美好理想，表现了生活之美、爱情之美。

 ## If music be the food of love, play on. |
假如音乐是爱情的食粮，那么奏下去吧。

ORSINO   **If music be the food of love, play on,**

Give me excess of it that, surfeiting,

The appetite may sicken and so die.

That strain again, it had a dying fall.

O, it came o'er my ear like the sweet sound

That breathes upon a bank of violets,

Stealing and giving odour.

(I. i. 1-7)

公爵   假如音乐是爱情的食粮，那么奏下去吧；尽量地奏下去，好让爱情因过饱噎塞而死。又奏起这个调子来了！它有一种渐渐消沉下去的节奏。啊！它经过我的耳畔，就像微风吹拂一丛紫罗兰，发出轻柔的声音，一面把花香偷走，一面又把花香分送。

（第一幕第一场）

伊利里亚的奥西诺公爵深信自己已经疯狂爱上了伯爵小姐奥丽维娅，可惜对方对他没有意思，而且正在为她哥哥服丧，因此对奥西诺不合时宜的殷勤大为光火。

本剧的开场，他和朋友、仆人们一起坐在花园里听着音乐合奏，演出一开始，音乐家们似乎就停了下来。他让他们继续演奏，直到他厌倦为止。他解释说，"假如音乐是爱情的食粮，那么奏下去吧(If music be the food of love, play on)；尽量地奏下去，好让爱情因过饱噎塞而死",直到让他反感,让他失去爱上年轻富有的奥丽维娅的欲望。奥西诺这一形象是典型的文艺复兴时期做作、忧郁的青年人代表,此时的他并不知道爱情为何物,就对奥丽维娅展开狂热的追求,遭到拒绝之后,便显示出一副伤心欲绝的窘态。

例句

* If music be the food of love, play on. In this case I won't crave for her love so much.
假如音乐是爱情的食粮,那么奏下去吧。这样我就不会太渴求她对我的爱。

* If music be the food of love, play on. Therefore, no one would die for the loss of love.
假如音乐是爱情的食粮,那么奏下去吧。这样就不会再有人为失去爱而殉情了。

Better a witty fool than a foolish wit. |
宁做聪明的傻瓜,不做愚蠢的智者。

CLOWN   Wit, an't be thy will, put me into good fooling! Those wits that think they have thee do very oft prove fools, and I that am sure I lack thee may pass for a wise man. For what says Quinapalus? —'**Better a witty fool than a foolish wit.**'

(I. v. 27-30)

小丑   才情呀,请你帮我好好地装一下傻瓜!那些自负才情的人,实际上往往是些傻瓜;我知道我自己没有才情,因此也许可以算做聪明人。昆那拍勒斯怎么说的?**"与其做愚蠢的智人,不如做聪明的愚人。"**

(第一幕第五场)

奥丽维娅厌烦自己的叔父托比和安德鲁以及小丑(Clown)三人天天在家饮酒作乐,想把小丑撵出家门,但小丑虽为愚人却会说些机灵话,他希望奥丽维娅小姐把他留下来,于是说了这番话。

现在,"fool"通常指的是愚蠢、愚笨的人,但在过去,"fool"还特指供王公贵族娱乐的职业小丑,也被称为"jester"。在小丑看来,一个聪明的职业小丑会用唱歌、跳舞、杂技以及说一些好话来讨好他的老板,以保住他的工作;而不明智的职业小丑会因不够圆滑或不会说好话惹怒,甚至是侮辱到他的老板,这不仅会让他失去工作,甚至会让他失去性命。因此，他在此处强调做一个诙谐的小丑（witty jester/fool），总比做一个诙谐但讽刺、伤人的小丑（a witty but sarcastic, hurtful jester/fool）要好得多，即"Better a witty fool than a foolish wit"。

　　现在我们也常用这句谚语来比较傻瓜与智者。那些自以为聪明的人实际上只有愚蠢的小聪明，说到底还是傻瓜；真正有大智慧的智者往往谦虚收敛，大智若愚。这句谚语也在强调"与其锋芒毕露，不如大智若愚"的处世智慧。

例句

* As a saying goes, "Better a witty fool than a foolish wit." I'd rather be a fool.

　　正如谚语所说："宁做聪明的傻瓜，不做愚蠢的智者。"我宁愿做一个愚者。

* Have you ever heard of "Better a witty fool than a foolish wit"? Don't be so pompous.

　　你有没有听说过"宁做聪明的傻瓜，不做愚蠢的智者"？别那么自以为是了。

 a night owl | 夜猫子，熬夜工作的人

SIR ANDREW　　A mellifluous voice, as I am true knight.

SIR TOBY　　A contagious breath.

SIR ANDREW　　Very sweet and contagious, i'faith.

SIR TOBY　　To hear by the nose, it is dulcet in contagion. But shall we make the welkin dance indeed? Shall we rouse the **night owl** in a catch that will draw three souls out of one weaver?

（II. iii. 48-53）

安德鲁　凭良心说话，好一副流利的歌喉！

托　比　好一股恶臭的气息！

安德鲁　真的，很甜蜜又很恶臭。

托　比　用鼻子听起来，那么恶臭也很动听。可是我们要不要让天空跳起舞来呢？我们要不要唱一支歌，把**夜枭**吵醒；那曲调会叫一个织工听了三魂出窍？

（第二幕第三场）

　　托比是奥丽维娅的叔父，住在奥丽维娅的家中，经常饮酒作乐，还带了一个朋友安

德鲁·艾古契克爵士。这虽然惹得奥丽维娅很不高兴，但托比毫不在意。一日，托比、安德鲁和小丑在一起喝酒、唱歌、狂欢，小丑唱完一曲之后，托比提议："可是我们要不要让天空跳起舞来呢？我们要不要唱一支歌，把夜枭吵醒(Shall we rouse the night-owl in a catch?)……"

　　在莎翁的作品里"night owl"仍然使用的是单词的原义，即"猫头鹰"。众所周知，猫头鹰的活动规律是昼伏夜出，白天躲起来睡觉，一到晚上就外出活动捕食。而有一种人的生活习惯就很像猫头鹰：他们白天躺在家里睡觉，一到晚上就异常兴奋，一直到深夜都不睡，要么外出过夜生活，要么挑灯夜战加紧工作，所以美国人就把晚睡的人称为"a night owl"，对应汉语中的"夜猫子"。

　　当然，英语里还有很多其他表达"熬夜""夜猫子"之类的意思的短语。比如：I **stayed up** all night last night working on this project.（我昨晚一宿没睡，就是为了完成这个项目。）又如：The students often **burn the midnight oil** before a big exam.（学生们在大考之前总会开夜车学习。）

✑ 例句

* You can call me after midnight, for I'm a night owl.

　　我是个夜猫子，你晚上12点以后给我打电话都没问题。

* I simply couldn't get myself to crawl up in the morning. Classes here start too early, and also most students are night owls.

　　早上实在爬不起来。这儿上课的时间太早，而大多数的学生又是夜猫子。

cakes and ale | 吃喝玩乐，物质享受

SIR TOBY　Out o'tune sir, ye lie. Art any more than a

　　　　　　steward? Dost thou think because thou art virtuous there shall be no

　　　　　　more **cakes and ale**?

(II. iii. 97-99)

托比　唱的不入调吗？先生，你说谎！你不过是一个管家，有什么可以神气的？你以为你自己道德高尚，人家便不能**喝酒取乐**了吗？

（第二幕第三场）

托比、安德鲁和小丑喝酒狂欢至深夜，这惹恼了管家马伏里奥。马伏里奥命令他们不许胡闹，却被托比嘲弄了一番。托比对马伏里奥说："你不过是一个管家，有什么可以神气的？你以为你自己道德高尚，人家便不能喝酒取乐了吗？"（Art any more than a steward? Dost thou think, because thou art virtuous, there shall be no more cakes and ale?）而后便继续寻乐。

用"cakes"（蛋糕）和"ale"（啤酒）来指代"吃喝享乐等物质享受"是再恰当不过了。这一表达是如此经典，以至于20世纪英国作家萨默塞特·毛姆（Somerset Maugham）都用"cakes and ale"为其小说取名。这部 *Cakes and Ale*（《啼笑皆非》，又作《寻欢作乐》）使得毛姆声名大噪，也是他创作生涯的一部巅峰之作。在这部小说中，女主角罗西·德里菲尔德（Rosie Driffield）的坦率、诚实和性自由使她成为社会保守礼仪的攻击目标。作者毛姆借主人公之口表达了他对这种错误社会观念的揭露和批评，加之小说又讲述了许多文艺圈里的逸闻韵事，故以"cakes and ale"（寻欢作乐）这一主线索为小说标题。

🌿 例句

* Life is not all cakes and ale.

—Thomas Hughes（British jurist and author）

人生并非都是吃喝玩乐。

——托马斯·休斯（英国法学家、作家）

* Better beans and bacon in peace than cakes and ale in fear.

—*Aesop's Fables*

宁可安安心心地吃蚕豆和咸肉，也不愿胆战心惊地享用糕饼和麦芽酒。

——《伊索寓言》

 Some are born great, some achieve greatness, and some have greatness thrust upon'em. |
有的人是生来的富贵，有的人是挣来的富贵，有的人是送上来的富贵。

MALVOLIO　'M. O. A. I.' This simulation is not as the former; and yet to crush this a little, it would bow to me, for every one of these letters are in my name. Soft, here follows prose：[reads] 'If this fall into thy hand, revolve. In my stars I am above thee, but be not afraid of greatness. **Some are born great, some achieve greatness, and some have greatness thrust upon them.** Thy fates open their hands, let thy blood and spirit embrace them, and to inure thyself to what thou art like to be, cast thy humble slough, and appear fresh.

(Ⅱ. ⅴ. 116-123)

马伏里奥　M，O，A，I；这隐语可与前面所说的不很合辙；可是稍为把它颠倒一下，也就可以适合我了，因为这几个字母都在我的名字里。且慢！这儿还有散文呢。"要是这封信落到你手里，请你想一想。照我的命运而论，我是在你之上，可是你不用惧怕富贵：**有的人是生来的富贵，有的人是挣来的富贵，有的人是送上来的富贵。**你的好运已经向你伸出手来，赶快用你的全副精神抱住它。你应该练习一下怎样才合乎你所将要做的那种人的身份，脱去你卑恭的旧习，放出一些活泼的神气来。

(第二幕第五场)

第二幕第五场：傲慢的马伏里奥(Charles Heath 绘制，约 1825—1840 年)

托比爵士和玛利娅等人为报复管家马伏里奥，写了封假情书捉弄他，这里马伏里奥就是在念情书上的内容。情书中有一句"Some/are born great, some achieve greatness, and some have greatness /thrust upon them"（有的人是生来的富贵，有的人是挣来的富贵，有的人是送上来的富贵），意在强调无论拥有怎样的出生和机遇，人人都有机会获得富贵、伟大或者成功。

今天，人们依然用这句话来谈论财富和伟大。对于那些"born great"的人而言，他们含着金钥匙出生，其实是在享受父母的成就；还有一些人，靠着自己的打拼而赢得成功，他们则属于"some achieve greatness"；而剩下那些被成功、财富所砸中的上天的宠儿（some have greatness thrust upon them）应该是少之又少。这三种人当中，第二种人往往是最值得推崇的，因此英语里面也有名言说：A person is not born great; he achieves his greatness.

❧ 例句

* Different people have different ways to achieve greatness: some are born great, some achieve greatness, and some have greatness thrust upon them.

不同的人获得富贵的方式也不同：有的人是生来的富贵，有的人是挣来的富贵，有的人则是送上来的富贵。

* Some are born great, some achieve greatness, and some have greatness thrust upon them. What kind of people would you like to become?

有的人是生来的富贵，有的人是挣来的富贵，有的人则是送上来的富贵。你又愿意成为哪种人？

 laugh oneself into stitches | 捧腹大笑

MARIA　If you desire the spleen, and will **laugh yourselves into stitches**, follow me. Yon gull Malvolio is turned heathen, a very renegado, for there is no Christian that means to be saved by believing rightly can ever believe such impossible passages of grossness. He's in yellow stockings.

(III. ii. 52-56)

玛利娅　要是你们愿意捧腹大笑，不怕**笑到腰酸背痛**，那么跟我来吧。那只蠢鹅马伏里奥已经信了邪道，变成一个十足的异教徒了；因为没有一个相信正道而希望得救的基督徒，会做出这种丑恶不堪的奇形怪状的事来。他穿着黄袜子呢。

（第三幕第二场）

托比爵士和玛利娅等人为报复管家马伏里奥，写了封假情书骗他，让他以为主人奥丽维娅小姐爱上了他，并且认为她酷爱黄袜子和十字交叉的袜带——这其实是奥丽维娅小姐最讨厌的装扮。被骗中招的马伏里奥穿上极其滑稽的服饰来到奥丽维娅面前，玛利娅则向托比爵士等人通报马伏里奥的丑态，招呼他们一同去看笑话。

"stitch"作为名词的本义是"stab"，即用物体尖锐的一端去扎。从这个意思衍生了大多数其他含义，既可作名词，也可作动词来使用——"stitch"布料就是用针去刺布；慢跑时产生"stitches"就是感到刺痛。玛利娅邀请同伙们来"laugh yourselves into stitches"，就是指大笑这种有氧运动所产生的腹部扭曲和刺痛。在文艺复兴时期的精神生物学的概念里，人们认为这类狂喜的情绪，是藏在脾脏（spleen）里的——这里也是其他突发情绪的发源地。

类似表达"大笑"含义的英文谚语还有"burst into laughter"（捧腹大笑），"laugh one's head off"（笑掉大牙），"laugh oneself to death"（差点没笑死），"smile from ear to ear"（笑得合不拢嘴）。英语里面还有形形色色关于笑的表达，比如"force a smile"（强颜欢笑），"laugh it off"（一笑而过），"become a laughing stock"（成为笑料，成为笑柄）。

🖎 例句

* This is such a good show that I laughed myself into stitches from the beginning till the end.
这场演出太精彩了，我从头笑到尾。

* She laughed herself into stitches when she saw the boy's funny looks.
她看到那个男孩滑稽的样子，忍不住笑破了肚皮。

midsummer madness｜愚蠢之至，极度疯狂

MALVOLIO　'Remember who commended thy yellow stockings'—
OLIVIA　　　Thy yellow stockings?
MALVOLIO　'And wished to see thee cross-gartered.'

OLIVIA   Cross-gartered?

MALVOLIO   'Go to, thou art made, if thou desir'st to be so'—

OLIVIA   Am I made?

MALVOLIO   'If not, let me see thee a servant still.'

OLIVIA   Why, this is very **midsummer madness**.

(III. iv. 43-50)

马伏里奥   "记着谁曾经赞美过你的黄袜子，"——

奥丽维娅   你的黄袜子！

马伏里奥   "愿意看见你永远扎着十字交叉的袜带。"

奥丽维娅   扎着十字交叉的袜带！

马伏里奥   "好，只要你自己愿意，你就可以出头了，"——

奥丽维娅   我就可以出头了？

马伏里奥   "否则让我见你一生一世做个管家吧。"

奥丽维娅   哎哟，这家伙简直中了暑在发疯了。

(第三幕第四场)

马伏里奥向奥丽维娅示爱，侍女玛利娅在一旁偷笑（Daniel Maclise 绘制，1840 年）

　　马伏里奥是个傲慢的大管家，为了捉弄他，玛利娅等人模仿奥丽维娅的笔迹写了一封情书，鼓励马伏里奥向奥丽维娅大胆求爱，并要他穿着实际上令奥丽维娅厌恶的黄色长袜和十字交叉的袜带。马伏里奥信以为真，按照信上的指示向奥丽维娅示爱，并向奥丽维娅说着信上的内容，不明所以的奥丽维娅则以为他在发疯："哎哟，这家伙简直中了暑在发疯了。"（Why, this is very midsummer madness.）

"midsummer madness"的意思是"因为夏季的炎热或仲夏的月亮而产生的一种会暂时陷入愚蠢、毫无意义等状态的行为"，可以用来形容"愚蠢至极""极度疯狂"。

这里提到了"midsummer"（仲夏），即每年日最长夜最短的日子。英国人会在每年的6月22日晚上庆祝仲夏夜（Midsummer's Eve），而6月23日就是仲夏日（Midsummer's Day）了。根据英国的传说，人们会在这个晚上有奇异的经历，可能进入魔幻世界。莎士比亚的另一著作《仲夏夜之梦》（*A Midsummer Night's Dream*）的灵感也许就来源于此。

例句

* I suppose it was midsummer madness, but I spent all my savings and bought an open sports car.

我知道这有点疯狂，但我的确花了我所有的积蓄，买了辆敞篷赛车。

* It would be midsummer madness to try to climb the mountain in such a snowstorm.

在这样大的暴风雪中去爬山简直是疯狂。

improbable fiction | 不合情理的捏造

FABIAN If this were played upon a stage, now, I could condemn it as an **improbable fiction**.

(III. iv. 107-108)

费边 要是这种情形在舞台上表演起来，我一定要批评它**捏造得出乎情理之外**。

(第三幕第四场)

玛利娅、托比爵士一帮人本来在一起狂欢作乐，却被马伏里奥扫了兴，于是极为恼怒，决定报复马伏里奥，骗他做出疯狂滑稽的举动。没想到马伏里奥如此容易上当受骗，丝毫不怀疑其中有蹊跷。奥丽维娅的另一个仆人费边（Fabian）不由感叹道："要是这种情形在舞台上表演起来，我一定要批评它捏造得出乎情理之外。"（If this were played upon a stage, now, I could condemn it as an/ improbable fiction.）"improbable fiction"（情理之外的捏造）之所以不受待见，甚至会遭受谴责，主要是因为当时自亚里士多德传承而来的批评理论：可能性（舞台上发生的也可以真的在现实生活中发生）应为喜剧的必然元素。当然，费边、莎士比亚和每一个观众都心知马伏里奥如此好骗也正是为了博众人一笑，看似不合情理，却恰恰是莎剧的魅力之所在。

再来说说"improbable"一词，我们可以把"荒谬之极的想法"译成"a wildly improbable idea"，把"不大可能的事"译成"something improbable"。而在今天的激烈竞争中，编造、虚构以及伪造难免会闯入我们的生活，与"假"相关的常见表达还有："fake note"（假钞），"counterfeit goods"（假货），"fake drug"（假药），"cook the books"（假账），"fabricate an evidence"（捏造证据），"That's sheer fabrication"（这完全是凭空捏造），"fabricate academic credentials"（学历造假），"pseudo-science"（伪科学），"academic misconduct"（学术不端行为）。

 例句

* An improbable fiction got his back up.

  不合情理的虚构故事激怒了他。

* Where did you dream up that improbable fiction?

  你哪里想出如此不合情理的虚构故事？

the jaws of death | 鬼门关，死神

SECOND OFFICER	Come, sir, I pray you go.
ANTONIO	Let me speak a little. This youth that you see here
	I snatched one half out of **the jaws of death**,
	Relieved him with such sanctity of love,
	And to his image, which methought did promise
	Most venerable worth, did I devotion.
FIRST OFFICER	What's that to us? The time goes by. Away!
ANTONIO	But O, how vile an idol proves this god!

(III. iv. 303-310)

警 吏 乙　好了，对不起，朋友，走吧。

安东尼奥　让我再说句话，你们瞧这个孩子，他是我从**死神的掌握**中夺了来的，我用神

圣的爱心照顾着他；我以为他的样子是个好人，才那样看重着他。

警 吏 甲　那跟我们有什么相干呢？别耽误了时间，去吧！

安东尼奥　可是唉！这个天神一样的人，原来却是个邪魔外道！

（第三幕第四场）

　　西巴斯辛和薇奥拉是相貌相同的孪生兄妹，两人在一次海难中失散。薇奥拉以为哥哥身遭不幸，而事实上西巴斯辛遇险时恰被海盗船长安东尼奥所救，安东尼奥还给了他一笔钱，两人结成莫逆之交。

　　这天，安东尼奥意外碰到正在和安德鲁决斗的薇奥拉。他错把女扮男装的薇奥拉当成她的哥哥西巴斯辛，遂上前拔刀相助。然而，路过此地的警察认出了他并把他逮捕。安东尼奥看到薇奥拉对自己被捕既无动于衷，也不肯还他钱袋，大为吃惊，遂指责她忘恩负义，说道："你们瞧这个孩子，他是我从死神的掌握中夺了来的（This youth that you see here /I snatched one half out of the jaws of death），我用神圣的爱心照顾着他；我以为他的样子是个好人，才那样看重他……这个天神一样的人，原来却是个邪魔外道！"

　　"the jaws of death"意为"失败的险境；逼近的危险"，译为"鬼门关"是再形象不过的。"fall into the jaws of death"说明一个人"身陷虎口"，如果他得以"flee from the jaws of death"（逃出虎口），也可以说他"have a narrow escape from death"或者"be snatched from the jaws of death"。

例句

*　The doctor rescued the girl from the jaws of death.

　　医生把小女孩的生命从死神手里夺了回来。

*　If you work too many hours, your job can become the jaws of death.

　　如果你工作时间过长，你的工作将会要了你的命。

whirligig of time | 报应轮回

CLOWN　Why, 'Some are born great, some achieve greatness, and some
　　　　have greatness thrown upon them.' I was one, sir, in this interlude, one
　　　　Sir Topas, sir; but that's all one. 'By the Lord, fool, I am not mad.'—but

do you remember, 'Madam, why laugh you at such a barren rascal,
an you smile not, he's gagged'—and thus the **whirligig of time** brings
in his revenges.

(V. i. 350-355)

小丑 嘿，"有的人是生来的富贵，有的人是挣来的富贵，有的人是送上来的富贵。"这本戏文里我也是一个角色呢，大爷；托巴斯师傅就是我，大爷；但这没有什么相干。"凭着上帝起誓，傻子，我没有疯。"可是您记得吗？"小姐，您为什么要对这么一个没头脑的混蛋发笑？您要是不笑，他就开不了口啦。"六十年**风水轮流转**，您也遭了报应了。

(第五幕第一场)

托比等人由于受到傲慢的马伏里奥的斥责，决定对他进行报复。马伏里奥鬼迷心窍，上了他们的当，丑态百出；而奥丽维娅则以为管家在发疯。最后真相大白，马伏里奥坦白自己没有发疯而是被骗，小丑对马伏里奥说"六十年风水轮流转，您也遭了报应了"(thus the whirligig of time brings in his revenges)——马伏里奥曾侮辱小丑是"barren rascal"(没有头脑的混账东西)，后来马伏里奥不仅被托比等人捉弄得大出洋相，还被误会成了疯子关进暗室，而小丑则装扮成牧师托巴斯师傅(Sir Topas)假装给马伏里奥"治病"，其实是捉弄他，也算是报了曾经的侮辱之仇。此处的翻译之所以为"六十年风水轮流转"，大概是朱生豪先生在翻译过程中结合了中国天干地支纪法的原因——根据天干地支运算，六十年为一个轮回周期。

"whirligig"在公元1440年是一种旋转工具，后来旋转木马和走马灯的出现都是起源于它，因此也有人将旋转木马称为"whirligig"。"whirligig of time"字面意思是"旋转的时间"，这一表达生动形象地诠释了时间或者命运的轮回性。与命运的车轮(fortune's wheel)类似，这句谚语强调的就是由时间带来的因果报应轮回，蕴含了"you reap what you sow"(自食其果)和"what comes around goes around"(善恶尽头终有报)的内涵。

❧ 例句

* There is no certain answer as to what is life, though everyone knows it in his heart. Maybe life is arranged by something above us, say the whirligig of time.

对于什么是生活，没有固定的答案，因为不同的人在内心里会有不同的答案。也许人生是由高于我们的东西来安排的，比如时代的变迁，命运的轮回。

* What the whirligig of time will bring in is unknown.

因果报应会带来怎样的变化是不可知的。

《维洛那二绅士》

The Two Gentlemen of Verona

《凡伦丁从普洛丢斯手中救出西尔维娅》（Francis Wheatley 绘制，1792 年）

　　《维洛那二绅士》被普遍认为是莎士比亚最早的作品之一，约创作于 1594 年前后。凡伦丁（Valentine）和普洛丢斯（Proteus）是维洛那贵族出身的一对好友。凡伦丁不愿把青春消磨在无聊中，于是决定前往米兰觅求自己的财路；而普洛丢斯则为了爱情，继续留在维洛那。凡伦丁到米兰后，与公爵的女儿西尔维娅（Silvia）两情相悦。而此时普洛丢斯也被父亲送到了米兰公爵府求职，临行前他还与恋人朱利娅（Julia）海誓山盟，但在见到西尔维娅后便对她一见钟情。得知凡伦丁和西尔维娅要私奔后，普洛丢斯向公爵泄漏了二人的计划，导致凡伦丁被放逐。为寻找爱人，朱利娅女扮男装前往公爵府，成为普洛丢斯的侍从。看到普洛丢斯对西尔维娅的爱意后，她悲痛欲绝。此时被放逐的凡伦丁被一伙强盗劫持，却又因机智的说辞被迫当了他们的首领。被逼婚的西尔维娅在年迈的爱格勒莫（Eglamour）爵士的帮助下，顺利出逃，但却被凡伦丁领导的强盗们所抓获。普洛丢斯冒险将她救出，并在众人面前向她诉说爱意，却不料凡伦丁也在场。普洛丢斯为此羞愧万分并表示忏悔，凡伦丁大度地原谅了他。朱利娅随后也向普洛丢斯表明身份，普洛丢斯被其真挚的爱打动，重新爱上了她。看到凡伦丁对西尔维娅勇敢的爱，公爵决定成全他们。最后两对恋人喜结连理，公爵也赦免了凡伦丁手下的强盗们。由于是莎士比亚的早期作品，该故事中对人物的塑造相对简单，但莎士比亚年轻志高，在本剧中做了一些突破性的尝试，从中可以看出他日后大加发挥的一些奇思妙想的最初酝酿。莎翁还借此剧反映了爱情和友谊的主题和文艺复兴时期英国现实生活的浓厚气息，体现了其人文主义理想的光芒。

 ## as hard as steel | 像钢铁一样坚硬

SPEED　Sir, I could perceive nothing at all from her, no, not so much as a
　　　　ducat for delivering your letter. And being so hard to me, that brought
　　　　your mind, I fear she'll prove as hard to you in telling your mind.
　　　　Give her no token but stones, for she's **as hard as steel**.

(I. i. 122-125)

史比德　少爷，我在她身上什么都看不出来；我把您的信送给她，可是我连一块钱的影子也看不见。我给您传情达意，她待我却这样刻薄；所以您当面向她谈情说爱的时候，她也会一样冷酷无情的。她的心肠就**像铁石一样硬**，您还是不用送她什么礼物，就送些像钻石似的硬货给她吧。

(第一幕第一场)

　　凡伦丁的仆人史比德(Speed)帮普洛丢斯送情书给恋人朱利娅，但朱利娅收到后没给史比德小费，还表现得冷酷无情，于是史比德说了这段话向普洛丢斯汇报情况，还形容朱利娅的心肠"就像铁石一样硬"(as hard as steel)。

　　通常情况下，我们会用"as hard as steel"形容"one's heart"(某人的心地)"冷酷无情""铁石心肠"，或者用"as hard as steel"来形容"one's will"(某人的意志)"坚强""坚韧不屈"。

　　莎翁在《亨利六世》(下)(*Henry VI, Part III*)中也使用了"as hard as steel"这一表达：

RICHARD　Then, Clifford, were thy heart **as hard as steel**,

As thou hast shown it flinty by thy deeds,

I come to pierce it, or to give thee mine.

（II. i. 201-203）

理查 我说，克列福小子，从你的行事上看你的心肠是硬的，可是纵使你心**比钢硬**，我也要戳碎它，否则就把我的心交给你。

（第二幕第一场）

除了"as hard as steel"之外，与"steel"相关的英文谚语还有"of steel"，它的意思是"钢铁般坚强的；坚硬的；冷酷的"。此外，还有"have（got）nerves of steel"，它的意思是"有钢铁一般的意志；意志坚强；沉着冷静"。

例句

* Harsh reality is as hard as steel.

  残酷的现实像钢铁一样坚硬。

* His perseverance is as hard as the steel.

  他的毅力像钢铁一般坚硬。

make a virtue of necessity｜不得已而力争有所得

SECOND OUTLAW　　Indeed because you are a banished man,

Therefore above the rest we parley to you.

Are you content to be our general,

To **make a virtue of necessity**

And live as we do in this wilderness?

（IV. ii. 56-60）

盗乙 而且尤其因为你也是一个被放逐之人，所以我们破例来和你商量。你愿意不愿意做我们的首领？穷途落难，**未尝不可借此栖身**，你就像我们一样生活在旷野里吧！

（第四幕第二场）

《凡伦丁解救西尔维娅》(Angelica Kauffmann 绘制，1789 年)

被放逐的凡伦丁在从米兰回维洛那的路途中遇到了一群强盗抢劫，当强盗们得知凡伦丁也同他们一样是个被放逐之人时，他们反而问他："你愿不愿意做我们的首领？穷途落难，未尝不可借此栖身，你就像我们一样生活在旷野里吧！"(Are you content to be our general？/To make a virtue of necessity /And live as we do in this wilderness？)

但其实莎士比亚并不是这一习语的原创者，在此之前，英国诗歌之父乔叟(Geoffrey Chaucer)已经在他的《坎特伯雷故事集》(*The Canterbury Tales*)之 "骑士的故事"("The Knight's Tale")里使用过这一表达："Then is it wisdom, as it thinketh me, /to make virtue of necessity"(所以我认为明智的做法就是：要自愿地去做非做不可的事)。不过，不管是谁第一个使用了 "make a virtue of necessity" 这一表达，总之它被流传至今，表示 "不得已而力争有所得/把非做不可的事装成出于本心而做" 的意思。比如在面对一件不太好的事情时，若某人以乐观积极的心态化逆境为顺境，便是 "make a virtue of necessity"。

🔖 例句

* Being short of money, I made a virtue of necessity and gave up smoking.
  我因缺钱，倒也乐得把烟戒了。
* When Bill's mother became sick, there was no one but Bill to take care of her, so Bill made a virtue of necessity and resolved to enjoy their time together.
  比尔的母亲生病后，除了比尔，无人可以照顾她。比尔理所当然地担起了这一重任，倒也乐得和母亲一起享受母子两人在一起的快乐时光。

历史剧

《约翰王》
King John

约翰王肖像（Westwood Manor 绘制，1660 年）

  《约翰王》约写于 1594—1596 年，于 1623 年首次发表在《第一对开本》中，在历史剧部分列于首位。该剧讲述了约翰王一生的主要经历。法国国王腓力普（King Phìlipp）以帮助已故狮心王理查之子亚瑟（Arthur）讨回王位为由，威逼英王约翰（King John）退位。约翰王无意退缩，渡海迎战。其间，约翰王无意中发现腓力普·福康勃立琪（Philip Falconbridge）是理查一世私生子的事实，遂封其为理查骑士。英法两军对峙安及尔斯城之时，福康勃立琪指出安及尔斯城市民坚拒双方入城的言辞是愚弄两国君王的伎俩，于是向两王献计，暂时化敌为友，联合起来镇压暴民，之后再重整旗鼓彼此开战。两王欣然应允。安及尔斯城市民无力抵抗，转而建议两国缔结秦晋之好，化干戈为玉帛。双方均认同这一建议，于是约翰的外甥女白兰绮（Blanche）与法国太子路易（Louis）联姻，两国战火暂歇。然而，教皇特使潘杜尔夫（Pandolf）的到来令局势急转直下。他一面以罗马教皇的名义将拒绝服从教皇命令的约翰逐出教会，一面又鼓动腓力普王和太子路易维护教会，撕毁和约。英法战火重燃，约翰掳走亚瑟并命心腹赫伯特（Hubert）暗中将其杀死。赫伯特心生不忍，放走亚瑟，可惜亚瑟还是意外身故，致使英国贵族叛乱。面对内忧外患，约翰王不得不求助于教会，由潘杜尔夫从中调停。最终，法国退兵，约翰却身染重病，并在养病期间遭一僧人毒杀。后其子继位，是为亨利三世。本剧不仅显示了莎士比亚塑造人物的高超技巧，也说明他写作英国历史剧的宗旨之一是鼓励英国人民，激发他们的爱国热情。

 ## play fast and loose | 反复无常，玩弄

KING PHILIPPE　　And shall these hands so lately purged of blood,

So newly joined in love, so strong in both,

Unyoke this seizure and this kind regreet,

Play fast and loose with faith, so jest with heaven,

Make such unconstant children of ourselves,

As now again to snatch our palm from palm,

Unswear faith sworn, and on the marriage-bed

Of smiling peace to march a bloody host,

And make a riot on the gentle brow

Of true sincerity?

(III. i. 165-174)

腓力普王　　难道这一双新近涤除血腥气、在友爱中连接的同样强壮的手，必须松开它们的紧握，放弃它们悔祸的诚意吗？难道我们必须**以誓言为儿戏**，欺罔上天，使自己成为反复其手、寒盟背信的小人，让和平的合欢的枕席为大军的铁蹄所践蹋，使忠诚的和蔼的面容含着掩泣？

（第三幕第一场）

　　约翰王与腓力普王本已通过联姻缔结和约，但教皇使者潘杜尔夫不满约翰忤逆教会，于是鼓动腓力普王背弃盟约，向英王开战以维护教会的荣誉。腓力普王一开始不愿再起战火，让自己沦为"以誓言为儿戏"（play fast and loose with faith）的反复小人，因此说出这一番话来希望潘杜尔夫改变心意。当然，利字当头，腓力普王最终还是"寒盟背

信"，再次向约翰王宣战。

现代英语中要是说一个人"play fast and loose with sb./sth."，那便是形容其"待人接物反复无常，擅长玩弄"（to treat sb./sth. in a way that shows that you feel no responsibility or respect for them），也就是不负责任、靠不住。这个习惯用语可用于男女之情方面，也可以用于指涉那些不择手段利用他人或把某事某物当儿戏的人。与其意思相反的表达是"take sb./sth. seriously"，意为"认真对待……"如：Life's so important that we must take it seriously.（生命如此重要，我们要认真对待。）

◈ 例句

* I feel sorry for Mary — Jim has been playing fast and loose with her affections too long. Why doesn't she make up her mind once and for all, and just get rid of the man?
我真替玛丽感到难受，因为吉姆长期玩弄她的感情。她为什么不干脆下定决心和他分手？

* Quite a few period dramas play fast and loose with history.
不少古装剧都拿历史当儿戏。

 gild/paint the lily | 画蛇添足

SALISBURY Therefore, to be possessed with double pomp,

To guard a title that was rich before,

To gild refined gold, to **paint the lily**,

To throw a perfume on the violet,

To smooth the ice, or add another hue

Unto the rainbow, or with taper-light

To seek the beauteous eye of heaven to garnish,

Is wasteful and ridiculous excess.

(IV. ii. 9-16)

萨立斯伯雷 所以，炫耀着双重的豪华，在尊贵的爵号之上添加饰美的谀辞，把纯金镀上金箔，**替纯洁的百合花涂抹粉彩**，紫罗兰的花瓣上浇洒人工的香水，研磨光滑的冰块，或是替彩虹添上一道颜色，或是企图用微弱的烛火增加那灿烂的太阳的光辉，实在是浪费而可笑的多事。

(第四幕第二场)

作为僭王，回到英国后的约翰王为巩固自身王权，替自己二度加冕。朝臣彭勃洛克伯爵(Earl of Pembroke)与萨立斯伯雷伯爵(Earl of Salisbury)都认为此举是"多余的"(superfluous)，"正像重讲一则古老的故事，因不合时宜，而在复述中显得絮烦可厌"(as an ancient tale new-told, ／And, in the last repeating troublesome, ／Being urgèd at a time unseasonable)。后者更用了一连串的隐喻来形容约翰王再度戴上王冠这件事纯粹是"画蛇添足、多此一举"(To gild refined gold, to paint the lily)，"像扯着满帆的船遇到风势的转变一样，它迷惑了人们思想的方向，引起种种的惊疑猜虑"(like a shifted wind unto a sail, ／It makes the course of thoughts to fetch about, ／Startles and frights consideration, ／Makes sound opinion sick, and truth suspected)。

在西方人心目中，百合花(lily)象征着纯洁、高贵、美丽与吉祥。关于百合花还有这样一个有趣的传说：夏娃(Eve)因为违背了上帝的旨意，被赶出了伊甸园(Garden of Eden)，她悔恨自己的过失，不禁流出了眼泪，而这表示忏悔的泪水落到地上，立即长出了百合花。也许由于这一传说的缘故，西方人一直视百合花为圣花，不允许任何人亵渎这种象征纯洁、吉祥的植物。如果有人要为百合花上色(paint the lily)，那无疑是"多此一举"(to add embellishment to something that is already beautiful or outstanding)，有时还引申为"冒犯"的意思。

萨立斯伯雷伯爵这段话不仅生动解释了何为"画蛇添足"，还为我们提供了许多相似的表达："to gild refined gold"(为纯金镀金)，"to paint the lily"(为百合着色)，"to throw a perfume on the violet"(为紫罗兰填香)，"to smooth the ice"(把冰磨光滑)，"to add another hue unto the rainbow"(为彩虹增彩)……这些举措皆属画蛇添足之可笑举动。后来，"to gild refined gold"与"to paint the lily"这两句表达合二为一，现代英语中便有了"gild/paint the lily"这一习语。

例句

* Why add a filter to your photo of the rainbow? No need to paint the lily.
  为什么要给这张彩虹照片加滤镜？没必要多此一举。
* For such a beautiful girl, to use make-up would be to gild the lily.
  对一个这样漂亮的女孩来说，化妆有些画蛇添足。

fight fire with fire | 以牙还牙，以眼还眼

BASTARD   But wherefore do you droop? Why look you sad?

Be great in act, as you have been in thought.

Let not the world see fear and sad distrust

Govern the motion of a kingly eye.

Be stirring as the time, **be fire with fire**;

Threaten the threat'ner, and outface the brow

Of bragging horror. So shall inferior eyes,

That borrow their behaviors from the great,

Grow great by your example, and put on

The dauntless spirit of resolution.

(V. i. 44-53)

庶子   可是您为什么这样意气消沉？您的脸色为什么郁郁寡欢？您一向是雄心勃勃的，
请在行动上表现您的英雄气概吧；不要让世人看见恐惧和悲观的疑虑主宰着一位
君王的眼睛。愿您像这动乱的时代一般活跃；**愿您自己成为一把火，去抵御那燎
原的烈焰**；给威胁者以威胁，用无畏的眼光把夸口的恐吓者吓退；那些惯于摹仿
大人物的行为的凡庸群众，将要看着您的榜样而增加勇气，鼓起他们不屈不挠的
坚决的精神。

(第五幕第一场)

　　亚瑟意外身故后，英国贵族叛乱，与此同时，法军压境。内忧外患之下，约翰王
"意气消沉""郁郁寡欢"。此时福康勃立琪还不知道约翰王已向教会发出求助，于是面
对君王的颓丧，福康勃立琪一力劝谏他重振旗鼓，做国民的榜样，"成为一把火，去抵
御那燎原的烈焰"（be fire with fire），引领英军迎战敌方，发扬英国人"不屈不挠的坚决
的精神"。

　　现代英语中，该引语已演变为"fight fire with fire"。从字面来看，用火来攻火本不
可能成立，但当用于控制森林大火时，以火攻火却能收获奇效。具体而言，当发生森林
火灾时，如能在火势蔓延之前预先起火烧掉附近的木材或其他易燃物，就可以防止主火
进一步扩散，最终因无物可烧而熄灭。19 世纪的美国移民正是凭借这一策略对抗森林

野火，并称之为"backfire"（A fire started deliberately to stop the progress of an approaching fire by creating a burned area in its path）。因此，"fight fire with fire"实际上表达的含义就是"用对方对付你的手段来对待他"，也可以说是"以其人之道还治其人之身"。同样是"以牙还牙，以眼还眼"，英语里还有许多其他不同的表达方法，如"answer blows with blows""eye for eye""（a）tooth for（a）tooth""measure for measure""give as good as one gets"等。

演员 Herbert Beerbohm Tree 扮演的约翰王（Charles A. Buchel 绘制，1900 年）

例句

* I had hoped this would be a clean campaign. But if my opponent wants to play dirty and talk about my personal life, I have no choice but to fight fire with fire and talk about some personal things we've found out about him.

  我原先希望这次选举是光明正大的。但是，要是我的对手要下流手段，谈论有关我私生活的事，那我就别无选择，只好以其人之道还治其人之身了，把我们发现有关他私生活的事也公布于众。

* Jack and Joan have been my friends for over ten years. I felt bad for Joan when Jack started to have an affair last year. But Joan's decision to fight fire with fire by having an affair

herself made things much worse.

我跟杰克和琼已经是十几年的朋友了。杰克去年开始在外面有外遇，我为琼感到难过。但是，琼决定自己也去找一个男朋友，用以牙还牙的方式来对待杰克，这反而把事情弄得越来越糟。

 fair play | 公平竞争，公平竞赛

BASTARD   O inglorious league!

Shall we upon the footing of our land,

Send **fair-play** orders and make compromise,

Insinuation, parley, and base truce

To arms invasive?

(V. i. 65-69)

庶子   啊，可耻的联盟！难道我们在敌军压境的时候，还想依仗别人主持**公道**，向侵略的武力妥协献媚，和它谈判卑劣的和议吗？

(第五幕第一场)

BASTARD   According to the **fair play** of the world,

Let me have audience; I am sent to speak:

My holy lord of Milan, from the King

I come to learn how you have dealt for him,

And, as you answer, I do know the scope

And warrant limited unto my tongue.

(V. ii. 118-123)

庶子   按照**正当的平等原则**，请你们听我说几句话：我是奉命来此传言的。神圣的米兰主教阁下，敝国王上叫我来探问您替他干的事情进行得怎样。我听了您的答复就可以凭着我所受的权力，宣布我们王上的旨意。

(第五幕第二场)

当法国军队逼近边境线时，约翰王终于向教会屈服，并指望教皇特使潘杜尔夫能从中调解，劝退领兵的太子路易，即幻想通过和解的方式来解决问题，而非率领英国军队全力抵抗进犯的敌军。与之相比，他的侄儿福康勃立琪可称得上本剧爱国精神的代言人。与约翰王不同，福康勃立琪始终不移地维护英国主权，不愿同侵略方献媚妥协，也不愿依仗教会来"主持公道"（send fair-play orders）。有意思的是，福康勃立琪很快在下一场里又提到了"fair play"这个词，且同样多少语带讥讽——他奉命探听潘杜尔夫是否已调解成功，但这不过是出于礼貌的一句问询，也可以说是对规则的恪守，实则内心所想的是拒绝同法国和解。现代英语中，"fair play"基本保留原义，意为"恪守规则，公平办事"，但已不含讥讽意味，常见于体育竞赛中。

值得一提的是，"fair play"总能让人想起鲁迅先生的《论"费厄泼赖"应该缓行》一文，鲁迅先生的"费厄泼赖"就是对"fair play"最直接的音译。同时，"fair play"（公平竞赛）也是对现代奥运精神最好的阐释。当然，"fair play"是个名词短语，稍微调整一下单词的顺序，"play fair"则变成了一个动词短语，表示"办事公允"，即"光明正大地行动"。其反义为"play false"（不正当地行事），如：Good faith was not in him; he played anyone false who trusted him.（他一点也不老实，专门欺骗那些信任他的人。）

❧ 例句

* The Olympic Spirit is the spirit of mutual understanding, friendship, solidarity and fair play.
  奥运精神是：理解，友爱，团结和公平。
* The task of the organization is to ensure fair play when food is distributed to the refugees.
  该组织的任务就是把粮食分给难民时要保证公平合理。

《理查二世》
Richard II

理查二世肖像(馆藏于英国国家肖像馆)

　　《理查二世》的写作年代并无确切的根据，一般认为是 1595 年，与《罗密欧与朱丽叶》和《仲夏夜之梦》几乎同时。该剧的故事背景大约在 1398—1400 年期间，主角既有理查二世(King Richard II)，也有后来篡位的亨利·波林勃洛克(Harry Bolingbroke)(即位后称亨利四世)。一日，波林勃洛克与诺福克公爵托马斯·毛勃雷(Thomas Mowbray, Duke of Norfolk)发生争执，互相控诉对方有叛逆之嫌，尤其是关于理查王的叔父葛罗斯特公爵(Duke of Gloucester)之死一事，波林勃洛克将其归咎于毛勃雷。尽管理查二世与波林勃洛克之父、兰开斯特公爵刚特(Gaunt, Duke of Lancaster)从中斡旋，双方始终不肯握手言和，理查二世只好为他们安排了一场生死决斗。其实，从刚特与葛罗斯特公爵夫人的对话可知，真正杀害葛罗斯特公爵的正是理查王本人。对此，他的另外两位叔父兰开斯特公爵和约克公爵(Duke of York)心里都早有怀疑，只是畏于王权，选择了沉默。另一边，因忌惮善于收买民心的波林勃洛克，理查二世以扰乱和平为由终止了他与毛勃雷的决斗，并宣布将二人放逐。此时的兰开斯特公爵年事已高，放逐的生离对父子来说无异于死别，故自此一病不起，在与理查王的一番对峙后愤而辞世。理查王以补贴征战爱尔兰的军费为由，没收了他的全部财产，还趁机断了波林勃洛克的爵位。波林勃洛克闻讯攻回英国，表明要争取自己的合法继承权，得到了许多贵族与民众的支持，最终令理查王退位，并将其囚禁在邦弗雷特堡，还派人暗中行凶。剿除叛党、稳定王位后的亨利王面对理查二世的尸首，将责任推到行凶者的头上，还郑重其事地表达了自己的默哀。理查二世和后来的亨利四世之间的矛盾贯穿全剧始终，两代君王的博弈过程也体现了"君王与逆反""正统与篡权""理者与能者"等主题，但基调仍立足于莎翁一贯追求的"和谐君主制"。

spotless reputation | 无瑕的名誉，清白的名声

MOWBRAY
My dear, dear lord,

The purest treasure mortal times afford

Is **spotless reputation**; that away,

Men are but gilded loam, or painted clay.

A jewel in a ten-times barred-up chest

Is a bold spirit in a loyal breast.

(I. i. 176-181)

毛勃雷 我的好陛下，**无瑕的名誉**是世间最纯粹的珍宝；失去了名誉，人类不过是一些镀金的粪土，染色的泥块。忠贞的胸膛里一颗勇敢的心灵，就像藏在十重键锁的箱中的珠玉。

（第一幕第一场）

"reputation"当好名声讲是16世纪中叶以后的事，而"spotless reputation"这个说法似乎正源于此处。这一场戏中，诺福克公爵托马斯·毛勃雷极为愤慨，因为亨利·波林勃洛克，也就是未来的亨利四世(Henry IV)指控他犯有叛国罪，而单是指控本身就玷污了他的名声。国王理查令他息怒忍耐，与波林勃洛克握手言和，毛勃雷则为自己辩护，说出了这段广为传诵的话，总结了当时人们对于价值和尊严的看法。要知道在文艺复兴

时期，玷污一个人的名声往往会挑起争端和决斗。因此，毛勃雷在讲完这段话之后，还提出要为自己"无瑕的名誉"（spotless reputation）而战，要求理查王为他与波林勃洛克安排一场生死决斗。同样的，在《奥赛罗》（*Othello*）中我们也可以看到"好名声"对个人的重要性——"无论男人女人，名誉是他们灵魂里面最切身的珍宝。谁偷窃我的钱囊，不过偷窃到一些废物，一些虚无的东西……可是谁偷去了我的名誉，那么他虽然并不因此而富足，我却因为失去它而成为赤贫了。"（Good name in man and woman, dear my lord, /Is the immediate jewel of their souls. /Who steals my purse steals trash；'tis something, nothing；… /But he that filches from me my good name /Robs me of that which not enriches him /And makes me poor indeed.）（第三幕第三场）也正是以自己的"名誉"（good name）为担保，伊阿古才成功骗取了奥赛罗的信任，使其怀疑起自己妻子的不忠。可见文艺复兴时期对于好名声的重视程度之深。

也正因为西方人如此看重名誉，以至于得小心提防不在乎自己名誉的人。有谚语道："Beware of him who regards not his reputation."（要谨防不注重自己名誉的人。）要知道"A word of scandal spreads like a spot of oil"（好事不出门，坏事传千里），长久以来建立的威望可能顷刻间全无。但更为可怕的是那种表里不一、徒有虚名的人。美国著名作家哈伯德（Hubbard）有句名言：Many a man's reputation would not know his character if they met on the street.（许多人的名声如果在街上遇到自己的品德会互相不认识。）

例句

* The actor keeps a low profile and a spotless reputation.

  这个演员形象低调，声誉无可挑剔。

* The high-profile divorce cost the politician not only a lot of money but also his previously spotless reputation.

  政治家的这桩引起轰动的离婚案不但让其大为破费，还毁了他原有的清誉。

There is no virtue like necessity. |
什么都比不上厄运更能磨炼人的德性。

GAUNT   All places that the eye of heaven visits

Are to a wise man ports and happy havens.

Teach thy necessity to reason thus：

There is no virtue like necessity.

Think not the King did banish thee,

But thou the King.

（ I. iii. 256. D8-D13）①

刚特　凡是日月所照临的所在，在一个智慧的人看来都是安身的乐土。你应该用这样的思想宽解你的厄运；**什么都比不上厄运更能磨炼人的德性**。不要以为国王放逐了你，你应该设想你自己放逐了国王。

（第一幕第三场）

理查二世不仅终止了波林勃洛克与毛勃雷的决斗，还将二人放逐，其中，前者被判流放六年。波林勃洛克不愿离开自己的故土，临行前叹息不止，于是他的父亲刚特，即兰开斯特公爵便劝他换一种角度看待这次放逐，譬如，可以将其看作"一次陶情的游历"（a travel that thou tak'st for pleasure），或者一场"追寻荣誉"（to purchase honour）的旅行，最重要的是，刚特认为，"什么都比不上厄运更能磨炼人的德性"（There is no virtue like necessity），以此劝慰儿子波林勃洛克化被动为主动，化悲哀为动力，把这次放逐当作一次自我修行，争取能从中获益。

"There is no virtue like necessity"应当是化用自习语"make a virtue of necessity"（不得已而力争有所得），语出英国诗歌之父杰弗雷·乔叟（Geoffrey Chaucer）的《坎特伯雷故事集》（*The Canterbury Tales*）：Then is it wisdom, as it thinketh me, to make a virtue of necessity.（所以我认为明智的做法就是：要自愿地去做非做不可的事，要甘心接受不可避免的情形。）其中，"necessity"意为"不可避免的情况"（a situation that must happen and that cannot be avoided）。而不管是"make a virtue of necessity"，还是"there is no virtue like necessity"，其实都是在鼓励人们面临不可避免之事，乃至厄运时，不妨换一种心态、换一种思路，与其沉湎于悲哀，不如积极面对，善加利用，让自己从逆境中受益。

❧ 例句

* He was broke, but he only deemed it a test, a test that made him more informed and determined. Finally, he made a comeback. There is no virtue like necessity.

他虽然破产了，但只将其看作一次考验，由此变得更为通透和坚毅，最终东山再起。

---

①　"New Oxford"版莎剧全集中，刚特的这段话被认为属于初稿，本不应保留，因此标注为"DELETION"，行号为"I. iii. 256. D1-D26"。

什么都比不上厄运更能磨炼人的德性。

* Though disabled for life in a car accident, she became more concentrated on reading and writing and eventually became a famous writer. There is no virtue like necessity.

她因为车祸终身残疾，却更能专心于阅读与写作，最终成为一位名作家。什么都比不上厄运更能磨炼人的德性。

 **Hope to joy is little less in joy than hope enjoyed. |
希望中的快乐不比实际享受的快乐少。**

NORTHUMBERLAND   But I bethink me what a weary way

From Ravenspurgh to Cotswold will be found,

In Ross and Willoughby, wanting your company,

Which I protest hath very much beguiled

The tediousness and process of my travel.

But theirs is sweetened with the hope to have

The present benefit which I possess;

And **hope to joy is little less in joy**

Than hope enjoyed. By this the weary lords

Shall make their way seem short as mine hath done

By sight of what I have: your noble company.

(II. iii. 8-18)

诺森伯兰   我想到洛斯和威罗比两人从雷文斯泊到考茨华德去，缺少了像您殿下这样一位同行的良伴，他们的路途该是多么令人厌倦；但是他们可以用这样的希望安慰自己，他们不久就可以享受到我现在所享受的幸福；**希望中的快乐是不下于实际享受的快乐的**，凭着这样的希望，这两位辛苦的贵人可以忘记他们道路的迢遥，正像我因为追随您的左右而不知疲劳一样。

(第二幕第三场)

波林勃洛克以争取自己的合法权益为名，自行结束流放，率军攻回英国，此举赢得了诸多贵族，包括洛斯(Lord Ross)、威罗比(Lord Willoughby)，以及诺森伯兰伯爵

(Earl of Northumberland)的支持。一日，波林勃洛克行军至葛罗斯特郡的原野，欲前往勃克雷，询问随行的诺森伯兰剩余路途还有多长。诺森伯兰无法告知具体答案，却话锋一转，拍起了波林勃洛克的马屁，称这段悠长而累人的途程因与其同行而令人乐而忘倦，并表示，"从雷文斯泊到考茨华德去"的洛斯与威罗比虽无波林勃洛克这位良伴同行，却可以凭借不久就能追随其左右这种希望来缓解路途中的疲惫，因为"希望中的快乐是不下于实际享受的快乐的"(hope to joy is little less in joy /Than hope enjoyed)。

该引语与中文语境里的"望梅止渴"(曹操行军途中，将士口渴难耐，他便以前方有梅林为诱饵暂解众人干渴之苦，激励大军继续前行)颇有异曲同工之妙，二者都是以想象中的快乐来进行自我宽慰。但相比于"望梅止渴"所强调的"不切实际的空想"，"hope to joy is little less in joy than hope enjoyed"中所期望发生或获得的"joy"(快乐)显然更为贴合实际，也更容易实现。

例句

* The idea that he would be paid for his work made him energetic. Hope to joy is little less in joy than hope enjoyed.

  一想到干完这活儿就能领到工资，他就干劲十足！希望中的快乐不比实际享受的快乐少。

* She thought cheerfully while reviewing for her finals that she would go to Paris for her holiday after the exam. Hope to joy is little less in joy than hope enjoyed.

  她一边复习期末考试，一边高兴地想道，考完试就能去巴黎度假啦！希望中的快乐不比实际享受的快乐少。

《亨利四世》(上)
Henry IV, Part I

亨利四世肖像(16世纪，馆藏于英国国家肖像馆)

　　《亨利四世》分为上、下篇，在1623年的《第一对开本》收录之前就已经出版多次。《亨利四世》(上)的历史背景是1402—1403年的英国，在剧情上和《理查二世》紧密衔接。亨利四世篡权继位后内心一直无法安宁，便进行了一些改革，意在讨好民众，却也同时触犯了贵族的利益。他拟计划领军远征耶路撒冷以转移视线、缓解国内矛盾，不料却很快接连面临三方叛乱——先后由威尔士的葛兰道厄(Owen Glendower)、苏格兰的道格拉斯(Archibald, Earl of Douglas)与诺森伯兰伯爵家族(Earl of Northumberland)发起。其中，诺森伯兰伯爵亨利·潘西(Henry Percy)之子霍茨波(Hotspur)领军击败苏格兰部队的同时，也引起了亨利王对潘西家族的猜疑，尤其是一想到霍茨波英勇善战，而自己的儿子哈尔王子(Hal, Prince of Harry)却只知贪图享受，不知上进，亨利王心里难免嫉妒。而后来亨利王的猜忌果然成真，诺森伯兰父子以及伯爵兄弟华斯特伯爵(Earl

131

of Worcester）与苏格兰的道格拉斯、威尔士的葛兰道厄联手意图反叛。而就在叛党计划阴谋篡位之时，哈尔王子仍然在约翰·福斯塔夫爵士（Sir John Falstaff）的带领下与一帮地痞流氓混迹在伦敦的各个玩乐场所。好在国家危难之际，在父亲的训斥下，哈尔王子终于痛改前非，为国挺身而出，一举击败叛党，取得了战争的全盘胜利。本剧很明显地设定有主线和副线，主线是亨利王和哈尔王子镇压叛军的过程，而副线则围绕福斯塔夫这个角色展开，创造性地结合了历史剧和喜剧的优势，结构形式也具有多样性，被认为是莎士比亚最成熟的历史剧之一。

give the devil his due｜平心而论

PRINCE　Sir John stands to his word; the devil shall have his bargain, for

he was never yet a breaker of proverbs: he will **give the devil his due**.

(I. ii. 92-93)

亲王　约翰爵士言而有信，决不会向魔鬼故弄玄虚。常言说得好，**是魔鬼的东西就该归于魔鬼**，他对于这句古训是服膺弗替的。

（第一幕第二场）

　　哈尔王子，即威尔士亲王（Prince of Wales）前期不务正业，喜欢和福斯塔夫在一起鬼混。一日，两人又凑在一处插科打诨，这时他们的朋友波因斯（Poins）出现，问起上次耶稣受难日那天，福斯塔夫为了"一杯马得拉酒和一只冷鸡腿"（a cup of Madeira and a cold capon's leg）而承诺向魔鬼出卖自己的灵魂，不知道现在是否已经兑现。不等福斯塔夫回答，哈尔就代他答道，"是魔鬼的东西就该归于魔鬼"（give the devil his due），福斯塔夫可是个言而有信的人——借此和波因斯一起开起福斯塔夫的玩笑。

　　从字面意思看来，"give the devil his due"指"给魔鬼应得的回报"。常言道，善有善报，恶有恶报，那么"give the devil his due"是不是"恶有恶报"的意思呢？其实不然。过去许多人认为干坏事的人就是魔鬼附身，因此常常将魔鬼和坏蛋画上等号，但是随着时代发展，人们看待问题的角度更加辩证，于是逐渐意识到即便是干尽坏事的人，哪怕他们只做了一件好事，也不能抹煞他的功绩。因而这个短语就有了"实事求是看问题、承认别人优点"的含义，类似于中文里的"平心而论"。

例句

* Brown is very unreliable; but to give the devil his due, he is a first-class mechanic.

布朗很靠不住，但是平心而论，在技术上他可是个一流的技工。

* That man has been stealing, fighting and selling drugs. But give the devil his due — when he saw the little girl fall into the river, he risked his life to save her.

那人偷窃、打斗、贩毒，无恶不作，但是平心而论也不能抹煞他做过的一件好事——当他看到那小姑娘掉进河里的时候，他冒着生命危险救了她。

The game is afoot. | 好戏开场。/事情正在进展之中。

| HOTSPUR | I smell it; upon my life, it will do well! |
| NORTHUMBERLAND | Before **the game is afoot** thou still lett'st slip. |

(I. iii. 270-271)

霍 茨 波　我已经嗅到战争的血腥味了。凭着我的生命发誓，这一次一定要闹得日月无光，风云变色。

诺森伯兰　**事情还没有动手**，你总是这样冒冒失失地泄露了机密。

（第一幕第三场）

霍茨波击败苏格兰叛党后，因亨利王不愿备款赎回他的妻舅，即在对抗威尔士叛党一役中失利被俘的爱德蒙·摩提默(Lord Edmund Mortimer)，于是同样拒不交出苏格兰战俘。此举引得亨利王大为不快，对潘西家族越发心生猜忌。诺森伯兰伯爵一家心知功高震主，不为君王所喜，索性一不做二不休，意图叛变。一起商量逆谋之事时，诺森伯兰批评儿子霍茨波性格火暴，"事情还没有动手"(before the game is afoot)，恐其就冒冒失失将机密泄露。

需要注意的是，"the game is afoot"的字面意思其实与狩猎有关。"game"意指"猎物"，"afoot"则意为"running"或者"on the move"，意为猎物已经出现，是时候采取行动了，由此引申为形容"某件激动人心之事已经开始或者说正在发生"(something exciting has started or is happening)。

英语中还有不少与"afoot"相关的习惯用语，如："be early afoot"(早在进行)，"be well afoot"(在顺利进行中)，"get afoot"(开始，实施)等。只不过这些表达相对书面化，更加常见的表示"（某事）在进行中"的短语有"in process""in progress""under way"
"in play"等。

例句

* The teams are on the pitch, and the whistle blows — the game is afoot!

每支队伍都上场了，吹哨了——比赛开始了！

* "Come, Watson, come!" he cried. "The game is afoot. Not a word! Into your clothes and come!"

— Sherlock Holmes

"快，华生，快！"他叫道，"好戏开场啦。什么也别问！穿上衣服，快跟我走吧！"

——夏洛克·福尔摩斯

know a trick worth two of that | 知道更好的办法

GADSHILL	I prithee lend me thy lantern to see my gelding in the stable.
FIRST CARRIER	Nay, by God, soft; **I know a trick worth two of that**, i'faith.

(II. i. 29-32)

盖兹希尔　谢谢你，把你的灯笼借我用一用，让我到马棚里去瞧瞧我的马。

脚 夫 甲　不，且慢；老实说吧，**你这套戏法是瞒不了我的。**

（第二幕第一场）

哈尔王子和福斯塔夫常与一帮地痞流氓混迹在伦敦的各个玩乐场所鬼混。一次他们甚至策划抢劫，就为体验当强盗和山贼的乐趣。盖兹希尔（Gadshill）便是他们的狐朋狗党之一。这天凌晨两点，盖兹希尔从旅店出发，打算骑马去和福斯塔夫他们会合，路上碰到两个脚夫。他先是向其询问时间，后又想向他们借灯笼照明。面对这个天不亮就起床的旅客，脚夫甲显然心存戒备，不愿相借，还说道，自己见识过更高明的把戏（I know a trick worth two of that），言下之意就是认为盖兹希尔不怀好意，但见过世面的他能一眼拆穿，不会轻易上当。

既然一个办法(a trick)能顶得上两个办法(worth two of that)，那自然是好办法了。现代英语中"a trick worth two of that"基本不包含原文语境的言外之意，而单纯用以形容"一个更好的计划、想法、建议等"(a plan, idea, or suggestion that is vastly superior to another one)。此外，英语里还有不少谚语都包含了同样的结构，比如：An hour in the morning is worth two in the evening(一日之计在于晨)；A bird in the hand is worth two in the bush(一鸟在手，胜似二鸟在林)；One today is worth two tomorrows(一个今天胜似两个明天)；One pair of heels is often worth two pairs of hands(走为上策)。

例句

* What you suggest is very good. But listen to me, I know a trick worth two of that.

  你的建议很好，可是听我说，我有更好的办法。

* He knows a trick worth two of that. Go and ask him!

  他有更好的办法。问问他去！

stony-hearted | 铁石心肠的，狠心的

FALSTAFF　　　　　　Eight yards of uneven ground is threescore and
ten miles afoot with me, and the **stony-hearted** villains know it well
enough. A plague upon it when thieves cannot be true one to another!
Whew! A plague upon you all! Give me my horse, you rogues, give me
my horse, and be hanged!

(II. ii. 19-23)

福斯塔夫　　八码高低不平的路，对于我就像徒步走了七十英里的长途一般，这些**铁石心肠**的恶人们不是不知道的。做贼的人这样不顾义气，真该天诛地灭！嗨！瘟疫把你们一起抓了去！把我的马给我，你们这些恶贼；把我的马给我，再去上吊吧。

(第二幕第二场)

福斯塔夫伙同自己的狐朋狗党计划扮作强盗，到盖兹山上去打劫过往旅客的财物，不料螳螂捕蝉、黄雀在后，哈尔还有波因斯(Poins)早已打定主意要来一招黑吃黑，等

福斯塔夫抢劫完再反过来抢劫他们，以此捉弄福斯塔夫。不仅如此，波因斯还事先偷走福斯塔夫的马儿，害他徒步上山，累得气喘吁吁，破口大骂，称他这帮狐朋狗友是"铁石心肠的恶人"（the stony-hearted villains）。

一个人如果是"stony-hearted"，我们也可以说他"have a heart of stone"，二者与中文里的"铁石心肠"都有异曲同工之处。与"-hearted"搭配的合成词还有很多，如"kind-hearted"（好心的），"light-hearted"（轻松愉快的），"lion-hearted"（勇敢的）——英王理查一世（King Richard I）正是因其英勇无比而被称为"狮心王理查"（Richard the Lionheart）。

例句

* The stony-hearted man refused to help the old man.

这个铁石心肠的人拒绝帮助那位老人。

* This is an imperious judge whose eyes tell me that he is the cruelest and most stony-hearted of all.

这是一个跋扈的法官，他的眼睛已经告诉我他是所有人中最残忍、最冷酷的一个。

send sb. packing | 让某人卷铺盖走人，撵某人走

FALSTAFF　　What doth gravity out of his bed at midnight? Shall I give
　　　　　　him his answer?
PRINCE　　　Prithee do, Jack.
FALSTAFF　　Faith, and I'll **send him packing**.

(II. iv. 241-244)

福斯塔夫　老人家半夜里从床上爬起来干吗呢？要不要我去回答他？
亲　　王　谢谢你，杰克，你去吧。
福斯塔夫　我要**叫他滚回去**。

（第二幕第四场）

抢劫不成反被抢的福斯塔夫落荒而逃。但他回到野猪头酒馆之后，却还大肆吹牛，说自己面对盗贼是如何英勇，结果自然是遭到了哈尔王子的无情戳穿。就在众人说笑打

闹之际，店主太太快嘴桂嫂(Mistress Quickly)上场，称亨利王派人来找哈尔。王子不愿相见，福斯塔夫于是主动请缨要去应付来人，还称要"叫他滚回去"(send him packing)。最后哈尔王子得知亨利王找他是因为苏格兰的道格拉斯、威尔士的葛兰道厄和潘西家族联起手来意图造反，于是速速回宫与父亲亨利王相见。

　　"pack"表示"收拾(行李)，装(箱)"，让一个人收拾好其行李(send sb. packing)，自然是让他卷铺盖走人了。现代英语中，"send sb. packing"除了保留原文"撵某人走、打发某人离开"的意思，也被引申为"炒某人的鱿鱼，开除某人"。

🌰 例句

* If that doesn't send him packing, I have another idea.

  如果那还不能打发他走的话，我还有个主意。

* Due to the economic recession, the business was bad and the manager had to send the poor performers packing.

  由于经济萧条，公司的经营状况不好，经理不得不开除那些工作表现欠佳的员工。

tell (the) truth and shame the devil丨大胆讲真话

GLYNDWR	Why, I can teach you, cousin, to command the devil.
HOTSPUR	And I can teach thee, coz, to shame the devil,
	By telling truth. 'Tell truth, and shame the devil':
	If thou have power to raise him, bring him hither,
	And I'll be sworn I have power to shame him hence.
	O, while you live, **tell truth and shame the devil**.

(III. i. 53-58)

葛兰道厄	嘿，老侄，我可以教你怎样驱役魔鬼哩。
霍 茨 波	老伯，我也可以教你怎样用真理来羞辱魔鬼的方法；魔鬼听见人家说真话，就会羞得无地自容。要是你有召唤魔鬼的法力，叫它到这儿来吧，我可以发誓我有本领把它羞走。啊！一个人活在世上，应该时时刻刻**说真话羞辱魔鬼**！

(第三幕第一场)

从左至右：霍茨波，葛兰道厄，摩提默与华斯特（Henry Fuseli 绘制，1784 年）

这日，霍茨波、摩提默及葛兰道厄等几个叛党主谋齐聚一堂。葛兰道厄向众人吹嘘，称自己出生时天降异象，大火烧天，地都吓得发抖，以此证明自己绝非寻常之人。霍茨波对此并不买账，屡屡同他抬杠，葛兰道厄却仍不肯停止吹嘘，甚至声称自己可以教霍茨波"驱役魔鬼"。霍茨波反唇相讥，称自己也有"羞辱魔鬼"（shame the devil）的能力，即通过"说真话"（tell truth）就足以将魔鬼羞走，以此讽刺葛兰道厄鬼话连篇，不吐真言。

"shame"这个简单的单词却有着丰富的用法。它既可以作"可惜、遗憾"解，如"What a shame you didn't win the game"（真可惜，你输了这场比赛），也可作"羞耻"解，比如口语常用语"Shame on you"（你应该感到羞耻），而"tell truth and shame the devil"中的"shame"是动词，有"羞辱"的意思。"说真话"（tell truth）甚至能羞走魔鬼（shame the devil），可见真话的威力之大，因此现代英语中常常用此鼓励他人"打消顾虑说出真相""大胆讲真话"。

📖 例句

* The only thing we can do now is to tell (the) truth and shame the devil.
  我们现在唯一能做的事情就是把事实讲出来。

* Don't be scared! Just tell (the) truth and shame the devil. We'll always be on your side.
  别怕！大胆把事实讲出来吧。我们永远都会站在你这一边。

The better part of valour is discretion. |
智虑是勇敢的最大要素。

FALSTAFF　　　　　　　　　To die is to be a counterfeit, for he is but the
counterfeit of a man who hath not the life of a man. But to counterfeit
dying when a man thereby liveth is to be no counterfeit, but the true and
perfect image of life indeed. **The better part of valour is discretion**, in
the which better part I have saved my life.

(V. iv. 113-117)

福斯塔夫　死了才是假扮，因为他虽然样子像个人，却没有人的生命；活人扮死人却不
算是假扮，因为他的的确确是生命的真实而完全的形体。**智虑是勇敢的最大
要素**，凭着它我才保全了我的生命。

(第五幕第四场)

哈尔王子痛改前非后，被委以重任，由他领兵与叛军作战。他有意戏弄福斯塔夫，
便让他也带领一队步兵协同参战。结果福斯塔夫顽疾难改，不仅收受富人的贿赂，让他
们逃避服兵役，还随意组建了一支由乞丐、罪犯等人组成的疲软军队，与道格拉斯对战
时倒地装死。而待哈尔率军大获全胜后，逃过一劫的福斯塔夫便开始为自己的装死行为
开脱，认为这是一种"智虑"(discretion)，可以使人不会为了虚妄的英雄主义而枉死剑
下，是构成"勇敢"(valour)的"最大要素"(the better part)。依照其强盗逻辑，如果装死
能让一个人活下来，那么就不是装死，而是"生命的真实而完全的形体"(the true and
perfect image of life indeed)。有意思的是，福斯塔夫为了证明自己的英勇，说完这番话
后还故意在霍茨波的尸体上补了一剑，假装这叛军主谋是自己杀死的。

今天大家喜欢把这句话说成"Discretion is the better part of valour"，意思是：It is
good to be brave, but it is also good to be careful; If you are careful, you will not get into
situations that require you to be brave. (勇敢贵审慎；冒不必要之险，只是匹夫之勇。)中
文里也有类似的表达，如"勿逞匹夫之勇""识时务者为俊杰"，或者"好汉不吃眼前
亏"等。

把握了这句箴言背后的文化及内涵，再来具体分析其中的语言。"the better part of
sth."指的是"(某事物的)大半，多半"，如：We've lived here for the better part of a year.

（我们在这里住了大半年了。）而"valour"比起"bravery"来更侧重战斗中的"勇猛，英勇"，如"a soldier famed for his great valour"（一位以英勇著称的战士）。

福斯塔夫与霍茨波的尸体（Robert Smirke 绘制，馆藏于皇家莎士比亚剧院）

例句

* The commander decided that discretion is the better part of valour.

指挥官决定不做无谓的冒险。

* —Can I go hang gliding with my friends?

—No.

—But they'll say I'm chicken if I don't go!

—Discretion is the better part of valour, and I'd rather have them call you chicken than risk your life.

——我可以和朋友一起去玩滑翔翼吗？

——不行。

——但是，如果我不去，他们要叫我胆小鬼的。

——小心即大勇。我宁愿他们喊你懦夫，也不愿意你用生命去冒险。

《亨利四世》(下)
Henry IV, Part II

《威斯敏斯特宫：亨利王与威尔士亲王》(Robert Thew 雕刻，1795 年)

  《亨利四世》(下)大约写于1598年，1600年本剧以四开本形式出版，在1623年被收入《第一对开本》。该剧情节紧接上篇，遭遇丧子之痛的诺森伯兰伯爵冷静下来后，准备联合拥有精兵良将的约克大主教(Archbishop of York)共同迎战王军。哈尔王子的兄弟兰开斯特亲王(Prince John of Lancaster)和威斯摩兰伯爵(Earl of Westmorland)率军镇压叛乱，并在诺森伯兰伯爵远走苏格兰后，设下圈套，令约克大主教等反王党主动放下武器，而后将其围捕，处以死刑。另一边，哈尔受命领军，接连击退了威尔士人与葛兰道厄军队，并开始逐渐远离福斯塔夫等狐朋狗党。此时的亨利王已病入膏肓。他把王冠放在病榻旁，传召了哈尔王子前来，想进行一番交代。王子来到王宫之后，以为国王已死，心里很难受，他戴上了父亲的王冠，意图要守卫这一世袭的荣誉。亨利王醒来之后却十分恼火，以为王子趁自己还没去世就图谋不轨。不过王子及时解释了一番，消除了误解。亨利王身体着实抱恙，在弥留之际对王子谆谆教诲，希望他一定要励精图治，哈尔王子也向父亲作了保证，一定竭尽所能保卫王冠。没多久，国王驾崩，哈尔继承王位，史称亨利五世（Henry V）。福斯塔夫听闻消息后想要找这位老朋友谋求高官厚禄，年轻国王却当众与他划清界限。在新王的带领下，英国即将开启对法战争的计划。本剧中福斯塔夫所代表的"喜剧色彩"仍然和历史剧的场景交替出现；莎士比亚通过上层贵族到下层平民社会再到乡村生活的描述，进一步表现出了文艺复兴时代英国社会的广阔图景。

In poison there is physic. | 毒药有时也能治病。

NORTHUMBERLAND　　For this I shall have time enough to mourn.

In poison there is physic; and these news,

Having been well, that would have made me sick,

Being sick, have in some measure made me well;…

(I. i. 136-139)

诺森伯兰　我将要有充分的时间为这些消息而悲恸。**毒药有时也能治病**；在我健康的时候，这些消息也许会使我害起病来；可是因为我现在有病，它们却已经把我的病治愈了几分。

（第一幕第一场）

儿子霍波茨战死沙场，兰开斯特亲王与威斯摩兰伯爵也正率军队计划来攻，诺森伯兰伯爵闻讯悲痛欲绝。但正如"毒药有时也能治病"（in poison there is physic）一样，病痛交加的诺森伯兰伯爵反倒在此双重打击下振作精神，准备联合拥有精兵良将的约克大主教共同迎战王军，为子复仇。

穿肠毒药有时也可能是治病良方。哀莫大于心死，一定的刺激有时反而能激发人的斗志，令人精神重振。英文中与"poison"相关的习语还有："pick/choose your poison"（两样都不令人愉快的事物中必择其一），"One man's meat is another man's poison"（甲之蜜糖，乙之砒霜），"poison pen letter"（匿名诽谤信），"What's your poison"（你想喝点什么酒），"give one a taste of one's own poison"（以牙还牙，以眼还眼），"poison（one）against（someone or something）"（使某人背弃他人或对某事置之不理）。

例句

* As Shakespeare once said, "In poison there is physic." He dusted himself off and embarked on a new career after his father's death.

正如莎士比亚所言："毒药有时也能治病。"父亲去世后，他一扫颓势，开启了新事业。

* Having been completely rejected by the beloved girl, the lovelorn youth picked himself up and concentrated on his studies, getting into a good university. As Shakespeare once said, "In poison there is physic."

被心上人彻底拒绝后，这个为情所困的年轻人反而振作精神，专心学业，考上了一所好大学。恰如莎士比亚所言："毒药有时也能治病。"

eat sb. out of house and home |
把某人吃穷，把某人吃得倾家荡产

MISTRESS QUICKLY　It is more than for some, my lord, it is for all, all I have. He hath **eaten me out of house and home**. He hath put all my substance into that fat belly of his; [to Sir John] but I will have some of it out again, or I will ride thee a-nights like the mare.

(II. i. 60-63)

桂嫂　钱倒还是小事，老爷；我的**一份家业都给他吃光**啦。他把我的全部家私一起装进他那胖肚子里去；可是我一定要问你要回一些来，不然我会像噩梦一般缠住你不放的。

(第二幕第一场)

　　没落爵士福斯塔夫不仅趁战乱之机在征兵中贪污受贿，还在野猪头酒店老板娘快嘴桂嫂处骗财骗色，欠债不还，结果被桂嫂一纸诉状告上法庭。当大法官问及福斯塔夫欠她多少钱时，桂嫂回答说："钱倒还是小事，老爷；我的一份家业都给他吃光啦（He hath eaten me out of house and home）。"

　　"eat sb. out of house and home"源于 15 世纪，也可以表达为"eat sb. out of house and harbor"或者"eat sb. out of doors"，意指"把某人吃穷，把某人吃得倾家荡产"。英语里还有不少"吃"出来的习语。比如相传对阿拉伯人来说，吃了某人的盐，就意味着主客之间产生了神圣的契约，因此"eat one's salt"表示"做某人的客人，受某人的款待"的意思；再比如，"eat humble pie"表示"忍气吞声，低头谢罪"，"eat crow"表示"被迫认错，忍辱含垢"，"eat, drink and be merry"则表示"吃喝玩乐，及时行乐"的意思。

例句

* The boys have only been back two days and they've already eaten me out of house and home.

孩子们才回来两天就已经把我给吃穷了。

* My five horses eat me out of house and home.

我养了五匹马，光是喂养它们我就已经快倾家荡产了。

《亨利五世》
Henry V

亨利五世肖像(馆藏于英国国家肖像馆)

　　《亨利五世》大约写于 1598—1599 年，1599 年开始演出，1600 年根据演员的回忆印成了四开本并于 1602 年和 1619 年再版，在 1623 年正式收入《第一对开本》。亨利四世去世后，年轻的亨利五世继承王位。他专心治国，并准备发动对法战争，转移国内矛盾。为师出有名，在坎特伯雷大主教(Archbishop of Canterbury)的支持和帮助下，亨利王声称自己对法国王位有继承权，而现任法王继承王位则并非合法，以此向法国提出要求。法国大使带来一箱网球讽刺亨利五世的年少荒唐。亨利王为此激怒，厉兵秣马，积极备战，更在战争一触即发之际，铲除了三个卖国贼，并拒绝了法王的和亲要求。正式发起战斗后，亨利王亲自上阵，在前线监督作战。但英方军队实际人数远少于法方。雪上加霜的是，英方军队里还流行起了痢疾。在此危难情境之下，亨利王生出一计，于决战前夜假扮成一个普通军爷，和普通士兵谈笑风生，并激励了他们的爱国情怀。次日，英军同仇敌忾，一举击溃了法军，大获全胜，受到了国民的欢呼与迎接，亨利王也由此获得了国人的追捧，但是他谦虚慎行，拒绝了大臣的游行提议，只是表明这光荣属于上帝。而后在勃艮第公爵（Duke of Burgundy）的斡旋之下，英法两国开始了和平会谈，法王同意了亨利王继承法兰西王位的要求，并把女儿凯瑟琳（Catherine）公主嫁给了他，英法两国就此结为友好邻邦。本历史剧有着史诗般的磅礴气势，严肃的历史叙事中又有喜剧因素的融入，颇有艺术魅力；其主旋律意在引导读者发挥想象力，从亨利五世的处事经历中看到他蜕变成莎士比亚理想中的爱国爱民的贤明君主，体现了剧作家的审美倾向与人文追求。

 ## at the turn(ing) of the tide | 在形势转变的时刻

HOSTESS Nay, sure he's not in hell. He's in Arthur's bosom, if ever man went to Arthur's bosom. A made a finer end, and went away an it had been any christom child. A parted ev'n just between twelve and one, ev'n **at the turning o'th' tide**—for after I saw him fumble with the sheets, and play with flowers, and smile upon his finger's end, I knew there was but one way. For his nose was as sharp as a pen, and a babbled of green fields.

(II. iii. 8-14)

老板娘 不，他当然不在地狱里！如果也有人进得了天堂，他准是在天堂上亚伯拉罕老祖宗的怀抱里。他是好好儿地死的，临死的当儿，就像是个没满月的小娃娃。不早不晚，就在十二点到一点钟模样——恰恰**在那落潮转涨潮的当儿**，他两腿一伸，"动身"了。他倒还在摸弄着被褥，玩弄着花儿呢，等会儿又对着自个儿的手指尖儿微笑起来了；我一眼看到这个光景呀，我就明白啦：早晚就是这一条路了；因为他的鼻子像笔那样尖，脸绿得像铺在账桌上的台布。

（第二幕第三场）

昔日和福斯塔夫厮混的兄弟毕斯托尔（Pistol）、巴道夫（Bardolph）和尼姆（Nym）计划趁着战争牟取钱财；而此时的福斯塔夫患上了严重的伤寒伤风症，并很快在病痛中离开了人世。野猪头酒店老板娘（前快嘴桂嫂，现为毕斯托尔太太）向众人描述起福斯塔夫逝世前的情景，称其由生转死的时刻是"在那落潮转涨潮的当儿"（at the turning o'th' tide）。

"tide"的本义为"潮水，潮汐"，用潮汐来比喻形势，用潮涨潮落来比喻形势的变化是再恰当不过了。因此，"the turn（ing）of the tide"常用于比喻"原先稳定的事情进程出现了一些变化"，"at the turn（ing）of the tide"则意为"在形势转变的时刻"。在这一短语的基础上稍加修改，把"turn"用作不及物动词，就有了"The tide turns to me"（形势变得对我有利）；再把"turn"用作及物动词，就有了"turn the tide"（改变形势，扭转局势）的用法。而一个人如果能够在形势变化时"take fortune"（把握住机会），则可以说他"take fortune at the tide"（因利乘便）了。

英语里还有两句谚语与"tide"有关，不可不知。一句是"Time and tide wait for no man"（时不我待；岁月不饶人），还有一句是"Every tide has its ebb"（潮起必有潮落；兴盛之日必有衰退之时）。

 例句

* He came by my side at the turn of the tide.

关键时刻，他站到了我这一边。

* The lifestyle of the rich and the famous hasn't changed much even at the turning of the tide.

即便形势转变，富人和名人的生活方式也没有太大变化。

as cold as stone｜极为寒冷，冰冷

HOSTESS　'How now, Sir John?' quoth I. 'What, man! Be o'good cheer.' So a cried out, 'God, God, God', three or four times. Now I, to comfort him, bid him a should not think of God; I hoped there was no need to trouble himself with any such thoughts yet. So a bade me lay more clothes on his feet. I put my hand into the bed and felt them, and they were **as cold as any stone**. Then I felt to his knees, and so upward and upward, and all was **as cold as any stone**.

(II. iii. 14-20)

老板娘　"怎么啦，约翰爵士?"我跟他说，"嗨，大爷，你支撑些儿呀!"于是他就嚷道：

"上帝呀，上帝呀，上帝呀!"这么连嚷了三四遍。为了安慰安慰他，我就跟他说，别想什么上帝吧；我但愿他那会儿还不要拿瞎心思来烦恼自己。这么说了以后，他就叫我给他在脚上多盖些棉被，我就把手伸进被窝去试探了一下；一摸，那双脚就**像两块石头一样没点儿暖气**! 接着，我又摸他的膝盖，再又往上摸，往上摸——哎呀，全都**冷得像石头似的**!

(第二幕第三场)

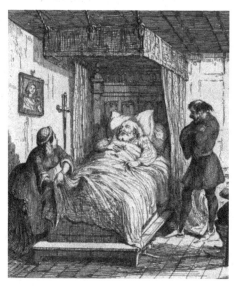

福斯塔夫去世(George Cruikshank 绘制，1858 年)

野猪头酒店老板娘向福斯塔夫的兄弟毕斯托尔、巴道夫和尼姆谈起他生前情景，形容他的双脚"就像两块石头一样没点儿暖气"(as cold as any stone)，膝盖以上也"全都冷得像石头似的"(as cold as any stone)，一连用了两个"as cold as any stone"来描写福斯塔夫浑身冰冷。

除了将冰冷的感觉比喻成石头，莎士比亚也用"as cold as a snowball"(*Pericles, Prince of Tyre*, IV. vi. 121)和"as cold as if I had swallowed snowballs"(*The Merry Wives of Windsor*, III. v. 16)等明喻手法来体现冰冷的感觉。现代英语也常说"as cold as ice"，或者直接说"ice-cold"。同理，我们既可以形容某物"as cold as stone"，也可以简单形容为"stone-cold"。而如果用"stone-cold"形容人，则说明这个人"木人石心、铁石心肠"。值得注意的是，"stone-cold"除了可以用作形容词，还可以用作副词，表示"completely, totally"(彻底地，完全地)的意思，如"stone-cold sober"(十分清醒，滴酒未沾)。

例句

* When everything is torn and the world is as cold as stone, please don't lock all the doors.

  如果你的生活已支离破碎，活在冰冷的世界中，请不要将心门紧锁！

* I grew by degrees as cold as stone, and then my courage sank.

  我渐渐地冷得像块石头，勇气也烟消云散了。

devil incarnate | 恶魔的化身

NYM	They say he cried out of sack.
HOSTESS	Ay, that a did.
BARDOLPH	And of women.
HOSTESS	Nay, that a did not.
BOY	Yes, that a did, and said they were **devils incarnate**.

(II. iii. 21-25)

尼　姆	他们说他诅咒白酒害了他。
老板娘	不错，有这回事。
巴道夫	他还诅咒女人来着。
老板娘	不，这他可没有。
童　儿	不，他诅咒过的，还说她们就是**魔鬼的肉身**。

(第二幕第三场)

　　福斯塔夫生前几个朋友继续谈论他临死前的情形，说起他曾诅咒"白酒"（sack）和"女人"（women）害了他，老板娘否认他对后者的诅咒，此时一个童儿插嘴证实，福斯塔夫确曾诅咒过女人，还称"她们就是魔鬼的肉身"（they were devils incarnate）。所谓恶魔的化身，无非是用来比喻那些扰乱世界、给他人带来严重灾难的人，有时也用来指成天吃喝玩乐、到处胡闹的有钱有势人家的子弟。这些人，既可以说是"the devil incarnate"，也可以说是"a fiend in human shape"。需要注意的是，这里的"incarnate"是形容词，但常置于名词之后，意为"人体化的，化身的"。

　　值得一提的是，恶魔（devil/demon）虽是各种宗教、文学作品中虚构的拥有超自然力量的邪恶存在，但归根结底其实无非是人心所浮现的恶意，是人类捏造出来为自己的

149

邪念与恶行承担罪责的意象罢了。此外，同东方文化一样，西方文化也相信善恶，认为恶魔之首便是撒旦（Satan），所以形容一个人很邪恶，英语常说"（as）evil as Satan"。既然有善恶，就有因果报应（karma），就有轮回（reincarnation）；既然有轮回，就有前世（pre-existence）、今生（this life）和来世（the afterlife）。

例句

* The guards were sadistic beasts and their leader was the devil incarnate.

那些警卫都是残暴的野兽，他们的首领更是魔鬼的化身。

* The gang leader sounds like the devil incarnate from what they're saying on the news. Hopefully they lock him up for life!

从新闻上看，这个帮派头目简直就是魔鬼的化身。希望他们能把他关一辈子！

stand like greyhounds in the slips | 整装待发，蓄势待发

KING HARRY　Dishonour not your mothers; now attest

That those whom you called fathers did beget you.

Be copy now to men of grosser blood,

And teach them how to war. And you, good yeomen,

Whose limbs were made in England, show us here

The mettle of your pasture; let us swear

That you are worth your breeding—which I doubt not,

For there is none of you so mean and base

That hath not noble lustre in your eyes.

I see you **stand like greyhounds in the slips**,

Straining upon the start.

(III. i. 22-32)

亨利王　别羞辱了你们的母亲；现在，快拿出勇气来，证明的确是他们——你所称作父亲的人，生养了你！给那些没胆量的人树立一个榜样，教给他们该怎样打仗吧！还有你们，好农民们，你们从英格兰土地上成长起来，就在这儿让大家瞧一瞧祖国健儿的身手。让我们发誓吧，你们真不愧是个英国人——这一点，我

毫不怀疑；因为你们都不是那种辱没自己、短志气的人，个个都是眼睛里闪烁着威严的光彩。我觉得，你们**挺立在这儿，就像上了皮带的猎狗**，全身紧张地等待着冲出去。

（第三幕第一场）

　　整个第三幕第一场只有一段独白，即亨利五世在哈弗娄城（Harfleur）前号召士兵冲锋陷阵的一段呐喊，其中，亨利王将这些整装待发的英国士兵形容为"上了皮带的猎狗，全身紧张地等待着冲出去"（stand like greyhounds in the slips，／Straining upon the start），以此鼓舞军队昂扬斗志，迎接接下来的战斗。

　　"greyhound"的学名叫"灵缇"。它是世界上脚程最快的犬类，时速可达 64 公里，过去人们常用这种犬来猎兔，后来它还成为赛犬比赛的重要成员。猎犬在比赛前都要被套上脖套（slips/slip collars），当比赛开始、脖套拿掉之后，这些猎犬就会飞一般地冲出栅栏。因此，用这个短语"stand like greyhounds in the slips"来比喻士兵们整装待发的状态是再恰当不过了。值得一提的是，美国老牌长途商营巴士"Greyhound"正是得名自灵缇犬，中文译名为"灰狗长途巴士"或"灰狗巴士"。因其灵活便捷、票价低廉，灰狗巴士至今仍活跃在美国国内乃至美国与加拿大之间的公路网上。

◈ 例句

* They're standing like greyhounds in the slips, getting prepared to rush out of the room at any time.

  他们就像是蓄势待发的猎犬，随时准备着冲出这个房间。

* I can see them stand like greyhounds in the slips, longing for going to the place where they are needed the most.

  我能看到他们早已作好了准备，渴望着前往最需要他们的地方。

household word | 家喻户晓的人／物

KING HENRY　　Old men forget; yea, all shall be forgot,

　　　　　　　　But he'll remember, with advantages,

　　　　　　　　What feats he did that day. Then shall our names,

　　　　　　　　Familiar in his mouth as **household words**—

Harry the King, Bedford and Exeter,

Warwick and Talbot, Salisbury and Gloucester—

Be in their flowing cups freshly remembered.

(IV. iii. 49-55)

亨利王　老年人记性不好，可是他即使忘去了一切，也会分外清楚地记得在那一天里他干下的英雄事迹。我们的名字在他的嘴里本来就像**家常话**一样熟悉：什么英王亨利啊，培福、爱克塞特啊，华列克、泰保啊，萨立斯伯雷、葛罗斯特啊，到那时他们在饮酒谈笑间，就会亲切地重新把这些名字记起。

(第四幕第三场)

亨利五世肖像（Benjamin Burnell 绘制，1820 年）

　　英法对阵，亨利五世在阿金库尔（Agincourt）外安营扎寨，此时英军的数量远远少于法军。为了鼓舞士气，防止众大臣与军士失去信心，亨利王开始诉诸骄傲和荣誉，宣称英军浴血奋战不是为了胜利本身，而是因为胜利会带来一样不朽的东西，即英雄们的名字在英国人的嘴里是"像家常话一样熟悉"（Then shall our names, /Familiar in his mouth as household words），即便当人们垂垂老矣，"饮酒谈笑间，就会亲切地重新把这些名字记起"（Be in their flowing cups freshly remembered）。言下之意，就是激励众人，只要他们浴血奋战，便会成为妇孺皆知的英雄人物。

亨利王所使用的"household"与我们今天的用法一样，都是"极为熟悉"的意思。"household word"常常用以形容某人或某物知名度之高，家喻户晓；"household name"也是表达同样的意思，如：Being a household name, the director is still modest about his achievements. （作为一个家喻户晓的人物，这个导演对自己的成就仍然很谦虚。）英语中表示"家喻户晓"的简单表达还有"well known"以及"widely known"，如：The murdered woman was well/widely known in the area. （被杀害的女人在这个地区家喻户晓。）

例句

* His books are household words.

  他的书家喻户晓。

* The names of American superstars like basketball great Michael Jordan have become household words the world over.

  一些美国的超级明星，像篮球巨人迈克尔·乔丹，已经成了全世界家喻户晓的人物了。

《亨利六世》(上)
Henry VI, Part I

剧中挑选红白玫瑰的场景(Henry Payne 绘制，1908 年)

　　《亨利六世》分上、中、下三篇，其中，《亨利六世》(上)约创作于 1589—1590 年间，并于 1594—1595 年重新修订，是莎士比亚最早创作的历史剧系列。该剧主要铺陈英格兰失掉法国领土以及宫廷内的政治阴谋如何导致了玫瑰战争的爆发。亨利五世刚刚逝世，贵族们就为了各自利益相互倾轧，争斗不休，尤其是代表约克家族利益的理查·普兰塔琪纳特(Richard Plantagenet)和代表兰开斯特家族利益的萨穆塞特(Somerset)甚至在国会花园发生争吵，双方支持者分别摘下园中的白、红玫瑰以表明立场，就此拉开英国历史上臭名昭著的"玫瑰战争"之帷幕。与此同时，英法战争仍未结束，年幼的亨利六世在其加冕仪式上恳请众人团结一致共同对敌，并任命普兰塔琪纳特与萨穆塞特共同抗击法军。但双方面和心不和，为一己私利，都不肯派兵增援在波尔多被围的塔尔博(Talbot)，结果这员勇将和他的儿子只得以劣敌优，终因寡不敌众而成了疆场冤魂。在

154

这场战争中，英军也捕获并处死了法国著名爱国英雄牧羊女贞德(Joan)。另一边，曾经大力支持英军的勃艮第公爵(Duke of Burgundy)已彻底倒向法国皇太子查理(Charles, the Dauphin of France)，与英国对立。面对内忧外患，亨利六世决定接受教皇和罗马皇帝的调解，娶亲议和。其叔父葛罗斯特公爵(Duke of Gloucester)提议与法国阿玛涅克伯爵(Earl of Armagnac)之女签订婚约。红玫瑰党羽萨福克伯爵(Earl of Suffolk)出于野心，则有意将在法国战场俘获的安佐公爵(Duke of Anjou)之女玛格莱特(Margaret)献给亨利六世。亨利六世为美色所惑，最终迎娶玛格莱特为后，致使英国内部矛盾复杂化，为中篇的情节发展埋下了伏笔。《亨利六世》(上)概括了 1422 年到 1444 年间亨利六世年少可欺，大权旁落，英国陷入内外交困之境的故事。剧中虽有多处与史实不符，但其所描绘的战事曲折多变，贞德等人物丰富立体，具有一定的历史和艺术价值。

unbidden guest | 不速之客

TALBOT　　Will not your honours bear me company?

BEDFORD　　No, truly, 'tis more than manners will.

And I have heard it said, '**Unbidden guests**

Are often welcomest when they are gone.'

(II. ii. 53-56)

塔尔博　　列位大人，可否劳驾和我同去？

培　福　　恕我不能奉陪，因为那是不合乎礼节的。我常听人说，**不速之客**只在告辞以后
　　　　才最受欢迎。

(第二幕第二场)

　　法国奥尔良牧羊女贞德自称奉上天之命，协助法国太子抗击英军，并亲自上阵打败了塔尔博勋爵率领的英国军队。但不久之后，奥尔良城就又被塔尔博率军夺回。塔尔博的声名由此大振，乃至奥凡涅伯爵夫人(Countess of Auvergne)都派使者前来，邀请他来府上相会。塔尔博欣然应允，并请众人同往，培福公爵(Duke of Bedford)却称自己若一同前往，便成了"不速之客"(unbidden guests)，于礼不合，以此拒绝塔尔博的邀约。

　　"unbidden"含"未经要求；未被邀请；擅自"(without being asked, invited or expected)之意，未受邀请便上门相访的客人即为"unbidden guest"(不速之客)，与之类

似的常见表达还有"uninvited guest"，或者"unexpected guest"。值得一提的是，英国小说家 P. G. 沃德豪斯(Pelham Grenville Wodehouse)曾创作过一部短篇小说，篇名便包含了该短语，题为"Jeeves and the Unbidden Guest"。此外，现代英语中与"guest"相关的习语其实不在少数，如"paying guest"（临时住宿者），"house guest"（在家小住的客人），"guest of honor"（贵宾），"guest speaker"（特邀演讲人）。

 例句

* She welcomed her unbidden guests with irreproachable politeness.

   她以无可指责的礼仪接待了几个不速之客。

* She was annoyed at having three extra unbidden guests suddenly thrust on her.

   突然又来了三位不速之客要她接待，她感到很恼火。

Delays have dangerous ends. ｜ 迁延会误事的。

CHARLES THE DAUPHIN	Now shine it like a comet of revenge,
	A prophet to the fall of all our foes!
REIGNIER	Defer no time; **delays have dangerous ends**.
	Enter and cry, 'The Dauphin！', presently,
	And then do execution on the watch.

（III. iii. 14-18）

查　理	让这火炬像复仇的彗星一样散发光辉吧！让它预兆我们敌人的全部崩溃吧！
阿朗松①	不能耽搁了，**迁延会误事的**。马上攻城，大家呐喊："太子万岁！"把守兵们立刻干掉。

（第三幕第二场）②

贞德带兵伪装成卖玉米的老百姓混进被英军攻占的卢昂城，与查理太子、阿朗松公

----

① 不同版本的莎剧全集，个别台词归属会有所不同。"New Oxford"版认为"Defer no time... on the watch"这一段台词归属于瑞尼埃，"纪念版"译本则将其归于阿朗松，故此处中英引文人名不一致。

② 不同版本的莎剧全集划分的幕场也会有所不同，"New Oxford"版将 *Henry VI, Part I* 的第三幕细分为八场，"纪念版"译本则只分为四场，故此处中英文幕场不一致。

爵（Duke of Alençon）、安佐公爵瑞尼埃（Reignier, Duke of Anjou）等人约定，以城楼火炬为信号，里应外合，联手攻城。待贞德登上城头，高举火炬，瑞尼埃/阿朗松便督促众人响应贞德，立即采取行动，并声言"迁延会误事的"（delays have dangerous ends）。

现代英语中，"delays have dangerous ends"这一表达也可以简化为"delays are dangerous"。而就"拖延误事""坐失良机，必有忧患"这一观点，中西方文化显然是达成一致的。除了该习语，英语世界里还常常会用"get off the dime""make it snappy""shake a leg"等习语来督促他人"不要拖延，立即采取行动"。此外，与"delay"相关的英文习语还有不少值得品鉴学习，如：Desires are nourished by delays.（欲望因拖延而滋长；越难得到的越想得到。）又如：Justice delayed is justice denied.（迟到的正义就是没有正义。）

例句

* Come on, people, let's get off the dime! We only have two days to finish it. Delays have dangerous ends!

  拜托各位，别再拖延，马上行动起来！我们只剩下两天时间完成任务了。迁延是会误事的！

* We shall have to make up our minds very soon, or we'll miss the boat. As Shakespeare said, "Delays have dangerous ends!"

  我们必须立即拿定主意，否则就会坐失良机。正如莎士比亚所言："迁延会误事的！"

《亨利六世》(中)
Henry VI, Part II

亨利六世肖像(馆藏于英国国家肖像馆)

　　《亨利六世》(中)大约作于1590—1591年，也有人认为这部戏的写作其实早于《亨利六世》(上)，是莎士比亚戏剧创作的处女作。该剧主要讲述亨利六世在平息贵族间的争执时所表现出来的懦弱无能——包括受他信赖的护国公葛罗斯特公爵之死，约克公爵(Duke of York)势力的上升以及终究不可避免的武装冲突。萨福克公爵出于野心，促成了自己的情人玛格莱特与亨利六世的婚姻。萨福克实施阴谋的主要障碍来自护国公葛罗斯特公爵——他既深得国王信任，在普通老百姓中也颇得人心。为削弱葛罗斯特的影响力，萨福克派人设计他的夫人艾丽诺(Eleanor)，骗其实施巫术，由此致其被判流放。接着，萨福克又与红衣主教波福(Cardinal Beaufort)和萨穆塞特公爵联手为葛罗斯特网罗罪名，并派刺客将其暗杀。结果萨福克随后也因葛罗斯特之死而遭流放，最终死于海盗之手。与此同时，第三任约克公爵理查·普兰塔琪纳特也透露了自己对王位的野心，并且获得了萨立斯伯雷伯爵(Earl of Salisbury)和华列克伯爵(Earl of Warwick)的支持。

在前去爱尔兰镇压叛乱之前，约克指使昔日手下军官杰克·凯德(Jack Cade)在英国起兵暴动，为的是确保一旦普通民众对他表示支持，他就有理由带兵回国公开篡权夺位。但凯德领导的这次起义不久就遭到了亨利王的支持者克列福勋爵(Lord Clifford)的镇压，凯德本人在潜逃过程中也被乡绅用剑砍死。而后约克便公开宣称要夺取王位，玫瑰战争的首战第一次圣奥尔本斯之战(The First Battle of St. Albans)爆发，萨穆塞特被约克之子理查(Richard)(后来的理查三世)杀死，克列福勋爵则被约克所杀。全剧结束之时，约克带领自己的亲信和重兵马不停蹄追赶亨利王、玛格莱特和小克列福(Young Clifford)一行，欲抢在他们之前到达伦敦，夺取王位。该剧的主旨就在于表现亨利六世与生俱来的软弱个性以及他对于掌控国家和朝廷所体现出来的无能为力，而他的无能恰恰又与王后玛格莱特的野心形成了强烈的对比。

 ## mum's the word | 保密，别声张

HUME   Hume must make merry with the Duchess' gold;

        Marry, and shall. But how now, Sir John Hume?

        Seal up your lips, and **give no words but mum**;

        The business asketh silent secrecy.

(I. ii. 87-90)

休姆 我休姆要拿公爵夫人的钱去乐一乐，哼，就去乐一乐吧。可是约翰·休姆爵士，现在怎么办！把你的嘴封起来，**什么话也别说**；这个交易非严守秘密不可。

(第一幕第二场)

    葛罗斯特公爵夫人艾丽诺怂恿自己的丈夫葛罗斯特公爵篡位夺权，她的野心被约翰·休姆爵士(Sir John Hume)所发现。休姆想从两边捞得利益，因此，他一方面将这个秘密告知红衣主教波福和萨福克公爵以获得奖金，另一方面又假装拥护艾丽诺以赢得其好感。休姆得意于自己的如意算盘，却也深知秘密不可轻易泄露，最好"什么话也别说"(give no words but mum)，否则便是自断生财之道。

    "mum"在口语中虽然有"妈妈"的意思，这里却与"mother"毫不相干，而是"沉默"(silence)的意思——这个用法可以说是莎翁原创，据说是因为人们在朗读"mum"这个词的时候，两片嘴唇闭在一起，就好像把话都关在嘴里一样，只能发出类似"mmm"这

样无意义的声音，如此一来，就相当于不发一言，别人也就无从知晓秘密。换言之，当一个人需要保守秘密时，他/她唯一被允许发出的声音就是"mum"一词。现代英语中"give no words but mum"已经演变为"mum's the word"，可以理解为"mum is the only word you are allowed to utter"，常常用于提醒他人保守秘密。值得一提的是，"mum"也可以用作形容词，意为"沉默的"，因此"keep mum"同样是提醒他人小心泄密的常见表达。

此外，休姆这段独白中还有一句习语也流传至今，即"seal up your lips"（把你的嘴封起来）。我们也用"button up one's lips"或者"zip up one's lips"（把嘴巴像扣子或拉链一样扣上或者拉上）来表示"闭嘴"的意思。当然，口语中大家最为熟悉的"闭嘴"还是应属"shut up"。

例句

* Don't tell anyone about the surprise for Mr. Green. Remember, mum's the word.
   别把给格林先生的惊喜告诉任何人。记住，保密！

* We want her birthday party to be a surprise, so mum's the word.
   我们想让她的生日派对成为一个惊喜，所以都别声张。

Smooth runs the water where the brook is deep. | 静水流深。

SUFFOLK　　The Duchess by his subornation,

Upon my life, began her devilish practices;

Or if he were not privy to those faults,

Yet by reputing of his high descent,

As next the King he was successive heir,

And such high vaunts of his nobility,

Did instigate the bedlam brainsick Duchess

By wicked means to frame our sovereign's fall.

Smooth runs the water where the brook is deep,

And in his simple show he harbours treason.

(III. i. 45-54)

萨福克	我可以用我的生命打赌，那公爵夫人是在他的纵容之下，才做出那些搬神弄鬼的把戏的。他虽不是同谋，但他自诩出身高贵，除了王上就算他是王位继承人，种种夸耀身价的言语，就足以把那个狂妄的公爵夫人鼓动起来，采用恶毒的手段来陷害我们的王上。**河床越深，水面越平静**。你看他外表像个老实人，心里藏着的诡计才是毒辣呢。

(第三幕第一场)

这一幕开场，正当亨利王纳闷平日素来准时的葛罗斯特公爵为何迟迟未到时，玛格莱特王后便开始趁机搬弄是非，说葛罗斯特公爵心存不良，企图谋权篡位，并提醒亨利王应该处处提防着他。一旁的萨福克公爵也随声附和，提出"河床越深，水面越平静"（Smooth runs the water where the brook is deep），直言葛罗斯特外表看似老实，其实深藏不露，心怀不轨，企图挑拨他与亨利王的君臣关系。

"Smooth runs the water where the brook is deep"这句话的字面意思是"如果一条河流越深，水就会流得越顺畅，表面也就会越平静"，原文语境中明显为贬义，用来比喻一个人越是有城府，表面看起来就会越平静。但现代英语中该习语的内涵已经接近于中文里的"静水流深"（暗喻表面不声不响的人却蕴藏着大的智慧），常常用于形容一个人平静寡言的外表下胸藏丘壑或情感炽烈。英文里还有一句谚语也表达了相同的含义：Still water runs deep.

📜 例句

* He's extremely shy and withdrawn, though it may be that smooth runs the water where the brook is deep.

  他非常害羞又沉默寡言，但或许只是静水流深而已。

* She may not talk or socialize much, but smooth runs the water where the brook is deep. She is actually one of the smartest people in the company.

  她或许不怎么说话和社交，但静水流深，她其实是公司里最聪明的人之一。

Let's kill all the lawyers. | 杀光所有的律师。

CADE　　　　　　　　　　　There shall be no money, all shall eat

and drink on my score, and I will apparel them all in one livery, that they may agree like brothers, and worship me their lord.

BUTCHER The first thing we do, **let's kill all the lawyers**.

CADE Nay, that I mean to do. Is not this a lamentable thing that of the
skin of an innocent lamb should be made parchment? That parchment,
being scribbled o'er, should undo a man?

(IV. ii. 61-67)

凯德   我要取消货币，大家的吃喝都归我承担；我要让大家穿上同样的服饰，这样他
们才能和睦相处，如同兄弟一般，并且拥戴我做他们的主上。

狄克①   第一件该做的事，是**杀光所有的律师**。

凯德   对，这是我一定要做到的。他们把无辜的小羊宰了，用它的皮做成羊皮纸，这
是多么岂有此理？在羊皮纸上乱七八糟的写上一大堆字，就能把一个人害得走
投无路，那又是多么混账？

(第四幕第二场)

叛军首领杰克·凯德的党羽屠夫狄克(Dick the Butcher)，一个默默无闻的小角色，
却说出了整个《亨利六世》三部曲中为数不多的一句名言。狄克乌托邦似的想法就是，
"杀光所有的律师"(let's kill all the lawyers)，因为在他和凯德看来，律师做的事不过是
慢条斯理地来回翻阅羊皮纸文书，一心只想把普通老百姓逼得走投无路。当然，他们这
种煽动言行其实是出于精心谋划。

在9世纪时，英国本土已经有了提供法律服务的职业，后来出现在法庭上协助辩护
的人被称为"narrator"(法律辩护人)。到12世纪中叶，英国的律师业已具规模，有了法
律辩护人(narrator)和法律代理人(attorney)的区别。之后进一步专业化，又出现了出庭
律师(barrister)和专门帮助当事人起草法律文书的事务律师(solicitor)。

虽然"Let's kill all the lawyers"后来只是律师圈子里的一句玩笑话，但"kill"在美国
俚语中举足轻重的地位是不容忽视的。"kill"可以表示"大获成功""使人感到绝妙"之
意，如：That curtain speech always kills the audience. (那段开场白总能使观众倾倒。)由
"kill"引出的"killer"，类似于"绝好的，顶好的"的意思，如：This is really a killer
version. (这真是个绝好的版本。)那么"a killer idea"自然指的是"绝妙的主意"，如美剧
《绝望的主妇》(*Desperate Housewives*)中 Tom 的台词：Listen, I have come up with this

---

①   屠夫狄克全称"Dick the Butcher"，"New Oxford"版取其职业"Butcher"指代说话者，"纪念版"
译本则取其名"狄克"。此处中英引文人名看似不一致，实则指的是同一人。

killer idea for the Spotless Scrub campaign. (听着，对于这次"无暇刷洗"活动，我有了个绝妙的主意。)

例句

* The more I think about it, Old Billy was right,

Let's kill all the lawyers, kill'em tonight.

— from the song *Get Over it*

我越想，越觉得老比利是对的；

让我们干掉所有的律师吧，今晚没有他们，大家尽情狂欢！

——选自歌曲《Get over it》

* "The first thing we do, let's kill all the lawyers" — it's a lawyer joke.

"我们要做的第一件事就是杀光所有的律师"——这是一句关于律师的玩笑。

as dead as a doornail | 彻底死了；失效；报废

CADE Brave thee? Ay, by the best blood that ever was broached, and beard thee too. Look on me well: I have eat no meat these five days, yet, come thou and thy five men, an if I do not leave you all **as dead as a doornail**, I pray God I may never eat grass more.

(IV. x. 32-35)

凯德 触犯你！哼，哪怕流出最高贵的血，我还要羞辱你一顿呢。对我仔细瞧瞧，我已经五天没吃肉了，尽管如此，纵然你再叫五个人来和你一齐上，我若不叫你们一个个躺下，**死得像门上的钉子一样**，我就请求上帝不再让我在世上啃青草。

(第四幕第十场)

　　叛军首领凯德为了躲避追捕，四处躲藏，为了能够找一点食物来充饥，私自闯进了一座花园，不料撞见了花园的主人。凯德以为花园主人要将他绑了送官，于是威胁他若敢轻举妄动，就要让他"死得像门上的钉子一样"(as dead as a doornail)。

　　那么"doornail"(门钉)和死亡究竟有什么关系呢？英语中有两种不同的解释。其一，从前英国一般人家门户上都有一块金属牌(doorplate)，附有一个金属敲门器

163

(doorknocker)，供叫门用，因此有人认为，"as dead as a doornail"里的"doornail"，不是真的指门钉，而是指那块金属牌——这块牌让人终年敲打，不"死"都不行了。其二，也有人认为，"doornail"的确指门钉，因为门钉总是给钉得死死的，以免门户铰链脱落，所以是"as dead as a doornail"。虽然这一表达的出处现在已经无从考证，但这并不妨碍该习语流传至今，用于形容人、动植物等彻底失去生命，或者形容无生命的物体完全失去效用。现代英语中类似的常见表达还有"as dead as a dodo"（死得和已灭绝的渡渡鸟一样；绝迹；过时），以及"as dead as mutton"（死得和已割下或煮透的羊肉一样；死定了；过时）。

例句

* I burst into the room and found him as dead as a doornail.

  我冲进房间里，发现他已经僵死了。

* The treaty may be considered to be as dead as a doornail.

  这项条约可以认为是完全作废了。

《亨利六世》(下)
Henry VI, Part III

《陶顿战场的亨利六世》(William Dyce 绘制，1860 年)

　　《亨利六世》(下)大约作于 1590—1591 年，与《亨利六世》(中)约作于同一年。本剧紧跟中篇剧情，讲述的是约克派取得胜利后，与亨利六世的支持者之间就王位之争展开对抗。华列克兵权在握，威胁亨利王死后将王位永久传给约克家族，这就公开剥夺了亨利之子爱德华(Prince Edward)的继承权。以玛格莱特王后为首的亨利派对此极为不满，于是攻打约克的城堡，将其俘虏并刺死。在玛格莱特的施压下，亨利王撤回与约克的协议。不过，随着约克第二子乔治(George Plantagenet)与华列克弟弟蒙太古(Montague)的加入，约克派迅即重组。在陶顿之战(Battle of Towton)中，约克派轻易取胜，约克长子爱德华称王，号称爱德华四世(Edward IV)，他御封弟弟乔治为克莱伦斯公爵(Duke of Clarence)，理查为葛罗斯特公爵(Duke of Gloucester)。陶顿之战后，华列克代替爱德华四世向法王的姨妹波那郡主(Lady Bona)求婚。不料爱德华本人却执意迎娶貌美如花的伊利莎伯·葛雷夫人(Lady Elizabeth Grey)。华列克闻讯后深感被人愚弄，转而效忠兰开斯特派。不久后，乔治和蒙太古也改投兰开斯特。华列克随之率领法军入侵英国，爱德华四世被关进监狱，亨利重新即位。但爱德华四世很快被救，重新组建了军队。在巴尼特战役（Battle of Barnet）里，乔治背叛华列克，重新加入了约克派，助其赢得战争。其间，亨利被关进伦敦塔，爱德华则与兰开斯特派和法国的联盟军展开了正面冲突。在随后的蒂克斯伯里战役（Battle of Tewkesbury）里，约克派击溃了兰开斯特派，理查前往伦敦刺杀亨利王。亨利临终前，预言了理查今后的恶行以及由此将引发的席卷全国的混乱。爱德华四世回宫后，以为战争终于结束，便下旨庆祝。但他没意识到理查正在策划一场阴谋，意欲不惜一切代价来夺取政权。本剧是战争场面描述最多的一部戏，主要探讨的是对矛盾和斗争的恐惧。随着各皇亲贵胄之家的分崩离析，传统的道德规范也在对复仇和权势的追逐中遭到彻底的颠覆，往日秩序井然的国家随之陷入了一片混乱。

Hasty marriage seldom proves well. ｜
草草率率地结婚是不大有好结果的。

RICHARD　And shall have your will, because our king；
　　　　　　 Yet **hasty marriage seldom proveth well**.

（IV. i. 17-18）

葛罗斯特[①]　您是王上嘛，当然爱怎样就怎样。不过**草草率率地结婚是不大有好结果的**。

（第四幕第一场）

　　当华列克前往法国替爱德华四世向法王提议联姻之时，爱德华本人却执意迎娶一位貌美如花的寡妇伊利莎伯·葛雷夫人。当他询问自己的弟弟乔治与理查（葛罗斯特公爵）对此事的看法时，乔治认为这是出尔反尔，会惹怒法王和华列克，十分不妥；理查虽然觉得爱德华贵为一国之君，有权随心所欲，却也认为"草草率率地结婚是不大有好结果的"（hasty marriage seldom proveth well）。而后也果真如乔治和理查所言，爱德华这桩草率婚姻直接导致华列克倒戈，联合法军入侵英国。

　　英文中和该词条表达相似的习语还有"Marry in haste, repent at leisure"（草草结婚后悔多）——与《驯悍记》中女主角凯瑟丽娜所说的这一句"who wooed in haste and means to

---

　　①　葛罗斯特是理查（Richard）的公爵头衔，全称"Richard Duke of Gloucester"，"New Oxford"版取其名"Richard"指称说话者，"纪念版"译本则取其头衔"葛罗斯特"相指代。此处中英引文人名看似不一致，实则指的是同一人。

wed at leisure"（他求婚的时候那么性急，一到结婚的时候，却又这样慢腾腾了）（第三幕第二场）语出同源（参见词条"Marry in haste, repent at leisure."）。其实现实生活中又何止是婚姻大事需要慎思后行，忌讳草率行事呢？中西方文化中都存在不少习语劝导他人行事前理应深思熟虑，谋定而后动，譬如《罗密欧与朱丽叶》中劳伦斯神父就曾对罗密欧说道："Wisely and slow, they stumble that run fast."（凡事三思而行。/跑得太快是会滑倒的。）（第二幕第三场）现代英语里较为常见的表达则有："think twice before you act" "look before you leap"（三思而后行）；"you can't be too careful"（无论怎样小心也不会过分；越小心越好）；"better safe than sorry"（宁可事先谨慎有余，不要事后追悔莫及）；"discretion is the better part of valour"（谨慎即大勇；慎重为勇敢之本）（参见词条"The better part of valour is discretion."）。

 例句

* He will not have his daughter rushing into a marriage for hasty marriage seldom proves well.
  他不会允许自己的女儿仓促步入婚姻殿堂。草草率率地结婚是不大有好结果的。

* Shakespeare once said, "Hasty marriage seldom proves well." Therefore she refused to be panicked into a hasty marriage.
  莎士比亚曾说过："草草率率地结婚是不大有好结果的。"所以她不愿因恐慌而仓促成婚。

breathe one's last | 呼出最后一口气，断气

WARWICK   Come quickly, Montague, or I am dead.
SOMERSET   Ah Warwick, Montague hath **breathed his last**,

      And, to the latest gasp, cried out for Warwick,

      And said, 'Commend me to my valiant brother'.

      And more he would have said; and more he spoke

      Which sounded like a cannon in a vault,

      That might not be distinguished; but, at last

      I well might hear, delivered with a groan,

      'O, farewell, Warwick!'

               （V. ii. 39-47）

华 列 克　快来啊，蒙太古，你不来我就要死了。

萨穆塞特　唉，华列克！蒙太古已经**呼出了最后一口气**，直到他临终喘息的时候，他还
　　　　　记挂着你，要我们"代他向他的英勇的兄长致敬"。他还想说许多话，讲到
　　　　　后来声音都像地窖里的瓮声一样听不清楚，但末了我听出他边呻吟边说的一
　　　　　句，"唉，永别了，华列克！"

（第五幕第二场）

　　当玫瑰战争即将结束时，华列克全力抵抗篡位者爱德华四世的军队，兵败临死时希
望向弟弟蒙太古求救，却从萨穆塞特口中听到蒙太古战死的消息——"Montague hath
breathed his last"（蒙太古已经呼出了最后一口气）。听到这个消息后，华列克也命丧黄
泉了。此处的"breathe"不是"吸入"，而是"expire"（呼出）的意思。相应地，"at one's
last breath"也就表示"在生命的最后一刻；奄奄一息"的意思，如：We have no idea
whether Judas repented at his last breath.（犹大在生命的最后一刻有无忏悔，我们就不得
而知了。）

　　借用电影《阿甘正传》（*Forrest Gump*）中的一句台词，"Death is just a part of life. It's
something we're all destined to do."（死亡是生命的一部分，是我们注定要做的一件事。）
古今中外，无论是谁，面对死亡都很是无奈，因此除本词条"breathe one's last"外，英
文中对于死亡这一概念还存在大量的委婉语，如，"to return to dust/earth"（归于尘土），
"to pay the debt of nature"（偿清欠负大自然的债务），"to be called to God/to answer the
final summons"（应召到上帝身边）。

例句

* He was doomed to breathe his last.
　他注定要死的。

* Our love will never breathe its last.
　我们的爱永不熄灭。

《理查三世》
Richard III

理查三世肖像（馆藏于英国国家肖像馆）

  《理查三世》大约创作于 1592—1593 年，是莎士比亚早期作品之一，仅晚于《亨利六世》三部曲和最早期的喜剧。爱德华四世即位后，葛罗斯特公爵理查表露自己的妒忌和野心。为实现自己篡位的野心，理查先是设计陷害自己的哥哥乔治（克莱伦斯公爵），使其被关伦敦塔，后又巧言令色讨好安夫人（Lady Anne）（亨利六世之子爱德华的寡妻），成功娶其为妻。而后理查怙恶不悛，变本加厉，派出杀手谋害乔治，致使爱德华四世受良心谴责，加上病痛缠身，很快去世。成为护国公后的理查越发肆无忌惮，不仅残酷剪灭伊利莎伯王后（Queen Elizabeth）的亲属和党羽，还将理应加冕为王的爱德华四世之子威尔士亲王（Prince of Wales）与幼子约克公爵（the young Duke of York）囚禁并杀害，篡位为理查三世。他的爪牙勃金汉公爵（Duke of Buckingham）因其拒绝兑现篡位前的承诺，于是起兵叛乱，被俘后被无情处死。与此同时，为巩固统治，理查三世不惜秘

169

密杀害妻子安夫人以迎娶爱德华四世之女伊利莎伯（Princess Elizabeth）为后。其手段之残忍，统治之血腥导致众叛亲离，使得反抗力量聚集在里士满伯爵（Earl of Richmond）的旗下。决战前夜，所有遭理查三世杀害的冤魂都托梦诅咒他，同时祝福里士满。最终，理查三世兵败身死，里士满登上王座，称亨利七世（Henry VII），并娶伊利莎伯为王后，由此合并约克和兰开斯特两大王族，玫瑰战争自此结束。本剧最突出的是对理查这一形象的刻画。这个角色穷凶极恶，但绝不脸谱化。他相貌丑陋，但机智过人；他道德沦丧，但又有胆有识；他挣扎在自由意志和宿命论的窠臼之间，既是本剧的主人公，又是名副其实的大反派。可以说，这个典型的马基雅维利式君主在莎翁的生花妙笔之下焕发了不朽的光彩和魅力。

 Talkers are no good doers. ｜ 话多就办不成事。

RICHARD	When you have done, repair to Crosby Place.
	But sirs, be sudden in the execution,
	Withal obdùrate. Do not hear him plead,
	For Clarence is well spoken, and perhaps
	May move your hearts to pity if you mark him.
A MURDERER	Tut-tut, my lord, we will not stand to prate.
	Talkers are no good doers, be assured.
	We go to use our hands, and not our tongues.

（I. iii. 344-351）

葛罗斯特①	你们干完后就来克洛斯比宫。可是，弟兄们，你们下手必须敏捷，尤其要心如铁石，莫去听他申诉；克莱伦斯很能讲话，假如你们理睬他，可能被他打动了心。
凶 手 甲	不会，不会，我的大人，我们决不讲空话；**话多就办不成事**。千万放心，我们此去是用手不用嘴巴。

（第一幕第三场）

---

① 葛罗斯特是理查（Richard）的公爵头衔，全称"Richard Duke of Gloucester"，"New Oxford"版取其名"Richard"指称说话者，"纪念版"译本则取其头衔"葛罗斯特"相指代。此处中英引文人名看似不一致，实则指的是同一人。

为了铲除自己篡位路上的绊脚石，理查先是陷害自己的三哥克莱伦斯公爵，使其被囚伦敦塔，后又命令两个杀手去将其杀死，并特别叮嘱两人下手要快，不要被善言的克莱伦斯打动心肠。其中一个杀手信誓旦旦，声称自己深知"话多就办不成事"（Talkers are no good doers）的道理，保证届时对克莱伦斯痛下杀手时绝不会跟他多说废话。后来面对克莱伦斯的申诉求情，他果真心如铁石，一刀便将其结果。

说得多的人往往做得少，因此"少说话，多做事"向来是中西方文化一致推崇的处世哲学——中文里有出自《论语·里仁》的"君子欲讷于言而敏于行"，英语世界里也有莎士比亚借杀手之口说出的这一句"Talkers are no good doers"。除此之外，现代英语中类似的表达还有"Great talkers are little doers"（多言者必少行；语言的巨人，行动的矮子），"Actions speak louder than words"（行动胜于空谈）等。

例句

* Cynthia won't stop blabbing long enough to get anything done here. Talkers are no good doers!

  辛西娅一直喋喋不休，说个没完，什么事也没干成。话多是办不成事的！

* Let's cut the crap and get down to business. Talkers are no good doers.

  咱们别说废话了，开始干正事吧。话多就办不成事。

 short shrift | 不理会；敷衍对待

RATCLIFFE　Come, come, dispatch. The Duke would be at dinner.

　　　　　　 Make a **short shrift**; he longs to see your head.

(III. iv. 93-94)

拉克立夫　快，赶快，公爵就要用餐了；做个**简短的忏悔**，他在等着看你的头呢。

（第三幕第四场）

血腥的玫瑰战争进入最后阶段，为加速实现自己篡位的野心，理查开始捏造罪名，铲除异己，包括对付他先前的同谋海司丁斯（Hastings）。理查声言："砍下他的头来！现在，我以圣保罗为誓，我不看到他的头颅落地决不进餐。"（Off with his head! Now by Saint Paul I swear, /I will not dine until I see the same.）并命令其党羽洛弗尔（Lovell）和拉克立夫（Ratcliffe）负责行刑。海司丁斯伤心懊悔之际，拉克立夫催促他为自己的罪过"做个简短的忏悔"（make a short shrift），以便尽快行刑。这时的海司丁斯才突然意识到理查对他的恩惠全是利用与玩弄。

"shrift"的意思是"坦白"，来自动词"shrive"——神父为某人"shrive"，就是听他的忏悔，而后再替他赎罪。由此可见，当时"make a short shrift"的字面意思就是"做个简短的忏悔"。但今天"short shrift"的用法已经截然不同，多用于形容"对某人或某事表示少许的关注，敷衍了事"，常见的搭配有"get short shrift""give sb./sth. short shrift"，以及"make short shrift of"。

西方的"忏悔"文化不同于中国人认为的"人之初，性本善"。西方对于人性抱着悲观的态度，这一思想源于亚当和夏娃偷吃禁果（Forbidden Fruit）而被上帝逐出伊甸园的故事，也就是《圣经》上所说的人类的"原罪"（original sin）。按照基督教的说法，正因为人类生而有罪，所以在有生之年需要信奉耶稣以求"赎罪"（redemption）。而赎罪的方法之一就是"忏悔"（confession）。一般而言，"confession"是一种高度仪式化（highly ritualized）的行动，有着很多固定的程式。当然教徒也可以找神父单独进行"confession"。顺便一提，The Confession 就是文学上所说的《忏悔录》。历史上有两本著名的《忏悔录》，分别是早期的基督教徒奥古斯丁（Augustine）和后来法国著名的启蒙思想家卢梭（Rousseau）所著。

例句

* Unfortunately, culture is given short shrift.

  很不幸，人们以冷淡的态度对待文化。

* This kind of talk, however good, gets short shrift from me.

  这种谈话，不管多好，我也不会理会的。

An honest tale speeds best being plainly told. | 老老实实最能打动人心。

KING RICHARD   Be eloquent in my behalf to her.

QUEEN   **An honest tale speeds best being plainly told.**

(IV. iv. 57-58)

理　查　王　　为我向她巧用你的辞令。

伊利莎伯王后　　老老实实最能打动人心。

（第四幕第四场）

　　理查篡权夺位、加冕为王之后，为巩固自己的王权，他先是杀害了自己的妻子安夫人，而后意欲求娶爱德华四世之女伊利莎伯公主。为此，他试图说服她的母亲伊利莎伯王后替他做媒，请她巧用辞令，打动自己的女儿。伊利莎伯王后深知理查为人险恶，反驳道："An honest tale speeds best being plainly told."（老老实实最能打动人心。）

　　"tale"是"叙述，讲述"的意思，"speed"在这里则作"succeed"（成功）解，意思是"an honest tale succeeds best when it is told simply"，无需巧言令色，无需铺张修饰，用朴素的语言，以真诚诉真情，最能达到打动人心的效果。不论中西方文化，"真诚"（honesty）一直是备受推崇的境界，也是为人处世的不二法门。中文里有"以诚待人者，人亦诚而应"的教诲，英语世界里除本词条外，也会将"Honesty is the best policy"（诚实为上策）奉为人生信条，并常常用"as honest as the day is long"形容一个人十分正直可靠。

例句

* —How shall I express my love to her?

  —An honest tale speeds best being plainly told.

  ——我该如何向她表达我的爱意？

  ——老老实实最能打动人心。

* Spare her whatever steaming pot you're about to serve up. An honest tale speeds best being plainly told!

  对她就省省你的花言巧语吧。老老实实最能打动人心！

tower of strength｜可依赖的人；中流砥柱

KING RICHARD　Why, our battalia trebles that account.

　　　　　　　　Besides, the King's name is a **tower of strength**

　　　　　　　　Which they upon the adverse faction want.

（V. iii. 11-13）

理查王 哼，我们的兵力却有他们的三倍呢；何况，君王的威名就是**力量**，这是对方所没有的。

（第五幕第三场）

当理查通过阴谋和陷害夺取了王位后，身边的人却相继叛乱。这一场中，理查三世和叛军在波士委战场(Bosworth Field)展开激战。在战争前，理查询问叛军的人数，得知其人数至多不过六七千人时，不由为己方胜于对方三倍的兵力感到得意，并强调对方所尤其欠缺的还有"君王的威名"(the king's name)，因为这正是他们制敌最为重要的"力量"(tower of strength)。

"tower of strength"这一表达源起16世纪，最初常常用于指涉无所不能的上帝，莎士比亚则是第一个赋予其新义的创作者。不过，随着时代的推进，"tower of strength"在现代英语中已经更多用于形容"（危难时的）可依靠的人"(a person that you can rely on to help, protect and comfort you when you are in trouble)，与中文里的"主心骨，顶梁柱，中流砥柱"意思相近。

例句

* After dad died, grandma was a tower of strength for the whole family.
  父亲去世后，奶奶就成了全家的顶梁柱。
* She was a veritable tower of strength and a refuge in times of tribulation.
  在艰难困苦的时候，她是我们名副其实的靠山和避风港。

A horse, a horse！My kingdom for a horse！| 马！马！我愿用王位换一匹马！

KING RICHARD	A horse, a horse, my kingdom for a horse!
CATESBY	Withdraw, my lord; I'll help you to a horse.
KING RICHARD	Slave, I have set my life upon a cast,
	And I will stand the hazard of the die.
	I think there be six Richmonds in the field.
	Five have I slain today instead of him.
	A horse, a horse, my kingdom for a horse!

(Ⅴ. ⅵ. 7-13)

理查王 一匹马！一匹马！我的王位换一匹马！

凯茨比 后退一下，我的君王；我来扶你上马。

理查王 奴才！我已经把我这条命打过赌，我宁可孤注一掷，决个胜负。我以为战场上共有六个里士满呢；今天已斩杀了五个，却没有杀死他。——一匹马！一匹马！我的王位换一匹马！

（第五幕第四场）①

失去战马的理查三世（Begner 绘制，1912 年）

理查三世以卑鄙的手段获得王位后，大肆杀戮，众叛亲离，最终与里士满决战沙场。然而在战斗的关键时刻，理查失去了他的战马，被迫只能在平地上作战，不由接连惊呼："A horse! A horse! My kingdom for a horse!"（一匹马！一匹马！我的王位换一匹马！）理查显然认为此时只有马才能救他的命。可惜他气数已尽，即便果真换来一匹马也已经无济于事，最终死于里士满之手。

也有人曾经将这句话译为"愿以江山换美人"，译文虽然唯美，却失去了原文讽刺的意味。其实即便在当时，这句话也已经常用作讽刺语。莎士比亚同时期的剧作家、讽

① 不同版本的莎剧全集划分的幕场有所不同，"New Oxford"版将 *Richard III* 的第五幕细分为七场，"纪念版"译本则只分为四场，故此处中英文幕场不一致。

刺家约翰·马斯顿(John Marston)就曾在他的剧作《东锄》(*Eastward Hoe*, 1605)中仿效过理查的这句惊呼:"一条船,一条船,一条船,整整一百马克换一条船!"(A boat, a boat, a boat, a full hundred marks for a boat!)现代英语中更是常常用这句话来讽刺那些花大力气换取无关紧要之物的人。因此,这句话只要一出口,往往能博得人们的笑声。

"horse"作为一种人尽皆知的动物,具有许多重要的特征,如俊美、驯良、敏捷、生气勃勃等。人们常借用马的这些特征来喻事喻人,使所描写的人或事物的品质、特征显得更加形象生动、鲜明强烈。英语中就有许多含有马的成语,其寓意丰富多彩、令人难忘。比如英国首相本杰明·迪斯雷利(Benjamin Disraeli)在其1841年出版的一本小说中第一次使用"dark horse"来形容那匹在赛马中爆出冷门的马,之后人们便使用"dark horse"来指代"意想不到的获胜者"。"flog a dead horse"则表示"徒劳无益,事后再作无益的议论";"Hair by hair, you will pull out the horse's tail"表示"有志者事竟成";"hold one's horse"用于劝慰他人"忍耐点,别发脾气";而"be/get on one's high horse"当然是一派"目空一切、盛气凌人的样子";还有大家最为熟悉的成语"put/set the cart before the horse"表示"本末倒置"。

❧ 例句

* In the real battlefield, even you cried "my kingdom for a horse", nobody would come to you.

  在真正的战场上,就算你大叫"我的王位换一匹马"也没人会理睬你。

* "My kingdom for a horse" is the last we hear from the pathetic, villainous Richard III.

  "我的王位换一匹马"是我们所听到的可悲又邪恶的理查三世说出的最后一句话。

《亨利八世》
Henry VIII

亨利八世肖像(Hans Holbein 绘制，馆藏于英国北约克郡霍华德城堡)

　　《亨利八世》创作于 1612 年，1613 年 6 月演出首场，1623 年被收入《第一对开本》。

　　亨利八世执政期间，出身平民的红衣主教伍尔习(Cardinal Wolsey)凭自身才学成为一人之下万人之上的英国首相。可惜他野心勃勃，长期利用国家渠道谋一己之利。勃金汉公爵(Duke of Buckingham)本意图向亨利八世揭露伍尔习的狼子野心，不成想却被伍尔习先发制人，连同他的亲朋都被以叛国罪逮捕并关进伦敦塔。王后凯瑟琳(Queen Katherine)随之替勃金汉求情，未料伍尔习早已买通勃金汉的管家，让他出面指证勃金汉叛国叛君，终使其被判死刑。而后在一次伍尔习举办的舞会上，亨利八世被王后侍女安·波琳(Anne Boleyn)的美貌吸引，不久就向罗马教廷提出要解除同凯瑟琳的婚姻，理由是他与自己寡嫂凯瑟琳的婚姻其实并不合法，并认为娶寡嫂是自己膝下无子嗣的罪因。这却是伍尔习始料未及的——他原本希望国王能和阿朗松公爵夫人（Duchess of Alençon）联姻，以使英法结为同盟。为阻止国王与安·波琳的婚事，伍尔习一边向罗马教皇写信控告亨利王意欲离婚之事，一边秘密向凯瑟琳寻求结盟，但凯瑟琳对他的虚情假意并不信任。就在伍尔习还沉浸在自己的阴谋算计里之时，他的控告信和财产清单却落到了亨利八世手里。亨利王愤怒不已，将伍尔习撤职罢官，并任命被称为异教徒的克兰默（Cranmer）为坎特伯雷大主教，作为自己的心腹。与此同时，亨利王已与安·波琳完婚。而后新王后顺利生产，亨利王请克兰默为刚刚降世的伊丽莎白（Elizabeth）公主洗礼。公主受洗时，王宫里号乐齐鸣，克兰默也用尽圣洁的语言歌颂伊丽莎白，并预言宣称，她将为英格兰带来无上的荣耀。从亨利八世开始，英国开始了反对旧教、创立国教的宗教改革，到莎士比亚时期，新教势力已经深入人心，但朝廷之上信仰旧教的势力仍不容小觑。面对如此形势，莎士比亚只好使用松散的戏剧场景以及片段化的戏剧结构来表达严肃的宫廷主题，不过他依旧在剧中进行了深入的再思考，在人物形象塑造中融入人文主义理想。

 for goodness' sake | 看在上帝的份上

CARDINAL WOLSEY

If your grace
Could but be brought to know our ends are honest,
You'd feel more comfort. Why should we, good lady,
Upon what cause, wrong you? Alas, our places,
The way of our profession, is against it.
We are to cure such sorrows, not to sow 'em.
For goodness' sake, consider what you do,
How you may hurt yourself, ay, utterly
Grow from the King's acquaintance by this carriage.

(III. i. 151-159)

伍尔习 只要娘娘肯相信我们来此的目的是诚恳的，您就不至于感到如此得不到安慰。娘娘，我们何必——我们又有什么理由——要对您不起？咳，我们的地位、我们的职业都不允许我们这样做。我们的职务是医治这类的悲痛，而不是传播悲痛。**看在上帝的份上**，请考虑一下，您现在的行为只会给您自己带来损害，是的，只能使您和国王之间的分歧完全无法弥补。

（第三幕第一场）

本欲促成亨利八世与法国国王的妹妹、阿朗松公爵夫人联姻的伍尔习没有预料到，国王会为了安·波琳而意图与王后凯瑟琳离婚。为阻止二人的婚事，伍尔习一面向罗马教廷去信控告亨利王意欲离婚之事，一面找到凯瑟琳，表示愿为她出谋献策，挽回亨利八世。凯瑟琳对他的投诚表示质疑，伍尔习言辞切切，请求她"看在上帝的份上"（for goodness' sake），考虑一下自己的建言。当然，凯瑟琳最终还是拒绝了他的示好。

从上下文语境来看，"for goodness' sake"在莎士比亚时代的意思显然跟如今的用法稍有不同，"goodness"更多是意为"礼貌或仁慈"，"for goodness' sake"则表示"为善良的缘故"。而在现代英语中，该短语已日渐成为一个单纯的感叹语，同"for God's/Christ's sake"一样，常常用于表示烦躁或惊讶，尤指要求某人做某事时使用。需要注意的是，"for Christ's sake"的语气最为强烈，而且和"for God's sake"一样，由于带有一定的宗教含义，随便挂在嘴边可能会冒犯到部分人士，建议慎用。日常表达中一般使用最温和的"for goodness' sake"就足够了。

此外，"for the sake of"（为了……的缘故）这一句式也极为常用。如：For the sake of my health, I have to give up smoking.（为了健康着想，我得戒烟。）又如：He is willing to die for the sake of his country.（为了祖国，他愿意出生入死。）

例句

* Stop mumbling, for goodness' sake.

  看在老天爷面上，别再咕哝了。

* For goodness' sake, why didn't you ring me?

  天哪，为什么你不给我打电话？

 farewell to... ｜ 向……告别

CARDINAL WOLSEY　So **farewell**—**to** the little good you bear me.

　　　　　　　　　Farewell, a long **farewell**, **to** all my greatness!

　　　　　　　　　This is the state of man. Today he puts forth

　　　　　　　　　The tender leaves of hopes; tomorrow blossoms,

And bears his blushing honours thick upon him;

The third day comes a frost, a killing frost,

And when he thinks, good easy man, full surely

His greatness is a-ripening, nips his root,

And then he falls, as I do.

(III. ii. 351-359)

伍尔习 你们对我表示的那点小小的好意，**再见吧**。**再见**？我全部的宏伟事业从此不**再**

见了。人世间的事就是这样。一个人今天生出了希望的嫩叶，第二天开了花，

身上开满了红艳艳的荣誉的花朵，第三天致命的霜冻来了，而这位蒙在鼓里的

好人还满有把握，以为他的宏伟事业正在成熟呢，想不到霜冻正在咬噬他的

根，接着他就倒下了，和我一样。

(第三幕第二场)

　　红衣主教伍尔习是整部戏里最有意思的角色，也是个极有野心的人物。爬到英国首
相的地位后，他便着手施展他的阴谋，大量敛财——也就是他理想中的"宏伟事业"的
最高层次。可惜在屡次将对手整垮后，伍尔习的狼子野心也终遭败露，为亨利八世所厌
弃。在被政敌们一番嘲弄奚落之后，伍尔习便在沉思中道出这段精彩的独白，向自己已
成过去的"宏伟事业"告别（farewell to），这也是全剧为数不多的令人难忘的段落。

　　说到"farewell"这个词，大家一定首先会想到海明威（Ernest Hemingway）的作品《永
别了，武器》（*A Farewell to Arms*）。除此之外，"farewell"在日常用语中也十分常见，譬
如朋友在告别时，会选择开一个"farewell party"（送别聚会）。不过在今天的美国，离开
时说得最多的不是"farewell"，而是"C ya!"（See you!）或意大利语"Ciao"，以及送别的
时候说一句"Take care!"（保重！）是再合适不过的了。

例句

* He bid a long farewell to all his greatness, and started his new journey.

　　他与过去的所有辉煌成绩挥手告别，转身踏上新的征程。

* I bade farewell to all the friends I had made in Paris.

　　我告别了我在巴黎结交的所有朋友。

have（all）the makings of... |
具备了成为……的必要条件

THIRD GENTLEMAN	At length her grace rose, and with modest paces
	Came to the altar, where she kneeled, and saint-like
	Cast her fair eyes to heaven, and prayed devoutly,
	Then rose again, and bowed her to the people,
	When by the Archbishop of Canterbury
	She **had all the royal makings of a queen**,
	As holy oil, Edward Confessor's crown,
	The rod, and bird of peace, and all such emblems
	Laid nobly on her; which performed, the choir,
	With all the choicest music of the kingdom,
	Together sung Te Deum.

(IV. i. 84-94)

绅士丙　最后，安贵人立起身来，腼腆地迈开步伐走向神坛，跪在神坛前面，像圣徒一样抬头望着上天，虔诚地祈祷。然后她又站起来，向人们一鞠躬；接着，坎特伯雷大主教把应当加在王后身上的一切，都加在她身上：圣膏、爱德华王的王冠、杖、和平鸟和其他这一类的高贵标饰。这段仪式完成后，歌童队在全国精选的乐师的伴奏下齐唱赞美诗。

（第四幕第一场）

　　亨利八世最终还是如愿改立安·波琳为后。绅士丙(莎士比亚笔下的普通人往往以身份加序号加以区分)在此描述安·波琳的加冕礼，称"坎特伯雷大主教把应当加在王后身上的一切，都加在她身上"（by the Archbishop of Canterbury /She had all the royal makings of a queen）。

　　"the makings of..."在原文语境中的意思接近于"……的饰物"或"……的特有象征"，"have（all）the makings of..."则表示"具备了成为……的必要条件或素质"。现代英语中有两个与此形似的习语需要注意区别："be the making of sb."是表示"某人成功的原因"，如：This experience will be the making of him.（这段经历将会造就他的成功。）"in

181

the making"则表示"正在孕育中的，正在形成中的"，如：A huge flood is in the making near the upper reaches of Yangtze River due to the successive torrential rains. （受连日暴雨的影响，长江上游正在形成一场大洪水。）

安·波琳肖像(馆藏于英国国家肖像馆)

📖 例句

* So many merchants, sailors, and people from other countries and cultures clustered in Shanghai that it had the makings of an international metropolis.

   很多商人、船员和来自不同国籍与文化的人齐聚上海，使它具备了成为国际性都会的必要条件。

* He has all the makings of a great quarterback.

   他具备成为一个优秀橄榄球四分卫的一切素质。

悲　剧

《安东尼与克莉奥佩特拉》
Antony and Cleopatra

《克莉奥佩特拉与濒死的安东尼》（Pompeo Batoni 绘制，1763 年）

　　《安东尼与克莉奥佩特拉》大约写于 1606 年，1623 年录入《第一对开本》并于当年出版。该剧讲述的是贵为罗马帝国三执政之一的玛克·安东尼（Mark Antony）因沉湎于埃及女王克莉奥佩特拉（Cleopatra）的美色，终日在埃及饮酒作乐，乐不思蜀。后庞培（Pompey）叛乱，兼闻妻子死讯，安东尼终于幡然醒悟，毅然回国，迫于形势与屋大维·恺撒（Octavius Caesar）①重修旧好，并娶其妹妹奥克泰维娅（Octavia）以巩固双方的政治联盟。克莉奥佩特拉闻讯勃然大怒，险些打死送信的使者，但听闻奥克泰维娅长相寻常便又宽下心来，坚信安东尼很快就会回到自己身边。待各方战事和缓，安东尼果真返回了埃及，并宣布将治下多处领土划入克莉奥佩特拉名下，还将王号分封二人之子。恺撒借机同安东尼公开决裂，并集结大军向他与克莉奥佩特拉宣战。安东尼不顾自己的陆战优势，两次与恺撒决战海上，但皆因克莉奥佩特拉临阵脱逃而战败。安东尼疑心她

---

　　① 屋大维·恺撒是裘力斯·恺撒（Julius Caesar），即恺撒大帝的甥外孙兼养子，《安东尼与克莉奥佩特拉》一剧中惯以"恺撒"相称。因此，在该剧目的导引及词条诠释中，如无特殊说明，"恺撒"均指屋大维·恺撒。

与恺撒勾结，克莉奥佩特拉为证清白，入墓假死。安东尼闻讯悲痛欲绝，举剑自刎。克莉奥佩特拉悔恨交加，兼之不愿受辱于恺撒，遂以毒蛇自杀。莎士比亚将一段盛大的罗马历史浓缩于几场政治与爱情的"游戏"之中，道尽了两个身居高位的中年人之间掺杂了过多爱恨情仇与家国情怀的复杂爱恋。

 ## There's beggary in the love that can be reckoned. ｜可以量深浅的爱是贫乏的。

CLEOPATRA	If it be love indeed, tell me how much.
ANTONY	**There's beggary in the love that can be reckoned.**
CLEOPATRA	I'll set a bourn how far to be beloved.
ANTONY	Then must thou needs find out new heaven, new earth.

（I. i. 14-17）

克莉奥佩特拉	要是那真的是爱，告诉我多么深。
安　东　尼	**可以量深浅的爱是贫乏的。**
克莉奥佩特拉	我要立一个界限，知道你能够爱我到怎么一个极度。
安　东　尼	那么你必须发现新的天地。

（第一幕第一场）

　　罗马执政安东尼深爱埃及艳后克莉奥佩特拉，乃至流连埃及皇宫不愿回国。而当戏剧开场，克莉奥佩特拉向自己的情人抛出"你爱我有多深"这一亘古难题之时，安东尼的回答不可谓不巧妙——"There's beggary in the love that can be reckoned."（可以量深浅的爱是贫乏的。）言下之意：我对你的爱之深是不可估量的。如果非要"立一个界限"，那便唯有"新的天地"才能容纳得下安东尼对克莉奥佩特拉的爱。

　　爱之不可估量这一主题还显见于莎翁的许多其他作品，如《罗密欧与朱丽叶》中朱丽叶（Juliet）便曾深情道："我的慷慨像海一样浩渺，我的爱情也像海一样深沉；我给你的越多，我自己也越是富有，因为这两者都是没有穷尽的。"（My bounty is as boundless as the sea, /My love as deep. The more I give to thee /The more I have, for both are infinite.）（第二幕第一场）《皆大欢喜》中，女主角罗瑟琳（Rosalind）也发出过类似感叹："啊，小妹妹，小妹妹，我的可爱的小妹妹，你要是知道我是爱得多么深！可是我的爱是无从测计深度的，因为它有一个渊深莫测的底，像葡萄牙海湾一样。"(O coz, coz, coz, my pretty little coz, that thou didst know /how many fathom deep I am in love. But it cannot be sounded; my /affection hath an unknown bottom, like the Bay of Portugal.)(第四幕第一场)

"beggary"本义是"赤贫、贫困"，该词条中引申为"贫乏、不充足"。而 "There's beggary in the love that can be reckoned" 这句浪漫箴言至今也仍为西方世界所熟知并使用，是现代英语中常见的爱情名句之一。

❧ 例句

* Take good care of her. Love her without measure. There's beggary in love that can be reckoned.

—Valerian and the City of a Thousand Planets

照顾好她。无止境地爱她。可以量深浅的爱是贫乏的。

——《星际特工：千星之城》

* —How much do you love me?

—There's beggary in love that can be reckoned.

——你有多爱我?

——可以量深浅的爱是贫乏的。

Let Rome in Tiber melt. | 让罗马融化在台伯河的流水里。

CLEOPATRA　　Call in the messengers：As I am Egypt's queen,

　　　　　　　Thou blushest, Antony, and that blood of thine

　　　　　　　Is Caesar's homager; else so thy cheek pays shame

　　　　　　　When shrill-tongued Fulvia scolds. The messengers!

ANTONY　　**Let Rome in Tiber melt**, and the wide arch

　　　　　　　Of the ranged empire fall. Here is my space.

　　　　　　　Kingdoms are clay. Our dungy earth alike

　　　　　　　Feeds beast as man. The nobleness of life

　　　　　　　Is to do thus; when such a mutual pair

　　　　　　　And such a twain can do't — in which I bind

On pain of punishment the world to weet —

We stand up peerless.

（I. i. 31-42）

克莉奥佩特拉 叫那送信的人进来。我用埃及女王的身份起誓，你在脸红了，安东尼；你那满脸的热血是你对恺撒所表示的敬礼；否则就是因为长舌的富尔维娅把你骂得不好意思。叫那送信的人进来！

安 东 尼 让罗马融化在台伯河的流水里，让广袤的帝国的高大的拱门倒塌吧！这儿是我的生存的空间。纷纷列国，不过是一堆堆泥土；粪秽的大地养育着人类，也养育着禽兽；生命的光荣存在于一双心心相印的情侣的及时互爱和热烈拥抱之中；这儿是我的永远的归宿；我们要让全世界知道，我们是卓立无比的。

（第一幕第一场）

埃及女王克莉奥佩特拉对她最新的情人——罗马三执政之一的安东尼占有欲极强。罗马刚来了个信使，克莉奥佩特拉就立刻打翻了醋坛子。她把安东尼尴尬的脸红解释为要么是受制于屋大维·恺撒，要么就是想到他的罗马妻子富尔维娅（Fulvia）时的羞愧之心，或者两个原因都有。

安东尼用情人们惯用的甜言蜜语来反驳克莉奥佩特拉的指责，于是就有了这句著名的"Let Rome in Tiber melt"（让罗马融化在台伯河的流水里）。就算罗马融化在台伯河里，他也不会变心，因为只要有克莉奥佩特拉的地方就是他的全部世界。有意思的是，后来信使向克莉奥佩特拉报告安东尼再婚的消息时，这个艳后则大声呼喊"让埃及溶解在尼罗河里"（Melt Egypt into Nile）（第二幕第五场）——简直是对安东尼这句话的一个拙劣模仿。类似的"melt"（消融）意象充斥了整部戏，比如，安东尼曾道，"Authority melts from me"（我已经一点儿权力都没有了），克莉奥佩特拉则说过，"The crown o' th' earth doth melt"（大地消失它的冠冕了）。值得一提的是，安东尼高呼的"Let Rome in Tiber melt"与克莉奥佩特拉所说的"Melt Egypt into Nile"在某种意义上都变成了事实——帝国或王国虽未崩溃，这对情侣手中的君主大权却已融化殆尽。

英文中还存在大量与"Rome"相关的习语，这是因为公元前1世纪，罗马人征服不列颠岛，其后将之占领长达400年之久，罗马文化与风俗由此逐渐渗入不列颠。罗马人走后，他们的文化及其对不列颠的影响仍然留在不列颠岛上。从以下三条谚语中便可一窥罗马帝国昔日的辉煌：Do in Rome as the Romans do.（在罗马就要像罗马人一样生活。比喻入乡随俗。）Rome was not built in a day.（罗马不是一天建成的。比喻伟业非一日之功。）All roads lead to Rome.（条条道路通罗马。比喻殊途同归。）另外还有很有趣的一点："Roman nose"和"Jew's harp"也不是"罗马鼻子"和"犹太竖琴"，而是指"高鼻梁，鹰钩鼻"和"单簧口琴"。

例句

* Let Rome in Tiber melt. I'll never betray you!

就让罗马融化在台伯河的流水里吧，我是永远也不会背叛你的。

* Let Rome in Tiber melt. I love thee with the breath, smiles, tears of all my life!

就让罗马融化在台伯河的流水里吧，我用我毕生的生命、微笑和眼泪始终不渝地爱你！

 salad days｜**少不更事的日子**

CHARMIAN	O that brave Caesar!
CLEOPATRA	Be choked with such another emphasis!
	Say 'the brave Antony'.
CHARMIAN	The valiant Caesar!
CLEOPATRA	By Isis, I will give thee bloody teeth,
	If thou with Caesar paragon again
	My man of men.
CHARMIAN	By your most gracious pardon,
	I sing but after you.
CLEOPATRA	My **salad days**,
	When I was green in judgment, cold in blood,
	To say as I said then!

(I. v. 66-74)

查　米　恩　啊，那勇敢的恺撒！

克莉奥佩特拉　让另外一句感叹窒塞了你的咽喉吧！你应该说勇敢的安东尼。

查　米　恩　威武的恺撒！

克莉奥佩特拉	凭着爱昔斯女神起誓,
	你要是再把恺撒的名字和我的唯一的英雄相提并论,
	我要打得你满口出血了。
查 米 恩	请娘娘开恩恕罪,我不过把您说过的话照样说说罢了。
克莉奥佩特拉	那时候我**年轻识浅**,我的热情还没有煽起,所以才会说那样的话!

(第一幕第五场)

戏剧开始,当古罗马大将安东尼在埃及首都亚历山大宫中耽溺于和古埃及女王克莉奥佩特拉的玩乐饮宴生活时,罗马帝国正面临庞贝的叛乱、海盗的骚扰和东方帕提亚(安息)人的入侵。形势紧急,安东尼心中重新唤起对国家的责任感,毅然回到罗马。从安东尼奔赴罗马战场的那天起,克莉奥佩特拉无时无刻不在思念着他。就在她派人打听安东尼消息的时候,克莉奥佩特拉想起自己年轻时和恺撒大帝(Julius Caesar)有过一段暧昧情事。当侍女查米恩(Charmian)提及她曾经对恺撒大帝的赞誉,克莉奥佩特拉恼羞成怒,称自己同他的过往不过是一段"salad days"。

有些人认为,"salad"指某种餐饮方式,是在不可挥霍(或是说要注重节食)的日子里,人们被迫赖以为继的饮食习惯。还有些人则认为他们的"salad days"应该是年少无知、恣意挥霍的年月,有着色彩艳丽、新鲜刺激的冒险。然而这个词语的发明人脑子里既没有想到质朴的生活,也没有想到燃烧的青春。

克莉奥佩特拉用"salad days"不是指她必须要吃沙拉的日子,而是指她像沙拉的日子。也许是因为"salad"(沙拉)的材料常常是"lettuce"(生菜)、"cucumber"(黄瓜)等,新鲜的蔬菜颜色翠绿,看起来很嫩,但又"青涩"(green,少不更事)而"生冷"(cold,缺乏激情),故使得"salad days"成为"缺少经验、少不更事的日子"的代名词。

例句

* I was in my salad days then, and fell in love easily.

  我那时年纪轻,涉世未深,很容易就堕入了情网。

* Although still in his salad days, Mark was showing great promise on the cricket field.

  尽管马克还很青涩,但他已显示出在板球运动方面的巨大潜力。

 beggar all description | 非语言所能形容,非笔墨所能描述

ENOBARBUS　　　　　　　　I will tell you.

The barge she sat in, like a burnished throne

Burned on the water. The poop was beaten gold;

Purple the sails, and so perfumèd that

The winds were love-sick with them. The oars were silver,

Which to the tune of flutes kept stroke, and made

The water which they beat to follow faster,

As amorous of their strokes. For her own person,

It **beggared all description**. She did lie

In her pavilion — cloth of gold, of tissue —

O'er-picturing that Venus where we see

The fancy outwork nature.

(II. ii. 189-200)

爱诺巴勃斯　让我告诉你们。她坐的那艘画舫就像一尊在水上燃烧的发光的宝座；舵楼是用黄金打成的；帆是紫色的，熏染着异香，逗引得风儿也为它们害起相思来了；桨是白银的，随着笛声的节奏在水面上下，使那被它们击动的痴心的水波加快了速度追随不舍。讲到她自己，那简直**没有字眼可以形容**；她斜卧在用金色的锦绸制成的天帐之下，比图画上巧夺天工的维纳斯女神还要娇艳万倍。

(第二幕第二场)

《安东尼和克莉奥佩特拉的相遇》（Sir Lawrence Alma-Tadema 绘制，1883 年）

191

　　爱诺巴勃斯(Enobarbus)所描述的女子就是大名鼎鼎的埃及艳后克莉奥佩特拉，她虽然是位女性，但却是古埃及王国最聪明能干的统治者。她不仅美丽也很有政治头脑，利用自己的美艳和智慧，保全埃及的独立。在西纳斯河(River of Cydnus)举行的盛大游船会上，安东尼和他的朋友爱诺巴勃斯首次见到了克莉奥佩特拉，爱诺巴勃斯是这么描述这位埃及艳后的美貌的：她的游船也许还能用文字来形容，女王本身则是"没有字眼可以形容"(beggared all description)的。

　　大家都知道"beggar"是"乞丐"的意思，不过这个单词也可以作动词用，原义是"使沦为乞丐，使穷困"，引申为"使……显得无用"或"非……所能及"。"beggar all description"此处意为无法描述克莉奥特拉坐在那精雕细琢的画舫上的景象，因为所有的语言都太过贫乏。现代英语沿袭原意，常用其形容某事某物非语言所能描述，可以和大家比较熟悉的"beyond description"替换。以此类推，"beggar all imagination"则表示"无法想象"。

❧ 例句

* The depravity and shamelessness of those self-seeking supporters truly beggar all description.
  没有语言能够形容那些自私自利的支持者的堕落和无耻。

* She has the beauty that beggars all description.
  她的美貌绝非笔墨所能形容。

infinite variety | 变化无穷，多种多样

MAECENAS	Now Antony
	Must leave her utterly.
ENOBARBUS	Never, he will not:
	Age cannot wither her, nor custom stale
	Her infinite variety. Other women cloy
	The appetites they feed, but she makes hungry
	Where most she satisfies. For vilest things
	Become themselves in her, that the holy priests
	Bless her when she is riggish.

(Ⅱ. ⅱ. 231-238)

茂 西 那 斯　现在安东尼必须把她完全割舍了。

爱诺巴勃斯　不，他决不会丢弃她，年龄不能使她衰老，习惯也腐蚀不了**她的变化无穷
的伎俩**；别的女人使人日久生厌，她却越是给人满足，越是使人饥渴；因
为最丑恶的事物一到了她的身上，也会变成美好，即使她在卖弄风情的时
候，神圣的祭司也不得不为她祝福。

（第二幕第二场）

《克莉奥佩特拉》（Thomas Francis Dicksee 绘制，1876 年）

　　安东尼为了与共同执政的屋大维·恺撒重修旧好，同意娶其妹为妻。恺撒的部下茂
西那斯（Maecenas）断定安东尼现在不得不斩断与埃及女王克莉奥佩特拉的奸情，爱诺巴
勃斯却不以为然。他认为克莉奥佩特拉不像普通的女人，她的美永远不会因为"习惯"
（熟悉）而"腐蚀"；她的魅力永不凋零，只会与日俱增，变得更加丰富多彩。爱诺巴勃
斯果然言中——虽然安东尼的确认真想过与克莉奥佩特拉分手，但她的吸引力却战胜了
所有国家大事，让安东尼很快又回到了她的身边。

　　变化多端，无疑是女人天性的指标，常常令人感到害怕，遭人嘲弄。就像很多谚语
所反映的那样：A woman is a weathercock.（女人的心，善变的天。）A woman's mind and

winter wind change often.（女人的想法和冬季的朔风一样，变化莫测，波谲云诡。）英国剧作家萧伯纳（George Bernard Shaw）在他的《华伦夫人的职业》（*Mrs. Warren's Profession*）中说：The fickleness of the women I love is only equaled by the infernal constancy of the women who love me.（我所爱的女性们的变化无常，只有爱我的女性们的执着不移可与伦比。）女人的善变对追求者和丈夫同样都造成威胁，可是在克莉奥佩特拉这里，多变（infinite variety）却成了一种激情、一种让爱永保新鲜以留住爱人的魔力。

　　"infinite variety"在现代英语中除了保留原文语境中"变化无穷"的意思，还常与"of"搭配，用以表示"多种多样"，可以与大家相对熟悉的"many kinds of""a variety of""a diversity of"等短语换用。

例句

* The most amazing thing about nature is its infinite variety.

　　大自然最让人惊叹的地方在于它的变幻无穷。

* The island also abounds in curious stones, which present an infinite variety of shapes.

　　岛上又多奇岩怪石，姿态万千。

《科利奥兰纳斯》
Coriolanus

科利奥兰纳斯(Thomas Lawrence 绘制，1798 年)

　　《科利奥兰纳斯》约写于 1607—1608 年，在 1609—1610 年间首次在伦敦黑衣修士剧院演出，1623 年收入《第一对开本》。战功赫赫的罗马将军卡厄斯·马歇斯(Caius Marcius)，因傲慢自大，脾气暴躁，加之从不掩饰对民众的蔑视，常引起人们的不满。饥荒时期，民众叛乱，马歇斯更被视为主要公敌。就在元老院议员米尼涅斯·阿格立巴(Menenius Agrippa)出面调停这一暴乱、马歇斯却欲以武力镇压之时，有消息称伏尔斯大将塔勒斯·奥菲狄乌斯(Tullus Aufidius)率兵来犯，贵族们推举马歇斯领军抗敌。马歇斯不负众望，大败敌军，并占领了科利奥里城，由此被冠以"科利奥兰纳斯"的尊号，元老院更提名他为执政。而为正式当选，生性傲慢的科利奥兰纳斯不得不前往市集争取民众的支持，整个过程极其生硬。与之有仇的护民官裘涅斯·勃鲁托斯(Junius Brutus)

和西西涅斯·维鲁特斯（Sicinius Velutus）便以此为由煽动民众撤回对他的支持，又先后两次故意激怒科利奥兰纳斯，使之大发脾气，接二连三惹恼群众，最终被逐出罗马。为求复仇，科利奥兰纳斯投奔了奥菲狄乌斯，并领兵进攻罗马。罗马人闻风丧胆，派考密涅斯（Cominius）和米尼涅斯前去求情，科利奥兰纳斯始终不为所动。最终还是他的母亲和妻儿出面，科利奥兰纳斯才饶恕罗马，答应为双方斡旋和平。对科利奥兰纳斯嫉恨在心的奥菲狄乌斯以此指责他背信弃义，令伏尔斯人当场群情激愤，自己及其党羽则趁乱拔剑杀害了科利奥兰纳斯。在这部剧中，莎士比亚显示出了他对历史和国家事务熟稔的特点，并以一种诗人的热情和哲学家的敏锐讨论了一系列的社会问题：贵族统治与民主政治、少数人的特权与多数人的要求、自由和奴役、权力与滥权、战争与和平。

 one fire／nail drives out another｜以火驱火，以毒攻毒

AUFIDIUS　　　　　　　　　　So our virtues

Lie in th'interpretation of the time,

And power unto itself most commendable,

Hath not a tomb so evident as a chair

T'extol what it hath done.

One fire drives out one fire; one nail, one nail;

Rights by rights falter, strengths by strengths do fail.

（IV. vii. 49-55）

奥菲狄乌斯　　所以我们的美德是随着时间而变更价值的；权力的本身虽可称道，可是当它高踞宝座的时候，已经伏下它的葬身的基础了。**一个火焰驱走另一个火焰，一枚钉打掉另一枚钉**；权利因权利而转移，强力被强力所征服。

（第四幕第七场）

　　科利奥兰纳斯为罗马民众所驱逐后投奔了昔日的敌人伏尔斯大将奥菲狄乌斯，并带领伏尔斯军队向罗马进攻，一路势如破竹，屡立战功。随着科利奥兰纳斯在伏尔斯人中的声望日渐盖过自己，奥菲狄乌斯暗下决心要在战事胜利后将其除之而后快，并对自己的副将道，尽管科利奥兰纳斯能登上高座、手握重权，但总会有更具支配性的力量令其跌落宝座，就像火能驱火、钉能除钉一样。

"One fire drives out one fire"的意思是，要阻止一场野火的蔓延，可以预先另起一堆火烧掉周遭的易燃物，如此一来，野火便无物可烧、无法成势，也就能有效防控火灾；"One nail drives out one nail"也是同理，若想除去木板里的一根钉子，可以拿一枚新钉对着旧钉楔在木头里的尖端下锤敲打，如此便能敲掉旧钉。现代英语中已将奥菲狄乌斯的这句话提炼为"One fire/nail drives out another"，基本意为"新事物驱逐、取代旧事物"，常常用于形容"（身体上或心灵上）新的疼痛有助于缓解乃至驱散旧的痛楚"，或者说"解决一个问题的方法之一就是制造更大的问题"，和中文里的"以毒攻毒"颇为相似。需要注意区别的是《约翰王》(*King John*)中出现的词条"fight fire with fire"，虽然二者原意相近，但"fight fire with fire"在当代更多是强调"以其人之道还治其人之身"。

 例句

* As one fire drives out another, one love drives out love.

  正如火能驱火一样，新欢能逐旧爱。

* As one nail drives out another, the new injury to his knee made him forget about his headache.

  以毒能攻毒，膝盖上添的新伤让他忽略了原本的头痛。

flutter the dovecotes | 引起骚动，打乱平静

CORIOLANUS　Cut me to pieces, Volsces; men and lads,

Stain all your edges on me. 'Boy'! False hound,

If you have writ your annals true, 'tis there,

That, **like an eagle in a dovecote**, I

Fluttered your Volscians in Corioles.

Alone I did it. 'Boy'!

(V. vi. 112-117)

科利奥兰纳斯　把我斩成片段吧，伏尔斯人；成人和儿童们，让你们的剑上都沾着我的血吧。孩子！说谎的狗！要是你们的历史上记载的是实事，那么你们可以翻开来看一看，我曾经怎样**像一头鸽棚里的鹰似的**，在科利奥里城里

单拳独掌，**把你们这些伏尔斯人打得落花流水**。孩子！

（第五幕第五场）①

科利奥兰纳斯孤傲的人生准则和极端的个人主义，促使他叛离祖国和人民，甚至成为复仇者，投奔了昔日的手下败将奥菲狄乌斯，走到了罗马的对立面；而后又在母亲与妻儿的劝说求情下，背弃对伏尔斯人的承诺，答应停止进攻罗马，并为双方缔结停战协定。在本剧最后一幕，就在科利奥兰纳斯向伏尔斯众官员提出和平协议之时，对他嫉恨已久的奥菲狄乌斯站出来，斥责科利奥兰纳斯为叛徒。科利奥兰纳斯由此大为震怒，同对方彻底撕破脸面，高喊自己曾在科利奥里城内立下的战功，细说他曾经如何"像一头鸽棚里的鹰似的"（like an eagle in a dovecote），把"伏尔斯人打得落花流水"（fluttered your Volscians）。如此自然极大刺激了伏尔斯人的自尊心，当场群情激愤，这位屡立战功、所向披靡的罗马英雄就这样于混乱中惨死在了奥菲狄乌斯及其党羽的刀下。

凶猛如鹰，驯良如鸽，当把一头老鹰放到鸽子棚里，可以想象这会在一向温驯平和的鸽群中造成怎样的混乱。这一比喻倒是与中文里的"鸡犬不宁"有异曲同工之妙。虽然莎翁的原句现在已经少有人使用，但人们保留了莎翁的这一比喻，"flutter the dovecotes"便沿用至今，多用以形容某人某事的出现"引起骚动，惊扰了原本平静或守旧的社群"。英文中同鸽子有关的类似表达还有"put/set the cat among the pigeons"，意为"引起纷争、造成麻烦"，如：If you tell them this shocking news, I believe that will put the cat among the pigeons.（如果你告诉他们这则可怕的新闻，我相信那将会闹得鸡飞狗跳。）

例句

* The arrival of the millionaire fluttered the dovecotes of the town and every mother with a marriageable daughter grew anxious.

  这位百万富翁的到来打乱了这个小镇的宁静。镇上的每一个母亲，只要家里有一个待嫁闺中的女儿，都变得焦虑躁动。

* The young woman fluttered the dovecotes of the Men's Only club by bursting in unannounced.

  这个年轻女子的不请自来，在这个只有男性的俱乐部里引起了骚动。

---

① 不同版本的莎剧全集对幕场的划分会有不同之处。"纪念版"主要依据牛津旧版莎剧全集翻译而来，因此对照"New Oxford"版，对幕场的划分个别会有所不同，此处中英文幕场不一致的情况即为其中一例。

《哈姆雷特》
Hamlet

手持头骨的哈姆雷特(Sir Thomas Lawrence 绘制，1801 年)

  《哈姆雷特》可能创作于 1600 年或 1601 年，并于 1603 年第一次出版四开本。在德国威登堡大学就读的丹麦王子哈姆雷特(Hamlet)一日突闻父亲死讯，被召回国，却得知叔父克劳狄斯(Claudius)已经即位，还与母亲乔特鲁德(Gertrud)匆忙成婚。哈姆雷特为此疑惑不解、郁郁寡欢。而后已故国王的鬼魂出现在城堡上，哈姆雷特赶来相见。父亲告诉他，自己是被克劳狄斯毒死的，并要求哈姆雷特为他复仇。哈姆雷特自此便开始装疯卖傻，一边拒绝了奥菲利娅(Ophelia)的爱情，一边暗中观察叔父克劳狄斯的一举一动，还请一个戏班子排演重现其父被害的情形，并从克劳狄斯观戏的反应确定他就是自己的杀父仇人。但哈姆雷特之后却几经延宕，始终没有下手复仇，却在与母亲乔特鲁德的争吵中错手杀死了彼时躲在幕后偷听的奥菲利娅的父亲波洛涅斯（Polonius）。与此同时，克劳狄斯对哈姆雷特始终疑心难消，便派其前往英国，想借英王之手除掉哈姆雷特。但哈姆雷特途中为海盗所救，又平安返回了丹麦。此时，奥菲利娅已精神失常，坠河而死，其兄雷欧提斯（Laertes）也赶回国欲替父报仇。克劳狄斯便趁机提出让雷欧提斯与哈姆雷特决斗，并在剑上涂毒，想借他之手杀死哈姆雷特。决斗中，哈姆雷特与雷欧提斯双双为毒剑所伤，乔特鲁德则误饮了克劳狄斯为哈姆雷特备下的毒酒，中毒死去。雷欧提斯临死前揭穿了克劳狄斯的罪行，哈姆雷特终于提起毒剑刺死了克劳狄斯，而后因毒身亡。作为莎士比亚"四大悲剧"之首，《哈姆雷特》集中体现了莎翁人文主义精神的最高成就，也因此成为其戏剧的巅峰之作，在世界文坛和剧坛都留下了不可磨灭的璀璨光芒。

more than kin｜比亲人还亲

KING	But now, my cousin Hamlet, and my son.
HAMLET	A little **more than kin**, and less than kind.
KING	How is it that the clouds still hang on you?
HAMLET	Not so, my lord, I am too much in the sun.

(I. ii. 64-67)

国　王	可是来，我的侄儿哈姆雷特，我的孩子——
哈姆雷特	**超乎寻常的亲族**，漠不相干的路人。
国　王	为什么愁云依旧笼罩在你的身上？
哈姆雷特	不，陛下；我已经在太阳里晒得太久了。

（第一幕第二场）

　　克劳狄斯暗中谋害了哈姆雷特的父亲，加冕为王的同时还与王子的母亲缔结婚姻，表面上却卑劣地向悲痛的王子示好，玩弄辞藻地称他"我的侄儿哈姆雷特，我的孩子"（"cousin"在文艺复兴时期的英语里可以泛指长辈或晚辈类的所有亲戚）。哈姆雷特用"A little more than kin, and less than kind"这个贬抑的说法来评价他与叔父克劳狄斯之间的关系，意思是，虽然克劳狄斯现在成了他的继父，已不止是他的"亲戚"（kin），但二人绝非"同类"（kind）。

其实，"kind"一词此处还可以解作其他意思——一词多义也正是莎士比亚的惯用手法。其一，"kind"有"血统"之意，因此哈姆雷特这句话的意思也可能是说克劳狄斯同他的关系虽比一般亲戚近，但仍旧比直系血亲要远一些。其二，"kind"还有"自然"之意，所以这句话也可以解作哈姆雷特是在暗指他所见到的克劳狄斯不自然的肉欲。其三，"kind"也有"友好无害"的意思，因此哈姆雷特还可能是借此表达他对新王的憎恨，认为他迫不及待娶寡嫂为妻这一做法十分不"厚道"（unkind）。值得一提的是，克劳狄斯询问哈姆雷特为何满脸愁云时，王子的回答又把这个黑色幽默向前推进了一步——"I am too much in the sun"，这句话玩起了 sun/son（太阳/儿子）的谐音双关，也是很值得玩味。

再看莎翁这句箴言中的结构，"more than... less than..."结构对等，"kin"与"kind"在语音上又押韵，富有音韵美。其实这句箴言用了一个修辞手法——对照（antithesis），即把意义相反的词或短语放在对称的位置上，以突出两个事物的鲜明对比。此类语句往往说得巧妙、机智、隽永，蕴含着某种人生的哲理或真谛，加之结构整齐匀称，音韵铿锵，故运用频繁，常见于英语谚语、演说及文学作品中。此外，及至今日，现代英语在运用中基本只保留该箴言的前半部分"more than kin"，且用作褒义，常用于形容人与人之间的关系"不是亲人胜似亲人"。

例句

* The neighbors in this community were more than kin and their friendship stood the test of time.

  这个社区的左邻右舍就像一家人一样，他们的友谊经受住了时间的考验。

* Although they don't see each other too often as others, their relationship is more than kin.

  尽管他俩不像别人那样常常见面，但他们的关系比亲人还要亲。

 Frailty, thy name is woman！｜
脆弱啊，你的名字就是女人！

HAMLET　　　　That it should come thus：

But two months dead—nay, not so much, not two—

So excellent a king, that was to this

Hyperion to a satyr, so loving to my mother

That he might not beteem the winds of heaven

Visit her face too roughly—heaven and earth,

Must I remember? —why, she should hang on him

As if increase of appetite had grown

By what it fed on; and yet within a month—

Let me not think on't—**Frailty, thy name is 'woman'**—

(I. ii. 137-146)

哈姆雷特　想不到居然会有这种事情！刚死了两个月！不，两个月还不满！这样好的一个国王，比起当前这个来，简直是天神和丑怪；这样爱我的母亲，甚至于不愿让天风吹痛了她的脸。天地呀！我必须记着吗？嘿，她会偎倚在他的身旁，好像吃了美味的食物，格外促进了食欲一般；可是，只有一个月的时间，我不能再想下去了！**脆弱啊，你的名字就是女人**！

(第一幕第二场)

哈姆雷特在他的第一段独白里，回忆起母亲乔特鲁德与先王之间的温馨画面。令他感到厌烦的是，母后以前在情欲上是那么地依附于先王，可在先王死后一个月，她就转身嫁给了叔父克劳狄斯。在哈姆雷特看来，父亲和叔父之间的差别，就像是拿太阳神许珀里翁(Hyperion)与好色之徒萨梯(Satyr)相对比。

而对于哈姆雷特而言，母亲是女人的原型，也正是母亲的乱伦不贞令他振臂高呼："脆弱啊，你的名字就是女人！"(Frailty, thy name is woman!)需要注意的是，这里的"frailty"指的不是身体上的脆弱，而是"moral weakness"，即道德上的软弱。

英文中还存在许多将女性与软弱相挂钩的习语：Woman is made to weep.（女子生来好哭。）Nothing dries so fast as a woman's tears.（易干不过女子泪。）Woman is made of glass.（女子脆复弱，像是玻璃货。）Glass and lasses are brittle wares.（少女嫩脆，瓷杯易碎。）更有不少习语反映了当时社会对女性的歧视，比如：Man, woman and devil are the three degrees of comparison.（男人、妇女和魔鬼，三级差别分贱贵。）A man of straw is worth of a woman of gold.（稻草男儿抵得上金玉女子。）

例句

* Because of you, I know though "frailty, thy name is woman", I have stronger will more than before.

因为你，我发现，虽然脆弱的名字叫女人，可是我远比想象中的自己更加坚强！

* Although people usually say that "frailty, thy name is woman", women are much stronger than what they think.

尽管人们常说，"脆弱的名字叫女人"，但女人往往比人们想象的要坚强得多。

 ## in one's mind's eye | 在想象中，在脑海中

HAMLET	Thrift, thrift, Horatio: the funeral baked-meats
	Did coldly furnish forth the marriage tables.
	Would I had met my dearest foe in heaven
	Or ever I had seen that day, Horatio.
	My father—methinks I see my father.
HORATIO	Where, my lord?
HAMLET	**In my mind's eye**, Horatio.

(I. ii. 179-184)

哈姆雷特	这是一举两便的方法，霍拉旭！葬礼中剩下来的残羹冷炙，正好宴请婚筵上的宾客。霍拉旭，我宁愿在天上遇见我的最痛恨的仇人，也不愿看到那样的一天！我的父亲，我仿佛看见我的父亲。
霍 拉 旭	啊，在什么地方，殿下？
哈姆雷特	**在我的心灵的眼睛里**，霍拉旭。

(第一幕第二场)

哈姆雷特的父亲去世不到两个月，他的母亲乔特鲁德就嫁给了他的叔父克劳狄斯，哈姆雷特为此闷闷不乐，满腹忧愁。此时他的好友霍拉旭（Horatio）从威登堡回到丹麦参加先王的葬礼，哈姆雷特想起父亲葬礼与母亲的新婚相距如此之近，伤心欲绝之时，更是仿佛看见了自己已逝的父王。人用双眼看到的是真实存在的世界，但我们的双眼又常常蒙蔽了我们的视线。因此，人还需要有一双"心灵的眼睛"（mind's eye），透过这双眼，哈姆雷特能看到自己的父亲，我们也可以尽情地想象，或许还能借此更加清晰地去洞察外在的世界。

英文中与该短语相近或需要注意区别的表达有"be all in one's/the mind"（只是凭空

想象），如：These problems are all in your mind, you know.（你知道，这些问题都只是你的凭空想象而已。）还有"on one's mind"（挂在心上；惦念），如：You've been on my mind all day.（我一整天都在为你担心。）

例句

* I always see a beautiful garden laid out in my mind's eye when I travel by train, though in actual fact, it is still but a piece of field.

我每次乘火车旅行总会想象眼前是一片伸展的美丽花园，尽管事实上这只是一片田野。

* My childhood appears in my mind's eye.

童年的时光重现在我的脑海里。

more in sorrow than in anger丨哀伤甚于愤怒

HAMLET　　What, looked he frowningly?

HORATIO　　A countenance **more in sorrow than in anger**.

HAMLET　　Pale, or red?

HORATIO　　Nay, very pale.

（I. ii. 229-232）

哈姆雷特　怎么，它瞧上去像在发怒吗？

霍 拉 旭　它的脸上**悲哀多于愤怒**。

哈姆雷特　它的脸色是惨白的还是红红的？

霍 拉 旭　非常惨白。

（第一幕第二场）

　　在丹麦城堡外漂游着一个鬼魂，站岗的军官马西勒斯（Marcellus）和勃那多（Bernardo）连续两夜撞见，便把这件事悄悄告知了霍拉旭。霍拉旭认出鬼魂正是已逝的国王，赶忙同两人来向哈姆雷特汇报。哈姆雷特向好友细细询问鬼魂的穿着样貌，乃至面色表情，霍拉旭一一告知，并把"more in sorrow than in anger"（悲哀多于愤怒）当作一个后置定语来形容国王的神色。但及至今日，后人更多是将它以及类似用法当作副词短语来描述一个动作，如：She did sth. more in sorrow than in anger.（她做某事更多的是出于哀伤甚于愤怒。）

"more... than..."向来是英文中的常见搭配，类似的固定表达还有"more often than not"，意为"通常；往往；一贯"，如：I knew it happens more often than not.（我知道这种事经常发生。）

例句

* He criticized his former colleague more in sorrow than in anger.

他批评以前的同事，并非出于气愤而是为他惋惜。

* Helen has finally sued her malingering husband for divorce, but I think she did it more in sorrow than in anger.

海伦终于与她那个托病开小差的丈夫打官司要求离婚，不过我觉得，她这样做更多的是出于悲哀而不是愤恨。

foul play | 卑鄙的行径，不公平的竞争

HAMLET   Your loves, as mine to you, farewell.

My father's spirit, in arms：all is not well.

I doubt some **foul play**. Would the night were come!

Till then, sit still my soul. Foul deeds will rise,

Though all the earth o'erwhelm them, to men's eyes.

(I. ii. 255-259)

哈姆雷特 让我们彼此保持着不渝的交情；再会！我父亲的灵魂披着甲胄！事情有些不妙；我想这里面一定有**奸人的恶计**。但愿黑夜早点到来！静静地等着吧，我的灵魂；罪恶的行为总有一天会发现，虽然地上所有的泥土把它们遮掩。

(第一幕第二场)

哈姆雷特的好友霍拉旭和另外两个站岗的军官来向他报告称，城堡上出现了他已故父王的鬼魂。哈姆雷特由此疑心父亲的死另有隐情，很可能是为奸人所害，并决定待黑夜降临，便去与鬼魂会面，一探究竟。

"foul"的本义是"肮脏恶臭的，难闻的"，在体育比赛里有"犯规"之意，比如篮球比赛中的"blocking foul"（阻挡犯规）、"charging foul"（带球撞人犯规）。因此，"foul play"就有了"（体育比赛中的）犯规动作，不公平行为"的意思，后来用来泛指任何一种"卑劣的行为"。其实莎翁在其作品中不止一次使用了"foul play"这一表达。如《约翰王》(*King John*)中萨立斯伯雷(Salisbury)有句台词："这显然是奸恶的阴谋(It is apparent foul play)；可惜身居尊位的人，却会干出这种事来。"（第四幕第二场）又如《李尔王》(*King Lear*)中葛罗斯特(Gloucester)曾言："两位殿下，这是什么意思？我的好朋友们，你们是我的客人；不要用这种无礼的手段对待我(Do me no foul play, friends)。"（第三幕第七场）还有《爱的徒劳》(*Love's Labour's Lost*)中的"为了你们的缘故，我们蹉跎了大好的光阴，毁弃了神圣的誓言(Played foul play with our oaths)"（第五幕第二场）。

此外，联系前面的词条"fair play"（公平竞赛），就不难理解英语表达中"by fair means or foul"是"不择手段"的意思，如：Ambition is often regarded as being commensurate with bad sense because the single-minded have tried to achieve their goals by fair means or foul and often harm others. （野心常被认为是带有贬义的。这是因为有些一心追求自己利益的人不择手段要达到目的，损害了他人。）

例句

* The police removed a body from the canal but said that they did not suspect foul play.
警察从运河里捞走了一具尸体，但却称他们并不认为这是一桩谋杀案。

* He was booked by the referee for foul play.
他因为动作犯规而被裁判记下姓名。

the primrose path | 寻欢作乐的生活

OPHELIA　　　　　　　But, good my brother,
　　　　　Do not, as some ungracious pastors do,
　　　　　Show me the steep and thorny way to heaven,
　　　　　Whiles, like a puffed and reckless libertine,
　　　　　Himself **the primrose path** of dalliance treads,
　　　　　And recks not his own rede.

(I. iii. 45-50)

奥菲利娅　可是，我的好哥哥，你不要像有些坏牧师一样，指点我上天去的险峻的荆棘之途，自己却在<u>花街柳巷</u>流连忘返，忘记了自己的箴言。

(第一幕第三场)

　　雷欧提斯出发前往法国之前，向妹妹奥菲利娅提出警告，要她克己自爱，冷静处理与哈姆雷特之间的关系，于是就有了奥菲利娅的这番回答。在奥菲利娅看来，法国这个国家只会比哈姆雷特的爱更令人堕落，于是她把雷欧提斯的说教回赠给了他自己，同时还把教会好好讽刺了一番，劝诫哥哥要牢记他自己的教诲，不要在国外过上傲慢自大、行为不检的放荡生活。

　　"primrose"是一种淡黄色的可爱花朵，名叫樱草花。它起源于中古拉丁文"prima rosa"，意思是"早玫瑰"或"第一朵玫瑰"。因为它总是于早春绽放，所以"primrose"还有一个别名叫"报春花"。而至少从 15 世纪起，"primrose"就常被比作青春之"花"，于是间接会引申为青春年少的欲望，"the primrose path"也就与浪子的放荡行为联系到了一起，比喻"寻欢作乐的生活"。

　　也许是出于对这个精彩比喻的喜爱，莎士比亚在他的另一部悲剧《麦克白》(*Macbeth*)里再次使用它："I had thought to have let in / some of all professions that go the primrose way to th'everlasting bonfire."(我倒很想放进几个各色各样的人来，让他们经过酒池肉林，一直到刀山火焰上去。)(第二幕第三场)不过这次表示的意思是"a course of action that seems easy, but ends in disaster"，即看上去轻松容易，但会招致灾难性后果的做法。这种说法今天仍很常见，用来比喻这样一种生活状态：贪图享乐，却因此招致恶果。而"to be led down the primrose path"这一短语则用以形容"被人引入歧途"。

 例句

* He was led down the primrose path by her beauty.

　　他为她的美色所动，生活逐渐变得放荡、堕落。

* If we followed your advice we'd all be walking down the primrose path to ruin.

　　如果我们听你的建议就等于走上堕落自毁的道路。

Neither a borrower nor a lender be. | 不要向人借钱，也不要借钱给人。

POLONIUS　**Neither a borrower nor a lender be,**

For loan oft loses both itself and friend,

And borrowing dulleth th'edge of husbandry.

(I. iii. 74-76)

波洛涅斯　不要向人告贷，也不要借钱给人；因为债款放了出去，往往不但丢了本钱，
而且还失去了朋友；向人告贷的结果，容易养成因循懒惰的习惯。

（第一幕第三场）

参加完新王的加冕礼，雷欧提斯马上要启程前往法国完成绅士教育。波洛涅斯抓住
最后的机会，向儿子讲述了一大堆格言警句，其中最为出名的莫过于这句"Neither a
borrower nor a lender be"（不要向人告贷，也不要借钱给人）。他的逻辑是这样的：把钱
借给朋友是很危险的，因为一旦债务有了拖欠，债主就会人财两失，不但赔了钱而且失
去了朋友；向别人借钱同样会给自己带来危害，因为这种做法不但容易养成因循懒惰的
习惯，而且也把勤俭持家（husbandry）的美德完全抛到了脑后——在波洛涅斯眼里，勤
俭持家正是身为绅士的重要品格之一。值得一提的是，在《哈姆雷特》首演的年代里，
借贷之风在贵族间盛行一时，有时甚至到了要变卖家产的地步，目的只是维持在伦敦摆
阔的虚华生活。因此也难怪波洛涅斯要在儿子临行前如此苦口婆心、耳提面命，唯恐雷
欧提斯一朝不慎，走上歪路。有意思的是，根据这一经典名句，后人还加工而成了如下
谚语：Lend your money and lose your friend.（借出你的钱，失掉你的朋友。）

此外，这里出现的"neither... nor..."（既不……也不……）结构也是日常值得学习套
用的搭配，借此组成逻辑缜密性较强的表达，如美国总统罗斯福的名言：Eternal truths
will be neither true nor eternal unless they have fresh meaning for every new social situation.
（永恒的真理如果不在新的社会形势下赋予新的意义，要么就不是真理，要么就不是永
恒的。）

例句

* If you ask him to borrow some money, he'll sagely reply with, "Neither a borrower nor a
lender be."

如果你向他借钱，他会一本正经地回答你："不要向人借钱，也不要借钱给人。"

* —Could you lend me twenty dollars?

—Sorry, I don't want to lose you as a friend for money lending. Have you ever heard of the
saying, "Neither a borrower nor a lender be"?

——你能借给我 20 美元吗？

——抱歉，我不想因为借钱而失去你这个朋友，难道你没有听说过"不向人借款，也不借款给他人"这句俗语吗？

to thine own self be true | 忠于你自己

POLONIUS　　This above all：**to thine own self be true**，

　　　　　　And it must follow，as the night the day，

　　　　　　Thou canst not then be false to any man.

　　　　　　Farewell，my blessing season this in thee.

LAERTES　　Most humbly do I take my leave，my lord.

(Ⅰ. ⅲ. 77-81)

波洛涅斯　尤其要紧的，你必须**对你自己忠实**；正像有了白昼才有黑夜一样，对自己忠实，才不会对别人欺诈。再会；愿我的祝福使这一番话在你的行事中奏效！

雷欧提斯　父亲，我告别了。

(第一幕第三场)

　　雷欧提斯即将离开丹麦前往法国，"to thine own self be true"（对自己忠实）是父亲波洛涅斯对儿子的最后一条忠告。需要注意的是，身处伊丽莎白时代的波洛涅斯说这句话的意思已与如今大不相同。在波洛涅斯看来，找别人借钱、借钱给别人、与不清白的女人鬼混以及其他放纵的追求都是对自己"false"——波洛涅斯所说的"false"可以理解为"不利"或"有损形象"。与此相反，他所认为的"true"则是指"beneficial"，即告诫儿子凡事应当"忠于自己的最佳利益"，只有先顾好了自己，才有余力去顾及他人的利益。

　　"thine"是"你的"的意思，同"your"或"yours"，因此在现代英语中，"to thine own self be true"可以演变为"be true to yourself"，基本解作三重意思，其一是"做自己"（be yourself），不自欺欺人；其二是从心所欲（to act in accordance with your interests and desires）；其三是做自己认为正确的事（doing what you think is right）。

📖 例句

＊ You don't have to be a cheerleader if you don't want to，regardless of what the popular kids say. To thine own self be true!

不用管那些受欢迎的孩子怎么说，如果你不想当啦啦队，你可以不当。要忠于你自己！

* Follow your passion, be true to yourself and never follow someone else's path.

追随你的激情，忠于自己，别盲从别人的路。

more honoured in the breach than the observance | 常常遭到忽视，难得遵守

HAMLET	The King doth wake tonight and takes his rouse,
	Keeps wassail and the swagg'ring upspring reels;
	And, as he drains his draughts of Rhenish down,
	The kettle-drum and trumpet thus bray out
	The triumph of his pledge.
HORATIO	Is it a custom?
HAMLET	Ay, marry is't;
	But to my mind, though I am native here
	And to the manner born, it is a custom
	More honoured in the breach than the observance.

(I. iv. 7-16)

哈姆雷特　王上今晚大宴群臣，作通宵的醉舞；每次他喝下了一杯葡萄美酒，铜鼓和喇叭便吹打起来，欢祝万寿。

霍 拉 旭　这是向来的风俗吗？

哈姆雷特　嗯，是的。可是我虽然从小就熟习这种风俗，**我却以为把它破坏了倒比遵守它还体面些**。

（第一幕第四场）

　　哈姆雷特与好友霍拉旭在城堡露台上紧张地期待着先王鬼魂的再次出现。此时，一阵花式号声和炮响把霍拉旭吓了一跳，哈姆雷特向他解释道，这种喧嚣不过是为新王克劳狄斯饮酒助兴罢了，并从国家与个人层面表达了自己对这种风俗的不喜，认为它不仅

会使国家遭人非议，也容易害自己声名狼藉。

其实这类通宵狂欢作乐并不仅仅是国王的习惯，也是全国的传统，全民的"风俗"（manner）。但在哈姆雷特看来，这种风俗不论于国于己都是有百害而无一利，因此他认为，既然国风民俗应当为一个民族带来荣耀与尊严，那么打破风俗，废除饮酒作乐（wassail）和彻夜狂欢（upspring reels）反而要比遵循国风更为体面。然而，值得注意的是，后来哈姆雷特的这番话渐渐为人所用偏，直至今日，"more honoured in the breach than the observance"这句话更多用于感叹"（一项传统、习俗或规定等）常常遭到忽视，难得遵守"。例如，当有人摇着头说道，"The good old British tradition of fair play in sport becomes more honoured in the breach than in the observance"，他明显是在叹息公平竞技这一英国的优良传统在当代体育运动中遭到了忽视。

 例句

* Good management has been thoroughly studied and is widely understood, but it is still more honored in its breach than in observance.

人们对于什么是好的管理进行了彻底的研究，也有着普遍的了解，然而更多地却是违背它，而非付诸实践。

* Though it is mandatory for cyclists to have lights on their bikes after dark, it's more honoured in the breach than the observance.

尽管强制要求骑自行车的人在天黑后必须把车灯打开，但还是很少人会遵守这项规定。

Something is rotten in (the state of) Denmark. | 事情不对劲，大事不妙。

HORATIO	He waxes desperate with imagination.
MARCELLUS	Let's follow. 'Tis not fit thus to obey him.
HORATIO	Have after. To what issue will this come?
MARCELLUS	**Something is rotten in the state of Denmark.**
HORATIO	Heaven will direct it.
MARCELLUS	Nay, let's follow him.

(I. iv. 90-94)

211

霍 拉 旭　幻想占据了他的头脑，使他不顾一切。

马西勒斯　让我们跟上去；我们不应该服从他的话。

霍 拉 旭　那么跟上去吧。这种事情会引出些什么结果来呢？

马西勒斯　丹麦国里恐怕有些不可告人的坏事。

霍 拉 旭　上帝的旨意支配一切。

马西勒斯　得了，我们还是跟上去吧。

（第一幕第四场）

　　已故国王的鬼魂在哈姆雷特面前现身，并招手向他示意。满腔怒火的哈姆雷特不顾好友霍拉旭与军官马西勒斯的劝阻，毅然跟上了飘去的鬼魂。结合先王驾崩、新王继位以来发生的事情，马西勒斯深感"丹麦国里恐怕有些不可告人的坏事"（Something is rotten in the state of Denmark），于是和霍拉旭决定尾随其后，一探究竟。马西勒斯的这句话其实还加强了哈姆雷特早前所说的一些观点和语气，例如，他形容丹麦是"一个荒芜不治的花园"（an unweeded garden），充斥着"恶毒的莠草"（things rank and gross in nature）。（第一幕第二场）而当他父亲的鬼魂在第五场里告诉他那令人寒心的遭遇时，王子才真正意识到丹麦到底腐败到了什么程度。

　　此外，"Something is rotten in Denmark"虽然是个错误的引用（原文是"Something is rotten in the state of Denmark"），但现在也同样广为人接受。马西勒斯之所以说"the state of Denmark"，而不仅仅是"Denmark"，其实是有原因的：鱼要烂必从头烂到尾——丹麦的问题出在了政治体系的顶层阶级。而在现代语境中，这一短语除了可以形容政治、管理等方面的"腐败堕落"（there is a smell of corruption），还可以用来形容"某事不对劲，不对头"（Something is seriously amiss）。

　　关于"Denmark"，不得不提及另一谚语：In Denmark no one is his sister's keeper.（在丹麦，人们都是各顾各的。）我们在学习英语的时候，还会碰到很多涉及国家名字的习语，比如"American dream"（人人自由，机会均等），"castles in Spain"（世外桃源，白日之梦），"Dutch courage"（酒后之勇），"Dutch treat"（各自付费的聚餐，也就是我们常说的 AA 制），"excuse my French"（别怪我骂人），"take a French leave"（不辞而别），"from China to Peru"（天涯海角），还有就是大家颇为熟悉的"Do in Rome as the Romans do"（入乡随俗）。

例句

＊ Something is rotten in the state of Denmark. The telephone number he gave me doesn't exist.

不对劲，他给我的电话号码根本不存在。

* Why is he being so nice to me all of a sudden? Something is rotten in the state of Denmark.

他为什么突然对我这么好？这不对劲。

 ## make one's hair stand on end｜毛骨悚然

GHOST	I am thy father's spirit,

Doomed for a certain term to walk the night,

And for the day confined to fast in fires,

Till the foul crimes done in my days of nature

Are burnt and purged away. But that I am forbid

To tell the secrets of my prison-house,

I could a tale unfold whose lightest word

Would harrow up thy soul, freeze thy young blood,

Make thy two eyes like stars start from their spheres,

Thy knotted and combinèd locks to part,

And each particular **hair to stand on end**,

Like quills upon the fearful porcupine.

(I. v. 9-20)

鬼魂　我是你父亲的灵魂，因为生前孽障未尽，被判在晚间游行地上，白昼忍受火焰的烧灼，必须经过相当的时期，等生前的过失被火焰净化以后，方才可以脱罪。若不是因为我不能违犯禁令，泄漏我的狱中的秘密，我可以告诉你一桩事，最轻微的几句话，都可以使你魂飞魄散，使你年轻的血液凝冻成冰，使你的双眼像脱了轨道的星球一样向前突出，**使你的纠结的鬈发根根分开，**像愤怒的豪猪身上的刺毛一样**森然耸立**……

（第一幕第五场）

　　哈姆雷特的父亲被害后，他的亡魂就一直游荡在夜间，按他自己的说法，要经过阴间的炼化，才能有上天堂的时候。为让哈姆雷特替他复仇，他设法让霍拉旭与两个站岗的军官将王子找来，和他于夜晚在露台上相会，并形容自己的真正死因足以令王子听后魂飞魄散、血冻成冰，乃至发丝倒竖。

当我们被吓至魂不附体时，是否也会感到毛发尽竖？这种毛骨悚然的感觉，"make one's hair stand on end"这一词组便表现得非常形象。英语里的另一个表达"hair-raising"也呈现出同样的画面，如：My daughter and her boyfriend had a hair-raising time hiking in the mountains — they met a black bear with her cub.（我女儿和男朋友在山里徒步旅行时和带小熊的黑熊狭路相逢。这可真是段令人毛骨悚然的经历。）

另外，与"make one's hair stand on end"呈相反意思的习语是"not turn a hair"，意思是"毫不慌张，表现镇定"，例如：He saw a robber, but he did not turn a hair.（他遇到一个劫匪，但他显得毫不畏惧。）

❧ 例句

* David is a timid boy. This ghost story makes his hair stand on end.

大卫很胆小，一个鬼故事便把他吓得毛骨悚然，头发也竖了起来。

* This horror fiction made my hair stand on end.

这个恐怖小说让我觉得毛骨悚然。

smile and be a villain | 笑里藏刀

HAMLET　　O most pernicious woman!

　　　　　　O villain, villain, smiling, damnèd villain!

　　　　　　My tables. Meet it is I set it down

　　　　　　That one may smile and **smile**, **and be a villain.**

　　　　　　At least I'm sure it may be so in Denmark.

　　　　　　So, uncle, there you are.

（ I. v. 104-109 ）

哈姆雷特　　啊，最恶毒的妇人！啊，奸贼，奸贼，脸上堆着笑的万恶的奸贼！我的记事簿呢？我必须把它记下来：**一个人可以尽管满面都是笑，骨子里却是杀人的奸贼**；至少我相信在丹麦是这样的。好，叔父，我把你写下来了。

（第一幕第五场）

哈姆雷特与其父鬼魂（Johann Heinrich Ramberg 绘制，1829 年）

哈姆雷特从父王的鬼魂口中得知新王弑兄篡位的真相，痛骂自己乱伦再婚的母亲是"最恶毒的妇人"，叔父克劳狄斯则是个满脸堆笑的杀人恶棍。其实在莎士比亚的前一部悲剧《裘力斯·恺撒》(*Julius Caesar*) 中，年轻的屋大维 (Octavian Caesar) 就曾经说出了哈姆雷特这句名言的初版："还有许多虽然脸上装着笑容，我怕他们的心头却藏着无数的奸谋。"(And some that smile have in their hearts, I fear, /Millions of mischiefs.)（第四幕第一场）；以及《麦克白》(*Macbeth*) 里也有与之类似的一句话："人们的笑脸里都暗藏着利刀；越是跟我们血统亲近的人，越是想喝我们的血。"(There's daggers in men's smiles; the nea'er in blood, /The nearer bloody.)（第二幕第三场）

后人依据哈姆雷特这句话沿用了"smile and be a villain"这一表达，意为"脸上堆笑，心中却暗藏阴谋"，和中文的"笑里藏刀"有着异曲同工之妙。现代英语里也常用"honey-mouthed but dagger-hearted"或者"with murderous intent behind one's smiles"来表示这种口蜜腹剑、笑里藏刀的做法。当然，如果一个人脸上不堆笑，仅仅只是"扮演恶人的角色"("play the villain"或者"wear the mask of the villain")，这就是中文里所谓的"唱白脸"了。有人唱白脸，就需要有人唱红脸，相应俗语翻译成英文便成了"One coaxes, the other coerces"。

例句

* He may smile and smile and be a villain as Shakespeare had it, on the button as always.

他可能微笑着，但却如同莎士比亚塑造的坏人一般，总是笑里藏奸。

215

* Get away from him! He can smile and be a villain at the same time. It's really awful!

快离开他！他是个笑里藏刀的恶棍。真太可怕了！

 out of joint｜**脱臼，混乱动荡**

HAMLET   Let us go in together,

And still your fingers on your lips, I pray.

The time is **out of joint**. O cursèd spite,

That ever I was born to set it right!

Nay, come, let's go together.

(I. v. 184-188)

哈姆雷特 让我们一同进去；请你们记着无论在什么时候都要守口如瓶。这是一个**颠倒混乱**的时代，唉，倒楣的我却要负起重整乾坤的责任！来，我们一块儿去吧。

(第一幕第五场)

在和父亲的鬼魂会面后，哈姆雷特终于得知新王弑兄篡位的真相。对哈姆雷特而言，此时丹麦国内的局势无疑就像是一个脱臼的肩膀，已经"颠倒混乱"（out of joint）了。但与此同时，哈姆雷特也决意担负起丹麦王子的责任，把自己当作医生，要为这身患痼疾的王国实施手术、重整乾坤，也就是不仅要重新接骨，还要摘除新王克劳狄斯这一癌瘤。

"out of joint"的本义是"脱臼"，在《哈姆雷特》的语境里，则借以比喻一个时代的混乱颠倒。及至当代，该短语更有了其他引申意义，譬如，如果一个人的鼻子"脱臼"（one's nose is out of joint），则说明这个人气得鼻子都歪了，如：Peter, her assistant for many years, is to be promoted over her head. That will certainly put her nose out of joint.（彼得做了她助手多年，现在快要升级做她上司了，她一定会感到十分愤怒。）再来补充几个含有"out of"的美国俚语："out of pocket"表示"不在"或"失踪"；"out of money"则指"手头拮据"或"（在赛马、赛狗中）赌输"；"out of this world"是"太棒了，好极了"的意思；而"out of whack"则表示"有点反常，和平时不太一样"。

例句

* A maze of bureaucratic divisions gave rise to the time out of joint.

混乱的官僚派系导致了一个颠倒混乱的时代。

* Heroes are coming forward in multitude in such a time out of joint.

这个混乱的时代正是英雄辈出的时代。

Brevity is the soul of wit. | 简洁是智慧的灵魂。

POLONIUS　My liege, and madam, to expostulate

What majesty should be, what duty is,

Why day is day, night night, and time is time,

Were nothing but to waste night, day, and time;

Therefore, since **brevity is the soul of wit**,

And tediousness the limbs and outward flourishes,

I will be brief. Your noble son is mad...

(II. ii. 86-92)

波洛涅斯　王上，娘娘，要是我向你们长篇大论地解释君上的尊严，臣下的名分，白昼何以为白昼，黑夜何以为黑夜，时间何以为时间，那不过徒然浪费了昼、夜、时间；所以，既然**简洁是智慧的灵魂**，冗长是肤浅的藻饰，我还是把话说得简单一些吧。你们的那位殿下是疯了……

(第二幕第二场)

　　波洛涅斯是丹麦大臣，也是克劳狄斯的左右手，奉命监视哈姆雷特并报告他的古怪言行。尽管波洛涅斯对自己的"wit"（机智）颇为得意，但他却是全剧说话最不简洁，也是最不"聪明"的人物之一。譬如此处在向国王和王后禀告调查结果前，波洛涅斯先来上了这一段花里胡哨的前言。这段话不仅毫无意义，而且自相矛盾：他恰恰浪费了大量时间来斥责言辞雕饰是浪费时间的一种表现。弗洛伊德（Sigmund Freud）在他的著作《玩笑与下意识的关系》（*Jokes and Their Relation to the Unconscious*）中就曾将波洛涅斯称作"爱唠叨的人"（the old chatterbox）。

　　如今"Brevity is the soul of wit"已经成为一句标准的英文谚语，在它演变的过程中，人们也不再关注它的上下文语境。但值得注意的是，"简洁"（brevity）不等于"不写"，而是"用尽量少的语言表达尽量多的信息"。美国历史上伟大的总统林肯（Abraham

Lincoln)在葛底斯堡发表的著名演说"Gettysburg Address"(《葛底斯堡演讲》)中便可谓将语言的简洁美发挥到了极致——"of the people"(民有),"by the people"(民治),"for the people"(民享),短短几个单词道出了政府工作的职能与义务。同样,英国著名哲学家培根(Francis Bacon)在他的"Of Studies"(《论学问》)一文中论述的这一句"Studies serve for delight, for ornament, and for ability"(学习可以怡情,可以博采,可以长才)也可谓异曲同工。

例句

* From Lincoln's speech, we can fully feel the essence of "Brevity is the soul of wit".

  从林肯的演讲中我们可以充分体会到"言贵简约"的精髓所在。

* Always remember that brevity is the soul of wit, and you'll feel more at ease.

  务必时刻牢记"简洁是智慧的灵魂"这句话,这样你就会觉得自在多了。

 more matter with less art | 多谈些实际,少弄些玄虚

POLONIUS	Your noble son is mad.
	'Mad' call I it, for to define true madness,
	What is't but to be nothing else but mad?
	But let that go.
QUEEN	**More matter with less art.**
POLONIUS	Madam, I swear I use no art at all.
	That he's mad, 'tis true. 'Tis true 'tis pity,
	And pity 'tis 'tis true. A foolish figure;
	But farewell it, for I will use no art.

(II. ii. 92-99)

波洛涅斯　你们的那位殿下是疯了;我说他疯了,因为假如要说明什么才是真疯,那就只有发疯,此外还有什么可说的呢?可是那也不用说了。

王　后　多谈些实际,少弄些玄虚。

波洛涅斯　娘娘,我发誓我一点儿不弄玄虚。他疯了,这是真的;惟其是真的,所以才可叹，它的可叹也是真的——蠢话少说，因为我不愿弄玄虚。

（第二幕第二场）

　　这是《哈姆雷特》中最令人忍俊不禁的场景之一，老臣波洛涅斯刚刚宣称"Brevity is the soul of wit"（简洁是智慧的灵魂），却又继续啰里啰唆说些哈姆雷特的疯事。失去耐性的王后乔特鲁德于是冷冷地命令他，"More matter with less art"（多谈些实际，少弄些玄虚），意即多说事实，少玩弄文字技巧。虽然波洛涅斯为自己辩护，声称自己"一点儿不弄玄虚"（use no art at all），优美的修辞对他而言就像呼吸一样自然，却紧接着又卖弄起了技巧——"That he's mad, 'tis true. 'Tis true 'tis pity, / And pity 'tis 'tis true."此处是明显的"同义反复"（tautology）与"交错配列"（chiasmus）。正是故弄玄虚得明目张胆。

　　在莎士比亚时代，修辞是所谓"三学科"（语法、修辞与逻辑）之一，也是每个学童的必修之课。而修辞华丽兼卖弄学问的文风在 16 世纪晚期甚为流行。但是到了《哈姆雷特》时期（17 世纪初），人们转而崇尚有感而发，因此诸如波洛涅斯出品的这类修辞技巧就开始显得做作、过时。

例句

* "More matter with less art" is the key element of the success of some contemporary literature.

  "多谈些实际，少弄些玄虚"是当代文学作品成功的最基本要素。

* Just as the proverb goes, "more matter with less art" is the only path to success.

  俗话说得好，"多谈些实际，少弄些玄虚"是通往成功之路的唯一途径。

method in one's madness
貌似疯狂的行为其实是有道理的

POLONIUS　I mean the matter that you read, my lord.

HAMLET　Slanders, sir; for the satirical rogue says here that old men have grey beards, that their faces are wrinkled, their eyes purging thick amber and plum-tree gum, and that they have a plentiful lack of wit, together with most weak hams. All which, sir, though I most powerfully and potently believe, yet I hold it not honesty to have it thus set down;

for yourself, sir, shall grow old as I am, if like a crab you could go
backward.

POLONIUS   Though this be madness, yet there is method in't.

(Ⅱ. ii. 192-200)

波洛涅斯   我是说您读的书里讲到些什么事,殿下。

哈姆雷特   一派诽谤,先生;这个专爱把人讥笑的坏蛋在这儿说着,老年人长着灰白的
胡须,他们的脸上满是皱纹,他们的眼睛里粘满了眼屎,他们的头脑是空空
洞洞的,他们的两腿是摇摇摆摆的;这些话,先生,虽然我十分相信,可是
照这样写在书上,总有些有伤厚道;因为就是拿您先生自己来说,要是您能
够像一只蟹一样向后倒退,那么您也应该跟我一样年轻了。

波洛涅斯   这些虽然是疯话,却有深意在内。

(第二幕第二场)

　　波洛涅斯在向国王与王后报告哈姆雷特的疯病时,将其诊断为一种"相思病"(love-
melancholy)——文艺复兴时期这真的被认为是一种疾病。接着哈姆雷特念着一本书出
现。为证实王子的确是因为被自己的女儿所拒绝才变得疯癫,波洛涅斯独自迎上前与哈
姆雷特攀谈。哈姆雷特视波洛涅斯为国王克劳狄斯的众多爪牙之一,于是在谈到他手上
正读的书时,哈姆雷特趁机发表了一番所谓的"疯话",借书中"专爱把人讥笑的坏蛋"
(satirical rogue)之口,细数年老者的身衰力竭、眼盲心瞎,以此嘲讽波洛涅斯。波洛涅
斯却由此深信哈姆雷特是真的疯了,但又觉得王子虽疯,话里倒仍有几分
"method"——意即一种技巧和秩序。

　　后人依据波洛涅斯的这句话对措辞进行了一定改动,也就有了现如今仍在沿用的习
语"There is method in one's madness",意为"貌似疯狂的行为其实是有道理的"。需要注
意的是,"method in one's madness"是英式英语所习惯的表达,美式英语则习惯说
"method to one's madness"。

～ 例句

* There is more than one method to our madness.

　　在我们看似疯狂的行为背后,有不止一个合理的原因。

* —Why do you always read your newspaper backwards?

　　—Ah, there's method in my madness, for the back pages are where the sport is.

——你看报纸时，为什么总是从后往前看？

——哦，我自有道理，因为体育版在后面。

nothing either good or bad, but thinking makes it so | 世事并无好坏之分，思想使然

HAMLET	What have you, my good friends, deserv'd at the hands of Fortune, that she sends you to prison hither?
GUILDENSTERN	Prison, my lord?
HAMLET	Denmark's a prison.
ROSENCRANTZ	Then is the world one.
HAMLET	A goodly one, in which there are many confines, wards, and dungeons, Denmark being one o' th' worst.
ROSENCRANTZ	We think not so, my lord.
HAMLET	Why then 'tis none to you; for there is **nothing either good or bad, but thinking makes it so**. To me it is a prison.

(II. ii. 228-237)

哈 姆 雷 特	我的好朋友们，你们在命运手里犯了什么案子，她把你们送到这儿牢狱里来了？
吉尔登斯呑	牢狱，殿下！
哈 姆 雷 特	丹麦是一所牢狱。
罗森格兰兹	那么世界也是一所牢狱。
哈 姆 雷 特	一所很大的牢狱，里面有许多监房、囚室、地牢；丹麦是其中最坏的一间。
罗森格兰兹	我们倒不这样想，殿下。
哈 姆 雷 特	啊，那么对于你们它并不是牢狱；因为**世上的事情本来没有善恶，都是各人的思想把它们分别出来的**；对于我它是一所牢狱。

(第二幕第二场)

克劳狄斯担心哈姆雷特的"疯癫"会威胁到自己的王位，于是找来和王子从小一起

长大的朝臣，罗森格兰兹（Rosencrantz）和吉尔登斯吞（Guildenstern）作他的探子，希望能借二人探明王子的"病因"。罗森格兰兹和吉尔登斯吞于是奉国王、王后之命来找哈姆雷特。此时的哈姆雷特得知继父弑兄、母亲乱伦后，正深陷悲痛之中不能自拔，又因自己的精神和肉体都困在了国王及其爪牙的监视之下，因此把丹麦称作"牢狱"。罗森格兰兹和吉尔登斯吞并不认同他这一比喻，哈姆雷特也不与其争辩，而是说出这一名言：There is nothing either good or bad, but thinking makes it so.（世上的事情本来没有善恶，都是各人的思想把它们分别出来的。）似借此暗讽如二人这般只会对新王唯唯诺诺之人的浅薄。

需要注意的是，"nothing either good or bad"在现代英语中也时常用作"neither good nor bad"，表示事物本身"无所谓好，也无所谓坏"，比如：Lottery in itself is neither good nor bad.（彩票本身谈不上好与坏。）

例句

* There is nothing either good or bad, but thinking makes it so. It is people's mental judgement that imposes criteria on different things, which otherwise do not exist.

  菩提本非树，明镜亦非台。本来无一物，何处染尘埃。事物本来无好坏，全是人们的主观意识作祟罢了。

* —Money is the root of all evil.

  —Money is neither good nor bad, but thinking makes it so.

  ——金钱是万恶之源。

  ——金钱本身无好坏，全是思想使然。

What a piece of work is a man! |
人类是一件多么了不起的杰作!

HAMLET   **What piece of work is a man!** How noble in reason! How infinite in faculties! In form and moving, how express and admirable! In action, how like an angel! In apprehension how like a god! The beauty of the world, the paragon of animals! And yet to me, what is this quintessence of dust? Man delights not me—nor woman neither, though by your smiling, you seem to say so.

（II. ii. 255-261）

哈姆雷特　人类是一件多么了不得的杰作！多么高贵的理性！多么伟大的力量！多么优美的仪表！多么文雅的举动！在行为上多么像一个天使！在智慧上多么像一个天神！宇宙的精华！万物的灵长！可是在我看来，这一个泥土塑成的生命算得了什么？人类不能使我发生兴趣；不，女人也不能使我发生兴趣，虽然从你现在的微笑之中，我可以看到你在这样想。

（第二幕第二场）

　　在新王的探子罗森格兰兹与吉尔登斯吞面前，继把丹麦比作牢狱后，哈姆雷特又发表了这一番感叹，盛赞人类是自然的杰作，宇宙精华、万物灵长。但接着话锋一转，却道，尽管人类如此高贵理智、优雅美丽，堪称上帝最完美的作品，可在他眼里依然不过是"泥土塑成的生命"，无法使他发生兴趣，以此向罗森格兰兹与吉尔登斯吞表明，自己近来的确深陷忧郁。因此可以推测，哈姆雷特这番言辞不过是为掩人耳目，故意做给国王的探子看，好方便继续自己的"疯癫"行径。

　　需要注意的是，因版本不同，该表达也有引作"What a piece of work is a man"或"What a piece of work is man"，并且在现代英语中有时会用作讽刺语，形容一个人糟糕透顶。这句话中的"piece"除了有"一片，一件"的意思，它在日常口语表达中还有更为丰富的含义，比如："一件轻而易举的事"被称为"a piece of cake"，其反义词为"a sweaty piece of work"（一件费力的工作）。还有"want/get a piece of the action"，表示"插手，参与（尤指为了赚钱）"，如：Foreign firms will all want a piece of the action if the new airport goes ahead.（要是新机场开始修建，外国公司都会来插一手捞好处。）

例句

* — He once pushed a woman in her wheelchair out of the way from the pop machine just so he could get a drink first!

   — That's awful! What a piece of work is man.

   ——他有一次把一个坐轮椅的女士从汽水贩卖机前推开，就为了能先拿到一杯饮料！

   ——太坏了！这人简直糟糕透顶。

* As Shakespeare put it, "what a piece of work is man", you should be confident of yourself and believe that God endows you with special talent.

正如莎士比亚所说，"人类是一件多么了不起的杰作"，你应该对自己有信心并且相信上帝赋予了你特殊的才能。

caviar to the general | 阳春白雪，曲高和寡

HAMLET	Come give us a taste of your quality.
	Come, a passionate speech.
1ST PLAYER	What speech, my good lord?
HAMLET	I heard thee speak me a speech once, but it was never acted,

or, if it was, not above once; for the play, I remember, pleased not the million — 'twas **caviar to the general** — but it was, as I received it, and others, whose judgements in such matters cried in the top of mine, an excellent play, well digested in the scenes, set down with as much modesty as cunning.

(Ⅱ. ii. 340-348)

哈姆雷特　来，试一试你们的本领，来一段激昂慷慨的剧词。

伶　　甲　殿下要听的是哪一段？

哈姆雷特　我曾经听见你向我背诵过一段台词，可是它从来没有上演过；即使上演，也不会有一次以上，因为我记得这本戏并不受大众的欢迎。它是**不合一般人口味的鱼子酱**；可是照我的意思看来，还有其他在这方面比我更有权威的人也抱着同样的见解，它是一本绝妙的戏剧，场面支配得很是适当，文字质朴而富于技巧。

（第二幕第二场）

　　哈姆雷特与来丹麦王宫为国王献艺的巡回戏班子说话，并要求他们念一段剧词，打算之后让他们在克劳狄斯面前重现自己父亲被害的情景，好从新王观戏时的反应探明其是否确为自己的杀父仇人。伶人请他点戏，哈姆雷特不大记得这出戏的名字，只依稀记得这出戏并不受大众的欢迎，仅行家懂得品鉴欣赏。

　　需要注意的是，此处的"the general"并非指威风凛凛的军官，而当理解为"民众，大众"，即上文提到的"the million"，因此，"caviar to the general"原义是象征尊贵的鱼

子酱长久以来多供豪贵之家享用，非一般普通老百姓可以享受并欣赏它的美味，进而引申为形容"曲高和寡，阳春白雪"。而在英语世界里，"阳春白雪"最简单的表达方式其实是"high-brow"，相应的，"low-brow"便有"下里巴人"之意，如：Collaborations with artists from diverse backgrounds produce creations that are both high and low-brow, elegant and grotesque, and strive to disrupt rules of the binary.（与不同背景的艺术家合作，作品雅俗共赏、打破常规。）

例句

* Art galleries not so long ago were caviar to the general, but today many people go there and enjoy the art.

美术馆在不久以前还不为一般人所喜好，可是现在很多人都爱去那里欣赏欣赏艺术了。

* Though more popular than it used to be, opera is still caviar to the general.

歌剧虽然比过去更为普及了，但仍属于阳春白雪，曲高和寡。

 ## to be, or not to be | 生存还是毁灭

HAMLET   **To be, or not to be**, that is the question：

Whether 'tis nobler in the mind to suffer

The slings and arrows of outrageous fortune

Or to take arms against a sea of troubles

And, by opposing, end them. To die, to sleep：

No more; and, by a sleep, to say we end

The heartache and the thousand natural shocks

That flesh is heir to: 'tis a consummation

Devoutly to be wished...

(III. i. 57-65)

哈姆雷特   **生存还是毁灭**，这是一个值得考虑的问题；默然忍受命运的暴虐的毒箭，或是挺身反抗人世的无涯的苦难，通过斗争把它们扫清，这两种行为，哪一种更高贵？死了；睡着了；什么都完了；要是在这一种睡眠之中，我们心头的

创痛，以及其他无数血肉之躯所不能避免的打击，都可以从此消失，那正是我们求之不得的结局。

（第三幕第一场）

着丧服的哈姆雷特（William Morris Hunt 绘制，1864 年）

"To be, or not to be, that is the question"（生存还是毁灭，这是一个值得考虑的问题）大概是英国文学里最有名的一句话了。如果仔细解读哈姆雷特的思路，你就会发现他所说的"活着"（being）和"逝去"（not being）的概念是相当复杂的。他不只是在问到底生和死哪一个更好，因为这两个概念很难明确加以区分——"being"看上去似乎更像是"not being"，反之亦然。活着，在哈姆雷特看来，是一个被动的状态，是要"忍受"（suffer）命运的无情打击，而死去则成了抗击那些打击的行为；生其实是一种缓慢的死亡，是对命运威力的屈服。另一方面，死亡开启了一场行动的人生，向无边的苦海发起进攻——想想就会觉得这其实是完全没有希望的。

从修辞上说，此箴言运用了对照（antithesis）的手法。莎翁将这一技法在作品之中运用得淋漓尽致，如《裘力斯·恺撒》中有这样一句："Cowards die many times before their death; /The valiant never taste of death but once."（懦夫在未死以前，就已经死过好多次；勇士一生只死一次。）（第二幕第二场）前后对照，相映成趣，寓理深刻，发人深思。这种修辞在文学作品中尤为常见，又比如本杰明·富兰克林（Benjamin Franklin）对婚姻的阐述："Where there's marriage without love, there will be love without marriage."（哪里有无爱情的婚姻，哪里便有无婚姻的爱情。）

🖎 例句

* "To be or not to be" was the fatal decision for Hamlet.

  对于哈姆雷特来说，"生存还是毁灭"是一个重大的决定。

* To be or not to be, that is the question. Once you make your decision, everything is simple.

  生存还是毁灭，这是一个值得考虑的问题，可是一旦你做了决定，一切都会变得简单起来。

 slings and arrows | 命运的坎坷、磨难

HAMLET   To be, or not to be, that is the question：

Whether 'tis nobler in the mind to suffer

The **slings and arrows** of outrageous fortune

Or to take arms against a sea of troubles

And, by opposing, end them.

(Ⅲ. i. 57-61)

哈姆雷特   生存还是毁灭，这是一个值得考虑的问题；默然忍受**命运的暴虐的毒箭**，或是挺身反抗人世的无涯的苦难，通过斗争把它们扫清，这两种行为，哪一种更高贵？

(第三幕第一场)

　　这一词条同样来源于哈姆雷特的经典独白"生存还是毁灭"。在这段独白里，哈姆雷特万分犹豫，思考着是该"默然忍受命运的暴虐的毒箭"（suffer the slings and arrows of outrageous fortune），苟且偷生，忍受生老病死的苦难和人世的不公；还是"挺身反抗人世无尽的苦难，通过斗争把它们清扫"（to take arms against a sea of troubles, and by opposing end them），也就是自杀，一了百了？但最终哈姆雷特由于更加惧怕死后的未知而选择了生之痛苦。

"sling" 指古代打仗时使用的投石器，供投石器投掷的石弹叫"sling stone"。"sling" 和 "arrow"（箭）一样，是古战场上兵士们畏惧的兵器，一旦运气不好，被石弹砸中或者被箭射中都会丧命。因此，后来西方人据此把命运加诸人身上的坎坷或磨难称作"slings and arrows"。

例句

* She was tortured with the slings and arrows of outrageous fortune all her life.
她一生遭受种种命运的捉弄和折磨。

* The unconventional woman has exposed herself to the slings and arrows of outraged propriety.
这个标新立异的女士冒犯了礼规，招致了唇枪舌剑的非议。

shuffle off this mortal coil | 死，逝世

HAMLET　To sleep, perchance to dream, ay, there's the rub.

For in that sleep of death what dreams may come

When we have **shuffled off this mortal coil**

Must give us pause.

(III. i. 66-69)

哈姆雷特　睡着了也许还会做梦；嗯，阻碍就在这儿：因为当我们**摆脱了这一具朽腐的皮囊**以后，在那死的睡眠里，究竟将要做些什么梦，那不能不使我们踌躇顾虑。

（第三幕第一场）

哈姆雷特见到父亲的鬼魂之后，得知其被谋害的真相，于是陷入万分痛苦之中。莎士比亚据此为他设计了一段至今仍为人们援引的经典独白，"生存还是毁灭"（To be, or not to be）。这一词条便来源其中，和"睡着了"（to sleep）一样，是对死亡的委婉表达。"coil" 是古英语的一个用词，表示"混乱，纠纷"，当人们摆脱掉（shuffle off）人世间的纷扰（mortal coil）时，其生命也随之结束了。古往今来，也许是出于对死亡的畏惧，人们大多不愿意直接提及"死"字；也正因如此，无论是汉语还是英语，都存在着很多表示死亡的隐晦说法。

比如《圣经》认为上帝用泥土造人，于是人死之后就"return to dust"；人生来就是有罪的，必须赎罪，故死去犹如"pay the debt of nature"；《圣经》同时还主张人在世时必须积德行善，方能"go to Heaven"，而后就能"be with God""be asleep in the Arms of God/Jesus"，或者"lie in Abraham's bosom"，最后"be at peace"，使得人生"go to one's final reward"。

又如，莎士比亚在《裘力斯·恺撒》(*Julius Caesar*) 一剧中说恺撒是"put to death"；在《麦克白》(*Macbeth*) 中则把死亡说成"surcease""taking-off"。

与正面人物相反，对于坏人、恶棍的死亡，英语中也有一些带有负面评价的委婉表达，如"drop off the hooks""kick off""kick the bucket""slip off the hooks""hive up""yield up the ghost""be done for"等。

例句

* The director wanted to get one more movie under his belt before he shuffled off this mortal coil.

这位导演想趁自己还未入土前再多拍一部电影。

* They believe that when they shuffle off this mortal coil, their souls will become stars.

他们相信一旦脱离了尘世的喧闹与烦扰，他们的灵魂就会化作星辰。

 the glass of fashion | 时流的明镜，举止的典范

OPHELIA   O what a noble mind is here o'erthrown!

The courtier's, soldier's, scholar's eye, tongue, sword,

Th'expectation and rose of the fair state,

The glass of fashion and the mould of form,

Th'observed of all observers, quite, quite down...

(III. i. 144-148)

奥菲利娅   啊，一颗多么高贵的心是这样殒落了！朝臣的眼睛、学者的辩舌、军人的利剑、国家所瞩望的一朵娇花；**时流的明镜**、人伦的雅范、举世注目的中心，这样无可挽回地殒落了！

(第三幕第一场)

　　为试探哈姆雷特的疯病是否因爱情所致，在国王、王后与父亲波洛涅斯的安排下，奥菲利娅带来哈姆雷特曾经送给她的礼物要退还给他。或许是已经看穿克劳狄斯等人的阴谋，也为了避免奥菲利娅卷入残酷的政治斗争，哈姆雷特故意出言不逊，并多次向她提议，"进尼姑庵去吧"（Get thee to a nunn'ry）。（第三幕第一场）单纯的奥菲利娅自然无法洞穿哈姆雷特此时正深陷政治漩涡而不能自拔，只是为他的疯癫深感痛心，并为丹麦失去这样一位模范王子而发出哀悼。

　　在莎士比亚的时代，"glass"通常是"镜子"（mirror）的意思，在该词条中则引申为"形象"（image）；"fashion"则相对含糊，包含"衣着"（dressing）、"举止"（demeanor）、"礼仪"（etiquette）与"社交"（socializing）之意。因此，"the glass of fashion"原文的意思是哈姆雷特的举止风度等各方面都代表了国家的最佳形象，也为丹麦的朝臣与民众树立了标准。而在现代英语中，同样可以用"the glass of fashion"形容某人为"举止的典范"（model of pleasing manners）。

～例句

* Look at that socialite—she is just the glass of fashion and the mold of form.

看那个名媛——她简直是礼仪举止的典范。

* The princess has always been the glass of fashion, enjoying the popularity all over the nation.

这位公主一直是举止的典范，深受全国民众的喜爱。

Woe is me. ｜ 我真是倒霉啊！我好命苦啊！

OPHELIA　　And I, of ladies most deject and wretched,

That sucked the honey of his musicked vows,

Now see that noble and most sovereign reason

Like sweet bells jangled out of time and harsh;

That unmatched form and feature of blown youth

Blasted with ecstasy. O **woe is me**

T'have seen what I have seen, see what I see.

（Ⅲ. i. 149-155）

奥菲利娅　　我是一切妇女中间最伤心而不幸的，我曾经从他音乐一般的盟誓中吮吸芬芳的甘蜜，现在却眼看着他的高贵无上的理智，像一串美妙的银铃失去了谐和的音调，无比的青春美貌，在疯狂中凋谢！啊！**我好苦**，谁料过去的繁华，变作今朝的泥土！

（第三幕第一场）

在这场预谋的邂逅中，奥菲利娅目睹了哈姆雷特的"疯癫"行径，又屡屡为其恶言所伤，不由既为王子的"堕落"发出哀叹，也为自己的不幸感到悲凉，于是悲痛道，"我好苦"（Woe is me）！

虽然我们现在依旧能听到这个表达，比如美国摇滚歌星琼·杰特（Joan Jett）和黑心人合唱团乐队（The Blackhearts）合作的一首单曲，名字就叫"Oh, woe is me"，但总的说来，"woe is me"的说法在当代英语中听起来会略显老气横秋，因此日常生活中人们更多会用"Dear me!"来感叹。但如果要夸张地哀叹自己的遭遇，依然可以用上这句表达。

此外，"woe"表示"悲痛、不幸"还有两个表达值得学习。一个是"The latter end of joy is woe."（乐极生悲。）另一个是"share weal and woe"（同甘苦共患难）。

 例句

* Woe is me, for I am finished!

可怜我已经灭亡了！

* Oh, woe is me! I have to stay here by myself for the new year.

哦，我好命苦啊，还得独自呆在这儿过新年。

hold the mirror up to nature｜反映自然，真实地反映生活

HAMLET　　　　Suit the action to the word, the word to the action, with this special observance, that you o'erstep not the modesty of nature. For anything so o'erdone is from the purpose of playing, whose end, both at the first and now, was and is, to **hold as 'twere the mirror up to nature**; to show virtue her feature, scorn her own image, and the very age and body of the time his form and pressure.

（III. ii. 14-19）

哈姆雷特 你应该接受你自己的常识的指导，把动作和言语互相配合起来；特别要注意到这一点，你不能越过自然的常道；因为任何过分的表现都是和演剧的原意相反的，自有戏剧以来，它的目的始终是**反映自然**，显示善恶的本来面目，给它的时代看一看它自己演变发展的模型。

（第三幕第二场）

《哈姆雷特面前的演员》（Władysław Czachórski 绘制，1875 年，藏于波兰华沙国家博物馆）

　　哈姆雷特对即将为其继父演出的演员们讲了这一番话。身为导演，他阐述了戏剧演出的宗旨，即自有剧场以来，一直都是以"反映自然"（hold as 'twere the mirror up to nature）为目的。哈姆雷特此处显然是在暗示待会儿上演的戏剧是其继父弑兄篡位的真实写照，但无疑也是莎士比亚在借哈姆雷特之口，附和古典剧作家的观点，即认为戏剧是真理的一种表现形式，而不仅仅是为娱乐大众，所以剧作家和演员都应该力求以最真实的方式来表现，切不可夸张或扭曲事实，不可浮夸或过于伤感。在剧院这面镜子里，我们能够看到善恶以其真实的形态被还原。这便是剧院的道德功能。

　　其实"mirror"（镜子）这个单词本身就可以引申为"映射，反映"，如果要加以修饰，表示"精确地/如实地/粗略地"反映，可以添加副词"exactly, faithfully, perfectly, closely, broadly"等，比如：The music of the time faithfully mirrored the feeling of optimism in the country.（这个时期的音乐如实反映出这个国家的乐观精神。）

例句

* "The purpose of art," he says, "is to hold, as it were, the mirror up to nature."

　"艺术的目的，"他说，"是仿佛要给自然照一面镜子。"

* A work of art—a play, a painting or a poem—is a mirror held up to nature.

一件艺术作品，一出戏、一幅画或者一首诗歌，即一面反映自然的镜子。

 in my heart of hearts | 在内心深处

HAMLET   Give me that man
        That is not passion's slave, and I will wear him
        In my heart's core, ay, **in my heart of heart**,
        As I do thee.

（Ⅲ. ii. 58-61）

哈姆雷特 给我一个不为感情所奴役的人，我愿意把他珍藏在我的心坎，**我的灵魂的深
        处**，正像我对你一样。

（第三幕第二场）

　　此处是哈姆雷特对好友霍拉旭的一番真情剖白。他视他为灵魂知己、最值得信赖的
人，因此在安排戏班子于克劳狄斯面前重现先王死状的同时，哈姆雷特还请霍拉旭帮忙
留心查看克劳狄斯观戏时的反应，以便探明他是否为自己的杀父仇人。

　　需要注意的是，莎士比亚遣词造句既求新颖，也讲究合乎逻辑。因此原文中哈姆雷
特并没有说"in my heart of hearts"，而是说"in my heart of heart"，即在我心的"正中心"
（heart），毕竟人的心只会有一颗。只是后人依据《圣经·旧约》之《传道书》
（*Ecclesiastes*）中的类似用法"vanity of vanities"（虚空中的虚空），把莎翁的原句误用成
了"in my heart of hearts"。这个短语其实与前文的"in my heart's core"表达同样的意义，
即"心坎，内心深处"。而哈姆雷特的内心深处也的确是最柔软脆弱的部分，好友霍拉
旭是他在这世上难得能吐露真心、交托重任的人。

例句

* I said I loved her, but in my heart of hearts I knew it wasn't true.
  我说我爱她，可是在内心深处我知道这不是真的。

* I know in my heart of hearts that I am the right man for that mission.
  我在内心深处知道，我正是完成那项使命的最合适人选。

protest too much | 欲盖弥彰

HAMLET   Madam, how like you this play?

QUEEN   The lady doth **protest too much**, methinks.

（III. ii. 207-208）

哈姆雷特   母亲，您觉得这出戏怎样？

王　　后   我觉得那女人在表白心迹的时候，说话过火了一些。

（第三幕第二场）

戏中戏（Daniel Maclise 绘制，1842 年）

　　哈姆雷特为探明父亲被害真相，特意让一个戏班子专门排了一出戏在新王克劳狄斯与王后乔特鲁德面前上演。戏剧开头，伶人扮演的国王疾病缠身，疑心自己死后王后便会再嫁，伶后对天立誓会为他守贞，否则自己便受尽折磨、不得好死。这出戏除了为试探克劳狄斯的反应，多少也是为暗讽王后的改嫁。因此在伶后立下重誓后，哈姆雷特特意询问了自己母后的意见，乔特鲁德的回答是认为伶后的宣誓过重。换言之，或许她是认为伶后的誓言过于矫情，太做作，也太坚决了。说得更极端些，王后也许是在暗示，那些誓言是极其愚蠢的，如此也是间接为自己的再婚做辩护。可王后越是想为自己开脱，越是引起哈姆雷特及读者对她的怀疑，有欲盖弥彰之嫌。

　　需要注意的是，此处"protest"并不是"object"或"deny"的意思——这些意思都是在《哈姆雷特》之后才出现的。在莎士比亚时期，"protest"主要意为"发誓"或"庄严宣称"，这个意思在"protestation"的用法里得到了保留，如：Despite his constant protestations of devotion and love, her doubts persisted. （尽管他一直宣称爱她忠贞不渝，她的疑心尚存。）

而说到"欲盖弥彰"，现代英语里还有很多类似表达，如"The more one tries to hide, the more one is exposed"；又如"He who denies all confesses all"；再如"The harder one tries to conceal a thing, the more it attracts attention"；或者"The more concealed, the more conspicuous"和"Try to cover up a misdeed, only to make it more conspicuous"。

例句

* Beware those who protest too much.

  提防那些过于为自己辩解开脱的人。

* You're protesting too much. The more you say, the more confusing.

  你越描越黑了。说得越多，反而越让人糊涂。

 ## smell to heaven｜臭气熏天，丑恶不堪

KING   Thanks, dear my lord.

  O, my offence is rank! It **smells to heaven**.

  It hath the primal eldest curse upon't,

  A brother's murder.

（Ⅲ. iii. 35-38）

国王 谢谢你，贤卿。啊！我的**罪恶的庋气已经上达于天**；我的灵魂上负着一个元始以来最初的咒诅，杀害兄弟的暴行！

（第三幕第三场）

哈姆雷特在丹麦王宫所导演的那出戏重现了新王弑兄篡位的场景，触动了克劳狄斯的内心深处，让他向上帝做起祷告来。在这段独白里，克劳狄斯坦承了自己的罪行，是像《圣经》中的该隐(Cain)一样，犯了杀害兄弟之罪，并认为自己的罪行之恶臭，已"上达于天"。不幸的是，尽管克劳狄斯忏悔的愿望跟决心一样强烈(inclination be as sharp as will)，他却无法乞求原谅，因为他不愿舍弃那些天理不容的既得利益。

因此尽管克劳狄斯说他的罪行之恶臭已经直冲云霄，不过只是个比喻而已，其实他真正在乎的是上天的反应。而如今，我们则反过来把上天也当成了比喻的一部分。"It smells to heaven"变成了纯粹的夸张用法，是对"It stinks"的说法加以放大，也可以说成"stink to（high）heaven"。而夸张这种修辞手法往往能在表达上产生不同凡响的效果。如：a river of tears（泪河）；还有英国诗人拜伦（George G. Byron）的名句：A drop of ink may make a million think.（一滴墨水写成的文字可以让千万人思索。）再比如：The two sisters are different from in a thousand and one ways.（两姐妹差别太大了。）

最后，补充几个与"smell"相关的美国俚语。"smell the flowers"表示"忙里偷闲，轻松一下"，如：You really need to smell the flowers.（你真的需要放松一下了。）"smell fishy"，闻到了鱼腥味儿，就相当于"觉察到了一些苗头"，如：It appeared to be a real bargain, but I smelled something fishy because the man was in such a hurry to sell it. I was right—later on I found out the car was stolen.（价钱可真是便宜，可是这人那么急急忙忙要卖掉让我感到不大对头。我还真是没猜错，后来我才发现那辆车是偷来的。）鱼腥味儿不好闻，死老鼠的味道更是有过之而无不及，要是你闻到了（smell a rat），便能"发觉事情不妙了"，如：I smell a rat. At that price, that ticket can't be real.（我觉得很可疑，以那种价钱，那门票不可能是真的。）

例句

* The official has three lovers and it smells to high heaven.

这位官员有三个情人，这件事真是丑陋不堪。

* When was the last time you cleaned out the dog kennel? It smells to high heaven.

你上次是什么时候打扫狗窝的？现在可是臭气熏天了。

flaming youth | 燃烧的青春

HAMLET　O shame, where is thy blush?

Rebellious hell,

If thou canst mutine in a matron's bones,

To **flaming youth** let virtue be as wax

And melt in her own fire.

（Ⅲ. iv. 79-83）

哈姆雷特 羞啊！你不觉得惭愧吗？要是地狱中的孽火可以在一个中年妇人的骨髓里煽起了蠢动，那么在**青春的烈焰**中，让贞操像蜡一样融化了吧。

（第三幕第四场）

乔特鲁德与哈姆雷特（George Jones 绘制，1830 年）

在这场恶名昭著的"王后寝宫"戏里，哈姆雷特痛斥惊恐失措的母后乔特鲁德，斥责她罔顾人伦、嫁给小叔，何况此人在他眼中根本无法与自己的父亲相提并论。哈姆雷特更举起两幅肖像（一幅是他被谋害的父王，另一幅是他鄙视的继父）作对比，认为在天神般的老王比照下，新王不过是"一株霉烂的禾穗"（a mildewed ear），并质问母后为何沦落到这个地步，如此缺乏判断力的行径实在不像是一位年长的女性所为。在哈姆雷特看来，如果一个中年妇人的平和之心都这么容易为情欲所点燃，那么也难怪那些风华正茂的少女的道德贞操会像蜡一样脆弱、柔软、任人揉捏，瞬间就融化在青春的欲火里。

"flaming" 总能予人一种颜色亮丽、浓郁，情感强烈、高涨的感觉，如"a flaming sun"（火红的太阳），"flaming autumn leaves"（火红的秋叶），"flaming passion"（热烈的爱）。此处哈姆雷特用"flaming"来形容青春也是再恰当不过了。而提到青春，莎翁有一首抒情短诗可谓对仗工整，含蕴深邃，比喻贴切，这里不妨一起欣赏一下：

A Madrigal

抒情短诗

Crabbed Age and Youth,	老年对比少年，
Cannot live together：	岂可同日而语：
Youth is full of pleasance,	少年欢天喜地，
Age is full of care；	老年满心忧虑；
Youth like summer morn,	少似夏日朝阳，
Age like winter weather；	老如冬日寒霜；
Youth like summer brave,	少似夏之生机，
Age like winter bare；	老如冬之凋敝：
Youth is full of sport,	少年充满活力，
Age's breath is short.	老年气喘吁吁。
Youth is nimble, Age is lame：	少年身体柔韧，老年腿脚迟沉：
Youth is hot and bold,	少年胆大气盛，
Age is weak and cold.	老年体弱虚冷。
Youth is wild, and Age is tame： —	少年狂野奔放，老年俯首听命。
Age, I do abhor thee,	年迈，我实厌恶，
Youth, I do adore thee；	青春，我真羡慕；
O! My Love, my Love is young!	哦！我的爱人啊，我爱人永远年轻！
Age, I do defy thee—	年迈，我抗拒你——
O sweet shepherd, hie thee,	哦，可爱的牧人，快走，
For methinks thou stay'st too long.	因为我认为你停留过久。

例句

* The abundance of money ruins flaming youth.

  少年钱多，青春蹉跎。

* Recollections of flaming youth are full of fun for senior citizens.

  回忆青春的往事对于老年人来说充满乐趣。

be cruel to be kind | 残酷是为了仁慈；忠言逆耳

HAMLET　I do repent；but heaven hath pleased it so

To punish me with this, and this with me,

That I must be their scourge and minister.

I will bestow him, and will answer well

The death I gave him. So again good night.

I must **be cruel only to be kind**.

This bad begins, and worse remains behind.

（Ⅲ. iv. 170-176）

哈姆雷特 我很后悔自己一时卤莽把他杀死；可是这是上天的意思，要借着他的死惩罚我，同时借着我的手惩罚他，使我成为代天行刑的凶器和使者。我现在先去把他的尸体安顿好了，再来承担这个杀人的过咎。晚安！**为了顾全母子的恩慈，我不得不忍情暴戾**；不幸已经开始，更大的灾祸还在接踵而至。

（第三幕第四场）

　　波洛涅斯在偷听哈姆雷特及其母后谈话之时被发现，哈姆雷特将其误认为克劳狄斯并刺死。而后为了给自己的行凶找个合理的理由，哈姆雷特自称是"代天行刑的凶器和使者"（their scourge and minister），来人间伸张正义，惩治腐败。同时，虽然觉得波洛涅斯是爱管闲事、命有此劫，但哈姆雷特仍深感自责，并准备为此承担一切后果：波洛涅斯受到了哈姆雷特的惩罚，而哈姆雷特也要为杀死波洛涅斯而受到惩罚。紧接着，哈姆雷特话锋一转，又把矛头重新指向了他的母后乔特鲁德。在王后寝宫这场戏里，哈姆雷特花了大量篇幅去痛斥母亲的不贞以及她同新王克劳狄斯的亲近，言辞激烈而残酷，但他又解释道，他的残忍与暴戾都是为了她好——好让她不会更纵容情欲，更加背叛她的亡夫。

　　值得一提的是，在"be cruel to be kind"（严格对待某人最终使其受益）这一表达中，"cruel"这一表示消极意义的单词和具有积极意义的"kind"连用，是为一种特殊的修辞手法，即矛盾修辞法（oxymoron）。莎剧中最经典的例句莫过于《罗密欧与朱丽叶》（*Romeo and Juliet*）中女主人公的那一句："Parting is such **sweet sorrow** /That I shall say good night till it be morrow."（Ⅱ. i. 227-228）（离别是这样甜蜜的凄清，我真要向你道晚安直到天明！）除此之外，这类修辞在英语中其实比比皆是，如：When the news of the failure came, all his friends said that it was a **victorious defeat**. （当失败的消息传来时，他所有的朋友都安慰他说虽败犹荣。）又如：The president was **conspicuously absent** on that occasion. （主席的缺席引起了人们的注意。）

例句

* The coach had to be cruel to be kind to his trainees.

  教练对他的队员们严格要求，都是为了他们好。

* Sometimes one must be cruel to be kind, and so the teacher made Jones stay in after class to teach him a lesson!

  有时候教育孩子必须心慈手辣，所以老师才想着要琼斯课后留下来，好好教训他一下。

 hoist with his own petard | 偷鸡不成蚀把米，害人反害己

HAMLET   There's letters sealed, and my two schoolfellows,

                  Whom I will trust as I will adders fanged,

                  They bear the mandate, they must sweep my way

                  And marshal me to knavery. Let it work;

                  For 'tis the sport to have the engineer

                  Hoist with his own petard, and't shall go hard

                  But I will delve one yard below their mines,

                  And blow them at the moon.

                                       (III. iv. 199-206)

哈姆雷特   公文已经封好，打算交给我那两个同学带去，对这两个家伙我要像对待两条咬人的毒蛇一样随时提防；他们将要做我的先驱，引导我钻进什么圈套里去。我倒要瞧瞧他们的能耐。**开炮的要是给炮轰了**，也是一件好玩的事；他们会埋地雷，我要比他们埋得更深，把他们轰到月亮里去。

                                         （第三幕第四场）

    新王克劳狄斯害怕哈姆雷特再留在丹麦会威胁他的王位，便以他的疯病为由要送他去英国治病，还派从小跟王子一起长大的罗森格兰兹及吉尔登斯吞偕同前往，并修书一封让二人递交英王，要求对方将哈姆雷特处死。而哈姆雷特的智慧就在揭破这一阴谋中得以充分体现——后续他暗中替换了克劳狄斯的公文，让英王读信后便将传书的罗森格兰兹与吉尔登斯吞处死，实现了此处提出的让开炮之人为炮所轰的妙计。

"petard"本义是"带有少量火药的爆竹或炸药"，为西方人打仗用，主要用于爆破敌人的城墙，而"hoist"一般解作"升起、举起"。有时，想炸毁人家的城墙，炸药包装好，自己还来不及躲避，炸药包就爆炸了，结果当然是炸人者反而被炸到半空，血肉横飞。所以，"be hoist/hoisted by/with one's own petard"现在一般引申作"害人反害己"。另外，提醒大家留意这个短语里的"hoist"，虽然是动词，而且用在 be 动词后面，却可以不加"-ed"，算是一个文法例外。

🖎 例句

* He was hoisted by his own petard when he was fined for accidentally breaking the rule he himself introduced.

他无意中违反了他自己制定的规则，结果要罚钱，可谓作法自毙了。

* He wanted to cheat others, but was cheated by others; he was really hoist by his own petard.

他想骗人，却先被人家骗了，真是搬起石头砸自己的脚。

 ## cudgel one's brains | 绞尽脑汁

FIRST CLOWN **Cudgel thy brains** no more about it, for your dull ass will not mend his pace with beating; and when you are asked this question next, say 'a grave-maker'. The houses he makes lasts till doomsday. Go, get thee in, and fetch me a sup of liquor.

(V. i. 46-49)

小丑甲　别尽绞你的脑汁了，懒驴子是打死也走不快的；下回有人问你这个问题的时候，你就对他说，"掘坟的人，"因为他造的房子是可以一直住到世界末日的。去，到约翰的酒店里去给我倒一杯酒来。

(第五幕第一场)

　　两个小丑被派来为落水而亡的奥菲利娅掘墓。两人一边挖一边谈天，话题从奥菲利娅是否为自杀、配不配享基督徒之墓，到"谁造出东西来比泥水匠、船匠或是木匠更坚固"（Who builds stronger than a mason, a shipwright, or a carpenter）。这个问题由小丑甲抛出，小丑乙绞尽脑汁，百思不得其解，最后小丑甲劝他不必再想，"别尽绞你的脑汁了"（Cudgel thy brains no more about it），直接说出问题的答案，即"掘坟的人"所造的东西最坚固。

莎士比亚是第一个把"cudgel"（棍棒）用作动词的人。在较早的莎剧《亨利四世》（上）里，快嘴桂嫂（Mistress Quickly）向亨利王子（Prince Hal）报告说，福斯塔夫（Falstaff）"说他要把您打个半死"（said he would cudgel you）（第三幕第三场）。这是莎士比亚首次将"cudgel"作动词用，表示"用棍子打"。此外，英语中与"cudgel one's brains"（绞尽脑汁）类似的表达还有"crack one's brains""take much brains to do sth.""think hard about sth."等，基本可以换用。

例句

* John cudgeled his brains during the test trying to solve the problem.

约翰在考试中为解这个题而绞尽了脑汁。

* Bob cudgeled his brains trying to remember where he left the book.

鲍勃绞尽脑汁试图回忆起他把书落在哪儿了。

ministering angel | 救死扶伤的天使，好心人

DOCTOR   No more be done.
          We should profane the service of the dead
          To sing a requiem and such rest to her
          As to peace-parted souls.
LAERTES   Lay her i' th' earth,
          And from her fair and unpolluted flesh
          May violets spring. I tell thee, churlish priest,
          A **min'ist'ring angel** shall my sister be
          When thou liest howling.

（V. i. 196-203）

教 士 甲　不能再有其他仪式了；要是我们为她唱安魂曲，就像对于一般平安死去的灵魂一样，那就要亵渎了教规。

雷欧提斯　把她放下泥土里去；愿她的娇美无瑕的肉体上，生出芬芳馥郁的紫罗兰来！

我告诉你，你这下贱的教士，我的妹妹将要做**一个天使**，你死了却要在地狱里呼号。

（第五幕第一场）

奥菲利娅（Ferdinand Piloty II 绘制，馆藏于皇家莎士比亚剧院）

奥菲利娅坠河而亡，基本被认为死于自杀，至少表面证据已有这方面的暗示。教士不愿为她举行下葬之外的其他仪式，因为当时的人们认为自杀者不应享有跟"一般平安死去的灵魂"（peace-parted souls）一样的待遇，因为"一般平安死去的灵魂"是平静地等待着上帝的召见，而自杀者则不是。雷欧提斯一听这话就大为光火，尽管他未能替妹妹举行他希望给予的安葬仪式，却可以大声呵斥这个"下贱的教士"（churlish priest）。他说，照你的想法去做吧，不过"我的妹妹将要做一个天使，你死了却要在地狱里呼号"（A min'ist'ring angel shall my sister be / When thou liest howling）。

依据《圣经·新约》的说法，"天使岂不都是服役的灵，奉差遣为那将要承受救恩的人效力吗？"（Are they not all ministering spirits, sent forth to minister for them who shall be heirs of salvation?）（希伯来书 1：14）也就是说，"天使"（angels）是上帝派来人间"服役的灵"（ministering spirits），是拯救人类灵魂的使者。因此，雷欧提斯用"ministering angel"形容自己纯洁美好的妹妹，坚信奥菲利娅死后会成为为神效劳、服役人间的天使。该词条在现代英语中基本沿袭了原本的内涵，常用以形容那些"护理或安抚他人的善良之人，尤其是女性"（A kind-hearted person, especially a woman, who nurses or

243

comforts others）。

　　"angel"在习语中的含义也可谓庞杂："angel of death"用来比喻"死神，死亡"；"join the angels"是"死亡"委婉的说法；"be on the side of the angels"则表示"站在善（或道义）的一方；正确地"；莎翁笔下的"enough to make the angels weep"（就是天使也要伤心）（详见 *Measure for Measure* 一剧中相关词条）用于形容令人极为悲伤之事；而俗语"Talk of an angel and you'll hear his wings"则与中文的"说曹操，曹操就到"有着异曲同工之妙；最后，"Entertain an angel unawares"则类似中文的"有眼不识泰山"。

　　顺便提及一下西方神话中的八大天使，他们分别是：（1）天界最强的战士，天使军的领导者"战斗天使"米迦勒（Michael）；（2）在天上看护我们、尽责小心的"守护天使"卡麦尔（Camael）；（3）温柔纯洁、传播奇迹的"奇迹天使"加百列（Gabriel）；（4）拥有许多知识，却仍保持着求知欲与好奇心的"学术天使"拉斐尔（Raphael）；（5）不吝给予失意的人以鼓励的"能量天使"查德西尔（Chadesiel）；（6）象征个人魅力，代表人间爱情的"魅力天使"哈尼雅（Haniel）；（7）个性严谨，守护着天体行星正常运转的"定律天使"尤利耶儿（Uriel）；（8）大家最为熟悉的那个曾经最受上帝宠爱，后来因为想得到与神一样的地位而掀起了天地大战，并最终被打落地狱的"堕落天使"路西法（Lucifer）。

🕮 例句

* She could not see herself in the role of ministering angel.

  她想象不出自己成为一名救死扶伤的天使会是什么样。

* Well, yes—oh, you would intimate that her spirit has taken the post of ministering angel, guards the fortunes of Wuthering Heights, even when her body is gone.

  　　　　　　　　　　　　　　　　　　　　　　　　—*Wuthering Heights*

  对了——噢，你说的是她的灵魂当上了天使，从而守护着呼啸山庄的财产，即便是她的骨骸已经消失。

  　　　　　　　　　　　　　　　　　　　　　　　　　　　—《呼啸山庄》

Sweets to the sweet. ｜ 甜美的鲜花应归于甜美的女子。

HAMLET	What, the fair Ophelia?
QUEEN	**Sweets to the sweet**. Farewell!
	I hoped thou shouldst have been my Hamlet's wife:

I thought thy bride-bed to have decked, sweet maid,

And not have strewed thy grave.

（V. i. 204-208）

哈姆雷特　　什么！美丽的奥菲利娅吗？

王　　后　　**好花是应当散在美人身上的**；永别了！我本来希望你做我的哈姆雷特的妻子；这些鲜花本来要铺在你的新床上，亲爱的女郎，谁想得到我要把它们散在你的坟上！

（第五幕第一场）

溺水的奥菲利娅（John Everett Millais 绘制，约创作于 1851—1852 年）

　　奥菲利娅落水而亡，众人为她举行葬礼。因此，哈姆雷特的母亲，当今王后乔特鲁德所说的这句"Sweets to the sweet"，并非在给女主人送礼物，也不是在给情人递上糖果，而是在拿葬礼用的"鲜花"（sweets）撒满哈姆雷特的前度"爱火"——奥菲利娅（the sweet）的坟墓。

　　有意思的是，"Sweets to the sweet"如今却成了浪漫时刻的经典套话——"sweets"可指称"糖果、点心、鲜花等"，"the sweet"则用来指称"心上人"。设想一位风度翩翩的男子将礼物送给自己的心上人时，对着她温柔地说上一句"Sweets to the sweet"，多少能营造几分浪漫氛围。

　　值得一提的是，"Sweets to the sweet"巧妙使用了重复的修辞手法，使语言产生视觉上的建筑美、听觉上的音乐美和语义上的意境美。这种重复可以是同一单词的重复使

245

用，也可以是同源词相继出现在相邻之处，比如：He **lived a life** of going-to-do and died with nothing done.（他生前百事待办，死时一事无成。）又如：Power tends to corrupt and **absolute** power corrupts **absolutely**.（权力往往导致腐败，所以绝对权力会带来绝对的腐败。）

例句

* He bought her some dessert. "Sweets to the sweet," he said.

  他送给她一些甜品，并道："甜美之物应归于甜美的女子。"

* She received a bouquet of roses with a card that read, "Sweets to the sweet."

  她收到了一束玫瑰，附着的卡片上写道："甜美的鲜花应归于甜美的女子。"

special providence | 天意，天命

HORATIO   If your mind dislike anything, obey it. I will forestall their repair hither, and say you are not fit.

HAMLET   Not a whit. We defy augury. There is **special providence** in the fall of a sparrow. If it be now, 'tis not to come. If it be not to come, it will be now. If it be not now, yet it will come. The readiness is all. Since no man of aught he leaves knows, what is't to leave betimes? Let be.

(V. ii. 175-181)

霍 拉 旭　要是您心里不愿意做一件事，那么就不要做吧。我可以去通知他们不用到这儿来，说您现在不能比赛。

哈姆雷特　不，我们不要害怕什么预兆；一只雀子的死生，都是**命运预先注定的**。注定在今天，就不会是明天；不是明天，就是今天；逃过了今天，明天还是逃不了，随时准备着就是了。一个人既然在离开世界的时候，只能一无所有，那么早早脱身而去，不是更好吗？随它去。

（第五幕第二场）

哈姆雷特误杀了波洛涅斯，其子雷欧提斯闻讯回到丹麦，欲寻王子复仇。国王克劳

狄斯借机为二人安排了一场比剑，想借雷欧提斯之手除去哈姆雷特。尽管好友霍拉旭一再恳求哈姆雷特三思而后行，哈姆雷特还是答应了这场决斗，拒绝了霍拉旭的好意。其实在此之前，哈姆雷特往往把事情思考得过于缜密，事事揣测到底，追根溯源。但在经历了一连串的事情之后，他开始相信连"一只雀子的死生，都是命运预先注定的"（there's special providence in the fall of a sparrow），冥冥之中会有一只手在引导着他走向毁灭，无论是现在还是将来，都逃不掉。当他终于明白自己无法支配命运时，他把自己完全交由命运摆布。

"providence"可以用以指称"God"，"special providence"在此便引申为"上帝的旨意"，即"天意"。与之类似的还有"fate""destiny""doom""fortune"，这些词共有的一层意思是"将在一个人身上发生的不可避免的事"。其中，"fate"指"宿命"，具有神话或迷信色彩，使人有畏惧和无可奈何之感，如：They ascribed their disaster to an unkind fate.（他们把他们的灾难归于命不好。）而"destiny"多指"天命"，有"福"在其中；"doom"常常指涉"毁灭性或灾难性的命运"；最后的"fortune"则可译为"运气"，有"机遇"因素。

例句

* It seemed like special providence that the doctor happened to be passing just at the time of the accident.

  当事故发生时那位医生正好经过现场，这事看来似乎是天意。

* It seemed like special providence that they had survived the plane crash.

  他们幸免于空难似乎是天意使然。

《裘力斯·恺撒》
Julius Caesar

《勃鲁托斯看见恺撒的鬼魂》(Alexandre Bida 绘制，馆藏于福尔杰莎士比亚图书馆)

　　《裘力斯·恺撒》创作于 1599 年，并于当年首演，1623 年，莎翁的《第一对开本》收录此剧并首次出版。该剧围绕古罗马时期独裁派与共和派之间的政治斗争展开。为庆祝罗马执政官裘力斯·恺撒(Julius Caesar)的凯旋，罗马城内举行庆典。期间，一个预言者向他发出警告，告诫他要"留心 3 月 15 日"。恺撒不以为意，他不知道荣华之下已经暗藏反叛者的杀机。为防止独裁者的出现，以凯歇斯(Cassius)为首的罗马贵族私下沆瀣相通，企图除掉恺撒。但他们势单力薄，号召力不足，于是凯歇斯设计拉拢了德高望重的勃鲁托斯(Brutus)共谋反叛之事。3 月 15 日前夜，恺撒的夫人凯尔弗妮娅(Calpurnia)噩梦缠身。她视之为凶兆，于是劝阻恺撒白天不要出行。然而登门来访的凯歇斯为将恺撒引入圈套，挖空心思，重新释梦，终于还是让恺撒于 3 月 15 日这天前往元老院，遇刺身亡。葬礼上，勃鲁托斯向民众解释刺杀恺撒的原因是出于对人民利益的考虑，然而恺撒生前的心腹大将玛克·安东尼（Mark Antony）更加能言善辩，他收殓恺撒的尸体并以一场悼念演说成功煽动罗马民众，使他们转而反对勃鲁托斯等叛党。勃鲁托斯和凯歇斯等人被迫逃离罗马，安东尼则和屋大维·恺撒（Octavius Caesar）联手追击。最终勃鲁托斯自杀，叛党全军覆灭。在历史观依然起作用的同时，莎士比亚将方向转向悲剧主题，探讨人的本质，成功将悲剧主角作为主攻方向，剧中所塑造的主要男性角色都令人印象深刻，因此可以说，《裘力斯·恺撒》的思想性、艺术性都很高，地位仅次于莎士比亚的四大悲剧。

Beware the ides of March. |
留心三月十五日。／谨防危险。

CAESAR	Who is it in the press that calls on me?
	I hear a tongue shriller than all the music
	Cry 'Caesar!' Speak. Caesar is turned to hear.
SOOTHSAYER	**Beware the ides of March.**
CAESAR	What man is that?
BRUTUS	A soothsayer bids you beware the ides of March.

(I. ii. 17-21)

恺　　撒	谁在人丛中叫我？我听见一个比一切乐声更尖锐的声音喊着"恺撒"的名字。说吧；恺撒在听着。
预 言 者	留心三月十五日。
恺　　撒	那是什么人？
勃鲁托斯	一个预言者请您留心三月十五日。

（第一幕第二场）

这场戏与其他有关恺撒死亡的情节均取材于普鲁塔克（Plutarch）撰写的《恺撒传》（*Life of Julius Caesar*）。这日，罗马城内为恺撒凯旋举行庆祝仪式，突闻有人大喊"留心三月十五日"（Beware the ides of March）。其实三月十五日本身并没有什么特殊意义，对恺撒而言之所以重要是因为这一天他将遭勃鲁托斯与凯歇斯等叛党谋害，预言者说这句话的目的正是为警告恺撒。不幸的是，恺撒并没有将这一预言以及随后发生的一连串不祥之兆放在心上，包括可怕的雷声、妻子梦见他被杀，依然冒死在三月十五日出发，结果在罗马元老院遇刺。现代英语中，人们有时会用"Beware the ides of March"来提醒他人要谨防可能发生的危险。

恺撒遇刺（Vincenzo Camuccini 绘制，创作于 1804—1805 年）

"ides"指的是古罗马历（ancient Roman calendar）中 3、5、7 和 10 这四个月份中每月的第 15 日以及其他各月中的第 13 日，源自拉丁语"idus"。实际上，罗马历法中除了"ides"外，还有两个重要的日子。一个是"calends"（或者写作"kalends"），表示"朔日、初一、每个月的第一天"。现在英文单词中"calendar"（日历、历法）这个单词就来自"calends"（朔日），源于拉丁语"calendarium"，意思是"account book"（账本），因为每月的第一天通常是罗马贵族催收账款的日子。有意思的是，希腊人的历法里没有"calends"的概念，正因如此，有个短语叫作"Greek calends"，意思是"永远不会有的日子"，"at/on/till Greek calends"也就表示"（一件事情）永远不可能发生"，如：The money shall be returned to you at the Greek calends.（这笔钱不知要到何年何月才会还给你。）另一个比较特殊的日子是"nones"，表示古罗马历中 3、5、7、10 月的第 7 日和其他各月的第 5 日。值得一提的是，古罗马历法中，一年原本只有 10 个月，后来是增加了"July"和"August"（"July"由恺撒大帝的名字"Julius"演变而来，"August"则是由恺撒的侄子、他的继位者屋大维的名字"Augustus"演变而来），这才使得一年变成了 12 个月份。

在英文中表示"留意，当心"的短语还有哪些呢？"be cautious about""guard against""keep clear of""look out for""steer away from""take heed of""take precautions against""watch out for"等都是比较常见的表达。此外，英文中还有一系列谚语提醒着我们做人做事要处处当心。如："Beware beginnings"（慎始为上）；"Beware of a man of one book"(不要与一个有专业知识的人争论);"Beware of a silent dog and still water"(警惕无声之狗会咬人,平静之水会覆舟);"Beware of him who regards not his reputation"(要谨防不重自己名誉的人)。

例句

* After the video game went from one development problem to another, it was finally cancelled this year! Beware the ides of March.

在这款游戏接连出现开发问题后,它的发行终于在今年被取消了。做事千万要谨慎小心!

* I wish he had listened to my warnings. He ended up with no job after what happened. Beware the ides of March.

我真希望他听了我的警告。事情发生后,他就失业了。做事千万要小心!

master of one's fate | 做命运的主人

CASSIUS   Why, man, he doth bestride the narrow world

Like a Colossus, and we petty men

Walk under his huge legs, and peep about

To find ourselves dishonourable graves.

Men at sometime were **masters of their fates**.

The fault, dear Brutus, is not in our stars,

But in ourselves, that we are underlings.

(I. ii. 136-142)

凯歇斯   嘿,老兄,他像一个巨人似的跨越这狭隘的世界;我们这些渺小的凡人一个个在他粗大的两腿下行走,四处张望着,替自己寻找不光荣的坟墓。人们有时可以**支配他们自己的命运**;要是我们受制于人,亲爱的勃鲁托斯,那错处并不在我们的命运,而在我们自己。

(第一幕第二场)

　　恺撒凯旋后,在罗马民众中的声望与日俱增,大有被推举为帝之势。未避免恺撒称帝成为独裁者，危及罗马共和制以及自己的权势地位，凯歇斯极力撺掇勃鲁托斯加入反叛恺撒的联盟，主张他们可以"支配他们自己的命运"（masters of their fates），在独裁派与共和派之间的暗流汹涌中先发制人，占据主动地位，否则待恺撒统治罗马后便只能受制于他的权威与命令，做匍匐在巨人脚下的渺小凡人。

该短语中的"master"古今同义，都意为"主人、主宰"，"master of one's fate"即强调人的主观能动性，认为"人能够掌控自己的命运"（to be in control of one's destiny）。现代英语中常见的"master of sth."结构的短语还有："Master of Arts/Science"（文科硕士/理科硕士）、"master of ceremonies"（司仪）。还可以用"a master of sth."形容某人精通某事，如：He is a master of disguise.（他是伪装大师。）又如：He is a master of Chinese and English.（他精通中文和英语。）

例句

* I am the master of my fate, I am the captain of my soul.

—William Ernest Henley

我是我命运的主人，我是我灵魂的船长。

——威廉·埃内斯特·亨利

* Man is the master of his own fate, not the gods.

人类是自己命运的主人，而非神。

a lean and hungry look | 消瘦憔悴的脸

CAESAR　Antonio.

ANTONY　Caesar?

CAESAR　Let me have men about me that are fat,

　　　　　　Sleek-headed men, and such as sleep a-nights.

　　　　　　Yond Cassius has **a lean and hungry look**,

　　　　　　He thinks too much. Such men are dangerous.

(I. ii. 190-195)

恺　撒　安东尼!

安东尼　恺撒。

恺　撒　我要那些身体长得胖胖的、头发梳得光光的、夜里睡得好好的人在我的左右。那个凯歇斯有**一张消瘦憔悴的脸**；他用心思太多；这种人是危险的。

（第一幕第二场）

庆祝恺撒凯旋的竞赛结束后，一行人正往回走，经过凯歇斯时，恺撒向自己的心腹安东尼吐露了这一番话。恺撒表示自己更喜欢让那些心宽体胖之人随侍左右，因为这类人往往不会对主人反咬一口；而像凯歇斯这种长着"一张消瘦憔悴的脸"（a lean and hungry look）的人会让他感到不安，因为他们看起来像是夜不能眠、心怀嫉恨的人，对恺撒这位独裁者而言这正是不好的预兆。后来的事实证明恺撒的直觉是对的：凯歇斯即将带头密谋暗杀他。

在现代英语中，"a lean and hungry look"既可以单纯用于形容人的外表瘦削，也可以用于形容"某人看起来渴望做某事"（someone looks very eager to do something）。此外，细细品味这句箴言，其中蕴含了一个重要的修辞手法——移就（transferred epithet）。它的特点是：拿本应用来描述甲性质状态的定语去形容乙，而乙却本不具备这种性质或功能。这一修辞手法有很强的艺术魅力，不仅能引起读者的联想，还有出人意外、引人入胜之妙。如"the sleepless night"（不眠之夜），其中形容词"sleepless"本来是描述人的，这里移来描述夜，无疑让整个短语显得更为形象生动。再比如美国作家约翰·斯坦贝克（John Steinbeck）的著名小说《愤怒的葡萄》（*The Grape of Wrath*），小说名"愤怒的"本应用来形容那些受骗去西部当采摘工的移民，这里却移来形容"葡萄"，从而更形象地表现了主题，渲染了意境。在口语中，我们同样可以灵活运用这种修辞手法，如：She has expensive tastes in clothes.（她喜欢穿高档衣服。）该句中在语义上修饰"clothes"的"expensive"被转移为修饰"tastes"。

例句

* If you're looking for a job, you have the lean and hungry look of a job seeker.
如果你在找工作，你通常会表现出求职者那种对工作的渴望。

* He has a lean and hungry look which always reminds me of his hard time days.
他那消瘦憔悴的脸庞总能让我想起他历经的沧桑岁月。

 ## be all Greek to me | 一窍不通，完全不懂是怎么回事

CASSIUS　　Did Cicero say anything?

CASCA	Ay, he spoke Greek.
CASSIUS	To what effect?
CASCA	Nay, an I tell you that, I'll ne'er look you i' th' face again. But those that understood him smiled at one another, and shook their heads. But for mine own part, **it was Greek to me**.

(I. ii. 268-273)

凯歇斯	西塞罗说了些什么?
凯斯卡	嗯,他说的是希腊话。
凯歇斯	怎么说的?
凯斯卡	嗳哟,要是我把那些话告诉了您,那我以后再也不好意思看见您啦;可是那些听得懂他话的人都互相瞧着笑笑,摇摇他们的头;至于讲到我自己,那我可**一点儿都不懂**。

(第一幕第二场)

为庆祝恺撒的凯旋,罗马城内举行竞赛庆祝。期间不时能听到民众的欢呼,勃鲁托斯与凯歇斯不明所以,待庆典结束,便向后来一同反叛恺撒的凯斯卡(Casca)询问今天发生的事情。当被问及元老西塞罗(Cicero)在恺撒三拒王冠又晕倒后说了些什么时,凯斯卡回答道,因为西塞罗所说的是希腊语,所以他"一点儿都不懂"他在说什么(it was Greek to me)。这个短语不难理解,一个英文母语者乍然听到他人说希腊语,自然是会听得一头雾水,什么都听不明白。

有趣的是,英国人对希腊人的印象似乎并不好,因为英语里还有一个短语"Greek gift",来源于著名的特洛伊战争(Trojan War),用以指"不怀好意的礼物",颇有"黄鼠狼给鸡拜年"的意味。如:He is always buying you expensive clothes, and I'm afraid they are Greek gifts for you. (他总是给你买昂贵的衣服,我怕他别有用心。)

❧ 例句

* That lecture on physics was all Greek to me—I had no idea what the teacher was saying!
那堂物理课我完全听不懂——我不知道老师在说什么。

* The researcher tried to explain how the machine worked, but it was all Greek to me.
研究人员一个劲儿地解释那台机器是如何运转的,但我还是一窍不通。

serpent's egg| 蛇卵，潜在的隐患

BRUTUS　　　　And since the quarrel

　　　　　　　　Will bear no color for the thing he is,

　　　　　　　　Fashion it thus: that what he is, augmented,

　　　　　　　　Would run to these and these extremities;

　　　　　　　　And therefore think him as a **serpent's egg**,

　　　　　　　　Which, hatched, would as his kind grow mischievous,

　　　　　　　　And kill him in the shell.

(II. i. 28-34)

勃鲁托斯　既然我们反对他的理由，不是因为他现在有什么可以指责的地方，所以就得
　　　　　这样说：照他现在的地位要是再扩大些权力，一定会引起这样那样的后患；
　　　　　我们应当把他当作**一颗蛇蛋**，与其让他孵出以后害人，不如趁他还在壳里的
　　　　　时候就把他杀死。

(第二幕第一场)

　　勃鲁托斯为凯歇斯所煽动，意图加入刺杀恺撒的阴谋，而为了给自己的行为找个说
得通的理由，他推论道，虽然恺撒目前没有对罗马的共和制造成威胁，但一旦其势力扩
大，结果必将使罗马成为独裁者的天下。于是勃鲁托斯将恺撒比作"一颗蛇蛋"，认为
既然已经发现了这枚蛋，辨清它是危险品种，就应该防患于未然，将"隐患"(serpent's
egg)消灭于萌芽状态。现代英语中与此同义的习语还有"Let's nip this problem in the
bud"。

　　相较于"snake"，"serpent"更常见于文学作品中，用以指称神话及传说中的各种蛇
类。例如希腊神话中，宙斯(Zeus)的其中一个情妇拉米亚(Lamia)便是一个半人半蛇的
妖怪(a half-serpent woman)；大力士赫拉克勒斯(Heracles)的十二大伟迹中，其中一项
就是杀掉沼泽里的九头蛇(nine-headed serpent Hydra)；著名的蛇发女妖戈耳工
(Gorgons)及美杜莎(Medusa)等，也都是以蛇为形象的妖怪，其故事同时象征美丽的悲
剧与丑恶的形象。由此可见，在英语中，"蛇"往往含有贬义。简举几例与之相关的习
语，如"a snake in the grass"(潜伏的敌人，潜在的危险)，"to warm a snake in one's
bosom"(养虎贻患，姑息坏人)，"He that has been bitten by a serpent is afraid of a rope"

255

（一朝被蛇咬，十年怕井绳）。

例句

* The broken brake in your car is a serpent's egg. Go and change for another one immediately!

你车上的刹车坏了，这无疑是个极大的隐患。赶快去换个新的！

* If you ignore them, they become serpent's eggs.

如果你选择忽视，它们就会成为隐患。

a dish fit for the gods | 一盘祭神的牺牲，珍馐美馔

BRUTUS　　　　　　And, gentle friends,

Let's kill him boldly, but not wrathfully.

Let's carve him as **a dish fit for the gods**,

Not hew him as a carcass fit for hounds.

And let our hearts, as subtle masters do,

Stir up their servants to an act of rage,

And after seem to chide 'em. This shall make

Our purpose necessary, and not envious;

Which so appearing to the common eyes,

We shall be called purgers, not murderers.

(II. i. 171-180)

勃鲁托斯　所以，善良的朋友们，让我们勇敢地，却不是残暴地，把他杀死；让我们把他当作**一盘祭神的牺牲**而宰割，不要把他当作一具饲犬的腐尸而脔切；让我们的心像聪明的主人一样，在鼓动他们的仆人去行暴以后，再在表面上装作责备他们的神气。这样可以昭示世人，使他们知道我们采取如此步骤，只是迫不得已，并不是出于私心的嫉恨；在世人的眼中，我们将被认为恶势力的清扫者，而不是杀人的凶手。

（第二幕第一场）

勃鲁托斯与凯歇斯等人共谋刺杀恺撒之事，凯歇斯提出应将恺撒的心腹安东尼一起

诛杀。勃鲁托斯虽然已经决心杀害恺撒，却不愿大开杀戒，沦为屠夫，并向众人提出，他们应该把自己当成"献祭的人"（sacrificers），再把恺撒视为"一盘祭神的牺牲"（a dish fit for the gods），以此向世人昭示，他们是迫不得已却又虔诚地献出恺撒，为的是拯救罗马共和国，而非出于私人的利益。

随着时间的推移，和"sweets to the sweet"一样，"a dish fit for the gods"这个短语中原本蕴含的血腥意味已经遭到剔除。在现代英语中，"a dish fit for the gods"常常用来比喻"a meal of high caliber"，形容一餐菜肴之丰盛美味足以作为牺牲，供诸神享用，有"山珍海味、珍馐美馔"的意思。

例句

* I ate this delicious vegetarian dish at the new restaurant. It was a dish fit for the gods.

  我在新开的餐馆品尝了这道素菜，简直是神仙美味！

* I have friends who, whenever I visit, produce a dish fit for the gods!

  我有一些朋友，无论什么时候我去拜访他们，他们都会做一盘美味大餐！

stand on ceremony | 讲究客套，拘于礼节

CALPURNIA　　Caesar, I never **stood on ceremonies**,

　　　　　　　Yet now they fright me. There is one within,

　　　　　　　Besides the things that we have heard and seen,

　　　　　　　Recounts most horrid sights seen by the watch.

(II. ii. 13-16)

凯尔弗妮娅　　恺撒，我从来**不讲究什么禁忌**，可是现在却有些惴惴不安。里边有一个人，他除了我们所听到看到的一切之外，还讲给我听巡夜的人所看见的许多可怕的异象。

（第二幕第二场）

3月14日夜里，恺撒之妻凯尔弗妮娅在睡梦中梦到他被人谋杀。她视之为不祥之兆，于是3月15日这天，她苦苦哀求，说什么也不让恺撒跨出屋子半步。然而恺撒不以为然，执意要出门，凯尔弗妮娅便进一步说道，即便自己"从来不讲究什么禁忌"（I never stood on ceremonies），但近来发生的异象已足以让她惴惴不安，以此劝阻恺撒于3月15日这天出行。

　　动词短语"stand on"有"强调""坚持"或"拘泥于"等词义，而"ceremony"在原文中意指"能安抚鬼神的宗教礼节"（the religious formalities supposed to appease the gods），但在现代英语中，"stand on ceremony"已经基本剔除了原先的宗教内涵，意为"讲究客套、拘于礼节"（to behave in a formal way），有点类似中文"客气"的意思。

例句

* You needn't stand on ceremony with us.
  和我们在一起你不必太客气。
* Jane is house-proud. She doesn't like anyone to stand on ceremony in her home.
  珍妮特别好客，她不喜欢客人在她家里过分拘泥于礼节。

Cowards die many times before their deaths; the valiant never taste of death but once. ｜ 懦夫在未死以前，就已经死过多次；勇士一生只死一次。

CAESAR　Cowards die many times before their deaths;
　　　　The valiant never taste of death but once.
　　　　Of all the wonders that I yet have heard,
　　　　It seems to me most strange that men should fear,
　　　　Seeing that death, a necessary end,
　　　　Will come when it will come.

(II. ii. 32-37)

恺撒　懦夫在未死以前，就已经死过好多次；勇士一生只死一次。在我所听到过的一切怪事之中，人们的贪生怕死是一件最奇怪的事情，因为死本来是一个人免不了的结局，它要来的时候谁也不能叫它不来。

（第二幕第二场）

　　凯尔弗妮娅以坟墓裂口、鬼魂出行、骑士交战、血溅圣庙等种种不祥之兆劝阻恺撒于 3 月 15 日这天出行。恺撒不以为意，其一，他认为天降异象"不是给恺撒一个人看，而是给所有的世人看的"（are to the world in general as to Caesar）；其二，作为屡立战功、见惯生死的罗马执政官，恺撒相信生死由天，非人力所能及，因所谓凶兆而自困于室对他而言无疑是贪生怕死的懦夫行为。因此，恺撒以这番话回绝妻子的劝阻，言下之意便是贪生怕死为他所不耻，自己是"一生只死一次"（never taste of death but once）的"勇士"（the valiant），绝不做"在未死以前，就已经死过好多次"（die many times before their deaths）的"懦夫"（cowards）。

从修辞上看，该引语应用了对照（antithesis）的手法，将懦夫与勇士作对比，而其前半句明显还包含了隐喻的修辞手法。一个人的性命只有一条，自然无法死上千万次，但在恺撒这样的勇士看来，懦夫每一次面对死亡都伴随着极度的恐惧，这种内耗与真正的死亡无异，也是他所不能容忍之耻。现代英语中常用前半句"Cowards die many times before their deaths"来形容胆小懦弱之人面临死亡时的恐惧。此外，英语世界里与"coward"相关的习语还有"Guilty consciences make men cowards"（做贼心虚），"A bully is always a coward"（色厉内荏）等。

 例句

* Every time Nina went out alone, she was always afraid. Cowards die many times before their deaths.

  妮娜每次单独出门都胆战心惊。胆小之人在未死之前，已身历多次死亡的恐怖了。

* Cowards die many times before their deaths; the valiant never taste of death but once. Since death would come sooner or later anyway, he chose to be a valiant man.

  懦夫在未死以前，就已经死过好多次；勇士一生只死一次。既然人迟早有一死，他选择做一个勇士。

the dogs of war | 战争之犬，祸患，浩劫

ANTONY   And Caesar's spirit, ranging for revenge,

With Ate by his side come hot from hell,

Shall in these confines with a monarch's voice

Cry 'havoc!' and let slip **the dogs of war**,

That this foul deed shall smell above the earth

With carrion men, groaning for burial.

(Ⅲ. i. 274-279)

安东尼　恺撒的冤魂借着从地狱的烈火中出来的阿提的协助，将要用一个君王的口气，向罗马的全境发出屠杀的号令，让**战争的猛犬**四出蹂躏，为了这一个万恶的罪行，大地上将要弥漫着呻吟求葬的臭皮囊。

(第三幕第一场)

　　勃鲁托斯与凯歇斯等人成功刺杀了恺撒后，安东尼与他们假意周旋，获许收殓恺撒的尸体以及到市场上向民众发表哀悼演说。待众人先行，安东尼收起平静的外表，满腔怒火倾泻而出，决意发动战争，向行刺恺撒的叛党复仇。在他的想象中，届时恺撒的冤魂将在复仇女神阿提的帮助下现身人间，号令大军，"让战争的猛犬四处蹂躏"（let slip the dogs of war），目睹阴谋者的毁灭。

　　"the dogs of wars"某种意义上是把战争拟人化，或者说"拟兽化"了，比喻"伴随军事冲突的祸患、浩劫"。而"let slip the dogs of war"也常常写作"let loose the dogs of war"，比喻"launch a war"（发动战争）。英语世界中关于"dog"的习语其实不胜枚举。不同于汉语中的"狗"常常与贬义相连，如"狐朋狗友""狗急跳墙""狗腿子"等，英文中的"dog"尽管也存在贬义，如"Dumb dogs are dangerous"（哑犬最凶恶），但和狗有关的习语更多的都是褒义，如"You are a lucky dog"（你是一个幸运儿）、"Love me, love my dog"（爱屋及乌）等。有趣的是，西方还有不少习语把猫和狗联系在了一起，如"cat-and-dog"本身就表示"鸡犬不宁、互不相容"，"live a cat-and-dog life"则指"住在一起经常吵架的生活"。再比如"agree like cats and dogs"是"完全不和"的意思，那句最著名的"It rains cats and dogs"表示"大雨倾盆"。

例句

* The king was so angry that he cried havoc and let slip the dogs of war.
　　国王勃然大怒，扬言要兵刃相见。

* Don't you think that a violent action like that will free the dogs of war?
　　你不觉得这样的暴力行为会导致战争、涂炭生灵吗？

lend me your ears｜请你们听我说

ANTONY　Friends, Romans, countrymen, **lend me your ears**.

I come to bury Caesar, not to praise him.

The evil that men do lives after them;

The good is oft interred with their bones;

So let it be with Caesar.

(III. ii. 65-69)

安东尼　各位朋友，各位罗马人，各位同胞，**请你们听我说**；我是来埋葬恺撒，不是来赞美他。人们做了恶事，死后免不了遭人唾骂，可是他们所做的善事，往往随着他们的尸骨一齐入土；让恺撒也这样吧。

(第三幕第二场)

安东尼的演说(George Edward Robertson 绘制，创作于 1894—1895 年)

　　恺撒遭谋杀而死，其心腹安东尼收殓了他的尸体后向罗马民众发表悼念演说。而在正式演说之前，安东尼需要先让拥挤嘈杂的罗马人安静下来，于是他道："各位朋友，各位罗马人，各位同胞，请你们听我说。"(Friends, Romans, countrymen, lend me your ears.) 值得一提的是，这一场开幕时，勃鲁托斯也有一句类似的开场白："Romans, countrymen, and lovers, hear me for my cause, and be /silent that you may hear."在此不妨对比一下两人的台词：安东尼从"friends" "Romans"到"countrymen"，节奏感逐渐加强，而勃鲁托斯的"Romans, countrymen, and lovers"则有些混乱；此外，面对民众，安东尼谦逊地表示"请你们听我说"(lend me your ears)，而勃鲁托斯却是傲慢地要求人们"静静地听"(be silent that you may hear)。两相比较，安东尼的

261

措辞显然要巧妙得多。

现代英语中，当有事情要宣布或者告诉别人时，"lend me your ears"依然是一句很好的表达，有时还可以再加上"if you please"（多用于句中或句末），意思和"please"相同，只是语气较为庄重，如：Lend me your ears, if you please. 类似的表达的还有"Can/May/Could I have your attention please"，这是一句常用语，有时会省略作"Attention, please"，以及"May I have your ear please"，其中，"have someone's ear"即"得到某人的聆听"，如：If I may have your ear for a moment, I will tell you what they are going to do.（假如你愿意听的话，我可以告诉你他们会怎样做。）此外，听别人说话或听取意见，则可以叫作"lend one's/an ear to sb./sth."，直译是"把耳朵借给某人/某事"，如：A ruler must lend an ear to the people's opinions.（统治者必须听取百姓的意见。）

例句

* Please lend me your ears.

请大家静一静，听我讲件事。

* Lend me your ears for five minutes. And then I want to hear what you think of this plan.

听我讲 5 分钟，再谈谈你对这一计划的看法。

made of sterner stuff | 坚强，坚定

ANTONY　　When that the poor have cried, Caesar hath wept.

Ambition should be **made of sterner stuff**.

Yet Brutus says he was ambitious,

And Brutus is an honorable man.

(III. ii. 83-86)

安东尼　穷苦的人哀哭的时候，恺撒曾经为他们流泪；野心者是**不应当这样仁慈的**。然而勃鲁托斯却说他是有野心的，而勃鲁托斯是一个正人君子。

(第三幕第二场)

恺撒遇刺后，心腹安东尼为他做哀悼演说。为了驳斥勃鲁托斯的说辞，即恺撒是"有野心的"（he was ambitious），安东尼追忆恺撒在世时为罗马民众所做之事，将其描

绘成穷人窝心的朋友，以此推论恺撒非但不是由铁石（sterner stuff）铸成的野心家，还是个心怀人民的大英雄。言外之意也是在暗讽故意抹黑恺撒的勃鲁托斯并非民众所以为的正人君子。

"sterner stuff"在原文语境中意指"sturdier stuff"（坚固的材料），引申为"严酷无情"，用"made of sterner stuff"来形容"野心者"，则和中文里形容一个人"铁石心肠"颇为相似。但在现代英语中，该短语更多是用以形容"一个人具备坚强、坚定的品格，能克服常人之所难"（one has a strong personality and are capable of overcoming difficulties and problems, especially in comparison to others）。

此外，"stuff"也是口语中经常出现的表达，被视为"master key"（万能钥匙），特别是当说不太清楚，或者想不起来具体是什么时，常被用以笼统地指代某事物，也可用于减弱语气。比如：I like chocolate and stuff like that.（我喜欢巧克力和诸如此类的东西。）或者：I've got fed up with this sort of stuff.（我已经受够了这样的事儿了。）

◈ 例句

* I was ready to give up the fight, but Nicky was made of sterner stuff and wanted us to finish.

我已经准备要放弃这场斗争了，但尼基更为坚毅，他希望我们能斗争到底。

* She is made of sterner stuff than her delicate looks would suggest.

她比她纤细的外表看起来更为坚强。

 an itching palm | 手心之痒，贪财

CASSIUS　　In such a time as this it is not meet

That every offense should bear his comment.

BRUTUS　　Let me tell you, Cassius, you yourself

Are much condemned to have **an itching palm**,

To sell and mart your offices for gold

To undeservers.

(IV. ii. 57-62)

凯　歇　斯　在现在这种时候，不该为了一点儿小小的过失就把人谴责。

勃鲁托斯　让我告诉你，凯歇斯，许多人都说你自己的**手心也很有点儿痒**，常常为了贪

263

图黄金的缘故，把官爵出卖给无功无能的人。

(第四幕第三场)①

　　勃鲁托斯和凯歇斯等叛党被迫逃离罗马后，又遭安东尼与屋大维追击。两军对战之际，凯歇斯指责勃鲁托斯不该因自己的仆人路歇斯(Lucius)收受贿赂这点儿小事就将人定罪。勃鲁托斯怒不可遏，以凯歇斯卖官求财之事反唇相讥，斥责他"有手心之痒"(have an itching palm)，贪图财物。勃鲁托斯用"itching palm"这个皮肤病的比喻暗示凯歇斯对金钱的占有欲，大意便是讽刺凯歇斯的手心之痒只能以钱币来挠了。

　　在现代英语表达中"have an itching palm"仍然是含有"贪婪"意味的常见用法，而其他关于"金钱崇拜"的谚语也不计其数，如"Money is the root of all evil"(钱为万恶之源)；"Avarice increases with wealth"(越有钱，越贪钱)；"Money talks"(钱说话才管事))；"Money makes the mare to go"(有钱能使鬼推磨)。

例句

* That man was born with an itching palm.

  那个人生来贪财。

* He has an itching palm and will certainly accept the money.

  他很贪财，肯定会收下钱的。

bay／bark at the moon｜徒劳，枉费心机

BRUTUS Remember March, the ides of March, remember.

Did not great Julius bleed for justice' sake?

What villain touched his body, that did stab,

And not for justice? What, shall one of us,

That struck the foremost man of all this world

But for supporting robbers, shall we now

Contaminate our fingers with base bribes,

And sell the mighty space of our large honours

For so much trash as may be graspèd thus?

---

　　① 不同版本的莎剧全集划分的幕场会有所不同，"New Oxford"版将 *Julius Caesar* 的第四幕分为两场，"纪念版"则细分为三场，故此处中英文幕场不一致。下同。

I had rather be a dog and **bay the moon**

Than such a Roman.

（IV. ii. 68-78）

勃鲁托斯　记得3月15吗？伟大的恺撒不是为了正义的缘故而流血吗？倘不是为了正义，哪一个恶人可以加害他的身体？什么！我们曾经打倒全世界首屈一指的人物，因为他庇护盗贼；难道就在我们中间，竟有人甘心让卑污的贿赂玷污他的手指，为了盈握的废物，出卖我们伟大的荣誉吗？我宁愿做一头**向月亮狂吠**的狗，也不愿做这样一个罗马人。

（第四幕第三场）

　　逃离罗马后，勃鲁托斯与凯歇斯起了一次冲突。前者指责后者收受贿赂，玷污了他们最初的目标以及刺杀恺撒的理由。勃鲁托斯还开始质疑凯歇斯对罗马的忠诚，同时重申他当初为什么会同意杀死恺撒和他对罗马的坚定忠诚，声言自己"宁愿做一头向月亮狂吠的狗"（rather be a dog and bay the moon），枉费心机，也不愿做任何背叛罗马之事。

　　中文里有个成语叫"蜀犬吠日"，同"bay the moon"使用了相似的比喻，但两个成语的意义大不一样，前者比喻"少见多怪"，而后者则用来比喻"徒劳无益"。其实不难理解，狗有时会对着月亮吠叫，借以吓唬月亮，可无论它再怎么凶猛咆哮都只是白费力气而已，因为"The moon does not heed the barking of dogs"（月亮不会理会狗的狂吠，引申为对无稽责难置之不理）。需要注意的是，现代英语中，"bay"常作不及物动词，因此该习语常用作"bay/bark at the moon"。此外，英文中与之类似的习语还有"boast above/beyond the moon"。

 例句

* Don't bark at the moon. It's useless to call him further as he just totally disappears.

　别枉费心机了。再跟他打电话也没有用了，他完全人间蒸发了。

* He is purely baying at the moon in keeping doing so.

　他还继续这么做则纯属徒劳无益。

There is a tide in the affairs of men. ǀ
世事潮起潮落；抓住时机。

BRUTUS　There is a tide in the affairs of men,

Which, taken at the flood, leads on to fortune;

Omitted, all the voyage of their life

Is bound in shallows and in miseries.

On such a full sea are we now afloat,

And we must take the current when it serves,

Or lose our ventures.

(IV. ii. 265-271)

勃鲁托斯　**世事的起伏本来是波浪式的**，人们要是能够趁着高潮一往直前，一定可以功成名就；要是不能把握时机，就要终身蹭蹬，一事无成。我们现在正在满潮的海上漂浮，倘不能顺水行舟，我们的事业就会一败涂地。

(第四幕第三场)

　　屋大维和安东尼率军来袭，勃鲁托斯与众人商议应对之策。凯歇斯提议以逸待劳，养精蓄锐，勃鲁托斯则提议应赶在对方增加援兵之前，向驻扎在腓利比（Philippi）的敌军发起进攻。勃鲁托斯的主要观点是，既然"敌人的力量现在还在每天增加中"（the enemy increaseth every day），而"我们在全盛的顶点上，却有日趋衰落的危险"（We, at the height, are ready to decline），己方就必须趁军力比例最为有利之时采取行动。他坚称，"世事的起伏本来是波浪式的"（There is a tide in the affairs of men），也就是说，实力会随着时间的流转而有起有落，行事需要顺应时势，等待只会使自己的力量错过最高峰，而走向衰退；如果错过了这个机会，就要搁浅在可怜的浅滩上进退两难了。

　　需要注意的是，不同于常用于感叹生活充满酸甜苦辣的"Life is full of ups and downs"，"There is a tide in the affairs of men"这句话还蕴含了督促他人"把握时机、以达成功"的言外之意。换言之，该句中包含了一个隐喻，即以"潮水"（tide）喻"时机"（opportunity），劝诫他人需乘势而为，以免错失良机，毕竟水涨而船高，潮退而船落。

🌿 例句

* There is a tide in the affairs of men. You should seize the moment and take advantage of it.

　世上万事都是时起时伏，你应该抓住时机，乘势而为。

* There is a tide in the affairs of men. If you miss this opportunity, you don't know whether you're gonna make it.

　世事潮起潮落，如果你错过这次机会就不知道还能不能成功了。

《李尔王》
King Lear

《李尔与考狄利娅》（Ford Madox Brown 绘制，1854 年）

《李尔王》约写于 1605 年，演出记载始于 1606 年，1608 年出版《第一四开本》，1623 年收入《第一对开本》。该剧双线并行，主线剧情讲述的是英王李尔（Lear）年老体衰，决意退位，并依据爱他的程度将国土分配给自己的三个女儿。大女儿高纳里尔（Gonoril）与二女儿里根（Regan）都以甜言蜜语相述，唯有最受宠的小女儿考狄利娅（Cordelia）如实答道，她会尽做女儿的本分爱他，一分不会多也一分不会少。李尔当场大怒，和考狄利娅断绝父女关系，任她远嫁法国，并将国土平分给了高纳里尔与里根，不想后来却接二连三受到了这两个女儿的怠慢与欺辱，最终流浪荒野。与此同时，辅线剧情中的葛罗斯特伯爵（Earl of Gloucester）一家也遭遇了类似的不幸——私生子爱德蒙（Edmund）满心嫉妒享有继承权的哥哥爱德伽（Edgar），便设计离间父兄关系，令爱德伽被迫逃亡，乔装疯丐，苟且偷生。巧合的是，爱德伽后来偶然与李尔王相遇，并成忘年之交。而另一边，葛罗斯特得知高纳里尔与里根意图弑父，便联合忠臣肯特（Kent），将李尔转移到多佛。不料爱德蒙却将他告发，致其被挖掉双目。此时已是法兰西王后的考狄利娅兴师来伐，准备为父复仇，可惜两军交战，法军失利，父女二人尽皆被俘。然而英军胜利后，高纳里尔与里根却为爱德蒙争风吃醋而相互残杀，最终里根被毒死，高纳里尔也因阴谋败露而自杀。另一方面，葛罗斯特因误解长子之事悲痛而亡，爱德伽则在决斗中杀死了恶行累累的爱德蒙。爱德蒙死前良心发现，撤回杀死李尔父女的命令，然而为时已晚，考狄利娅已被缢死，李尔悲痛欲绝也追随爱女而去。《李尔王》称得上是一部悲壮的道德剧，最终仍旧是秩序与和谐占了上风，而通过这个充满人性冲突的故事，莎士比亚强调了人道，凸显了他的社会理想，呼吁了美好的道德伦理义务以及对于人性中神性的思考。

sharper than a serpent's tooth | 无情甚于蛇蝎

LEAR Into her womb convey sterility.

Dry up in her the organs of increase,

And from her derogate body never spring

A babe to honour her. If she must teem,

Create her child of spleen, that it may live

And be a thwart disnatured torment to her.

Let it stamp wrinkles in her brow of youth,

With accent tears fret channels in her cheeks,

Turn all her mother's pains and benefits

To laughter and contempt, that she may feel,

That she may feel,

How **sharper than a serpent's tooth** it is

To have a thankless child.

(I. iv. 244-256)

李尔 取消她的生殖的能力，干涸她的产育的器官，让她的下贱的肉体里永远生不出一个子女来抬高她的身价！要是她必须生产，请你让她生下一个忤逆狂悖的孩子，使她终身受苦！让她年轻的额角上很早就刻了皱纹；眼泪流下她的面颊，磨成一道道的沟渠；她的鞠育的辛劳，只换到一声冷笑和一个白眼；让她也感觉到一个负心的孩子，**比毒蛇的牙齿还要多么使人痛入骨髓**！

(第一幕第四场)

李尔王与三个女儿中善于阿谀奉承的里根和高纳里尔达成协议：只要他能保有国王的头衔和尊荣，只要她们俩轮流招待他和他那一百号骑士，他就愿意把大权移交给她们。谁知两个女儿刚一掌权，就立即违背约定——高纳里尔以李尔的迷你军队过于吵闹粗鲁为由，私自遣散了这支队伍，惹得国王龙颜大怒。在李尔看来，她的忘恩负义"比毒蛇的牙齿"还要"使人痛入骨髓"（sharper than a serpent's tooth），并祈求上天以不育惩罚高纳里尔，或者即便生下孩子，她的孩子也会"忤逆狂悖"（thwart disnatured），令她饱受折磨，就像她如何对待自己的父亲一样。值得一提的是，后来李尔又向二女儿里根抱怨高纳里尔不孝，并将其舌头比作"毒蛇"（serpent-like），这再一次说明了"蛇"在英语世界中往往含有贬义。

　　而在语言上，莎翁使用的比较级结构显得极富感染力。在今天的英语表达中，通过语法上的比较级、最高级或表示极端的词语能够给读者一种逼真至极的感觉，如：From his mouth flowed speech sweeter than honey.（他的话比蜜还甜。）又如：One father is more than a hundred schoolmasters.（一个父亲的作用大于一百个老师。）

❧ 例句

* How sharper than a serpent's tooth it is to have an unfaithful lover!

　　一个不忠的恋人，比毒蛇的牙齿更令人痛心疾首！

* Indeed, none would dispute the fact that nothing is more painful than to raise an ungrateful child—it is sharper than a serpent's tooth.

　　一个毋庸置疑的事实是，世上最令人痛苦的事情莫过于抚养了一个不懂得知恩图报的孩子，这真是比毒蛇的利牙更能刺痛人心。

more sinned against than sinning | 人负己甚于己负人

LEAR　　　　　　　Close pent-up guilts,

　　　　　Rive your concealed continents, and cry

　　　　　These dreadful summoners grace. I am a man

　　　　　More sinned against than sinning.

（Ⅲ. ii. 53-56）

李尔　撕下你们包藏祸心的伪装，显露你们罪恶的原形，向这些可怕的天吏哀号乞命吧！我是个**并没有犯多大的罪、却受了很大的冤屈**的人。

（第三幕第二场）

《风暴中的李尔王》(John Runciman 绘制，1767 年)

待权势与财富到手，原先极尽甜言蜜语之能事的高纳里尔与里根终于露出了本来面目，开始对父亲李尔百般挑剔，横加指责。李尔盛怒之下，跑到了暴风雨中的荒野，痛骂两个不孝的女儿，斥她们为"杀人的凶手"（thou bloody hand）、"用伪誓欺人的骗子"（Thou perjured），以及"道貌岸然的逆伦禽兽"（thou simular man of virtue / That art incestuous），并认为自己"没有犯多大的罪、却受了很大的冤屈"（More sinned against than sinning），要求上天主持公道，替他惩戒那些他已无力惩戒的罪人。

该词条中，"sinned"表示"被惩罚"，"sinning"则表示"犯错"，意为"受到的惩罚超过所犯的过失"，即"人负己甚于己负人"。其中包含的"more... than..."结构也是现代英语中的常见搭配，如"more praise than pudding"（恭维多而实惠少）、"more sail than ballast"（华而不实）。

例句

* It's true she took the money, but they did owe her quite a bit in a way she's more sinned against than sinning.

她的确是拿了他们的钱，可是他们也欠她不少啊。总的说来，他们欠她的比她欠他们的要多。

* Tess, more sinned against than sinning, has paid the great penalty.

虽然苔丝所犯的罪行远不及她受到的伤害，但她还是被处以极刑了。

As flies to wanton boys are we to the gods. | 天神掌握着我们的命运，正像顽童捉到飞虫一样。

GLOUCESTER In the last night's storm I such a fellow saw,

Which made me think a man a worm. My son

Came then into my mind, and yet my mind

Was then scarce friends with him. I have heardmore since.

As flies to th' wanton boys are we to th' gods,

They bite us for their sport.

(IV. i. 31-36)

葛罗斯特 在昨晚的暴风雨里，我也看见这样一个家伙，他使我想起一个人不过等于一条虫；那时候我的儿子的影像就闪进了我的心里，可是当时我正在恨他，不愿想起他；后来我才听到一些其他的话。**天神掌握着我们的命运，正像顽童捉到飞虫一样**，为了戏弄的缘故而把我们杀害。

（第四幕第一场）

先是被设计误会自己的长子爱德伽，后又因忠心李尔而被里根及其丈夫康华尔（Cornwall）挖去双目，葛罗斯特伯爵历经一幕幕凄惨，而后得知真相，被逐荒野，终于不得不面对残酷的醒悟——诸神好比幼稚、自我又不公道的小孩儿（wanton boys），而人在天神眼中不过是微不足道的飞虫（flies），只是供孩童凌虐玩耍的对象。

在现代英语中此箴言的句型结构可提炼为：名词A + be to 名词B+ as/what +名词C + be to 名词D（A 和 B 的关系如同 C 和 D 的关系一样），属于比喻句（A、B 是主体，C、D 是喻体）。例如：Air is to us what/as water is to fish. （空气于我们犹如水之于鱼。）若"what"放在句首时，则变为"What A to B is what C to D"，如：What you to me is what water to fish. （我离不开你，就像鱼离不开水。）常用的比喻句型还有：本体（主语）+谓语+ like/as +喻体（名词），如：Wit without learning is like a tree without fruit. （没有学识的机智，犹如没有果实的树。）或者：I wandered lonely as a cloud. （我像一朵浮云独自

漫游。)

例句

* As flies to wanton boys are we to the gods. Human beings are often helpless in the face of natural disasters.

  天神掌握着我们的命运，正像顽童捉到飞虫一样。人类在自然灾害面前常常毫无还手之力。

* As flies to wanton boys are we to the gods. When facing injustice, we often have to suffer it in silence.

  天神掌握着我们的命运，正像顽童捉到飞虫一样。面对命运不公，我们往往只能默然忍受。

every inch a king | 从头到脚都是国王

GLOUCESTER	The trick of that voice I do well remember.
	Is't not the King?
LEAR	Ay, **every inch a king**.

(IV. vi. 100-101)

葛罗斯特　这一种说话的声调我记得很清楚；他不是我们的君王吗？

李　　尔　嗯，**从头到脚都是君王**；我只要一瞪眼睛，我的臣子就要吓得发抖。

(第四幕第六场)

　　双目失明、惨遭放逐的葛罗斯特伯爵遇见了衣衫褴褛、同样遭逐的李尔王，两人便上演了一场悲哀的重聚。葛罗斯特此时只能通过声音认出李尔，他看不见李尔给自己戴上了一顶野草做的皇冠。其实李尔如今已经疯了，却还在幻想自己无所不能，因此当被问及是否是国王时，李尔疯癫地回答道，"every inch a king"（从头到脚都是君王）。就实际身份而言也许没错，从外表来看则是一句谎言。至于"every inch a king"这句表达，在现代英语中仍然存在，并且还从中提炼出"every inch a +名词"的结构，表示"彻底的、完全的"的意思，如：I am every inch a believer in freedom.（我百分之百信仰自由。）又如：You are every inch a lovely girl.（你是一个十足可爱的女孩。）

其实该短语中还蕴含了"every +表示微小数量概念的名词"的结构，可以起到生动形象的表达效果，如：I am glad that I can understand every word he says.（我很高兴能听懂他说的每一句话。）又如：He ate up every bit of food that had been served.（他把送上来的东西吃得精光。）另外，"every"在英语谚语中屡见不鲜，如"Every tide hath its ebb"（兴盛之日必有衰退之时），"Every day of thy life is a leaf in thy history"（生命中的一天就是你历史上的一页），"Every little makes a nickel"（积少成多）。

 例句

* The man had a clear complexion and he looked every inch a king.

　　来的人皮肤白净，有龙凤之表。

* He had been every inch a king ever since he was born.

　　自打他出生之日起就注定是当国王的命。

come full circle | 兜了一圈回到原处，周而复始

EDGAR	The gods are just, and of our pleasant vices
	Make instruments to scourge us.
	The dark and vicious place where thee he got
	Cost him his eyes.
EDMUND	Thou hast spoken truth.
	The wheel is **come full circle**; I am here.

(V. iii. 166-170)

爱德伽　公正的天神使我们的风流罪过成为惩罚我们的工具；他在黑暗淫邪的地方生下了你，结果使他丧失了他的眼睛。

爱德蒙　你说得不错；**天道的车轮已经循环过来了。**

（第五幕第三场）

　　临近剧终，爱德伽向爱德蒙发起挑战，爱德蒙不敌倒地，询问爱德伽的来历。爱德伽报上出身名姓，又回顾前尘，将父亲葛罗斯特伯爵遭遇的不幸归结于他本人——是他的"风流罪过"让爱德蒙于"黑暗淫邪"之处降生，才会被自己的私生子害得"丧失了他的

273

眼睛"。爱德蒙显然也赞同这一因果报应论：他坏事做尽，一身恶念最终还是报应到了自己身上——他陷害爱德伽被逐，结果自己正是死在了爱德伽的剑下。

"come full circle"的原意更多强调的是一个人的行动引发的后果几经周折，波及他人，但最终还是会反作用于自己身上，形成一个完整的循环，但如今的用法基本已经不再包含"因果报应"的意味，更多是用于强调"（事情或经历）兜了一圈、回归原点"（to be in the same situation in which you began, even though there have been changes during the time in between）。

例句

* It's January 1st, the year has come full circle.

  今天是元旦，一年又周而复始。

* The wheel of fashion has come full circle. I was wearing shoes like those thirty years ago.

  时尚兜了个圈子又回来了，我30年前就穿那样的鞋子。

《麦克白》
Macbeth

《麦克白与班柯遇见三女巫》(Theodore Chasseriau，绘制，1855 年)

　　《麦克白》约发表于 1606 年，并于同年首演。苏格兰将军麦克白（Macbeth）和班柯（Banquo）镇压叛乱后，于返程途中偶遇三个女巫。她们先后称呼麦克白为葛莱密斯爵士（Thane of Glamis）、考特爵士（Thane of Cawdor）与未来的君王，并预言班柯的后代会君临天下。没过多久，麦克白果然获封考特爵士，女巫的预言得到应验。麦克白惊慌不安，将此事写信告知妻子。麦克白夫人（Lady Macbeth）怂恿丈夫篡权夺位，于国王邓肯（Duncan）来访之夜将其刺死并嫁祸他人。国王之子马尔康（Malcolm）和道纳本（Donalbain）担心性命不保，分别逃往爱尔兰和英格兰，身为国王近亲的麦克白于是成功即位。加冕后的麦克白想到女巫的预言都已实现，疑心班柯的后代会威胁自己的王位，于是雇杀手杀害班柯。国宴上，麦克白恍惚看到了班柯的鬼魂，一时惊恐万分。麦克白夫人担心丈夫泄露罪恶，便以旧病复发为由终止了宴会。麦克白再次造访女巫，女巫预言任何女人生下的人都不能伤害他，且麦克白永不落败，除非勃南森林有一日向邓西嫩高山移动。与此同时，逃往英格兰的苏格兰重臣麦克德夫（Macduff）已经与王子马尔康会合，并得到了英王的支持。麦克白暴怒，血洗了麦克德夫的城堡。很快两军对峙于勃南森林附近。麦克白夫妇终日惶惶不安，麦克白夫人没过多久便精神失常自杀身亡。之后探子传来消息，声称发现了一座活动的森林。原来为了隐藏真正实力，马尔康下令每个士兵都要砍一根树枝举在身前作为伪装，这无疑与女巫的又一预言不谋而合。正是这件事吓坏了麦克白，军队锐气大减。后来麦克白与麦克德夫在战场上狭路相逢，前者落败，为后者枭首。马尔康即位为王。《麦克白》是莎士比亚悲剧中最短也是最血腥的一部，被认为是现实主义和浪漫主义水乳交融的一部剧。在剧中我们能感受到鲜血、黑暗、死亡、疾病等令人惊恐的意象，通过这些意象该剧反复强调了"美即丑恶丑即美"的主题思想。可以说，其情节、主题、语言的综合高度艺术化使其成为莎士比亚最具有艺术特色和最令人惊心动魄的巨作之一。

 Chance may crown me.｜也许命运会为我加冕。

MACBETH　［*aside*］If chance will have me king, why, **chance may crown me** Without my stir.

(I. iii. 139-140)

麦克白　（旁白）要是命运将会使我成为君王，那么**也许命运会替我加上王冠**，用不着我自己费力。

（第一幕第三场）

　　国王邓肯为了嘉奖成功镇压叛乱的麦克白，决定将叛徒考特爵士的爵位转赠给他。三个女巫的部分预言自此得到验证，麦克白不由得相信继加官晋爵后，自己还将成为未来的苏格兰国王，于是便开始琢磨起血腥的勾当，即谋杀国王、篡权夺位。但此邪念同样令他自己感到心惊胆颤，于是不由希望会是命运(chance)替他去干那些龌龊之事，如此一来，他便用不着自己动手，自有命运会替他"加上王冠"(crown)。当然，命运最终还是促使麦克白亲手沾染了君王的鲜血。

　　从语言角度来看，该引言首先要提及的是"chance"一词，此处是"机缘，天意"的意思，如：Chance was offering me success. （天意让我成功。）"crown"在此则是作动词，意为"为……加冕"。将未来荣显交付命运，麦克白的这句"chance may crown me"一定程度上折射出了莎士比亚本人的命运观，即相信命运之力的指引。事实上，这一点或多或少也体现在了莎翁的其他剧作中。譬如，《维洛那二绅士》中，当凡伦丁遭遇放逐、落入强盗手中，一个盗贼问他现下何去何从时，凡伦丁便答道："没有，我现在悉听命运的支配。"（Nothing but my fortune.）（第四幕第一场）《第十二夜》中，爱上薇奥拉扮作的男童后，奥丽维娅也曾感叹："一切但凭着命运的吩咐，谁能够作得了自己的主！"（Fate, show thy force. Ourselves we do not own. / What is decreed must be; and be this so.）（第一幕第五场）《罗密欧与朱丽叶》中，男女主人公这双"不幸的恋人"（star-crossed lovers）更多次慨叹命运的无情，罗密欧还自称"受命运玩弄的人"（fortune's fool）。诸如此类对命运的信奉既增强了一定的戏剧效果，也多少能让我们一窥莎翁本人的命运观。

例句

* I go to church every day in that I believe that chance may crown me by doing this.
  我每天都去做礼拜，这是因为我相信通过这样做，命运也许会为我加冕。
* I, holding the belief that chance may crown me, am a devout Roman Catholic.
  我是个虔诚的天主教徒，相信命运也许会为我加冕。

come what may | 无论发生什么事，不管怎样

MACBETH ［*aside*］**Come what come may,**
Time and the hour runs through the roughest day.

(I. iii. 142-143)

麦克白 （旁白）**事情要来尽管来吧**，到头来最难堪的日子也会对付得过去的。

（第一幕第三场）

麦克白为国王邓肯平叛后立功归来，路遇三个女巫，声称他将加官进爵，乃至加冕为王。后来女巫的部分预言成真，麦克白对自己可能成王的将来心生向往的同时，也为自己弑君的念头感到毛骨悚然，最后思来想去，不知道女巫的预言是凶兆还是吉兆，便干脆安慰自己："事情要来尽管来吧，到头来最难堪的日子也会对付得过去的。"（Come what come may, time and the hour runs through the roughest day.）

现代英语将莎翁的这句话稍作修改，成为"come what may"，意为"无论发生什么

277

事；不管怎样"，当然，日常生活中更为通俗的同义表达应属"whatever happens"，如：I'll be there whatever happens. （不管发生什么事我都会到那儿的。）这种一切不可知，因而也不必苛求，凡事顺其自然的思想还体现在一句颇为流行的拉丁语习语上：Que sera, sera.（Whatever will be will be.）这句话在希区柯克（Alfred Hitchcock）导演的电影《擒凶记》（*The Man Who Knew Too Much*）的主题曲中被反复吟唱，也随之广为流传。

例句

* Come what may, the work must go on.

不管怎么样，工作不能停。

* Come what may, I'll brace myself and face the music. I'd rather die than implicate others!

无论发生什么事情，我都一个人顶着。好汉做事好汉当，我死就死，决不连累旁人！

Nothing in his life became him like the leaving it. | 他的一生行事，从来不曾像他临终的时候那样得体。

KING	Is execution done on Cawdor? Are not
	Those in commission yet returned?
MALCOLM	My liege,
	They are not yet come back. But I have spoke
	With one that saw him die, who did report
	That very frankly he confessed his treasons,
	Implored your highness' pardon, and set forth
	A deep repentance. **Nothing in his life**
	Became him like the leaving it. He died
	As one that had been studied in his death
	To throw away the dearest thing he owned,
	As 'twere a careless trifle.

(I. iv. 1-11)

邓　肯　考特的死刑已经执行完毕没有？监刑的人还没有回来吗？

马尔康　陛下，他们还没有回来；可是我曾经和一个亲眼看见他就刑的人谈过话，他说他很坦白地供认他的叛逆，请求您宽恕他的罪恶，并且表示深切的悔恨。**他的一生行事，从来不曾像他临终的时候那样得体**；他抱着视死如归的态度，抛弃了他的最宝贵的生命，就像它是不足介意、不值一钱的东西一样。

（第一幕第四场）

叛将考特爵士在挪威战役中倒戈反击自己的国王——苏格兰王邓肯，后因叛国罪而被处以极刑。国王之子马尔康向他的父王转述这位前任考特爵士临刑前的忏悔，声称，"Nothing in his life /Became him like the leaving it"（他的一生行事，从来不曾像他临终的时候那样得体）。因为考特在临死时用直率、诚恳的忏悔弥补了此前的大逆不道，反而成为虔诚和忠贞的典范，受到统治者的宽恕和褒奖。马尔康后来惋惜其"视死如归"（had been studied in his death），邓肯也哀叹难以从脸上探察人的忠心，甚至怀疑自己忘恩负义。因此，邓肯对下一刻入场的麦克白的功勋不吝赞美，大加行赏，这与后来麦克白的背叛构成了绝妙的对称和讽刺。

顺便聊一聊西方的"葬礼"文化：葬礼前一天是"viewing"或"wake"（守丧），要去"funeral home"（殡仪馆）瞻仰死者遗容，慰问死者家属，"express your condolence"（表示哀悼）。葬礼前还有一些小细节值得说明。比如"organ"（风琴）是教堂的常见乐器，通常葬礼上唱"psalm"（圣歌）的时候进行伴奏。而在西方葬礼前后，很少看到家属在众人面前失声痛哭，相反故作坚强往往是合乎礼节的做法。西方人甚至会在葬礼的追思仪式上，善意地讲一些死者生前的"funny stories"（趣事），以逗乐全场，因为他们认为轻松的幽默是战胜伤痛的最好办法。

～ 例句

* Nothing in his life became him like the leaving it. He finally proved that he was a man worthy of respect.

  他一生行事，从来不曾像他临终时那样得体。他终于证明自己是一个值得尊敬的人了。

* Nothing in his life became him like the leaving it. As you can see, he bought himself the best coffin and put on his best clothes.

  他这辈子做事从来都没像他临终时那样得体。你瞧，他为自己买了最好的棺木，还穿上了他最好的衣裳。

milk of human kindness | 人的善良天性；恻隐之心

LADY　Glamis thou art, and Cawdor, and shalt be

What thou art promised. Yet do I fear thy nature;

It is too full o'th'**milk of human kindness**

To catch the nearest way. Thou wouldst be great,

Art not without ambition, but without

The illness should attend it. What thou wouldst highly,

That wouldst thou holily; wouldst not play false,

And yet wouldst wrongly win. Thould'st have, great Glamis,

That which cries, 'Thus thou must do', if thou have it,

And that which rather thou dost fear to do

Than wishest should be undone.

(I. v. 11-21)

麦克白夫人　你本是葛莱密斯爵士，现在又做了考特爵士，将来还会达到那预言所告诉你的那样高位。可是我却为你的天性忧虑：它充满了太多的**人情的乳臭**，使你不敢采取最近的捷径；你希望做一个伟大的人物，你不是没有野心，可是你却缺少和那种野心相联属的奸恶；你的欲望很大，但又希望只用正当的手段；一方面不愿玩弄机诈，一方面却又要作非分的攫夺；伟大的爵士，你想要的那东西正在喊："你要到手，就得这样干！"你也不是不肯这样干，而是怕干。

(第一幕第五场)

　　麦克白于返程途中，特意修书一封寄给自己的妻子麦克白夫人，将女巫的预言如实告知。麦克白夫人野心勃勃，对此毫不怀疑。在她看来，登上高位的"最近的捷径"无疑便是谋害国王邓肯，但她担心的是，"不愿玩弄机诈"的丈夫会没有勇气尽早攫取苏格兰的王位，即为麦克白充满"人情的乳臭"（milk of human kindness）的天性感到忧虑。

　　"milk of human kindness"直译是"人类善良的乳汁"，引申为"人类善良的天性、恻隐之心"。作为西方世界的日常饮品，"milk"（牛奶）的相关表达在现代英语中比比皆是，譬如当某人为无可挽回的事忧伤时，可以形容为"cry over spilt milk"（覆水难收，后悔也于事无补）；"the land of milk and honey"则用于形容"富饶的乐土；丰裕之地"，源自《圣经》：If the Lord is pleased with us, he will lead us into that land, a land flowing with milk and honey, and will give it to us. （耶和华若喜悦我们，就必将我们领进那地，把地赐给我们，那地原是流奶与蜜之地。）（民数记 14：8）

《Ellen Terry 扮演的麦克白夫人》（John Singer Sargent 绘制，1889 年）

例句

* Rossmore was the most extraordinary character I had ever met — a man just made out of the condensed milk of human kindness.

罗斯摩尔是我平生所遇见的最特别的人——一个由人类善良天性所凝成的人物。

* The young lady is full of milk of human kindness as she has contributed all her inheritance to charity.

这位年轻的小姐是个充满同情心的善良之人，因为她把所有的遗产全都捐献给了慈善事业。

unsex me | 解除我的女性的柔弱

LADY　　　　The raven himself is hoarse

That croaks the fatal entërance of Duncan

Under my battlements. Come, you spirits

That tend on mortal thoughts. **Unsex me** here,

And fill me from the crown to the toe top-full

Of direst cruelty. Make thick my blood.

Stop up th'accèss and passage to remorse,

That no compunctious visitings of nature

Shake my fell purpose, nor keep peace between

Th'effect and it.

（I. v. 34-43）

麦克白夫人　　报告邓肯走进我这堡门来送死的乌鸦，它的叫声是嘶哑的。来，注视着人类恶念的魔鬼们！**解除我的女性的柔弱**，用最凶恶的残忍自顶至踵贯注在我的全身；凝结我的血液，不要让怜悯钻进我的心头，不要让天性中的恻隐摇动我的狠毒的决意！

（第一幕第五场）

　　收到丈夫来信后的麦克白夫人决心要竭尽全力帮助麦克白谋权篡位。恰巧此时使者来报，国王邓肯将于今夜亲临他们的城堡。麦克白夫人深知机不可失时不再来，命令魔鬼们"解除我的女性的柔弱"（unsex me），准备今晚动手除掉邓肯。

　　"解除我的女性的柔弱"为原文"unsex me"的阐释性补译，直译为"解除我的性别"。牛津词典中"unsex"的释义为"Deprive of gender, sexuality, or the characteristic attributes or qualities of one or other sex"，强调了对性别、性向乃至性别特质的消除。这里的"性别"特指社会文化意义上的性别（gender），即附属于某一生理性别（sex）的特质，如所谓的"男性气质"（masculinity）与"女性气质"（femininity）。在西方一分为二的传统性别观念中，力量与残忍属于典型的男性特质，而柔弱与仁慈则为传承自圣母玛利亚的女性特质。野心勃勃的麦克白夫人显然是这一刻板印象的反面。而她对冷酷和狠毒的推崇，对解除性别束缚的呼唤，长期以来都是性别理论乃至女性主义文学研究的重要话题。虽然

282

莎翁本人可能无意于为解放麦克白夫人呼吁，但这一情节的确反映了前现代西方文化中客观存在且根深蒂固的性别印象。而麦克白夫人对软弱和受压迫的鄙弃，对权力与意志的渴望，也让读者窥见了这一长期被视为反面人物的女性的另一面。

例句

* "Unsex me!" cried she, desiring to deprive herself of her female qualities.

    "解除我的女性的柔弱！"她大声呼叫，渴望剥离自己的女性特质。

* These creatures were vaguely female but unsexed by their drab greasy overalls and trousers.

    这些人看着像是女性，但都穿着单调又油腻的工作服和裤子，看不太出真实性别。

the be-all and the end-all | 某事的全部；最重要的部分

MACBETH　If it were done when 'tis done, then 'twere well

It were done quickly. If th'assassination

Could trammel up the consequence and catch

With his surcease, success, that but this blow

Might be **the be-all and the end-all**, here,

But here, upon this bank and shoal of time,

We'd jump the life to come.

(I. vii. 1-7)

麦克白　要是干了以后就完了，那么还是快一点干；要是凭着暗杀的手段，可以攫取美满的结果，又可以排除了一切后患；要是这一刀砍下去，就可以**完成一切、终结一切、解决一切**——在这人世上，仅仅在这人世上，在时间这大海的浅滩上；那么来生我也就顾不到了。

(第一幕第七场)

苏格兰国王邓肯对自己的表弟兼重臣麦克白十分信任。为了表彰麦克白的战功，邓肯先其一步来到麦克白的城堡，预备为麦克白设宴洗尘，并于当晚留宿。受到女巫预言的诱惑与麦克白夫人的怂恿，麦克白决心趁此良机，暗杀邓肯，攫位为王。在动手之前，他还宽慰自己道："要是这一刀砍下去，就可以完成一切、终结一切、解决一切

（but this blow might be the be-all and the end-all）……那么来生我也就顾不到了。"当然，之后他依旧犹疑不决，是在麦克白夫人的呵斥下，麦克白才下定决心，让自己的匕首染上了邓肯的鲜血。

现代英语中，"the be-all and the end-all"既可以用来指"某事的全部"，也可以表示"最重要的部分"。而日常生活中更为常用的表达有"the most important part of sth."，如：The most important part of the body is the brain.（肉体中最重要的部分是大脑。）或者"all that matters"，如：If you tried your best, then that's all that matters.（如果你尽力了，那才是最重要的。）

例句

* Her career is the be-all and the end-all of her existence.

  她的事业是她生活的全部。

* Not everybody agreed that winning was the be-all and the end-all.

  并不是每个人都认为赢是最重要的。

Screw your courage（to the sticking place）. | 鼓起勇气；集中全部勇气

MACBETH	If we should fail?
LADY	We fail.

But **screw your courage to the sticking place**,

And we'll not fail.

（I. vii. 59-61）

麦 克 白　假如我们失败了——

麦克白夫人　我们失败！只要你**集中你的全副勇气**，我们决不会失败。

（第一幕第七场）

麦克白为夺取王位，预谋暗杀国王邓肯。但还未真正动手，他就开始举棋不定，考虑起了谋杀失败的后果。相比之下，麦克白夫人显然要比他更为坚毅果决。她看出麦克白的犹豫后，鼓动他："只要你集中你的全部勇气，我们决不会失败。"（But screw your courage to the sticking place. ／And we'll not fail.)

Mademoiselle Rachel 扮演的麦克白夫人（Charles Louis Müller 绘制，1849 年）

关于"sticking place"，《牛津英语大辞典》(*OED*)认为麦克白夫人的原话指"把调音钮扭进相应的洞里去"，而《河畔版莎士比亚全集》(*The Riverside Shakespeare*)的编辑则认为，"sticking place"是"士兵调紧十字弓的弦时所做的记号"。但不管这个比喻是跟音乐、军事还是其他方面有关，麦克白夫人这句话的用意显然是为怂恿麦克白"鼓起勇气"，好杀死邓肯。

在现代英语中，尽管该引言是出自野心家麦克白夫人之口，但这丝毫不妨碍人们在谈及勇气的时候频频引用这句话。不过相对原文而言，这句表达已经常常简化为"screw (up) one's courage"，用于激励他人"鼓足勇气做某事"。此外，人们也常常用"pluck up courage""summon up one's courage"或者"take one's courage"来表达同样的含义。而"screw up"这个短语的用法还远不止于此。口语里，"screw up"等同于"mess up"，意为"把某事搞砸了"，如：I think I screwed up the test yesterday.（我想昨天的考试我搞砸了。）

🔖 例句

* The boy finally screwed his courage to the sticking place and told the truth to his mother.

小男孩最终鼓起所有勇气，将真相告诉给了母亲。

* I should screw my courage to the sticking place to follow my heart to find out what I want to achieve.

我要鼓足全部勇气，追随我心，找到我真正想要实现的梦想。

 sorry sight | 凄惨的样子；悲惨的光景

MACBETH	Hark! Who lies i'th' second chamber?
LADY	Donaldbane.
MACBETH	This is **a sorry sight**.

(II. ii. 17-18)

麦 克 白　听！谁睡在隔壁的房间里？

麦克白夫人　道纳本。

麦 克 白　好惨！

（第二幕第二场）

　　谋杀国王邓肯后，麦克白的手上沾满了他的鲜血。麦克白看着自己鲜血淋漓的双手，不由惊呼"a sorry sight"（好惨）。此处麦克白似乎把"sorry"的几个相关意思都融合在了一起——一方面，这幅景象令他感到"难过痛苦"；另一方面，又让他感到"悔恨悲叹"。

　　而在现代英语中，"sorry sight"的用法相较原文要更为宽泛，不仅可以用于形容某人某物"外表凄惨"或"不整洁"，还可以用于形容某一情景之"悲惨"，但语意要比麦克白所使用的弱一些，其间痛苦或悔恨的内涵几乎没有涉及。

　　再看"sight"，它是一个高频词，除了大家熟悉的常见搭配，如"at (the) sight of..."（一看见……就），"cannot bear/stand the sight of..."（极厌恶某人或某事物），"have lost sight of..."（对……的下落不明）外，还有"know by sight"（似曾相识，面熟），"make a sight of oneself"（出洋相，打扮得古里古怪），"sight for sore eyes"（悦目的东西或景象）等。

例句

* The bodies of the victims are a sorry sight.

这些受害者的尸体惨不忍睹。

* He was a sorry sight, soaked to the skin and shivering.

他浑身湿透，打着寒战，一副凄惨的样子。

 infirm of purpose | 意志不坚的，懦弱的

MACBETH	I'll go no more.
	I am afraid to think what I have done.
	Look on't again I dare not.
LADY	**Infirm of purpose !**
	Give me the daggers. The sleeping and the dead
	Are but as pictures ; 'tis the eye of childhood
	That fears a painted devil. If he do bleed,
	I'll gild the faces of the grooms withal,
	For it must seem their guilt.

(Ⅱ. ⅱ. 47-54)

麦 克 白　我不高兴再去了；我不敢回想刚才所干的事，更没有胆量再去看它一眼。

麦克白夫人　**意志动摇的人！**把刀子给我。睡着的人和死了的人不过和画像一样；只有
小儿的眼睛才会害怕画中的魔鬼。要是他还流着血，我就把它涂在那两个
侍卫的脸上；因为我们必须让人家瞧着是他们的罪恶。

(第二幕第二场)

　　麦克白暗杀邓肯后，不仅满手鲜血，还把杀人的刀子带了出来。麦克白夫人要他把
凶器放回作案现场，并把邓肯的鲜血涂在两个被下了麻药而陷入熟睡的守夜侍卫脸上，
以便嫁祸于人。麦克白杀人后却已没有胆量再回去凶杀现场。麦克白夫人斥他为"意志
动摇的人"（infirm of purpose），并接过凶器准备亲自动手。

　　莎士比亚是第一个用"infirm"指涉身体问题的人——这里的"身体问题"是身体虚弱
或有疾病。这一用法第一次出现在他的《终成眷属》（*All's Well That Ends Well*）里，女主
角海丽娜对病重的法国国王道，只要经她诊治，"陛下身上的病痛便会霍然脱体"（what
is infirm from your sound parts shall fly）（第二幕第一场）。在《麦克白》里，"infirm"与

"purpose"搭配则进一步引申为形容人"意志不坚的，懦弱的"。现代英语里常见的近义表达还有"coward""sheepish""white-livered""milk-livered"。至于其反义表达，日常常见"as tough as an old boot"或者"a man with will"。

杀人后的麦克白（Charles A. Buchel 绘制，1914 年）

值得一提的是，原文语境中，"infirm of purpose"是用"意志薄弱"的特征指代"意志薄弱的人"，其实就是使用了"借代"（metonymy）的手法。"借代"这一修辞若在日常口语中加以应用，不但不会显得矫情，反而能显现语言妙趣横生的一面，如："Play the man"（拿出男子汉气概来）；"She has a ready tongue"（她口齿伶俐）；"boiled lobster"（英国海军步兵队的士兵——用"煮熟的龙虾"代指英国士兵，因为英国士兵常穿红衣）。其实，我们时常挂在嘴边的"blue collar"（蓝领），"white collar"（白领），"pink collar"（粉领族，指和蓝领体力工人相当的女性工人）便是借代的生动运用。

例句

* He is weak of judgment, infirm of purpose, and often irresolute in action.
  他缺乏判断力又意志薄弱，做事经常犹豫不决。

* Tom is so infirm of purpose that it is useless to ask him for advice.
  汤姆这人意志不坚，向他征求意见是徒劳无益的。

There's daggers in men's smiles. | 笑里藏刀。

DONALDBANE   Where we are,

            There's[①] **daggers in men's smiles**; the nea'er in blood,

            The nearer bloody.

（II. iii. 133-135）

道纳本　我们现在所在的地方，**人们的笑脸里都暗藏着利刃**；越是跟我们血统相近的人，越是想喝我们的血。

（第二幕第三场）

　　谋杀国王邓肯，并将罪行嫁祸于两个守夜的士兵后，麦克白对着众臣与两个王子佯装悲痛。身处政治漩涡中心的王子马尔康与道纳本敏锐察觉出这背后必然暗藏着惊天阴谋。而考虑到父王死后，下一个遭殃的很可能是他们自己，两个王子为求自保，便决定各奔前程，道纳本更不由悲叹："人们的笑脸里都暗藏着利刃；越是跟我们血统亲近的人，越是想喝我们的血。"（There's daggers in men's smiles; the nea'er in blood, /The nearer bloody.）

　　"There's daggers in men's smiles" 这一表达和哈姆雷特用于形容克劳狄斯的 "smile and be a villain"（参见词条 "smile and be a villain"）一样，都表示"笑里藏刀"的意思，常常用于形容那些表里不一、口蜜腹剑之人。

例句

* Behind the smiling eyes lurks the evil that led him to murder his unsuspecting friend; there's daggers in men's smiles.

他微笑着杀害了对他毫无防备的朋友；人们的笑脸里往往暗藏着利刃。

---

　　① 若依据语法，该句应为 "There're daggers in men's smiles"，但其实 "there's + 名词复数"的用法在英语世界中由来已久，尤其常见于口语中，一说是 "there's" 相较 "there're" 发音省力，因此如《老友记》等美剧中不止一次出现过采用 "there's + 名词复数"形式的台词。事实上，该用法在莎剧中也并非仅此一例，如《爱的徒劳》（*Love's Labour's Lost*）中，侍臣俾隆（Biron）便说过这样一句俏皮话："'Metheglin', 'wort', and 'malmsey' — well run, dice! /**There's** half a dozen **sweets**."（V. ii. 235-236）（百花露，麦芽汁，葡萄酒。好得很，我们各人都掷了个三点。现在有六种甜啦。）但在书面语中依然推荐遵循语法规范，即 "there be" 句型中的 "be" 动词应与后面的名词保持主谓一致。

* The old man who looked nice on the outside was in fact a heinous murderer; there's daggers in men's smiles.

这个外表和善的老人其实是个十恶不赦的杀人犯；人们的笑脸里往往暗藏着利刃。

 What's done is done. | 木已成舟，覆水难收。

LADY　How now, my lord, why do you keep alone,
　　　　Of sorriest fancies your companions making,
　　　　Using those thoughts which should indeed have died
　　　　With them they think on? Things without all remedy
　　　　Should be without regard. **What's done is done.**

(III. ii. 10-14)

麦克白夫人　啊，我的主！您为什么一个人孤零零的，让最悲哀的幻想做您的伴侣，把您的思想念念不忘地集中在一个已死者的身上？无法挽回的事，只好听其自然；**事情干了就算了。**

(第三幕第二场)

　　麦克白虽然在麦克白夫人的怂恿下杀死了国王邓肯并成功加冕为苏格兰国王，但弑君后的他内心矛盾重重，时常为罪恶感所折磨。麦克白夫人不愿见到他的心神终日为悲哀与忧虑所占据，于是劝说道："Things without all remedy / Should be without regard. What's done is done."（无法挽回的事，只好听其自然；事情干了就算了。）

　　现代英语中"What's done is done"已成为一句常见的习语，意为"木已成舟，覆水难收"。值得一提的是，麦克白夫人表面上虽然相较麦克白拥有更坚定的意志，但该引言既是对丈夫的责备和安抚，也是对她自己灵魂的反复劝解，因为后文中麦克白夫人也没有逃脱惊惶发疯的命运。这说明，已经干过的事情还远远没有结束，甚至只是个开始。后来的第五幕第一场中，麦克白夫人对医生的喃喃呓语"What's done cannot be undone"（事情已经干了就算了）便折射出她内心深处的恐惧和悔恨——这句话同样表示"覆水难收"的意思。

　　英语里还有另一句谚语使用了相似的结构：Whatever will be, will be.（世事不可强求；该是你的一定是你的。）

例句

* What's done is done ; it's time to move on.

  过去的已过去，该是往前看的时候了！

* What's done is done. Further reprimanding him will not fix anything.

  事到如今木已成舟，你再训斥他也没有用了。

 life's fitful fever | 人生的艰难困苦；人生的起起伏伏

MACBETH   Better be with the dead

Whom we, to gain our peace, have sent to peace

Than on the torture of the mind to lie

In restless ecstasy. Duncan is in his grave.

After **life's fitful fever** he sleeps well.

Treason has done his worst. Nor steel, nor poison,

Malice domestic, foreign levy, nothing

Can touch him further.

(III. ii. 21-28)

麦克白   我们为了希求自身的平安，把别人送下坟墓里去享受永久的平安，可是我们的心灵却把我们磨折得没有一刻平静的安息，使我们觉得还是跟已死的人在一起，倒要幸福得多了。邓肯现在睡在他的坟墓里；经过了**一场人生的热病**，他现在睡得好好的，叛逆已经对他施过最狠毒的伤害，再没有刀剑、毒药、内乱、外患，可以加害于他了。

(第三幕第二场)

　　麦克白弑君篡位后时常沉浸在自己疯狂的幻想中不能自拔。那血腥的景象、残酷的场面，使他产生了严重的心理负担，寝食难安。他觉得过日子就像是生了一场“热病”（fever），这种病发作时一阵阵的（fitful），一下子雄心勃勃，心潮澎湃，一下子又冷酷无情，心寒不已，内心的躁动只容得转瞬即逝的片刻宁静，以致麦克白觉得只有死人才能真正得到安宁。凶手和其他周遭的人唯有终日与不安和焦虑相伴，仿佛人生在世只是为经历一场间歇性发作的热病（life's fitful fever）。

需要注意的是，"life's"中的"'s"是表示名词所有格，而非"life is"的缩写。"life's fitful fever"也就是隐喻"the trials and tribulations of life"（人生的痛苦与磨难），或者说"the ups and downs of life"（人生的起起伏伏）。

 例句

* "After life's fitful fever they sleep well," I muttered. "Where are you going now, Mrs. Fairfax?" for she was moving away.

— Jane Eyre：Chapter 11

"经过了一场人生的热病，他们现在睡得好好的。"我喃喃地念着，"你现在上哪儿去，费尔法克斯太太？"因为她正要走开。

——《简·爱》第十一章

* Only through life's fitful fever can the soul be strengthened, ambition inspired, and success achieved.

只有历经人生的艰难困苦才能强化心灵，振奋雄心，从而达到成功。

toil and trouble｜艰难困苦，辛劳与麻烦

ALL WITCHES　Double, double **toil and trouble**.

Fire burn, and cauldron bubble.

(Ⅳ. i. 10-11)

众巫　不惮**辛劳**不惮烦，釜中沸沫已成澜。

（第四幕第一场）

三个女巫一边把毒肠子、蝾螈眼、蟾蜍趾之类的东西扔进一个大锅里烹煮，一边等待着已成为苏格兰国王的麦克白的拜访。"Double, double toil and trouble"（不惮辛劳不惮烦）是她们恐怖魔咒里的一个叠句，一个十分打眼的四音步句（每行四个重音），常常被错念成"Bubble, bubble, toil and trouble"——比原句更不具备任何意义了。而在原文语境中，这句话可以理解为三女巫是打算用咒语堆积成倍（double）的"劳苦和麻烦"（toil and trouble），再加诸麦克白身上。

三女巫（Daniel Gardner 绘制，1775 年）

值得一提的是，这句已经逐渐被人模糊的咒语，却因《哈利·波特》（*Harry Porter*）的缘故再次回到人们的视野之中。熟悉电影《哈利·波特与阿兹卡班的囚徒》（*Harry Potter and the Prisoner of Azkaban*）的读者一定也熟悉里面的插曲 *Double Trouble*：Double double toil and trouble，/Fire burn and caldron bubble. /Double double toil and trouble，/Something wicked this way comes... （不惮辛劳不惮烦，釜中沸沫已成澜。不惮辛劳不惮烦，邪恶的东西就要来……）该插曲便是依据莎翁的这段咒语写成的。

现代英语中，脱离原文的超自然因素后，"toil and trouble"或者"toil and moil"均用于表示"辛劳与麻烦"的意思。此外，"double, double"这种利用单词的重复使语句中需要强调的内容得以突出的修辞手法，也是值得我们学习的，如：many and many a time（三番五次，许多次）；They walked two and two(他们成双成对地走过)；There are men and men/books and books(有各式各样的人/书)。而在重复的单词后面添加修饰语，不仅能起到强调的作用，还能扩展句子，使句子内容的信息量进一步增加，例如：We are now living in a new era, and a new era of reform is always full of ventures and chances. （我们现在生活在一个新的时代，一个充满着风险与机遇的改革的新时代。）

🔊 例句

* Everyone has experienced toil and trouble in their lives.

每个人在生命中总会经历辛劳与苦楚。

* A life of toil and trouble is generally the price of fame and success.

艰难劳苦的一生通常是声望和成功的代价。

 ## make assurance double sure | 倍加小心，再三保证

SECOND APPARITION	Be bloody, bold, and resolute. Laugh to scorn
	The power of man, for none of woman born
	Shall harm Macbeth.
MACBETH	Then live, MacDuff. What need I fear of thee?
	But yet I'll **make assurance double sure**,
	And take a bond of fate thou shalt not live,
	That I may tell pale-hearted fear it lies,
	And sleep in spite of thunder.

(IV. i. 77-84)

第二幽灵　你要残忍、勇敢、坚决；你可以把人类的力量付之一笑，因为没有一个妇人所生下的人可以伤害麦克白。

麦 克 白　那么尽管活下去吧，麦克德夫；我何必惧怕你呢？可是我要**使确定的事实加倍确定**，从命运手里接受切实的保证。我还是要你死，让我可以斥胆怯的恐惧为虚妄，在雷电怒作的夜里也能安心睡觉。

（第四幕第一场）

在这一场戏中，三个女巫第二次登场，并召出三个幽灵对麦克白的未来作出预言。其中，第二个幽灵预言麦克白完全"可以把人类的力量付之一笑，因为没有一个妇人所生下的人可以伤害麦克白"(Laugh to scorn /The power of man, for none of woman born / Shall harm Macbeth)。基于这一点，麦克白放松了警惕，他的自我意识立刻膨胀了起来。可虽然麦克白自此不再将叛逃的麦克德夫(Macduff)放在眼里，但他还是杀害了麦克德夫的妻儿，目的是"要使确定的事实加倍确定"(make assurance double sure)。只是麦克白万万没有料到，自己最终却死在了麦克德夫的剑下，因为麦克德夫是没有足月就从他母亲的腹中剖出来的，不算是"妇人所生下的人"。女巫的预言原是一语双关。

"make sure"已经有"保证，确保"的意思，再加一个"double"便可谓是"再三保证"，万无一失了。"make assurance double sure"也可以简化为"make double sure"。当然，如果用"full""definite""repeated"等形容词修饰"assurance"，同样也可以加强语气。比如：He gave me a definite assurance that the repairs would be finished tomorrow.（他给我确切保证，修理将于明日完工。）再如：The authorities concerned gave repeated assurances of traffic problem.（关于交通问题，有关当局一而再地保证解决。）

 例句

* Cowperwood sent an urgent wire to the nearest post office and then, to make assurance double sure, to several other points in the same neighborhood, asking his son to return immediately.

柯帕乌给最近的邮局发去电报，为了确保万无一失，他又同时给附近的其他邮局发去电报，要他的儿子赶紧回来。

* We make assurance double sure that our clients get the best that money can buy.

我们再三确保客户买到最好的产品。

the crack of doom | 世界末日

MACBETH   Thou art too like the spirit of Banquo. Down!

Thy crown does sear mine eyeballs. — And thy hair,

Thou other gold-bound brow, is like the first. —

A third is like the former. Filthy hags,

Why do you show me this? — A fourth? Start eyes!

What, will the line stretch out to **th'crack of doom**? —

Another yet? — A seventh? I'll see no more. —

And yet the eighth appears, who bears a glass

Which shows me many more; and some I see

That two-fold balls and treble sceptres carry.

Horrible sight!

(IV. i. 110-120)

麦克白 你太像班柯的鬼魂了；下去！你的王冠刺痛了我的眼珠。怎么，又是一个戴着王冠的，你的头发也跟第一个一样。第三个又跟第二个一样。该死的鬼婆子！你们为什么让我看见这些人？第四个！跳出来吧，我的眼睛！什么！这一连串戴着王冠的，要到**世界末日**才会完结吗？又是一个？第七个！我不想再看了。可是第八个又出现了，他拿着一面镜子，我可以从镜子里面看见许许多多戴王冠的人；有几个还拿着两个金球，三根御杖。可怕的景象！

（第四幕第一场）

　　麦克白从三女巫那里获知自己"永远不会被打败"后，又追问班柯的后裔是否果真会在苏格兰称王。女巫们没有正面回答，只是召出了八个作国王装束的幻影以及班柯的鬼魂——人们一般认为这八个国王即英国斯图亚特王朝（the House of Stuart）历代君王的影像——以此暗示麦克白，班柯的子孙的确会在未来称王。而当一个又一个君王的幻影出现在麦克白面前时，他逐渐变得无法忍受，不由惊呼："这一连串戴着王冠的，要到世界末日才会完结吗？"（What, will the line stretch out to th'crack of doom?）

　　当然，关于"世界末日"，除了"the crack of doom"外，现代英语中还有不少常见表达，如"doomsday""day of reckoning""the day of judgment"。其中，"the day of judgment"也叫最后审判日，意味着神即将审判世人的灵魂，也意味着神之国的降临与美好新时代的开始，源自《圣经》：But I say unto you, that every idle word that men shall speak, they shall give account thereof in the day of judgment.（我又告诉你们，凡人所说的闲话，在审判之日必要句句供出来。）（马太福音 12：36）

例句

* The house is well-built — it will probably last till the crack of doom.

那幢房子建得很牢固——可能永远都不会倒。

* Their friendship will continue until the crack of doom.

他们的友谊会继续下去，直到永远。

applaud someone to the echo｜为某人大声喝彩

MACBETH　　If thou couldst, doctor, cast

　　　　　　　The water of my land, find her disease,

And purge it to a sound and pristine health,

I would **applaud thee to the very echo**

That should applaud again.

（V. iii. 53-57）

麦克白　大夫，要是你能够替我的国家验一验小便，查明它的病根，使它恢复原来的健康，我一定要使太空之中充满着我对你的**赞美的回声**。

（第五幕第三场）

《麦克白夫人梦游》（Henry Fuseli 绘制，藏于法国卢浮宫）

　　面对麦克白夫人的精神失常与邓肯之子马尔康、麦克德夫与英格兰援军的围攻，孤立无援的麦克白只能假想，如果前来替麦克白夫人治病的医生也可以替他的国家查明病根，使得国家恢复到原来的状况，"我一定要使太空之中充满着我对你的赞美的回声"（I applaud thee to the very echo／That should applaud again）。

　　"echo"是"回声"的意思，将一个人赞美到回声四起，可见是多么努力地为之喝彩，因此"applaud someone to the echo"即意为"为某人大声喝彩"。现代英语也常用"cheer someone to the echo"来表达同样的意思，如：The audience rose in a body and cheered him to the echo.（观众们全都站立起来，为他大声喝彩。）

例句

* When he had finished his speech, his audience applauded him to the echo.

他的演讲一结束，听众就对他报以热烈的掌声。

* The team captain was applauded to the echo when he was presented with the cup.

队长接过奖杯时，全场不禁欢呼雀跃起来。

tomorrow, and tomorrow, and tomorrow | 明日复明日

MACBETH **Tomorrow, and tomorrow, and tomorrow**

Creeps in this petty pace from day to day

To the last syllable of recorded time;

And all our yesterdays have lighted fools

The way to dusty death. Out, out, brief candle!

Life's but a walking shadow, a poor player

That struts and frets his hour upon the stage

And then is heard no more. It is a tale

Told by an idiot, full of sound and fury,

Signifying nothing.

(V. v. 18-27)

麦克白　**明天，明天，再一个明天**，一天接着一天地蹑步前进，直到最后一秒钟的时间；我们所有的昨天，不过替傻子们照亮了到死亡的土壤中去的路。熄灭了吧，熄灭了吧，短促的烛光！人生不过是一个行走的影子，一个在舞台上指手画脚的拙劣的伶人，登场片刻，就在无声无臭中悄然退下；它是一个愚人所讲的故事，充满着喧哗和骚动，却找不到一点意义。

（第五幕第五场）

　　敌军来袭，妻子已逝，众叛亲离的麦克白以这一段独白表达了他最悲观的绝望。其中，三个"tomorrow"传达了节奏感，像生命的最后几个音节，也像剧中的时间串成的字句，将人一步步带入想象中。"petty"（小）来自法语；而"brief candle"又是极悲哀的意

象，跟光亮有关，但是不禁让人感叹，"human life is weak and short"。麦克白感叹人生，觉得自己像一个蹩脚的演员，很费劲地在表演着，到最终又悄无声息地退下，并没有留下什么。那为什么又说像是"傻瓜在讲故事"呢？因为"a poor player"讲故事是不会注重抑扬顿挫的，只会充满着喧闹，显然，我们可以看到麦克白已经后悔曾经的做法。一声"signifying nothing"表达出了他深深的无奈，生命即将结束，这一生是不是白白来过了呢？夫人去世，麦克白似乎并不伤心，因为他已经做好了追随夫人而去的准备。用这一句结尾，也表达了莎士比亚的戏剧观念，人生就是一场表演，我们每个人都是在自己舞台上的演员。受此启发，美国小说家威廉·福克纳（William Faulkner）的名作《喧哗与骚动》（*The Sound and the Fury*）的标题便是取自这段台词。

　　"明日复明日，明日何其多"，中文里的这两句耳熟能详的古诗与麦克白的这句"tomorrow, and tomorrow, and tomorrow"何其相似。但需要注意的是，前者常用于劝说他人珍惜当下，不要因等待明日的到来而浪费时间、蹉跎光阴，而后者则主要强调人生的无意义与空虚。

例句

* "Tomorrow, and tomorrow, and tomorrow." He murmured frequently to himself since his beloved broke up with him.

  "明天，明天，再一个明天。"自从和心上人分手后，他经常喃喃自语。

* Tomorrow, and tomorrow, and tomorrow; in the end, all efforts proved as futile as drawing water with a bamboo basket.

  明日复明日；人生到头来不过是竹篮打水一场空。

die in harness | 在工作时死去；殉职

MACBETH　　Ring the alarum bell.

　　　　　　　　　　　Blow wind, come wrack,

　　　　　　　At least we'll **die with harness** on our back.

（Ⅴ. ⅴ. 50-51）

麦克白　　敲起警钟来！吹吧，狂风！来吧，灭亡！就是死我们也要**捐躯沙场**。

（第五幕第五场）

　　三个女巫预言麦克白永不落败，除非勃南森林有一日移动到他所在的邓西嫩来。而今两军对阵，使者来报，果真出现了一座活动的树林。麦克白迎战的决心不禁动摇，但曾经作为苏格兰大将的他并不愿坐以待毙，临阵脱逃，于是高呼："就是死我们也要捐躯沙场。"（At least we'll die with harness on our back.）

　　冷兵器时代，马在战场上发挥着重要作用，麦克白领兵作战自然也少不了战马的协助。而面临即将发生的战斗，麦克白为激昂士气，便借机以马喻人——"harness"是人套在马匹身上的挽具，如果一匹马"die with harness"，便说明它是在替人类干活的时候死去；而放在麦克白及其将士身上，"die with harness"也就不难理解为"捐躯沙场"。现代英语中，"die with harness"已经演变为"die in harness"，其含义也已引申为"在工作时死亡"，也就是所谓的"以身殉职""鞠躬尽瘁，死而后已"。

　　"die in harness"还有一个同义短语"die with one's boots on"，源于美国西部，虽然也表示死于工作岗位或殉职，但更侧重指"在战斗中或者为高尚的事业而献身"——如果是在病死或老死的情况下，一般是躺在床上等待死亡，不会穿着鞋子；而如果是在战争中死去，自然是穿着靴子的。需要注意的是，在英式英语里，习惯表达为"die in one's boots"。

例句

* He refused to retire, saying that he would rather die in harness.

　　他不肯退休，说宁愿工作到死为止。

* I won't let him get me. I'll die in harness.

　　我宁愿战死也不会束手就擒。

a charmed life | 命好，天庇神佑

MACBETH　　Thou losest labour.

As easy mayst thou the intrenchant air

With thy keen sword impress as make me bleed.

Let fall thy blade on vulnerable crests.

I bear **a charmèd life**, which must not yield

To one of woman born.

（V. x. 9-14）

麦克白　你不过白费了气力；你要使我流血，正像用你锐利的剑锋在空气上划一道痕迹一样困难。让你的刀刃降落在别人的头上吧；我的**生命是有魔法保护的**，没有一个妇人所生的人可以把它伤害。

（第五幕第七场）①

　　面对为父亲报仇的邓肯之子马尔康、为妻儿报仇的麦克德夫以及英格兰援军的围攻，此时已是众叛亲离的麦克白却想起女巫的预言，即"没有一个妇人所生下的人可以伤害麦克白"，（none of woman born /Shall harm Macbeth）（第四幕第一场），由此深信自己的"生命是有魔法保护的"（I bear a charmed life），永远不会落败，便始终不愿意投降，与麦克德夫力战到底。但他不知道麦克德夫不算是妇人生下的孩子（因为他是剖腹生下的早产儿），于是即便有女巫预言在先，麦克白最终还是落得被他枭首的下场。

　　大家一般知道"charm"是"魅力，吸引力"的意思，殊不知"charm"还有"魔法，咒语，符咒"的含义——如此也就不难理解为什么"a charmed life"意为"受到符咒庇护的生命"，十分接近"命好，命大""天庇神佑"的意思，常见的搭配动词有"bear""lead""have"。

例句

* Carol appeared to lead a charmed life, with her successful career, money and a happy home life.

　　卡罗尔真是命好，事业成功，报酬优厚，且家庭幸福。

* During the war a bullet knocked the pistol out of his hand, but he had a charmed life.

　　战争期间，曾有一颗子弹把他手上的枪打掉了，可是他却有天庇神佑，安然无恙。

---

　　①　"New Oxford"版将 *Macbeth* 的第五幕分为十一场，"纪念版"则只分了七场，故此处中英文幕场不一致。

《奥赛罗》
Othello

《奥赛罗、苔丝狄蒙娜与伊阿古》（Henry Munro 绘制，1813 年）

　　《奥赛罗》大约写于 1604 年，并于当年 11 月 1 日在詹姆斯一世王宫里首次由国王供奉剧团演出。摩尔人奥赛罗战功赫赫，荣升为威尼斯部队的将军，还获得了元老勃拉班修（Brabanzio）的女儿苔丝狄蒙娜（Desdemona）的芳心，二人私下成婚。奥赛罗提拔了军官凯西奥（Cassio）作自己的副将，这使得旗官伊阿古（Iago）心怀不满，并意图报复奥赛罗。首先他利用苔丝狄蒙娜曾经的追求者罗德利哥（Rodorigo）对奥赛罗的妒意，让他去找勃拉班修，指控奥赛罗蛊惑了他的女儿。就在此时，公爵派奥赛罗率军前往塞浦路斯抗敌。奥赛罗便在公爵和众元老面前阐述了自己和妻子的恋爱过程，证实并不存在蛊惑一事。勃拉班修只能承认二人婚姻，并同意女儿随夫征战。然而苔丝狄蒙娜的生活刚好由伊阿古夫妇负责。伊阿古便借机一面鼓动奥赛罗相信苔丝狄蒙娜和凯西奥有私情，一面灌醉凯西奥，让他因同罗德利哥打斗而被奥赛罗卸职，然后自己取而代之。接着，伊阿古还劝说凯西奥去找苔丝狄蒙娜求情，并让自己的妻子爱米利娅（Emilia）从苔丝狄蒙娜那里骗来一块绣花手帕，将其丢在凯西奥的房里。经过一番精心设计，奥赛罗亲眼看见凯西奥和其情妇拿着妻子的手帕在调笑，以为是在嘲讽苔丝狄蒙娜的不贞，于是让伊阿古除掉凯西奥，自己则用被子蒙住妻子并将其掐死。爱米利娅发现奥赛罗受骗杀妻，愤怒揭发了丈夫。伊阿古狗急跳墙，刺死了爱米利娅，仓皇而逃。奥赛罗悔恨万分，自刎随苔丝狄蒙娜而死。最后，凯西奥接替了奥赛罗的职位，派人抓住了伊阿古，恶人终有恶报。《奥赛罗》以家庭问题为故事中心，不涉及王国毁灭、政权争夺等问题，并着重突出"嫉妒心理"：在嫉妒心作祟下，爱恨情仇发展到极致，最后将所有人拖向了悲剧的下场。

wear one's heart on one's sleeve |
袒露感情，告诉别人你的感受

IAGO God is my judge, not I for love and duty,

But seeming so for my peculiar end.

For when my outward action doth demònstrate

The native act and figure of my heart

In complement extern, 'tis not long after

But I will **wear my heart upon my sleeve**

For daws to peck at. I am not what I am.

(I. i. 57-63)

伊阿古 上天是我的公证人，我这样对他陪着小心，既不是为了忠心，也不是为了义务，只是为了自己的利益，才装出这一副假脸。要是我表面上的恭而敬之的行为会泄露我内心的活动，那么不久**我就要掏出我的心来**，让乌鸦们乱啄了。世人所知道的我，并不是实在的我。

（第一幕第一场）

奥赛罗提拔了凯西奥做自己的副将，这使得垂涎这个职位已久的伊阿古心怀不满，他下定决心要报复奥赛罗。为此，伊阿古先找到了苔丝狄蒙娜曾经的追求者罗德利哥，想利用他对奥赛罗的妒意，让他去找苔丝狄蒙娜的父亲勃拉班修，指控奥赛罗使用妖法蛊惑了苔丝狄蒙娜并引诱其与之秘密结婚。而为获取罗德利哥的信任，伊阿古首先向他袒露了自己对奥赛罗的不满与愤恨，并言明如果他内心的这种真实想法遭到泄露，即掏出他的心来（wear my heart upon my sleeve），那么就会因其过于险恶而引来乌鸦们乱啄了。

据说中世纪的骑士会在袖口上佩带心上人送的花朵，因此有了"wear one's heart on/upon one's sleeve"的表达。此处引文则将其引申为"公开袒露自己的情感"（to show one's emotions openly）。"heart"一直是"爱情""浪漫"以及其他各种情绪的典型象征，因此现代英语里还有很多与之相关的俗语表达，如"lose one's heart to sb."（钟情于……），"win one's heart"（赢得……的芳心），"a heart of stone"（铁石心肠），"pour out one's heart to sb."（向……倾诉），"read one's heart"（看出……的心事）。

🌶 例句

* You can't tell how she feels. She doesn't wear her heart on her sleeve.

你弄不清她的想法，她是不轻易表露感情的。

* Of course I care, Alan. It's just I don't wear my heart on my sleeve.

艾伦，我当然关心啦，只是我不擅于言表而已！

a round unvarnished tale｜质朴无文的故事

OTHELLO   And little of this great world can I speak

More than pertains to feats of broils and battle.

And therefore little shall I grace my cause

In speaking for myself. Yet, by your gracious patience,

I will **a round unvarnished tale** deliver

Of my whole course of love, what drugs, what charms,

What conjuration and what mighty magic —

For such proceeding I am charged withal —

I won his daughter.

(I. iii. 86-94)

奥赛罗   对于这一个广大的世界，我除了冲锋陷阵以外，几乎一无所知，所以我也不能用什么动人的字句替我自己辩护。可是你们要是愿意耐心听我说下去，我可以向你们讲述**一段质朴无文的**、关于我的恋爱的全部经过的**故事**；告诉你们我用什么药物、什么符咒、什么驱神役鬼的手段、什么神奇玄妙的魔法，骗到了他的女儿，因为这是他所控诉我的罪名。

（第一幕第三场）

被告知女儿与奥赛罗私自成婚后，勃拉班修勃然大怒，拉着奥赛罗和他一起去面见公爵。面对勃拉班修的指控，奥赛罗承认自己的确与苔丝狄蒙娜私结连理，但声言并不存在蛊惑一说，并准备向众人"讲述一段质朴无文的、关于我的恋爱的全部经过的故事"（I will a round unvarnished tale deliver /Of my whole course of love）来为自己辩护。

值得一提的是，奥塞罗自称不会玩弄修辞技巧，说他的"tale"（故事）是"round"（直截了当，朴实无华）和"unvarnished"（无装饰的，质朴的），决不使用任何花哨的修饰语和语言技巧，但有趣的是，奥塞罗其实并没有真正说到做到——在此他早已用这两个几乎同义的词"round"和"unvarnished"对自己的语言进行了修饰，即通过语义的重复对自己所要表达的意思进行强调。

例句

* Bruce cannot avoid being fascinated by a round unvarnished tale.

  质朴无文的故事总是能吸引布鲁斯。

* The writings are a round unvarnished tale of Einstein struggling bravely with the manifold inconveniences of sickness and old age.

  爱因斯坦同疾病和衰老进行着顽强的斗争，而这些文字作品质朴而真实地记录了这段经历。

 passing strange | 奇之又奇

OTHELLO	My story being done,

She gave me for my pains a world of kisses.

She swore in faith 'twas strange, 'twas **passing strange**,

'Twas pitiful, 'twas wondrous pitiful.

She wished she had not heard it, yet she wished

That God had made her such a man.

（I. iii. 157-162）

奥赛罗　我的故事讲完以后，她用无数的叹息酬劳我；她发誓说，那是**非常奇异**而悲惨的；她希望她没有听到这段故事，可是又希望上天为她造下这样一个男子。

（第一幕第三场）

奥赛罗向苔丝狄蒙娜及其父亲讲述自己的传奇经历（Charles West Cope 绘制，1873 年）

　　奥塞罗被指控用迷药和魔法引诱了苔丝狄蒙娜，他便在此讲述两人真实的恋爱过程来为自己辩护。原来奥赛罗曾经深受勃拉班修的器重，后者便常常请他到自己家里谈话并要他讲述自己过去的经历。奥赛罗那传奇浪漫而又功绩卓著的人生——尤其是经他绘声绘色的描述之后，很快深深吸引了主人家的女儿苔丝狄蒙娜的注意力。那些五光十色的故事在这位贵族小姐看来"非常奇异"（passing strange），以至于苔丝狄蒙娜忍不住爱上了故事里的主人公，也就是讲故事的奥赛罗。苔丝狄蒙娜还暗示奥赛罗，如果有人想要追求她，奥赛罗只要教他怎样讲述他的故事，就可以虏获她的芳心。听懂这一暗示的奥赛罗因此向她求婚，两人就此结成佳偶。

　　"passing"在文艺复兴时期经常用作副词，在此是"surpassingly"（非常，超群地）的意思，"passing strange"便意为"奇之又奇"。而英语中这种用现在分词修饰形容词起强调作用的口语表达其实举不胜举，比如"thundering good""shocking bad""blazing strange""burning hot""flaming red""shining bright""biting cold""groping dark""soaking wet"。

例句

＊ Her death was passing strange, a mysterious disappearance.

她的死奇之又奇，就那么神秘地辞别了人间。

* This investor's behaviour is passing strange.

这个投资者的行为透着古怪。

 ## vanish into（thin）air | 消失得无影无踪，不翼而飞

CLOWN If you have any music that may not be heard, to't again; but, as they say, to hear music the general does not greatly care.

MUSICIAN We have none such, sir.

CLOWN Then put up your pipes in your bag, for I'll away. Go, **vanish into air**, away.

（III. i. 14-18）

小　丑　要是你们会奏听不见的音乐，请奏起来吧；可是正像人家说的，将军对于听音乐这件事不大感到兴趣。

乐工甲　我们不会奏那样的音乐。

小　丑　那么把你们的笛子藏起来，因为我要去了。去，**消灭在空气里吧**；去！

（第三幕第一场）

奥赛罗率军到达塞浦路斯后，其副将凯西奥命人奏一支乐曲来敬祝他们的主帅晨安。此时一名小丑开始同乐工们插科打诨，要求乐工们要么就演奏"听不见的音乐"（any music that may not be heard），要么就"消失在空气里"（vanish into air）。

莎士比亚不止在这一处使用了"vanish into air"，他在《暴风雨》（*Tempest*）第四幕第一场中也使用了类似的表达：普洛斯彼罗安排了一个小型的演出，让精灵们分别扮演罗马诸神，而在终止这场狂欢后，他形容随之消失的精灵们是"化成淡烟而消散了"（melted into air, into thin air）。

虽然莎士比亚在他的作品里分开使用了"vanish into air"和"thin air"的表达，但现代英语中已习惯将其合二为一构成一个短语"vanish into thin air"（消失得无影无踪，不翼而飞）。此外，人们也用"vanish without a trace from the face of the earth"，或者直接用"disappear into thin air""disappear completely"来表达相同的意思。

例句

* My car keys must be here somewhere. They can't just vanish into thin air.

我的车钥匙一定是落在哪里了，它们总不可能不翼而飞了吧。

* The magician waved his wand and the rabbit suddenly vanished into thin air.

魔术师把手里的小棒一挥，兔子就突然不见影儿了。

green-eyed monster | 嫉妒

IAGO　O, beware, my lord, of jealousy.

It is the **green-eyed monster** which doth mock

The meat it feeds on. That cuckold lives in bliss

Who, certain of his fate, loves not his wronger.

But O, what damnèd minutes tells he o'er

Who dotes yet doubts, suspects yet fondly loves!

(III. iii. 161-166)

伊阿古　啊，主帅，您要留心嫉妒啊；那是一个**绿眼的妖魔**，谁做了它的牺牲，就要受它的玩弄。本来并不爱他的妻子的那种丈夫，虽然明知被他的妻子欺骗，算来还是幸福的；可是啊！一方面那样痴心疼爱，一方面又是那样满腹狐疑，这才是活活的受罪！

(第三幕第三场)

　　被伊阿古设计丢掉官职后，凯西奥又听从他的劝说去找苔丝狄蒙娜替他向奥赛罗求情以恢复职位。苔丝狄蒙娜为人心善，便请求奥赛罗让凯西奥官复原职。伊阿古则趁机一边以言语暗示奥赛罗，苔丝狄蒙娜与凯西奥恐有私情，一边假惺惺提醒他"留心嫉妒"，说"那是一个绿眼的妖魔（green-eyed monster），谁做了它的牺牲，就要受它的玩弄"。

　　英语用"green-eycd"或者"green with envy"来表示"嫉妒，眼红"，当然也可以直接说"jealous"，因此人们把嫉妒心这一恶魔称为"green-eyed monster"。值得一提的是，莎翁在《威尼斯商人》中同样将"green-eyed"用于形容嫉妒——当鲍西娅的心上人巴萨尼奥选对了匣子，并对鲍西娅一番真诚表白后，鲍西娅顿时感到了爱情的来临："一切纷杂的思绪；多心的疑虑、鲁莽的绝望、战栗的恐惧、酸性的猜嫉（green-eyed jealousy），多么快地烟消云散了！爱情啊！……你使我感觉到太多的幸福，请你把它减轻几分吧，我怕我快要给快乐窒息而死了！"（第三幕第二场）

伊阿古在奥赛罗心中埋下嫉妒的种子（Solomon Alexander Hart 绘制，1855 年）

有意思的是，由于美元纸币是绿颜色的，美国人因此通常把钞票称为"greenback"。此外"green"在美国也可以指代"钱财、钞票、有经济实力"等意义，如：In American political elections, the candidates that win are usually the ones who have green power backing them. (在美国政治竞选中获胜的候选人通常都是有财团支持的人物。)进入 21 世纪以后，随着人们越来越多地关注环境，"greenhouse effect"（温室效应）成为一个热门话题，同时，如何提高"green awareness"（环保意识）也成为人们关注的焦点之一。

❧ 例句

* My daughter often succumbs to the green-eyed monster when she sees the toys that her friends have.

   当我女儿看到她朋友们的玩具时，常会为嫉妒所俘虏。

* He's always been a green-eyed monster, so every time he sees his wife talking to the opposite sex, he throws a fit.

   他的嫉妒心十分重，每次太太一和异性谈话，他就会大发脾气。

vale of years | 暮年，老年时代

OTHELLO　If I do prove her haggard,

Though that her jesses were my dear heart-strings

I'd whistle her off and let her down the wind

To prey at fortune. Haply for I am black,

And have not those soft parts of conversation

That chamberers have, or for I am declined

Into the **vale of years** — yet that's not much —

She's gone. I am abused, and my relief

Must be to loathe her.

（Ⅲ. iii. 254-262）

奥赛罗　要是我能够证明她是一头没有驯伏的野鹰，虽然我用自己的心弦把她系住，我也要放她随风远去，追寻她自己的命运。也许因为我生得黑丑，缺少绅士们温柔风雅的谈吐；也许因为我**年纪老了点儿**——虽然还不算顶老——所以她才会背叛我；我已经自取其辱，只好割断对她这一段痴情。

（第三幕第三场）

继借勃拉班修之口指控奥赛罗引诱苔丝狄蒙娜不成后，伊阿古又计划挑拨奥赛罗夫妇的关系，不断用言语暗示奥赛罗，苔丝狄蒙娜与其副将凯西奥有不轨之情。多疑的奥赛罗心中逐渐燃起妒火，认为"也许因为我年纪老了点儿……所以她才会背叛我"（for I am declined /Into the vale of years... She's gone），并生出放妻子自由的想法。当然，奥赛罗最终还是被自己的嫉妒所压倒，亲手杀害了自己的爱妻。

"vale"一词本义指"由溪流冲积而成的山谷"，到了 15 世纪常用于比喻中年之后生命开始走下坡的这段岁月，"vale of years"也就是被人们称为"暮年"或者"老年"的时光。英语里还有不少关于"老"的委婉表达，比如以"senior citizens""people in advanced years""elderly people"指称"老年人"；"to feel one's age""past one's prime""getting on in years"意为"上了年纪"；"a rest home""a private hospital""a nursing home"则是"养老院"的婉称。

需要注意的是，"vale of years"与"vale of tears"词形相近，词意却相去甚远——后

者是中世纪天主教会对"现世"的称呼，用于比喻"尘世"。

🔖 例句

* It is the law of nature that he who has passed his meridian descends into the vale of years.

人过了中年就步入暮年，这是颠扑不破的自然规律。

* He's already in his vale of years, while he still works hard just as those young people do.

尽管他早已步入迟暮之年，但他还像年轻人一样努力工作。

 pomp and circumstance丨隆重的仪式；排场

OTHELLO O, now for ever

Farewell the tranquil mind, farewell content,

Farewell the plumèd troops and the big wars

That makes ambition virtue! O, farewell,

Farewell the neighing steed and the shrill trump,

The spirit-stirring drum, th'ear-piercing fife,

The royal banner, and all quality,

Pride, **pomp**, **and circumstance** of glorious war!

And O, you mortal engines whose rude throats

Th'immortal Jove's dread clamours counterfeit,

Farewell! Othello's occupation's gone.

（III. iii. 341-351）

奥赛罗　啊！从今以后，永别了，宁静的心绪！永别了，平和的幸福！永别了，威武的大军、激发壮志的战争！啊，永别了！永别了，长嘶的骏马、锐厉的号角、惊魂的鼙鼓、刺耳的横笛、庄严的大旗和一切战阵上的**威仪**！还有你，杀人的巨炮啊，你的残暴的喉管里摹仿着天神乔武的怒吼，永别了！奥赛罗的事业已经完了。

（第三幕第三场）

　　遭伊阿古蒙骗后，嫉妒之火在奥赛罗的心中越燃越烈，在没有任何证据的情况下便几乎已经确信自己的妻子是一个不忠的淫妇。为此，这位百战沙场的大将不仅失去了曾经的宁静与平和，甚至直言自己将无法再拿起武器，去面对"一切战阵上的威仪"（pomp, and circumstance of glorious war）。

"pomp"本身便有"排场""盛况"的意思，如美国名将乔治·巴顿（George Patton）在长诗 *Through a Glass, Darkly*（《透过冥冥中的一片玻璃》）中便写道：Through the travail of ages /Midst the pomp and toils of war /Have I fought and strove and perished.（历经生生世世的艰苦努力，贯穿着无数盛大而艰辛的战事，我征战、奋斗、直至走向死亡。）值得一提的是，短语"pomp and circumstance"（隆重的仪式；排场）还被英国作曲家爱德华·埃尔加（Edward Elgar）直接用作自己代表作的歌名，中文译为《威仪堂堂进行曲》，被誉为"英国第二国歌"。

例句

* They opened the new shop with great pomp and circumstance.

  他们新店开张时举行了盛大的仪式。

* Funerals of very famous people are always conducted with great pomp and circumstance.

  著名人士的葬礼通常会举办得十分盛大壮观。

foregone conclusion | 预料之中的事，定局

IAGO	Nay, this was but his dream.
OTHELLO	But this denoted a **foregone conclusion**.
	'Tis a shrewd doubt, though it be but a dream—

（III. iii. 421-423）

伊阿古　不，这不过是他的梦。

奥赛罗　但是过去发生过什么事就**可想而知**；虽然只是一个梦，怎么能不叫人起疑呢。

（第三幕第三场）

虽然几乎认定自己的妻子已经不贞，奥赛罗还是希望伊阿古能给他一个充分的理由，以证明苔丝狄蒙娜确已失节。心怀叵测的伊阿古信口胡诌，说曾经听见凯西奥在梦寐中道出自己与苔丝狄蒙娜的奸情——虽然他又坚持说梦话不足为信，但生性多疑的奥

赛罗依然认为单凭这一个梦，"过去发生过什么事就可想而知"（this denoted a foregone conclusion），认定苔丝狄蒙娜与人私通，恨不得当场就将其碎尸万段。

"foregone"意为"预知的，预先决定的"，"foregone conclusion"也就是"预料之中的事，定局"的意思。当然，如果一件事情已经是板上钉钉、无可避免，日常中更加口语化的表达可以是"certainty"或者"sure thing"，如：Her return to the team now seems a certainty.（她的归队现在似乎已成定局。）又如：Death and taxes are a sure thing.（死亡和税收是无可回避的。）

❧ 例句

* The election outcome was considered a foregone conclusion by most.
  大多数人都觉得选举结果已成定局。

* The championship result was almost a foregone conclusion.
  锦标赛的结果差不多在意料之中。

So sweet was never so fatal. |
这样销魂，却又是这样无比的惨痛。

OTHELLO　O balmy breath, that dost almost persuade
　　　　　　Justice to break her sword! One more, one more.
　　　　　　Be thus when thou art dead, and I will kill thee
　　　　　　And love thee after. One more, and that's the last.
　　　　　　So sweet was ne'er so fatal. I must weep,
　　　　　　But they are cruel tears. This sorrow's heavenly,
　　　　　　It strikes where it doth love.

（V. ii. 16-22）

奥赛罗　啊，甘美的气息！你几乎诱动公道的心，使她折断她的利剑了！再一个吻，再一个吻。愿你到死都是这样；我要杀死你，然后再爱你。再一个吻，这是最后的一吻了；**这样销魂，却又是这样无比的惨痛**！我必须哭泣，然而这些是无情的眼泪。这一阵阵悲伤是神圣的，因为它要惩罚的正是它最疼爱的。

（第五幕第二场）

《奥赛罗和苔丝狄蒙娜》(Christian Köhler 绘制，1859 年)

在伊阿古的精心设计之下，奥塞罗终于彻底相信他的谎言，认为自己的妻子背叛了他。深受妒火折磨的奥赛罗决心杀死不贞的苔丝狄蒙娜，但他至此依然深爱着她，于是忍不住在动手前一吻再吻，并悲呼："这样销魂，却又是这样无比的惨痛！"（So sweet was ne'er so fatal.）

奥赛罗说"So sweet was never so fatal"，也许他认为正是妻子苔丝狄蒙娜的甜美给她带来了灭顶之灾，因为这给她招来了婚外情。又或许奥赛罗指的是他自己的亲吻，充满了柔情，却同时又是谋杀的前奏。这句话也暗示了奥赛罗本人的命运——苔丝狄蒙娜的魅力，对他是幸运也是致命的灾厄。苔丝狄蒙娜作为莎翁最浓墨重彩地表现美丽这一特质的女性之一，被赋予了独一无二的纯真与圣洁。第一幕第一场中伊阿古曾用"白母羊"（white ewe）形容苔丝狄蒙娜，这一宗教色彩浓郁的比喻也暗指了她的白璧无瑕和牺牲品的命运。

矛盾修辞也是本段的特色之一，将"fatal"与"sweet"，"cruel"与"tears"，"sorrow"与"heavenly"等色彩悬殊的词语并置，引发了丰富的联想，以冲突造就感染力。奥赛罗对妻子的深爱与迷醉、被妒忌和猜疑啮咬的扭曲以及决心亲手杀死所爱的孤注一掷混合在这段著名的独白中：这位浪漫、富有诗人气质，然而却以自我为中心、脾性冲动的悲剧主角的形象跃然纸上。

苦与甜永远是一对矛盾体，让我们在下面的金玉良言中再细细品味：No sweet without sweat（苦尽甘来）；Forbidden fruit is sweet（禁果分外甜）；Nothing is more fatal to happiness than the remembrance of happiness（没有什么比回忆幸福更令人痛苦的了）；How sad the soul is, when it is sad because of love（因为爱而伤心的心灵是最伤心的）；

For in all adversity of fortune, the worst sort of misery is to have been happy（在所有不幸中，最不幸的是曾经拥有过幸福）。

📖 例句

* Fate played a big joke on them, just like what Othello said, so sweet was never so fatal.
  命运给他们开了个大大的玩笑，正如奥赛罗所说，这样销魂，却又是这样无比的惨痛。
* Convinced that his beloved wife had betrayed him, he kissed her and killed her, crying, "So sweet was never so fatal!"
  他坚信自己深爱的妻子背叛了他，于是一边吻她一边痛下杀手，悲呼："这样销魂，却又是这样无比的惨痛！"

《罗密欧与朱丽叶》
Romeo and Juliet

《罗密欧与朱丽叶》(Frank Dicksee 绘制, 1884 年, 馆藏于英国南安普顿市美术馆)

　　《罗密欧与朱丽叶》大约写成于 1594 年, 1596 年首演, 1597 年出版四开本, 1623 年被收入《第一对开本》。意大利的维洛那有两家门第相当却相互仇视的大家族: 凯普莱特(Capulet)与蒙太古(Montague)。蒙太古家的罗密欧(Romeo)最先迷恋已立誓终身不嫁的罗瑟琳(Rosaline), 好友班伏里奥(Benvolio)却认为他这不过是一时兴起, 并建议罗密欧戴上面具去凯普莱特家参加舞会, 结识其他名媛美人。也正是在这次舞会上, 罗密欧与凯普莱特家的朱丽叶(Juliet)初次相遇, 一见钟情, 第二天便在神父劳伦斯(Friar Laurence)的见证下成婚。但同一天中午罗密欧与好友茂丘西奥(Mercutio)在街上不幸偶遇朱丽叶的表哥提伯尔特(Tybalt), 双方发生了冲突, 导致茂丘西奥伤重而亡, 罗密欧也为报仇而刺死了提伯尔特。亲王决定放逐罗密欧以平定两家的纷争, 与此同时, 朱丽叶被逼嫁给贵族帕里斯(Paris)。朱丽叶坚决不从, 于是到神父劳伦斯处求助。劳伦斯让朱丽叶假意答应这桩婚事, 并于婚礼前夜饮下迷药假死; 同时, 神父也托师弟约翰（John）送信给罗密欧，要他按时赶往墓穴，这样他们二人便可逃往曼多亚。然而，约翰没能将信送给罗密欧。罗密欧听说了爱妻的死讯，便潜进其墓穴，饮毒药殉情。朱丽叶醒来时发现身旁死去的罗密欧，悲痛欲绝，以匕首自杀，追随爱人而去。两大家族自此终于幡然悔悟，并为彼此的孩子互铸金像，既以此象征他们至死不渝的爱情，也象征两家族的和解。从"为爱而生，殉情而死"的内涵来说，我们认定罗密欧与朱丽叶的爱与情萌发于心，表现于行，他们的悲惨结局既是剧情发展的逻辑必然，也是悲剧美学的需要——把人生有价值的东西毁灭给人们看。这里寄寓的美学思想能激发人们认识、改造现实，这无疑是该剧重要的现实意义。

star-crossed lovers | 不幸的、命运不佳的恋人

CHORUS　　Two households both alike in dignity

In fair Verona, where we lay our Scene

From ancient grudge, break to new mutiny,

Where civil blood makes civil hands unclean.

From forth the fatal loins of these two foes

A pair of **star-crossed lovers**, take their life,

Whose misadventured piteous overthrows

Doth with their death bury their parents' strife.

（Prologue. 1-8）

致辞者　　故事发生在维洛那名城，

有两家门第相当的巨族，

累世的宿怨激起了新争，

鲜血把市民的白手污渎。

是命运注定这两家仇敌，

生下了一双**不幸的恋人**，

他们的悲惨凄凉的殒灭，

和解了他们交恶的尊亲。

（开场诗）

《罗密欧与朱丽叶》开场的这段序幕诗已经基本交代了大致的故事情节，即罗密欧与朱丽叶命中注定会是"一双不幸的恋人"（a pair of star-crossed lovers），终将走向"悲惨凄凉的殒灭"（misadventured piteous overthrows），但也因他们的悲情最终"和解了他们交恶的尊亲"（bury their parents' strife）。

"star-crossed lovers"字面的理解是"lovers crossed by the star"，即一对情侣被天上的星星在两人之间画了条线，从而分开了，引申为"不幸的、命运不佳的恋人"。这一表达让人不禁联想到牛郎织女这对跨越星系厮守的情侣。不过，囿于东西方在那个年代几乎没有交集，这个西方词条的产生应该不是源于这一东方传说。事实上，"star-crossed"（时运不济的）的说法可能起源于占星术（astrology），传说星星的位置能够控制人的命运，如果一对情侣的命运"thwarted by a malign star"（被扫把星阻挠），便不会有好结果。

例句

* In this novel readers discover a pair of star-crossed lovers.

  这部小说讲述了一对苦命鸳鸯的爱情故事。

* They are a pair of star-crossed lovers parted by war and conflict.

  他们是一对因战乱而分离的不幸恋人。

dancing days | 青春年华，青葱岁月

CAPULET	Nay, sit, nay, sit, good cousin Capulet,
	For you and I are past our **dancing days**.
	How long is't now since last yourself and I
	Were in a masque?
CAPULET'S COUSIN	By'r Lady, thirty years.

(I. v. 27-30)

凯 普 莱 特　啊！请坐，请坐，好兄弟，我们两人现在是跳不起来的了；您还记得我们最后一次戴着假面跳舞是在什么时候？

凯普莱特族人　这话说来也有三十年啦。

（第一幕第五场）

朱丽叶的父亲凯普莱特按照旧例在自己家中举行宴会——也是为撮合朱丽叶与帕里斯。这次宴会同时还是一次假面舞会，于是宴会一开始，凯普莱特便招呼众宾客伴着音乐跳舞。而当遇到与自己年龄相仿的族人时，已上了年纪的凯普莱特忍不住感慨，"我们两人现在是跳不起来的了"（you and I are past our dancing days）。上一次戴着假面跳舞的时候竟已经是三十年的事情了。

在西方文化里，舞会向来是社交的重要场所。尤其是自文艺复兴开始，舞蹈逐步摆脱教会的控制与束缚，并发展成为一门独立的艺术，随后几百年间，它一直都是西方文化里最重要的社交方式之一。莎士比亚时代的英国同样如此，舞会称得上是人们生活中不可分割的一部分，常见于上流社会的豪宅宫殿。而参加舞会的人群又以那些正处青春年华的少男少女为主，他们年轻、张扬，充满活力，来此既是为一展自己的风采，也常常怀抱能结识良缘的浪漫幻想。可以说，那段跳舞的日子无疑见证了彼时许多人的青春年少。如此也难怪凯普莱特会以"dancing days"来比喻自己的青葱岁月。

⌘ 例句

* "Please excuse me," answered the doctor quietly. "My dancing days were over long ago. But these three young men would be happy to have such a lovely partner."

"请原谅，"医生心平气静地答道，"我跳舞的日子早过啦。不过，这几位快乐的年轻人会乐意奉陪阁下。"

* Do not idle away your daytime, your dancing days never come again.

白日莫闲过，青春不再来。

prodigious birth | 种下祸根

JULIET   My only love sprung from my only hate,

            Too early seen unknown, and known too late!

            Prodigious birth of love it is to me

            That I must love a loathèd enemy.

(I. v. 134-137)

朱丽叶   恨灰中燃起了爱火融融，要是不该相识，何必相逢！昨天的仇敌，今日的情人，这场恋爱怕要**种下祸根**。

（第一幕第五场）

朱丽叶（Thomas Francis Dicksee 绘制，1875 年）

在父亲举办的假面舞会上，朱丽叶与罗密欧一见钟情，双双陷入爱河。待舞会结束时，朱丽叶迫不及待向自己的奶妈（Nurse）打听罗密欧的出身来历。当得知自己的心上人原来竟是蒙太古家的独子时，即便她个人对自家的世仇没有任何反感，但她也深知自己逃不脱身为凯普莱特家族一员的命运，也逃不开她的家族恩怨，于是不禁悲叹："这场恋爱怕要种下祸根。"（Prodigious birth of love it is to me.）

现代英语中"prodigious"意为"巨大的；伟大的；惊人的"，如：So let freedom ring from the prodigious hilltops of New Hampshire.（让自由之声响彻新罕布什尔州的巍峨高峰！）

但在莎士比亚时代，它解作"不自然的，不正常的"（grotesquely deformed），且常常预兆着不详，如"rumours of prodigious happenings such as monstrous births"（诸如生怪胎等不正常事件的谣言）。因此朱丽叶所说的"prodigious birth"可以视为对两人命运的不祥预兆——因两家互为世仇，罗密欧与朱丽叶的爱情早在萌发之初就已包藏祸根，预示二人将来难以善终。

➷ 例句

* This lie is a prodigious birth to his later sufferings.

这一谎言为他日后的遭遇埋下祸根。

* "This tax is a prodigious birth！" said an angry Tory backbencher.

　"这项税收将为日后埋下祸根！"一位愤怒的保守党普通议员说道。

 ## hit the mark｜达到目标；击中要害，一语中的

MERCUTIO　　If love be blind, love cannot **hit the mark**.

　　　　　　Now will he sit under a medlar tree

　　　　　　And wish his mistress were that kind of fruit

　　　　　　As maids call medlars when they laugh alone.

　　　　　　O Romeo, that she were, O that she were

　　　　　　An open-arse, or thou a popp'rin' pear.

(II. i. 33-38)

茂丘西奥　爱情如果是盲目的，就**射**不**中靶**。此刻他该坐在枇杷树下了，希望他的情人就是他口中的枇杷。——啊，罗密欧，但愿，但愿她真的成了你到口的枇杷！

（第二幕第一场）

　　舞会结束后，罗密欧仍对朱丽叶念念不忘，于是一个人悄悄翻进了凯普莱特家的花园。好友茂丘西奥与班伏里奥遍寻他不见。此时二人还以为罗密欧的心上人仍是他爱而不得的罗瑟琳，于是茂丘西奥不由发出感叹："爱情如果是盲目的，就射不中靶。"(If love be blind, love cannot hit the mark.)

　　现代英语中，"hit the mark"已引申为"达到目的；击中要害"。"hit the nail on the head"也可以表示同样的意思，源于人们的日常生活——捶钉子当然要刚好捶在钉头正中，这样用的力量才恰到好处，如果歪到一边就不能算是成功。例如：You hit the nail on the head when you said that. (你确实说到点子上了。)此外，"hit the mark"的反义是"miss the mark"，如：What you said just missed the mark. (你说的话不在点上。)

　　而当"hit"与"miss"放在一起，即"hit and miss"或者"hit or miss"，就意为"有时打中，有时打不中"，也就是"碰巧的，偶然的"。比如一个低调的人，不炫耀自己取得的成绩，会谦虚地说：There was no planning to it. It was just hit and miss. (我并没有什么

计划，只不过碰巧罢了。）此外，"hit and/or miss"还可以表达"随心所欲，漫无目的"的意思，比如：I like the hit-or-miss traveling.（我喜欢漫无目的地游逛。）

例句

* He hit the mark when he became president of the class.

　他达到了他的目标，被选为班长。

* Your answer just hit the mark.

　你的回答恰好切中要害。

 a thousand times good night｜一千次的晚安

NURSE　［*within*］Madam!

JULIET　　　　　By and by I come! —

　　　　　To cease thy strife and leave me to my grief.

　　　　　Tomorrow will I send.

ROMEO　So thrive my soul —

JULIET　A thousand times good night.

(II. i. 193-197)

乳　媪　（在内）小姐!

朱丽叶　等一等，我来了。——停止你的求爱，让我一个人独自伤心吧。明天我就叫人来看你。

罗密欧　凭着我的灵魂——

朱丽叶　一千次的晚安!

（第二幕第二场）①

　　宴会后，朱丽叶与罗密欧在凯普莱特家的花园幽会，互诉衷肠，私订终身。但由于奶妈在屋内时不时出声打断，两人最终不得不上演了这一出阳台话别，朱丽叶也由此道出了这句著名的"一千次的晚安!"（a thousand times good night）

---

　　①　"New Oxford"版将 *Romeo and Juliet* 的第二幕分为五场，"纪念版"则细分为六场，故此处中英文幕场不一致。下同。

《罗密欧与朱丽叶》(Ford Madox Brown 绘制，1870 年，藏于美国特拉华艺术博物馆)

　　"a thousand times good night" 通过运用比数量上大得多的词语来渲染客观事物，属于夸张（hyperbole）的修辞手法。值得一提的是，朱丽叶说完"a thousand times good night"后，罗密欧也再次使用"a thousand times"进行夸张，声言："晚上没有你的光，我只有一千次的心伤！"（A thousand times the worse to want thy light.）其实无论是英语还是汉语，利用数字进行夸张的表达都十分常见。譬如中文里有成语"百里挑一"用以表示"某人或某物很特别、出众"，英文里也有"one in a thousand"表达"与众不同"的含义。有意思的是，汉语常用"百"而英语则喜用十倍于"百"的"thousand"来进行夸张。同样，汉语在表达"非常感谢"这一概念时会用"十分感谢"或"万分感谢"，而英语则倾向于用"A thousand thanks"（千分感谢）或"Thanks a million"（百万分感谢）。可见，同样是夸张，英语比汉语夸张的度往往要大得多。这或许是因为中国人崇尚中庸之道，凡事避免走极端，即使夸大其词，也不会夸得太过火；而英语世界的民族则更追求极致，在语言中便表现为喜欢采用数目较大的数词进行夸张。

✎ 例句

＊ I have to go now and I wish to say a thousand times good night to you!

我现在得走了，我想向你道上一千次的晚安！

* A thousand times good night! I'll come to see you early tomorrow morning.

  一千次的晚安！我明天一早还会再来看你的。

 ## Parting is such sweet sorrow. ｜ 离别是这样甜蜜的凄清。

ROMEO   I would I were thy bird.

JULIET   Sweet, so would I,

Yet I should kill thee with much cherishing.

Good night, good night. **Parting is such sweet sorrow**

That I shall say good night till it be morrow.

(II. i. 225-228)

罗密欧   我但愿我是你的鸟儿。

朱丽叶   好人，我也但愿这样；可是我怕你会死在我的过分的爱抚里。晚安！晚安！**离别是这样甜蜜的凄清**，我真要向你道晚安直到天明！

（第二幕第二场）

被奶妈叫走后，朱丽叶很快又去而复返，与罗密欧再次依依惜别，并把互为矛盾的两个概念——欢乐和痛苦结合起来道出了这一名句："离别是这样甜蜜的凄清。"（Parting is such sweet sorrow）。离别是悲伤的，这一点不难理解；但为何离别又是欢乐的呢？有人解释说因为朱丽叶喜欢和罗密欧在一起，不管是什么事情，所以即使是分别的时候，也是甜蜜的。但人们往往更愿意将"sweet"理解为：如果两个人在分开的时候感到很难受，很伤感，那能说明两人都在爱着对方。只要有爱的感觉，就是甜美的心绪。况且，暂时的分别只会让不久之后的幸福重逢变得更加美好，更加令人向往。

这里的"sweet sorrow"是莎翁惯用的修辞手法，矛盾修饰法（oxymoron），即用两种不相调和，甚至是截然相反的特征来形容某一事物，看似矛盾，实则更加深刻地揭示了事物的本质特征。这种修辞手法给我们留下最深刻印象的当属《罗密欧与朱丽叶》。除了该词条外，当朱丽叶获悉罗密欧杀死了表哥提伯尔特，导致自己也被放逐后，同样使用了该修辞手法以指责罗密欧："Beautiful tyrant! Fiend angelical! /Dove-feathered raven, wolvish-ravening lamb！/... damned saint, an honorable villain!"（美丽的暴君！天使般的魔鬼！披着白鸽羽毛的乌鸦！豺狼样残忍的羔羊！……一个万恶的圣人，一个庄严的奸徒！）（第三幕第二场）这几句看似矛盾的句子，恰恰是女主人公内心极度矛盾的真实表露。

　　《罗密欧与朱丽叶》中另一个运用了矛盾修饰法的例子还有被爱情弄得神魂颠倒、如醉如痴的罗密欧的这番感叹："Why，then，O brawling love，O loving hate，/O anything，of nothing first create! /O heavy lightness，serious vanity，/Mis-shapen chaos of well-seeming forms! /Feather of lead，bright smoke，cold fire，sick health，/Still-waking sleep that is not what it is!"（啊，吵吵闹闹的相爱，亲亲热热的怨恨！啊，无中生有的一切！啊，沉重的轻浮，严肃的狂妄，整齐的混乱，铅铸的羽毛，光明的烟雾，寒冷的火焰，憔悴的健康，永远觉醒的睡眠，否定的存在!）（第一幕第一场）这是一个初坠爱河的少年对爱情的真切感受：既渴望爱情，又惧怕爱情。

❧ 例句

* Parting is such sweet sorrow. We'll meet again some sunny day.

　　分离的伤感，其实是一种美丽的伤感。我们总会相聚在那一个艳阳天。

* Parting is such sweet sorrow. It is happy to meet, sorry to depart and happy to meet again.

　　离别是一种甜蜜的忧愁，相见欢，别时忧，重逢喜。

 wild goose chase | 徒劳之举；白费力气的追逐

MERCUTION　　Nay, if our wits run the **wild-goose-chase**, I am done, for

　　　　　　　thou hast more of the wild goose in one of thy wits than I am sure I have

　　　　　　　in my whole five. Was I with you there for the goose?

(II. iii. 57-59)

茂丘西奥　　不，如果比聪明像赛马，我承认我输了；我的马儿哪有你的野？说到野，我

　　　　　　的五官加在一起也比不上你的任何一官。可是你野的时候，我几时跟你在一

　　　　　　起过？

（第二幕第四场）

　　前一天夜里四处找不到罗密欧的茂丘西奥与班伏里奥终于第二天于大街上碰见了罗

密欧。茂丘西奥拿昨晚的事同罗密欧开起玩笑、斗起机智（wits）。结果茂丘西奥说不过罗密欧，便道：“如果比聪明像赛马，我承认我输了（if our wits run the wild-goose-chase, I am done）……”

“wild goose chase”这一表达虽涉及了“wild goose”，实际含义却与“大雁”毫不相干，而是指赛马。据说早在 16 世纪，所谓的赛马场就是茂密的森林。赛马比赛规定，骑手们须在森林中紧追一匹“头马”，头马性格暴烈，奔跑时毫无路线规律可循。因此在追头马的过程中，很多骑手往往独陷林中，找不到归路。再加上这种赛马的阵形以“一马带路、群马尾随”为特色，与群雁飞翔颇为相似，人们就戏称当时的赛马为“wild goose chase”。现代英语中，该短语已引申为“徒劳之举；白费力气的追逐”，与中文的“竹篮打水一场空”意思相似。

例句

* You're led on a wild goose chase if you are going to look for an apartment in the papers.
  如果你指望通过报纸找个公寓住下，那是白费劲。
* He's asking us to fund a wild goose chase.
  他让我们掏钱做赔本的买卖。

a fool's paradise | 黄粱美梦，虚幻的幸福

NURSE　　　　　　Pray you, sir, a word; and, as I told you, my young lady bid me enquire you out. What she bid me say I will keep to myself, but first let me tell ye, if ye should lead her in **a fool's paradise**, as they say, it were a very gross kind of behaviour, as they say, for the gentlewoman is young; and therefore if you should deal double with her, truly it were an ill thing to be offered to any gentlewoman, and very weak dealing.

（II. iii. 129-135）

乳媪　对不起，先生，让我跟您说句话儿。我刚才说过的，我家小姐叫我来找您；她叫我说些什么话我可不能告诉您；可是我要先明白对您说一句，要是正像人家说的，您想骗她做**一场春梦**，那可真是人家说的一件顶坏的行为；因为这位姑娘年

纪还小，所以您要是欺骗了她，实在是一桩对无论哪一位好人家的姑娘都是对不起的事情，而且也是一桩顶不应该的举动。

（第二幕第四场）

　　罗密欧与朱丽叶私定终身第二天，前者去找了劳伦斯神父为二人证婚，后者则派了自己的奶妈来找罗密欧，询问婚礼的举行地点与时间。奶妈十分疼爱朱丽叶，害怕罗密欧会欺骗朱丽叶的感情，于是警告道："您想骗她做一场春梦……实在是一桩对无论哪一位好人家的姑娘都是对不起的事情，而且也是一桩顶不应该的举动。"（if ye should lead her into a fool's /paradise... truly it were an ill thing to be offered to any gentlewoman, and /very weak dealing.）

　　"paradise"意为"天堂，乐土"，常常用于指称那些至福极乐之境，譬如《圣经》里的"伊甸园"（Garden of Eden）别称便是"Paradise"。而"a fool's paradise"（傻瓜的天堂）的意思则完全与此相反，是用于比喻"虚幻的幸福"，常常用来讽刺人生的荣华富贵犹如黄粱美梦，随时可能幻灭。

 例句

* A：Does the chairman realize that our company's business is going downhill?

　B：I don't think so. I'm afraid he is still living in a fool's paradise.

　A：董事长知道我们公司的业务在走下坡吗？

　B：我想他不知道。他恐怕还在做他的黄粱美梦呢。

* After my fortune was gone and seeming friends had turned their backs on me, I realized I had been living in a fool's paradise.

　在财产用光了，所谓的朋友视我如陌路人之后，我才明白自己过去是陶醉在虚无飘渺的乐境中。

A plague on both your houses！｜你们双方都不得好报！

MERCUTIO　I am hurt.

　　　　　　A plague o' both your houses！I am sped.

（III. i. 81-82）

茂丘西奥　**我受伤了。你们这两家倒霉的人家！**我已经完啦。

（第三幕第一场）

《茂丘西奥之死》（Frank Bernard Dicksee 绘制，1909 年）

　　罗密欧的好友茂丘西奥本是维洛那亲王的近亲，与凯普莱特以及蒙太古两家的恩怨毫无瓜葛，但当朱丽叶的表哥提伯尔特因罗密欧于前夜混入凯普莱特家的舞会而提剑来找他算账时，性格火暴的茂丘西奥因见不得罗密欧对提伯尔特的一再退让，便主动向提伯尔特发起决斗，掺和进了两家的恩怨情仇，结果不幸被对方刺中，伤重而亡。无辜的茂丘西奥临死前不由大喊："你们这两户倒霉的人家！"（A plague o' both your houses！）

　　茂丘西奥的这句名句在今时今日已经被普遍用作咒骂语。譬如，当两方不停地争执或者争吵，第三方从中劝解调停也无用时，第三方往往便会气急败坏地骂道："A plague on both your houses！"（你们双方都不得好报！）

　　"plague"泛指"瘟疫"，进而引申为"令人痛苦的人或事，烦恼"，人们对它的态度是避之不及。因此，当人们极力回避某人／某事时，我们可以说"avoid sb.／sth. like the plague"；实在躲避不了，只能感叹一句"What a plague！"（真是烦人！）或者咒骂一句"Plague on him/it！"（遭瘟！该死！）另外，还有一句谚语值得品鉴：Please the eye and plague the heart.（贪图一时快活，必然留下隐祸。）

例句

＊ The atmosphere is one of uncertainty. One could sense a distinct feeling of "a plague on both your houses" among the voters.

形势尚不明朗，可以感觉得到选民中有一种明显的情绪，认为"双方都该死"。

* I can't believe the two of you would deceive me like this! A plague on both your houses!

我真不敢相信你们会这样欺骗我！你们俩都不得好报！

 ### fortune's fool | 受命运玩弄的人

BENVOLIO　　Romeo, away, be gone.

　　　　　　　　The citizens are up, and Tybalt slain.

　　　　　　　　Stand not amazed; the Prince will doom thee death

　　　　　　　　If thou art taken. Hence, be gone, away.

ROMEO　　　O, I am **fortune's fool**!

（Ⅲ. i. 122-126）

班伏里奥　罗密欧，快走！市民们都已经被这场争吵惊动了，提伯尔特又死在这儿。别
　　　　　　站着发怔；要是你给他们捉住了，亲王就要判你死刑。快去吧！快去吧！

罗 密 欧　唉！我是**受命运玩弄的人**。

（第三幕第一场）

　　茂丘西奥被提伯尔特刺死后，罗密欧为替好友报仇，转而与提伯尔特决斗，结果将
其杀死，成了杀人罪犯。陷入困境、无力左右的罗密欧不由感叹自己是"受命运玩弄的
人"（fortune's fool）。

　　傻瓜（fool）这一形象向来让莎翁及其观众犹为着迷，彼时有关傻瓜的谚语更是不胜
枚举，如：A fool and his money are soon parted（愚人有钱留不住）；A fool, when he is
silent, is counted wise（傻瓜不说话就可以冒充聪明人）；The fool doth think he is wise,
but the wise man knows himself to be a fool（傻子自以为聪明，但聪明人知道他自己是个
傻子）（《皆大欢喜》第五幕第一场）；None is a fool always, every one sometimes（没有终
身的傻瓜，也没有终身不当傻瓜的人）。值得一提的是，在本剧第二幕第四场中，莎士
比亚还用"a fool's paradise"比喻"虚幻的幸福"，可见其对"fool"这一形象的钟爱。

　　而莎士比亚的"fortune's fool"（受命运玩弄的人）似乎是他自己的独创，与之形似的
谚语到 16 世纪中叶才出现，比如"Fortune favors fools"（傻人有傻福），或者"God sends

fortune to fools"（憨人有憨福）。不过在莎士比亚的笔下，幸运并没有降临到傻子身上，人类显然成了命运戏耍的奴隶。

📖 例句

* He considered himself a fortune's fool, complaining every day that there was no platform for him to display his ability.

他认为自己受命运捉弄，每天都在抱怨自己怀才不遇。

* There are some fortune's fools who end up homeless.

有些人因为命运捉弄而落得无家可归。

《雅典的泰门》
Timon of Athens

发现金子的泰门（Johann Heinrich Ramberg 绘制，1829 年）

　　《雅典的泰门》是莎士比亚的最后一部悲剧，约写于 1606—1608 年间，1623 年录入莎士比亚的《第一对开本》。雅典贵族泰门（Timon）为人仗义，出手阔绰，来者不拒，因此上至贵族元老，下至市井小民都爱奉承他，以便伺机骗他为他们掏钱出资。管家弗莱维斯（Flavius）多次劝泰门不要如此铺张，哲学家艾帕曼特斯（Apemantus）也警告他不要和那群伪君子来往，可是泰门不以为意。不久之后，挥霍无度的泰门果然倾家荡产，债台高筑，而那些曾受惠于他的人非但不愿帮他渡过难关，还落井下石，逼他还债。泰门十分气愤，于是他再次宴请这些人来家中做客，却不供以珍馐美馔，而是高声怒斥他们忘恩负义，将盘子摔到他们脸上后又将他们全部赶出家门。与此同时，泰门的好友艾西巴第斯（Alcibiades）因为替一个被误判死刑的朋友求情而被元老院排挤，惨遭流放。宴会之后，泰门远离人世，独自躲进森林，艾西巴第斯也因愤恨而揭竿起义。一次，泰门无意间挖到了一堆金子，又恰巧碰到了艾西巴第斯的军队路过。为了报复，泰门便将金子捐献给军队买军饷，鼓励艾西巴第斯把雅典夷为平地。此外，泰门还给了他忠诚的管家一大笔财宝，但拒绝了他的服侍，并将贪图他宝藏的诗人和画家臭骂了一顿。另一边，由于城邦受到艾西巴第斯的猛烈进攻，元老们想请泰门重返军队，保护城邦，但如今的泰门憎恨社会，憎恨人民，不为所动。不过领军的艾西巴第斯已意识到老百姓不过是无辜者，便愿意和解，但前提是他必须杀掉自己和泰门的仇敌。于是，艾西巴第斯就此和元老院达成和平协议，而泰门却怀抱着对世人的憎恨悄然离世。莎士比亚试图通过这部剧引发人们关注友情和货币借贷的问题，揭露并鞭挞了人性恶和社会恶，其中泰门反抗的心路历程结构尤其完整，而泰门本人虽然不是莎士比亚笔下典范的理想人物，但他仍然是一位有着人文主义理想光辉的人。

Men shut their doors against a setting sun. | 人们对于一个没落的太阳是会闭门不纳的。

APEMANTUS　　Who lives that's not depravèd or depraves?

Who dies that bears not one spurn to their graves

Of their friends' gift?

I should fear those that dance before me now

Would one day stamp upon me. 'T'as been done.

Men shut their doors against a setting sun.

(I. ii. 125-130)

艾帕曼特斯　　哪一个人不曾被人败坏也败坏过别人？哪一个人死了能够逃过他的朋友的讥斥？我怕现在在我面前跳舞的人，有一天将要把我放在他们的脚下践踏；这样的事不是不曾有过，**人们对于一个没落的太阳是会闭门不纳的。**

（第一幕第二场）

为人阔绰的雅典贵族泰门这日又在家中大摆筵席，来者不拒，席间众人一如往常对泰门备献殷勤，而后更有一队舞女主动上门献舞助兴。性情乖僻的哲学家艾帕曼斯特看破席上嘉宾不过都是一帮谄媚之徒，此前他也已不止一次提醒过泰门不应再与这帮伪君子来往，可惜泰门并未放在心上。艾帕曼斯特于是冷眼旁观面前浮华，道出这句预言："Men shut their doors against a setting sun."（人们对于一个没落的太阳是会闭门不纳的。）

动词"set"有"落（下）"（to go down below the horizon）的意思，其现在分词形式"setting"常用作定语修饰"sun"（太阳），即"落日，夕阳"。在古雅典，当日沉西山，便是人们普遍该关门休息的时候，不过该箴言中的"a setting sun"显然是喻指家道中落或一朝失势之人——不难想象，当其坐拥荣华、如日中天之时，自有趋炎附势之人争相奉承，而一旦其荣光不再，日薄西山，这帮谄媚之徒便会对这"没落的太阳""闭门不纳"（shut their doors against a setting sun），恰如树倒猢狲散，墙倒众人推。艾帕曼斯特的这句"Men shut their doors against a setting sun"虽然多少有"一竿子打翻一船人"的意味，但也的确是倾家荡产后的泰门见弃于昔日友人的真实写照，有一定的警醒意义。

📖 例句

* "In this indifferent world, men shut their doors against a setting sun," muttered the bankrupt merchant after his friends all refused to lend him money.

  "世态炎凉，人们对于一个没落的太阳是会闭门不纳的。"朋友们都拒绝借钱给他后，这个破产的商人喃喃自语道。

* The present society is a world of dazzling money and dwindling human feeling contacts, and thereupon men shut their doors against a setting sun.

  当今社会，金钱耀眼，人情淡薄，人们对于一个没落的太阳是会闭门不纳的。

Nothing emboldens sin so much as mercy. ｜ 姑息的结果只是放纵了罪恶。／姑息养奸。

FIRST SENATOR　My lord, you have my voice to't. The fault's bloody.

'Tis necessary he should die.

Nothing emboldens sin so much as mercy.

（III. vi. 1-3）

元老甲　大人，您的意见我很赞同；这是一件重大的过失；他必须判处死刑；**姑息的结果只是放纵了罪恶。**

（第三幕第五场）①

---

①　"New Oxford"版与"纪念版"都将 *Timon of Athens* 的第三幕划分为六场，但部分场景归属的幕场有所不同，譬如众元老列坐议事的这一场，"New Oxford"版将之归为第三幕第六场，"纪念版"则将其归为第三幕第五场，故此处中英文幕场不一致。下同。

艾西巴第斯的一个朋友因一时之愤与人决斗，结果失手将对方杀死。元老院就此事进行商议，决定判其死刑。其中元老甲的理由便是："姑息的结果只是放纵了罪恶。"（Nothing emboldens sin so much as mercy.）

暂且不论艾西巴第斯的朋友是否罪有应得，毋庸置疑的是，该引语时至今日仍具有"普世价值"——对第一次犯罪的人若不加以严惩，而是轻拿轻放，纵容姑息，往往会导致第二次罪恶的发生，这也正是中文里所说的"姑息养奸"（无原则地宽容，等于助长坏人坏事蔓延发展）。现代英语中与此意思相近的表达还有：To tolerate evil is to abet it（纵容坏事即是怂恿）；Coddling wrong only helps the devil（过分宽容就会助长坏人坏事）；To tolerate is to nurture an evildoer（姑息养奸）；Spare the rod and spoil the child（不打不成器）。

例句

* I gave a poor little boy something to eat, though he had tried to steal my money. But I found nothing emboldens sin so much as mercy because later he stole my wallet and ran away.

  虽然这个可怜的小男孩曾试图偷我的钱，但我还是给了他点儿吃的，但我发现姑息的结果只是放纵了罪恶，因为他后来偷走我的钱包就跑了。

* Nothing emboldens sin so much as mercy; those who act irresponsibly must not count on taxpayer dollars.

  姑息的结果只是放纵了罪恶。对于那些不负责任的人，决不能用纳税人的钱姑息养奸。

To revenge is no valour, but to bear. |
报复不是勇敢，忍受才是勇敢。

FIRST SENATOR　You cannot make gross sins look clear.

　　　　　　　　To revenge is no valour, but to bear.

(III. vi. 38-39)

元老甲　您不能使重大的罪恶化为清白；**报复不是勇敢，忍受才是勇敢**。

(第三幕第五场)

元老院对艾西巴第斯的一个朋友失手杀人之事作出判决后，艾西巴第斯据理力争，认为自己的朋友不过是因"一时之愤"(in hot blood)才犯下错事，同时也是为维护自己的名誉才与人决斗，理应得到法律的宽容。元老甲则指出："为了气愤而冒着生命的危险，是一件多么愚蠢的事！"(If wrongs be evils and enforce us kill, /What folly 'tis to hazard life for ill!)并认为"真正勇敢的人，应当能够智慧地忍受最难堪的屈辱"(He's truly valiant that can wisely suffer /The worst that man can breathe)，正所谓"报复不是勇敢，忍受才是勇敢"(To revenge is no valour, but to bear)。

因受到侮辱伤害而心生"报复"(to revenge)是人之常情，为此逞一时之勇的确称不上真正的勇敢，而元老甲此处对"忍受"(to bear)的推崇除了出于对国家法律和社会秩序的维护，也不失为一句对世人真诚的劝诫，因为报复的结果往往是用别人的错误来惩罚自己，一如艾西巴第斯这位失手杀人的朋友，相比之下，"忍受"虽是很多人不愿意做或者无法做到的，但却往往能让个人在事后寻求到更为妥善的解决之道，不至于以自己的性命为代价，因此元老甲认为学会"忍受"才是真正的"勇敢"——这在当今社会仍具有一定的"普世价值"。

∾ 例句

* How can you be so vindictive? To revenge is no valour, but to bear!

  你的报复心怎么那么强？报复不是勇敢，忍受才是勇敢啊！

* The desire for revenge sometimes can be overpowering, but he agrees with Shakespeare that "to revenge is no valour, but to bear" for he does not want to pay with his life for someone else's mistake.

  报复的欲望有时会压倒一切，但他认同莎士比亚说的，"报复不是勇敢，忍受才是勇敢"，因为他不想因为他人的过错而赔上自己的性命。

 have seen better days | 有过好日子，曾经辉煌过

FLAVIUS   Good fellows all,

The latest of my wealth I'll share amongst you.

Wherever we shall meet, for Timon's sake

Let's yet be fellows. Let's shake our heads and say,

As 'twere a knell unto our master's fortunes,

'We **have seen better days**'.

(IV. iii. 22-27)

弗莱维斯 各位好兄弟们，我愿意把我剩余下来的几个钱分给你们。以后我们无论在什么地方相会，为了泰门的缘故，让我们仍旧都是好朋友；让我们摇摇头，叹口气，悲悼我们主人家业的零落，说，"我们都是**曾经见过好日子的。**"

(第四幕第二场)①

泰门的管家弗莱维斯对主人忠心耿耿，为人也十分心善仗义。在泰门家道中落，自己也因愤世嫉俗躲进荒凉的洞穴后，弗莱维斯非但没有独自离去，还把自己的钱财分给众仆人，自己则决定继续追随泰门。但回忆起主人曾经的辉煌，这位忠诚的管家也不免感叹："我们都是曾经见过好日子的。"(We have seen better days.)

其实"have seen better days"这一表达早在 1590 年就出现在安东尼·芒戴(Anthony Munday)与亨利·切特尔(Henry Chettle)合著的历史剧《托马斯·莫尔爵士》(*Sir Thomas More*)这一作品中：Having seene better dayes, now know the lack /Of glorie that once rearde eche high-fed back. (也曾经历过辉煌，现在才知道昔日荣光已荡然无存。)不过人们真正了解并记住这句话还是始于莎士比亚的这出《雅典的泰门》。值得一提的是，莎士比亚是《托马斯·莫尔爵士》的数位改稿者之一，其戏剧原稿的三页增稿中保留了迄今为止莎士比亚唯一存世的手迹——或许也正因曾为这部剧增写片段，莎士比亚才在自己的剧作中沿用了"have seen better days"这一表达。

❧ 例句

* —How are you today?

　—I've seen better days.

　　　　　　　— *Leon the Professional*

　——你今天还好吗？

　——不是太好。

　　　　　　——《这个杀手不太冷》

* Palmer was departmental head in that university before he came here. He has seen better days.

帕默在来这里以前是那所大学的系主任。他可是个有过辉煌历史的人。

---

① "New Oxford"版与"纪念版"都将 *Timon of Athens* 的第四幕划分为三场，但管家分财于众仆的这一场，"New Oxford"版将之归为第四幕第三场，"纪念版"则将其归为第四幕第二场，故此处中英文幕场不一致。

《泰特斯·安德洛尼克斯》
Titus Andronicus

拉维妮娅向塔摩拉求饶(Edward Smith 绘制，1841 年)

　　《泰特斯·安德洛尼克斯》约写于 1592 年，1594 年以四开本形式首次出版，1623 年收入《第一对开本》。罗马将军泰特斯·安德洛尼克斯(Titus Andronicus)讨伐哥特人得胜归来，并俘虏了哥特女王塔摩拉(Tamora)母子四人。为纪念阵亡的兄弟，泰特斯的大儿子路歇斯(Lucius)杀死了塔摩拉的大儿子作为祭品，此事也在塔摩拉心里埋下了仇恨的种子。其后深受民众爱戴的泰特斯将皇位让给了皇长子萨特尼纳斯(Saturninus)，还将女儿拉维妮娅(Lavinia)许配给他。然而，拉维妮娅与萨特尼纳斯之弟巴西安纳斯(Bassianus)早有婚约，二人便在她兄弟们的帮助下逃走了。泰特斯一怒之下杀死了阻拦他的小儿子穆歇斯(Mutius)。不想另一边萨特尼纳斯却看上了塔摩拉，并立她为后。在塔摩拉的挑唆下，夫妇俩决定背地里对付泰特斯。在塔摩拉及其宠奴艾伦(Aaron)的挑唆示意下，她的两个儿子暗害了巴西安纳斯，并嫁祸于泰特斯之子马歇斯(Martius)和昆塔斯(Quintus)，还趁机轮奸了拉维妮娅，将其致残。而后艾伦又设计让泰特斯砍下自己的一只手，其子路歇斯也惨遭放逐。可怜的拉维妮娅后来设法向父亲揭发真正的罪人。泰特斯大为震怒，开始装疯，趁机杀死了塔摩拉的两个儿子并把他们做成馅饼招待国王和皇后。随后，泰特斯还亲手杀死女儿以结束她的耻辱，并刺杀了皇后报仇雪恨。萨特尼纳斯怒杀泰特斯，赶回来的路歇斯则举剑为父报仇。最终路歇斯将事情真相大白于天下，并被推举为罗马皇帝，恶人艾伦也被下令活埋。该剧是莎士比亚创作的第一部悲剧，显现出了莎士比亚悲剧的独创性，如将个人恩怨和国家安危、对外战争和境内动乱相融合，以及丰富生动的情节、构思巧妙的冲突处理、极具艺术魅力的诗歌创作等，在莎士比亚早期不成熟阶段的作品中算得上优秀，也预示着悲剧是莎剧中卓越的类型。

Sweet mercy is nobility's true badge. |
慈悲是高尚人格的真实标记。

TAMORA   Andronicus, stain not thy tomb with blood.

Wilt thou draw near the nature of the gods?

Draw near them then in being merciful.

Sweet mercy is nobility's true badge.

Thrice-noble Titus, spare my first-born son.

(I. i. 119-123)

塔摩拉   安德洛尼克斯，不要用鲜血玷污你的坟墓。你要效法天神吗？你就该效法他们的慈悲；**慈悲是高尚人格的真实标记**。尊贵的泰特斯，赦免我的长子吧！

（第一幕第一场）

　　泰特斯·安德洛尼克斯曾有25个英勇的儿子，却在征讨哥特人的战争中战死大半。为告慰英灵，其长子路歇斯便提议以哥特人中最尊贵的俘虏为祭品，泰特斯便同意将哥特女王塔摩拉长子交他处置。塔摩拉悲痛欲绝，乞求泰特斯放过自己的儿子，悲呼："慈悲是高尚人格的真实标记（Sweet mercy is nobility's true badge）。尊贵的泰特斯，赦免我的长子吧！"

　　慈悲行善是基督教的使命之一，圣子耶稣更是慈悲与怜悯的化身，因此慈悲向来是西方文化推崇的高尚品格，莎士比亚也不例外，除了"Sweet mercy is nobility's true badge"以外，他的笔下还有不少关于"慈悲"（mercy）的表达，如：The quality of mercy is not strained. （慈悲不是出于勉强。）（《威尼斯商人》第四幕第一场）又如：Mercy is above this sceptred sway. （慈悲的力量高出于权力之上。）（《威尼斯商人》第四幕第一场）再如：Mercy is not itself that oft looks so. /Pardon is still the nurse of second woe. （慈悲不是姑息，过恶不可纵容。）（《一报还一报》第二幕第一场）

例句

* Sweet mercy is nobility's true badge; please let him off this time for my sake.

慈悲是高尚人格的真实标记。看在我的面上，饶了他这一回吧。

* "Sweet mercy is nobility's true badge!" said she, imploring him to spare her son.

"慈悲是高尚人格的真实标记！"她乞求他饶了自己的儿子。

 A speedier course than lingering languishment must we pursue. |

与其在无望的相思中熬受着长期的痛苦，不如采取一种干脆爽快的行动。

AARON THE MOOR Take this of me: Lucrece was not more chaste

Than this Lavinia, Bassianus' love.

A speedier course than ling'ring languishment

Must we pursue, and I have found the path.

My lords, a solemn hunting is in hand;

There will the lovely Roman ladies troop.

The forest walks are wide and spacïous,

And many unfrequented plots there are,

Fitted by kind for rape and villainy.

（II. i. 604-612）

艾伦 让我贡献你们这一个意见：这一位拉维妮娅，巴西安纳斯的爱妻，是比鲁克丽丝更为贞洁的；**与其在无望的相思中熬受着长期的痛苦，不如采取一种干脆爽快的行动。**我已经想到一个办法了。两位王子，明天有一场盛大的狩猎，可爱的罗马女郎们都要一显身手；森林中的道路是广阔而宽大的，有许多人迹不到的所在，适宜于暴力和奸谋的活动。

（第二幕第一场）

塔摩拉的两个儿子契伦（Chiron）与狄米特律斯（Demetrius）同时看上了泰特斯的女儿、巴西安纳斯的爱妻拉维妮娅，并为之争风吃醋，恨不得与对方决一生死。塔摩拉的宠奴艾伦见了兄弟阋墙的戏码，便劝他们："与其在无望的相思中熬受着长期的痛苦，不如采取一种干脆爽快的行动。"（A speedier course than ling'ring languishment /Must we pursue）他还为兄弟二人献上具体的计策，即在明日的狩猎活动中，将拉维妮娅诱骗到人迹鲜至的森林中，一逞淫欲。

拉维妮娅（John William Wright 绘制，馆藏于福尔杰莎士比亚图书馆）

这三人的奸邪毒辣令人不齿。抛开原文语境，艾伦的这句"A speedier course than lingering languishment must we pursue"放置于今日具有一定的普世价值——做事与其磨蹭犹豫、让自己忍受煎熬，倒不如干脆一点，放手一搏来得痛快，与中文里的"快刀斩乱麻""当断不断，反受其乱"有异曲同工之妙。

❧ 例句

* A speedier course than lingering languishment must we pursue, man! Stop your unrequited love and just go tell her you're having a huge crush on her!

与其在无望的相思中忍受煎熬，不如干脆一点，停止你的单相思，只管去跟她告白！

* Are you getting toothache again? Don't keep putting off going to the dentist! A speedier course than lingering languishment must we pursue!

你又牙疼了？看牙医的事不要一拖再拖了！与其长期忍受痛苦，不如快刀斩乱麻！

《特洛伊罗斯与克瑞西达》
Troilus and Cressida

《潘达洛斯家花园中的特洛伊罗斯与克瑞西达》（Edward Henry Corbould 绘制，1873 年）

《特洛伊罗斯与克瑞西达》约作于 1601—1602 年间，1609 年以四开本出版，1623 年收入第一对开本。该剧由两条相互穿插的情节主线组成：一是古希腊对特洛伊的战争，二是特洛伊罗斯与克瑞西达的爱情。故事伊始，因海伦诱发的希腊人攻打特洛伊城的战争已经处于后期，特洛伊王子赫克托（Hector）提出与任一希腊将领单独决斗。为刺激骄傲自满的阿喀琉斯（Achilles）重返战场，希腊诸将密谋让愚蠢的埃阿斯（Ajax）前去应战。阿喀琉斯生恐自己的威名自此受损，便派人告诉埃阿斯，希望明日战斗·结束后，他能将赫克托请到自己的寨内一叙。另一边，特洛伊王子特洛伊罗斯（Troilus）深深迷恋投降于希腊的特洛伊祭司之女克瑞西达（Cressida），后在其舅父潘达洛斯（Pandarus）的撮合下，两人终成眷属，但由于克瑞西达被要求送到希腊军营以换回特洛伊城被俘的战将，他俩只得匆匆而别。与此同时，由于埃阿斯与赫克托是表兄弟，他俩只打了一个回合就结束了战斗。接着赫克托被请到希腊营中做客，并与阿喀琉斯约定明日一决生死。而其弟特洛伊罗斯因惦念克瑞西达也随行前往希腊军营，却意外发现克瑞西达已投入希腊王子狄俄墨得斯(Diomedes)的怀抱。他愤怒不已，决心与情敌决一死战。第二天，特洛伊罗斯与赫克托同赴战场，结果前者不敌狄俄墨德斯，后者因杀死了阿喀琉斯的朋友，使得阿喀琉斯怒不可遏，在他卸甲休息不备时将他杀死。特洛伊罗斯悲痛欲绝，立誓要讨还血债，恢复荣誉，让复仇的希望掩盖自己内心的悲痛。该剧双线并行，一谈战争，二谈爱情，同时还包含了悲剧、喜剧和历史剧三种基本模式的因素，是一种混合体裁，可称为悲喜混杂剧或悲喜剧。其最显著的特征就是寓喜剧性的讽刺于悲剧性的情节发展之中，这在莎剧和文艺复兴时期戏剧中是一种创新。

 all one to me | 怎么都行，对我来说都一样

TROILUS　　What, art thou angry, Pandarus? What, with me?

PANDARUS　　Because she's kin to me, therefore she's not so fair as Helen.

　　　　　　　An she were not kin to me, she would be as fair on Friday as Helen

　　　　　　　is on Sunday. But what care I? I care not an she were a blackamoor.

　　　　　　　'Tis **all one to me**.

(I. i. 67-71)

特洛伊罗斯　怎么！你生气了吗，潘达洛斯？怎么！生我的气吗？

潘 达 洛 斯　因为她是我的亲戚，所以她就比不上海伦美丽；倘使她不是我的亲戚，那
　　　　　　么她穿着平日的衣服也像海伦穿着节日的衣服一样美丽。可是那跟我有什
　　　　　　么相干呢！即使她是个又黑又丑的人，也**不关我的事**。

(第一幕第一场)

　　戏剧一开始，贵为特洛伊王子的特洛伊罗斯便深深爱上了祭司之女克瑞西达。为促成二人姻缘，克瑞西达的舅舅潘达洛斯时常往来于二人之间。然而潘达洛斯忙活了半天，非但没有听到一句感谢之言，还被尚未虏获佳人芳心的特洛伊罗斯所迁怒，潘达洛斯由此忍不住说了些气话，想卸掉这桩差事："真的，我以后不管了。……即使她是个又黑又丑的人，也不关我的事('Tis all one to me)。"当然，气话说完，潘达洛斯还是尽

力撮合起了自己的外甥女与特洛伊罗斯的爱情。

《一位扮演克瑞西达的女士》(John Opie 绘制，1800 年)

现代英语中至今沿用着潘达洛斯的这一表达，"all one to sb." 的意思是"对某人来说都一样"。口语中与其意思相近的表达还有 "all the same to sb."，如：It's all the same to me whether we eat now or later. (我们现在吃也行，过一会儿吃也行，我无所谓。) 或者 "I don't care"，如：I don't care what he thinks. (我才不管他怎么想呢。)

例句

* It is all one to me whether you like it or not.

你喜不喜欢对我而言都无所谓。

* It is all one to me if a man comes from Sing Sing Prison or Harvard. We hire a man, not his history.

— Malcolm Forbes (founder and publisher of *Forbes* magazine)

一个人来自星星监狱还是哈佛大学，对我来说完全一样。我们雇的是人，不是他们的历史。

——马尔科姆·福布斯(《福布斯》杂志的创始人和出版商)

good riddance | 如释重负，可喜的摆脱

THERSITES   I will see you hanged like clot-polls ere I come any more to
your tents. I will keep where there is wit stirring, and leave the faction
of fools. [*Exit*]

PATROCLUS   A **good riddance**!

(II. i. 102-105)

忒 耳 西 忒 斯   我要瞧你们像一串猪狗似的给吊死，然后我才会再踏进你们的营帐；我
要去找一个有聪明人的地方住下，再不跟傻瓜们混在一起了。（下。）

帕特洛克罗斯   他去了倒也干净。

（第二幕第一场）

　　忒耳西忒斯(Thersites)是个丑陋而好谩骂的希腊士兵，他对他人的愤恨与嘲讽几乎
贯穿了整部《特洛伊罗斯与克瑞西达》。这一幕一开场，他便同将领埃阿斯起了冲突，
吵个不停，当阿喀琉斯的好友帕特洛克罗斯(Patroclus)出面劝架时，忒耳西忒斯反而辱
骂他为阿喀琉斯的走狗。等这个无赖终于骂骂咧咧地退场后，帕特洛克罗斯不禁感叹：
"他去了倒也干净。"(A good riddance!)

　　"riddance"意为"摆脱，解除"，当要表示很高兴摆脱某人或某物时，便可以沿用帕
特罗克罗斯的这一表达"good riddance"；如果想指明乐于摆脱的对象，还可以在后面加
上"to sb. /sth."。值得一提的是，被视为"good riddance"的忒耳西忒斯现在常常被用于
指代那些粗俗好口角的人。

～ 例句

* He's gone back to Cleveland in a huff, and good riddance.
　　他已经怒气冲冲地回克利夫兰了，真是谢天谢地，总算摆脱他了！

* "Goodbye and good riddance!" she said to him angrily as he left.
　　他离去时，她气愤地冲着他说："再见吧，早走早好！"

 a /one touch of | 一点儿，一丝

ULYSSES   **One touch of** nature makes the whole world kin：

That all with one consent praise new-born gauds,

Though they are made and moulded of things past,

And give to dust that is a little gilt

More laud than gilt o'erdusted.

The present eye praises the present object.

Then marvel not, thou great and còmplete man,

That all the Greeks begin to worship Ajax;

Since things in motion sooner catch the eye

Than what not stirs.

(III. iii. 172-181)

俄底修斯① 　世人有一个共同的天性，他们一致赞美新制的玩物，虽然它们原是从旧有的材料改造而成的；他们宁愿拂拭发着亮光的金器，却不去过问那被灰尘掩蔽了光彩的金器。人们的眼睛只能看见现在，他们所赞赏的也只有眼前的人物；所以不用奇怪，你伟大的完人，一切希腊人都在开始崇拜埃阿斯，因为活动的东西是比停滞不动的东西更容易引人注目的。

(第三幕第三场)

　　赫克托向希腊人提出挑战后，希腊将领为了挫一挫阿喀琉斯的傲气，故意设下计谋，让远不如他的埃阿斯迎战赫克托。阿喀琉斯果然受了刺激，以为自己的功绩已被人们遗忘。参与这一计策的俄底修斯(Ulysses)便趁机劝解他，"世人有一个共同的天性"(One touch of nature makes the whole world kin)，那就是"一致赞美新制的玩物，虽然它们原是从旧有的材料改造而成的"，换言之，世人都有着"喜新厌旧"的天性，而现在希腊人之所以"都在开始崇拜埃阿斯"，不过是"因为活动的东西是比停滞不动的东西更容易引人注目的"，以此刺激懈怠已久的阿喀琉斯重返战场。

　　"a/one touch of"在这里作量词使用，表示"一点儿"的意思。除了"a little/bit"之外，英语里还常常用"a + N + of"的结构来表示"一点儿"。如果这一结构修饰的对象是看得见、摸得着的物质名词，"N"则往往是表示动作行为的名词，比如：I want to have **a dash of** sugar. (我想加一点儿糖。)又如：He had only **a nibble/bite of** food. (他只吃了

_____

①　《特洛伊罗斯与克瑞西达》中劝阿喀琉斯参战的故事取材于荷马(Homer)史诗《伊利亚特》(*Iliad*)，其中参与此事的希腊将领之一俄底修斯(Odysseus)别称尤利西斯(Ulysses)——"Ulysses"是"Odysseus"的拉丁文变体。故此处中英引文的说话者看似不同，实则是同一人。

一点儿东西。) 再如：Put **a pinch of** tea in the pot. (往茶壶里放点儿茶叶。)

📖 例句

* There's a touch of irony in his remarks.

他的话里有点讽刺的味道。

* I've never been to Shangri-La. It is said to be a place of mystery and with a touch of romance.

我从未去过香格里拉，听说那是个有点神秘感，同时也充满着一丝浪漫的地方。

传奇剧

《辛白林》
Cymbeline

《毕萨尼奥和伊摩琴》（John Hoppner 绘制，Robert Thew 雕刻，1801 年）

　　《辛白林》约创作于 1609—1610 年，1623 年收入《第一对开本》首次出版。该剧讲述的是英国国王辛白林（Cymbeline）本有两儿一女，但两个儿子吉德律斯（Guiderius）和阿维拉古斯（Arviragus）还在襁褓中时就被大臣培拉律斯（Belarius）出于报复掳走至山洞中抚养，只剩下女儿伊摩琴（Innogen）在他身边。妻子去世后，国王娶的第二任妻子为了能让继承权落在自己和前夫所生的儿子克洛顿（Cloten）手里，便向国王提议将伊摩琴许配给克洛顿；但伊摩琴已与绅士波塞摩斯（Posthumus）私结连理。波塞摩斯因此被放逐，在罗马遇到了阿埃基摩（Giacomo）。不怀好意的阿埃基摩诱逼他就公主是否真的贞洁打赌，并拿上他的亲笔书信前往英国。阿埃基摩发现伊摩琴坚贞不屈、守身如玉，便设计藏在她的卧室里，夜间看清其脖子上的痣并把她的镯子偷走带回了罗马，这让波塞摩斯不得不相信公主的不忠。悲愤交加的波塞摩斯命仆人毕萨尼奥（Pisanio）杀死伊摩琴，毕萨尼奥相信公主是清白的便放走了她。伊摩琴女扮男装躲进威尔士的一个山洞，没想到在山洞里遇到了二十年前被掳走的两个哥哥。此时，克洛顿穿上波塞摩斯的衣服追到威尔士，意图奸污伊摩琴并杀死波塞摩斯，结果反被吉德律斯取下首级。喝下假死药的伊摩琴醒来后发现无头尸体身穿丈夫的衣服，悲恸不已。此时罗马军队正欲进犯英国，路过此地的罗马主将路歇斯（Lucius）以为身着男装的伊摩琴是无主的男侍，便收她为手下。两位王子说服培拉律斯一起下山保卫祖国，波塞摩斯也化身农民为祖国而战。众志成城之下，英国战胜了罗马。最后，谜团一一解开，个人间的恩怨和误会都得到化解，国家间也恢复了和平。莎士比亚将自己的道德信念和人文理想融进这部情节众多、交错发展的剧作中，道出宽恕和解、新女性思想意识和道德理念的思想主题。

 ## The game is up. ｜ 一切都结束了；完蛋了。

BELARIUS   Hark, the game is roused!

O Cymbeline, heaven and my conscience knows

Thou didst unjustly banish me, whereon

At three and two years old I stole these babes,

Thinking to bar thee of succession as

Thou refts me of my lands. Euriphile,

Thou wast their nurse; they took thee for their mother,

And every day do honour to her grave.

Myself, Belarius, that am Morgan called,

They take for natural father.

The game is up.

(III. iii. 98-108)

培拉律斯   听！猎物已经赶起来了。辛白林啊！上天和我的良心知道，你不应该把我无辜放逐；为了一时气愤，我才把这两个孩子偷了出来，那时候一个三岁，一个还只有两岁；因为你褫夺了我的土地，我才想要绝灭你的后嗣。尤莉菲尔，你是他们的乳母，他们把你当作他们的母亲，每天都要到你的墓前凭吊。我自己，培拉律斯，现在化名为摩根，是他们心目中的亲生严父。**打猎已经完毕了**。

(第三幕第三场)

《波塞摩斯与伊摩琴》(Henry Justice Ford 绘制，19 世纪后期)

大臣培拉律斯因国王辛白林听信他人谗言而被放逐，为了报复，培拉律斯在放逐时绑走了辛白林的两个儿子吉德律斯与阿维拉古斯。培拉律斯化名为摩根(Morgan)，和辛白林的两个儿子在威尔士的丛林里生活着。这天，培拉律斯和吉德律斯还有阿维拉古斯在山间狩猎。待两位王子离开后，培拉律斯说出了这段独白，表明自己掳走他们的原因。最后这句"打猎已经完毕了"(The game is up)意在同前面打猎的场景相呼应，也是对这场戏结束的总结。

"The game is up"这一表达与《亨利四世》(上)(*Henry IV, Part I*)中"The game is afoot"的结构类似，只是二者表达的意思恰好相反，前者是"一切都结束了；完蛋了"的意思，后者则意为"好戏开场；事情正在进展之中"。

现代英语中，大家可能对"The game is over"的表达更加熟悉些。相比而言，"The game is up"虽然看似与"The game is over"的意思大同小异，但它其实还暗含"诡计、阴谋败露"之意。与"The game is up"类似的表达还有"The jig is up"——熟悉爱尔兰的同学可能听说过"jig"(吉格舞)，一种快速粗犷、无特定形式限制的民族舞蹈。由于该舞欢快的民间特性，其在 16 世纪拥有了舞蹈之外的扩展意，即"花招、把戏"，正是基于这层意思，就有了"The jig is up"(把戏被拆穿)的表达。

例句

* The game is up this time. The police found marijuana in his briefcase.

这回他完蛋了，警察在他的手提箱里发现了大麻。

* The game is up; the principal knows that the boys have been smoking in the basement.

这些男孩子们这回可惨了，他们躲在地下室抽烟的事情被校长知道了。

all corners of the world | 世界各地

PISANIO   What shall I need to draw my sword? The paper

Hath cut her throat already. No, 'tis slander,

Whose edge is sharper than the sword, whose tongue

Out-venoms all the worms of Nile, whose breath

Rides on the posting winds and doth belie

All corners of the world. Kings, queens, and states,

Maids, matrons, nay, the secrets of the grave

This viperous slander enters.

(III. iv. 30-37)

毕萨尼奥   我何必拔出我的剑来呢？这封信已经把她的咽喉切断了。不，那是谣言，它
的锋刃比刀剑更锐利，它的长舌比尼罗河中所有的毒蛇更毒，它的呼吸驾着
疾风，向**世界的每一个角落**散播它的恶意的诽谤；宫廷之内、政府之中、少
女和妇人的心头，以至于幽暗的坟墓，都是这恶毒的谣言伸展它的势力的
所在。

（第三幕第四场）

波塞摩斯由于听信他人的一面之词而在信中谴责伊摩琴的放荡、不贞，传信的毕萨
尼奥为伊摩琴感到不平，说主人的谴责"比刀剑更锐利"（sharper than the sword），"比尼
罗河中所有的毒蛇更毒"（out-venoms all the worms of Nile），说这谣言"向世界的每一个
角落散播它的恶意的诽谤"（doth belie /All corners of the world）。

同样表达"世界每一个角落"意思的还有"every corner of the world""all parts of the
world""all over the world"等。

354

莎士比亚还在《威尼斯商人》(*The Merchant of Venice*) 中使用"the four corners of the earth"来表达同样的意思。之所以是"four corners"，有一种解释是 16 世纪的欧洲人认为世界由包括非洲、美洲、亚洲和欧洲在内的四大洲组成；还有一种解释认为"four corners"指的是东西南北四个方向。因此，当我们要表达"天各一方"的意思时，除了可以说"far apart from each other"，也可以借用莎翁的"the four corners of the earth"，将"天各一方"翻译为"be scattered to the four corners of the earth"或者"each in a different corner of the world"。

～ 例句

* He's been to all corners of the world.

　　他去过全世界每一个角落。

* Millions of tourists came here from all corners of the world, all walks of life.

　　来自各行各业的上百万游客从世界各个角落来到这里。

not sleep one wink | 彻夜未眠

PISANIO　　　　　　　　　O gracious lady,

Since I received command to do this business,

I have **not slept one wink**.

INNOGEN　　　　　　　　　Do't, and to bed, then.

PISANIO　　I'll wake mine eye-balls out first.

(III. iv. 96-99)

毕萨尼奥　　啊，仁慈的公主！自从我奉命执行这一件工作以来，我还**不曾有过片刻的安睡**。

伊　摩　琴　　那么快把事情办好，回去睡觉吧。

毕萨尼奥　　我要等熬瞎了眼睛才去哩。

(第三幕第四场)

　　听信他人一面之词的波塞摩斯派仆人毕萨尼奥带着自己的信去杀死伊摩琴，毕萨尼奥因相信公主的清白决心放她走。但被自己的丈夫诬蔑不守贞节的伊摩琴伤心欲绝，请求毕萨尼奥用剑将她刺死。毕萨尼奥不忍下手，说道："自从我奉命执行这一件工作以来，我还不曾有过片刻的安睡。"（Since I received command to do this business, /I have not slept one wink.）

《伊摩琴》（Herbert Gustave Schmalz 绘制，1888 年）

"wink"本义是"眨眼睛"，连眨眼睛的工夫都没睡到，可见是整宿都未合眼。现代英语中，更多是使用"not sleep a wink"或者"not get a wink of sleep"来表示"彻夜未眠"的意思。一天两天睡不着还无所谓，如果长期睡不着，那恐怕就是"suffer from insomnia"（患上失眠症）了。与"wink"有关的英文谚语还有"a nod is as good as a wink（to a blind man）"（一点就通；一暗示就明白），"nudge nudge, wink wink; a nudge and a wink"（搂搂抱抱，眉来眼去），"tip sb. the wink; tip the wink to sb."（向某人眨眼示意；给某人通风报信）。

✒ 例句

* The wife can't stand her husband's snoring anymore. She didn't sleep one wink last night.

妻子再也忍受不了丈夫的鼾声了，她昨晚整夜都没合上眼。

* I didn't sleep one wink on the plane.

我在飞机上一会儿都没睡着。

《泰尔亲王配力克里斯》
Pericles, Prince of Tyre

《玛丽娜为泰尔亲王唱歌》(Thomas Stothard 绘制，1825 年)

　　《泰尔亲王配力克里斯》约写于 1607—1608 年。泰尔亲王配力克里斯（Pericles,
Prince of Tyre）听闻叙利亚地区有一位绝世美貌的公主，便慕名前去求婚，但他猜出国
王安提奥克斯（Antiochus）向求婚者们出的哑谜谜底的同时，也悟出了安提奥克斯父女
的乱伦关系。得知秘密的他悄悄逃离王宫，但国王还是派了刺客前来刺杀他。为了不给
自己的国家带来战争，他让忠臣赫力堪纳斯（Helicanus）管理泰尔，自己则流浪到塔萨
斯，帮助当地总督克里翁（Cleon）消除了饥荒。而后他又漂泊到潘塔波里斯，在公主泰
莎（Thasia）的生日比武盛会上夺得桂冠并娶了公主为妻。不久，安提奥克斯父女双双去
世，配力克里斯夫妇乘船返回泰尔，不料途中刮起风暴，怀有身孕的泰莎生下女儿玛丽
娜（Marina）后休克假死，被装进箱中抛入大海。箱子冲到以弗所后，泰莎由当地名医萨
利蒙（Cerimon）救治成功，此后她便做了狄安娜神庙的修女。与此同时，配力克里斯把
女儿玛丽娜送给塔萨斯的克里翁和狄奥妮莎（Dionyza）夫妇抚养。十六年以后，狄奥妮

莎因嫉妒玛丽娜出落得亭亭玉立，便雇人谋害玛丽娜。被海盗搭救后，玛丽娜又被卖给米提林的一家妓院。在妓院，玛丽娜运用聪明才智想方设法洁身自好。来寻找玛丽娜的配力克里斯被告知女儿已死，因悲伤过度再次开始了流浪，他无意中来到米提林，恰与玛丽娜重逢。狄安娜女神向配力克里斯托梦让他去神庙，父女二人在那里与泰莎相遇，一家三口终团圆。莎士比亚借这部情节跌宕起伏的剧作控诉了社会的邪恶，宣扬了惩恶扬善、善定胜恶的人文主义思想。

 ## Life's but breath. | 生命不过是虚幻。

PERICLES   Antiochus, I thank thee, who hath taught

My frail mortality to know itself,

And by those fearful objects to prepare

This body, like to them, to what I must;

For death remembered should be like a mirror

Who tells us **life's but breath**, to trust it error.

I'll make my will then, and, as sick men do,

Who know the world, see heaven, but feeling woe

Grip not at earthly joys as erst they did,

So I bequeath a happy peace to you

And all good men, as every prince should do;

My riches to the earth from whence they came.

(I. i. 42-53)

配力克里斯   安提奥克斯，我谢谢你，你教我认识我自己的脆弱的浮生，提出这些可怕的前车之鉴，使我准备接受和他们同样的不可避免的命运；因为留在记忆中的死亡应当像一面镜子一样，告诉我们生命不过是一口气，信任它便是错误。那么我就立下我的遗嘱；像一个缠绵床榻的病人，饱历人世的艰辛，望见天堂的快乐，可是充满了痛苦的感觉，不再像平日一般紧握着世俗的欢娱，我以王公贵人应有的风度，把平安留给你和一切善良的人们，把我的财富归还给它们所来自的大地。

(第一幕第一场)

国王安提奥克斯向女儿的求婚者们出了哑谜，猜不出哑谜的人会失去生命。配力克里斯前来求婚时，安提奥克斯警告他如果猜不出谜底便会像之前的求婚者一样丧失性命，配力克里斯便向国王回复了这段话，表达了对国王的感谢，以及"life's but breath, to trust it error"（生命不过是一口气，信任它便是错误）的见解。

《圣经》中有许多与"Life's but breath"相关的语句，比如《圣经·约伯记》第七章第七节："Remember, O God, that my life is but a breath; my eyes will never see happiness again."（求你想念，我的生命不过是一口气，我的眼睛必不再见福乐。）《圣经·诗篇》第三十九章第五节："Everyone is but a breath, even those who seem secure."（各人最稳妥的时候，真是全然虚幻。）《圣经·诗篇》第三十九章第十一节："When you rebuke and discipline anyone for their sin, you consume their wealth like a moth — surely everyone is but a breath."（你因人的罪恶惩罚他的时候，叫他所喜爱的消灭，如衣被虫所咬。世人真是虚幻!）《圣经·诗篇》第一百四十四章第三到四节："Lord, what are human beings that you care for them, mere mortals that you think of them? They are like a breath; their days are like a fleeting shadow."（耶和华啊，人算什么，你竟然认识他？世人算什么，你竟然顾念他？人好像一口气，他的年日如同影儿快快过去。）或许是受《圣经》认为"世人生命皆是虚幻"的影响，莎士比亚也借配力克里斯之口说出"Life's but breath"（生命不过是虚幻）这一语句。

与"breath"有关的英文谚语还有"with bated breath"（屏住呼吸；急切期待），"waste your breath（on sb./sth.）"（白费口舌），"save your breath"（免开尊口；别白费口舌），"take sb.'s breath away"（令某人惊叹；让人叹绝），"a breath of fresh air"（新鲜空气；令人耳目一新的人或事物），"mention sb./sth. in the same breath"（将相差悬殊的人或物相比较；相提并论）。

 例句

* Life's but breath, so live it well.

  生命不过是短暂的虚幻，所以好好生活吧。

* Life's but breath, so we have to realize ourselves in a limited life.

  生命短暂如一呼一吸，因此我们更应该在有限的生命中实现自我。

The great ones eat up the little ones. | 大鱼吃小鱼；以大欺小；弱肉强食。

FIRST FISHERMAN Why, as men do a-land — **the great ones eat up the**

little ones. I can compare our rich misers to nothing so fitly as to a whale：'a plays and tumbles, driving the poor fry before him, and at last devour them all at a mouthful. Such whales have I heard on o'th' land, who never leave gaping till they swallowed the whole parish：church, steeple, bells, and all.

（II. i. 27-32）

渔夫甲　嘿，它们也正像人们在陆地上一样；**大的拣着小的吃**，我们那些有钱的吝啬鬼活像一条鲸鱼，游来游去，翻几个筋斗，把那些可怜的小鱼赶得走投无路，到后来就把它们一口吞下。在陆地上我也听到过这一类的鲸鱼，他们非把整个的教区、礼拜堂、尖塔、钟楼和一切全都吞下，是决不肯闭上嘴的。

（第二幕第一场）

配力克里斯被海水冲到岸上，碰巧听见渔夫们的对话。一个渔夫说不知道鱼儿们怎么在如此大的风浪中活下来，另一个渔夫便用生动形象的比喻回答说海里的生存法则与陆地上一样，都是"the great ones eat up the little ones"（大的拣着小的吃）——大鱼吃小鱼，影射社会中弱肉强食的残忍剥削。

同样表达"弱肉强食"含义的英文谚语还有"big fish eat little fish"（大鱼吃小鱼；弱肉强食），"the law of jungle"（丛林法则；弱肉强食），"dog eat dog"（残酷无情的竞争；相互残杀），"the rat race"（激烈竞争，疯狂的角逐），"might is right"（强权即公理）。

✑ 例句

* In the society that the great ones eat up the little ones, we should strive to improve our competitiveness.

  在这个弱肉强食的社会，我们要努力提高自身竞争力。

* Don't expect this kind of consideration in the real world—the great ones eat up the little ones out there.

  可别期待能在现实生活中得到这种体贴——外面可都是以大欺小，弱肉强食。

《暴风雨》
The Tempest

第一幕第一场的海难场景（George Romney 绘制，Benjamin Smith 雕版，1797 年）

《暴风雨》约写于 1610—1611 年，于 1611 年秋天首演，1623 年录入《第一对开本》并于当年出版。该剧讲述的是米兰公爵普洛斯彼罗（Prospero）痴迷魔法，被弟弟安东尼奥（Antonio）伙同那不勒斯王阿隆佐（Alonso）篡夺了公爵王位。凭着老臣贡柴罗（Gonzalo）的帮助，普洛斯彼罗只身携年幼的独生女米兰达（Miranda）流落荒岛，靠着魔法解救了岛上以爱丽儿（Ariel）为头领的精灵们，并且控制了奇丑无比的土著凯列班（Caliban）。自此，父女俩在岛上过上了安宁闲散的隐居生活。十二年后，那不勒斯王和儿子腓迪南（Ferdinand）以及安东尼奥等人乘船经过海岛。普洛斯彼罗积压十二年的怒火一下涌上心头，他趁机利用法术唤起暴风雨，掀翻了他们的船只，让他们不得不流落在岛。那不勒斯王一行人在岛上心生各种诡计，但都被爱丽儿逐一识破。受尽一番折磨后，众人纷纷表示现在找回了善良的自己。最后，普洛斯彼罗与敌人和解，爱丽儿护送一行人返回故土，而普洛斯彼罗则信守承诺给予爱丽儿自由，米兰达和腓迪南也在众人的见证之下完成了婚礼，凯列班则重新做回了荒岛的主人。莎士比亚将人性、荒野与社会、复仇等多部莎剧中的核心问题融入其中，展现出他颇具超前性的精神与艺术探索，以及晚年基督徒式的宽容精神。

a sea change | 大转变，巨变

ARIEL　Full fathom five thy father lies,

　　　　Of his bones are coral made;

　　　　Those are pearls that were his eyes;

　　　　Nothing of him that doth fade,

　　　　But doth suffer **a sea-change**

　　　　Into something rich and strange.

　　　　Sea-nymphs hourly ring his knell.

（ I. ii. 397-403 ）

爱丽儿　五㖊的水深处躺着你的父亲，

　　　　他的骨骼已化成珊瑚；

　　　　他眼睛是耀眼的明珠；

　　　　他消失的全身没有一处

　　　　不曾受到**海水神奇的变幻**，

　　　　化成瑰宝，富丽的珍怪。

　　　　海的女神时时摇起他的丧钟……

（第一幕第二场）

　　在暴风雨导致的海难中，那不勒斯王子腓迪南第一个跳下船，其他人都以为王子遇难，而王子则以为船只已毁，除了他之外的人都已遇难。为将王子带到普洛斯彼罗父女身边，爱丽儿以歌声相引，歌词里涉及腓迪南的父亲，表面看似在说那不勒斯王已葬身海底，实则很可能是在预言坏事做尽的阿隆佐一行人经过这一场海水的洗礼，"受到海水神奇的变幻"（suffer a sea-change）后，将脱胎换骨，痛改前非。

　　最近这些年自然灾难的频频发生，让人们在震惊和痛苦之余意识到，自然之伟力实非人力可以抗拒，而大海的每一次变化更是惊天动地，令人胆战心惊。用"a sea change"来表示"巨变、大转变"的意思便是出自大师莎士比亚之手。在这首歌中，莎士

比亚用"a sea change"来表示一种"根本的、彻底的变化",就像长期淹没在水中的物品所发生的变化一样。其实,从莎翁的年代至今,英语本身也经历了"a sea change"。

与"sea"有关的英文谚语还有"all/completely/etc. at sea"(茫然;困惑;糊涂),"between the devil and the deep blue sea"(进退维谷;左右为难),"there are plenty/lots more fish in the sea; there are (plenty of) other fish in the sea"(还有很多同样好的人或物;天涯何处无芳草)。

🐚 例句

* A sea change has taken place in young people's attitudes to their parents.
  年轻人对待父母的态度已经发生了一百八十度转变。

* The Prime Minister is convinced that there will soon be a sea change in the relations between the two countries.
  首相相信两国间的关系不久将会有根本的变化。

 What's past is prologue. | 凡是过往,皆为序章。

ANTONIO   She that is Queen of Tunis; she that dwells

Ten leagues beyond man's life; she that from Naples

Can have no note unless the sun were post —

The man i'th' moon's too slow — till new-born chins

Be rough and razorable; she that from whom

We all were sea-swallowed, though some cast again —

And by that destiny, to perform an act

Whereof **what's past is prologue**, what to come

In yours and my discharge.

(II. i. 231-239)

安东尼奥　她是突尼斯的王后;她住的地区那么遥远,一个人赶一辈子路,可还差五六十里才到得了她的家;她和那不勒斯没有通信的可能:月亮里的使者是太慢了,除非叫太阳给她捎信,那么直到新生婴孩柔滑的脸上长满胡须的时候也许可以送到。我们从她的地方出发而遭到了海浪的吞噬,一部分人幸得生命，这是命中注定的，因为他们将有所作为，**以往的一切都只是个开场的引子**，以后的正文该由我们来干一番。

（第二幕第一场）

王子腓迪南被认为已在海难中溺死，那不勒斯王位的第二顺位继承人克拉莉贝尔（Claribel），即那不勒斯王的女儿、突尼斯王后又远在万里之外，不可能回来继承王位，安东尼奥便趁机撺掇阿隆佐之弟西巴斯辛（Sebastian）和他联手谋杀睡梦中的国王阿隆佐，以取得那不勒斯王位，并提出，"以往的一切都只是个开场的引子"（What's past is prologue），为他们接下来的行动打下基础。

戏剧中"prologue"的设置是源于古希腊的传统，意在为全剧设立情景，提供背景资料，透露与主剧情密切相关的早期故事以及传达各式各样的其他信息。伊丽莎白时期的戏剧也常有引子，通常由一位剧中演员身着黑衣站在舞台上对戏剧主题进行阐述，激发观众的兴趣，并促进他们对剧情的理解，有时也会对较为敏感题材的戏剧（如王室历史剧）作出免责声明。莎士比亚戏剧中有很多就带有引子。

值得一提的是，引文里的"to perform an act"这一句中的"act"也有双关之意，既指戏剧中的"一幕"，也指"有所作为"，而安东尼奥提出的"有所作为"，便是撺掇西巴斯辛谋权篡位。他的此番言论也为二人的行径蒙上一层宿命论的色彩，于是人们常常将这句话理解成"过去发生的一切决定了未来"。其实不然，过去的确是引子，但将来会发生什么则是把握在人们自己手中。因此，现代英语中常用"What's past is prologue"（凡是过往，皆为序章）来表达对未来的美好期待，其语言色彩已同原文语境不尽相同。

例句

* What's past is prologue; where you've been is a prelude to where you're headed.

  所有过往皆为序章；而你现在所到之处是你未来前行的前奏。

* Beginning today, what's past is just a prologue.

  从今天起，过去只是个序章。

strange bedfellows | 同床异梦的人；奇怪的组合

TRINCULO   Legged like a man,

        and his fins like arms! Warm, o'my troth! I do now let loose my

opinion, hold it no longer: this is no fish, but an islander that hath lately
suffered by a thunderbolt. [*Thunder*] Alas, the storm is come again!
My best way is to creep under his gaberdine; there is no other shelter
hereabout. Misery acquaints a man with **strange bedfellows**. I will here
shroud till the dregs of the storm be past.

(II. ii. 29-35)

特林鸠罗　嘿，他像人一样生着腿呢！他的翼鳍多么像是一对臂膀！他的身体还是暖
的！我说我弄错了，我放弃原来的意见了，这不是鱼，是一个岛上的土人，
刚才被天雷轰得那样子。(雷声)唉！雷雨又来了；我只得躲到他的衫子底
下去，再没有别的躲避的地方了：一个人倒起运来，就要**跟妖怪一起睡觉**。
让我躲在这儿，直到云消雨散。

(第二幕第二场)

　　那不勒斯国王出海遇上风暴遭了船难，搁浅到了一个不知名的荒岛上，随从国王的
侍臣特林鸠罗(Trinculo)碰巧遇见半人半兽形的怪物凯列班。起初他把凯列班当成了某
种怪鱼，可是接下来他又发现凯列班有手有脚，身上还有体温，于是便推论，认为这个
看上去像鱼的东西其实是岛上的居民。这时暴风雨又降临了，雷电交加，特林鸠罗迫于
无奈，躲进离他最近的能挡风遮雨的地方——凯列班的外衣(一件宽松的斗篷)，并感
叹道："一个人倒起运来，就要跟妖怪一起睡觉。"(Misery acquaints a man with strange
bedfellows.)

　　"bedfellow"，又作"bedmate"，本义为"同睡一张床的人"，常常引申为"伙伴、夫
妻"。"strange"则是个多义词，可作"陌生的，冷淡的"或"奇怪的"解，当意为前者时，
"strange bedfellow"表示"同床异梦的伙伴"或者"貌合神离的夫妻"；当意为后者时，则
表示"奇怪的组合(指两个或两个以上的人、观点等出人意料地联系在一起)"。

例句

* I thought that the two writers would make strange bedfellows, given the drastically different
nature of their writing, but the books they've co-written actually work really well.
这两位作家的写作风格截然不同，我以为他们会是一对奇怪的组合，但实际上他们
合著的书写得很好。
* Though the couple have had years of marriage, they have a sense of strange bedfellows.

这对夫妇虽已结婚多年，但有同床异梦之感。

 such stuff as dreams are made on | 梦幻的原料

PROSPERO   Our revels now are ended. These our actors,

As I foretold you, were all spirits, and

Are melted into air, into thin air;

And, like the baseless fabric of this vision,

The cloud-capped towers, the gorgeous palaces,

The solemn temples, the great globe① itself,

Yea, all which it inherit, shall dissolve,

And, like this insubstantial pageant faded,

Leave not a rack behind. We are **such stuff**

As dreams are made on, and our little life

Is rounded with a sleep.

(IV. i. 148-158)

普洛斯彼罗   我们的狂欢已经终止了。我们的这一些演员们，我曾经告诉过你，原是一群精灵；他们都已化成淡烟而消散了。如同这虚无缥缈的幻景一样，入云的楼阁、瑰伟的宫殿、庄严的庙堂，甚至地球自身，以及地球上所有的一切，都将同样消散，就像这一场幻景，连一点烟云的影子都不曾留下。构成我们的料子也就是那**梦幻的料子**；我们的短暂的一生，前后都环绕在酣睡之中。

(第四幕第一场)

　　普洛斯彼罗预见了女儿和那不勒斯王子腓迪南的婚礼，于是安排了一个小型的演出，让精灵们分别扮演罗马诸神。可是他想起还有急事要办，只好让这出好戏猝然收场。他尽力安抚这对惊讶不已的情侣，向他们解释说，他们目睹的这场"狂欢"（revels）不过是幻影，迟早会化为"thin air"（淡烟）——这是他创造的一个词。现代英语中表示

————

　　① 这里的"globe"一词显然有一语双关之意，既可指"地球"，也暗指莎士比亚自己的"环球剧院"。

一个人或者事物消失得无影无踪了，全然没有了踪迹，便常常说"disappear/vanish into thin air"。

　　普洛斯彼罗的比喻，不仅适用于他在这个虚构小岛上创造的盛装游行，也同样适用于莎士比亚在他的环球剧院(Globe Theater)里所呈现的芸芸众生——环球如其名，既暗指莎翁的环球剧院，又指天下苍生的人生舞台。正如楼阁、宫殿、庙堂、环球剧院、地球自身等所有一切都将烟消云散，一丝痕迹也不会留下一样，我们人类也不过是由"梦幻的料子"所"构成"的(We are such stuff /As dreams are made on)。换言之，风风光光，快快乐乐，人生不过是场梦，当我们死去的时候，我们从人生之梦醒来，进入真正的现实——或者至少是进入了一个更为真实的梦境。"我们的短暂的一生"(our little life)在神的心里就像是一场一瞬即逝的梦，"环绕在酣睡之中"(rounded with a sleep)——也就是说，要么被睡眠所"包围"，要么以睡眠为终结。

　　普洛斯彼罗的"stuff"虽然指的是构成"梦幻"(dreams)的那些原材料，但今天的"the stuff of dreams"这一表达更多用来表示期望的对象，指代"热切期望的事"。而且需要注意的是，普洛斯彼罗说的是"made on"，不是"made of"，而亨佛莱·鲍嘉(Humphrey Bogart)在1941年拍摄的影片《马耳他雄鹰》(*The Maltese Falcon*)里著名的最后一句台词却是："The stuff that dreams are made of."(鲍嘉向导演约翰·赫斯顿[John Huston]建议这样改动台词，以更符合当代的习惯。)影迷们可能觉得"made of"才是原版的说法，实际上"made on"才是。

例句

* We are such stuff as dreams are made on, and would finally disappear into thin air.

　　我们都是梦幻的原料所构成的，终将消失得无影无踪。

* Even if we are such stuff as dreams are made on, we are not supposed to let our life lose its color.

　　即使我们都是梦幻的原料所构成，也应让人生这场梦不失其色彩。

 brave new world｜ 美丽新世界

MIRANDA　　O wonder!

　　　　　　　How many goodly creatures are there here?

　　　　　　　How beauteous mankind is! O **brave new world**

That has such people in't!

PROSPERO   'Tis new to thee.

(V. i. 181-184)

米　兰　达　神奇啊！这里有多少好看的人！人类是多么美丽！啊，**新奇的世界**，有这
　　　　　么出色的人物！
普洛斯彼罗　对于你这是新奇的。

(第五幕第一场)

《〈暴风雨〉中的米兰达》(John William Waterhouse 绘制，1916 年)

　　在地中海一个未画进地图的小岛上困了十二年的米兰达，面对那些曾经迫害过自
己，如今遇到海难的人，她相信自己的第一印象，觉得他们"善良"（goodly）、"美丽"
（beauteous）又"brave"。她说的"brave"不是真的指"勇敢"，而是"英俊高贵"的意思。
他们那艘破船在她眼里是"brave"的，她的未婚夫腓迪南看上去也十分"brave"，就连那
一群意大利来的王公朝臣（大多数是坏人）也因此很"brave"。当然，"brave new world"
这一表达会变得家喻户晓还得感谢英国小说家及博物学家阿道司·赫胥黎（Aldous
Huxley）于 1932 年发表的小说《美丽新世界》（*Brave New World*）。现在我们常用"a brave
new world"来表达"美好的新世界（以改善人们的生活为目的作一些变化，但常常带来新
的问题）"之意。

　　此外值得一提的是，同样是"勇敢"，"brave"强调的是"在危险等面前表现出的坚
决、勇敢、无所畏惧"；"bold"则含有"莽撞的，冒失的"之意；而"heroic"则指"（在战

争或非常情况下表现出的)超人勇敢", 含有"无私, 高尚"的意思。

 例句

* They take it for granted that after the war a brave new world is to be ushered in.

他们理所当然地认为战后必将迎来一个美好的新世界。

* Shaking off its feudal shackles in ideology and social systems after the Enlightenment and the Industrial Revolution that followed, Europe created a brave new world for itself.

启蒙运动和随后的工业革命之后, 欧洲摆脱了其在意识形态和社会制度上的封建枷锁, 为自己创造出一个崭新的局面。

in a pickle | 深陷困境

ALONSO And Trinculo is reeling ripe. Where should they

Find this grand liquor that hath gilded 'em?

[*To Trinculo*] How cam'st thou **in this pickle**?

(V. i. 278-280)

阿隆佐 这是特林鸠罗, 看他醉得天旋地转。他们从哪儿喝这么多的好酒, 把他们的脸染得这样血红呢? 你怎么会**变成这种样子**?

(第五幕第一场)

最后一幕, 那不勒斯国王阿隆佐遇到他的仆人特林鸠罗, 却发现他不知怎么喝得酩酊大醉时, 阿隆佐问特林鸠罗: "你怎么会变成这种样子?"(How came you in this pickle?)

现代英语中, "in this pickle"已经演变为"in a pickle"。从字面意思看, 这个短语的意思似乎和"pickle"(泡菜)的原意根本沾不上边, 不过据说"in a pickle"中的"pickle"来源于荷兰语中的"pekel", 翻译过来是"brine"(盐水)的意思, 而当时"pickle"这个单词则用来指用盐水或用醋进行卤化腌制泡菜的方法, 因此, "be in a pickle"其实非常形象地刻画出了某人所处的窘境就像是被泡在粘腻而酸涩的液体里似的。

同样意为"处于困境"的英文谚语还有"in a tight corner/spot"(被逼到角落里; 身处困境; 遇到大麻烦), "(on) the horns of a dilemma"(处于进退两难的境况), "between the devil and the deep blue sea"（进退维谷；左右为难），"（in）deep water"（处于困境，危难），"jump in/be thrown in at the deep end"（陷入未曾料到的艰难处境；一筹莫展），"be in the soup；land yourself/sb. in the soup"（处于困境；陷入麻烦），"up a gum tree"（陷入困境；进退两难），"be in a jam"（陷入困境），"in a hole"（处于困境），"be/get in a fix"（处于/陷入困境）。

例句

* Can you help me? I'm in a pickle.

  您能帮帮我吗？我遇到点麻烦事儿。

* You are in a pretty pickle, aren't you! Let me help you out.

  你深陷困境，是吧！让我帮你一把吧。

《两位贵亲戚》
The Two Noble Kinsmen

第一幕第五场：三个王后的哀歌（Edwin Austin Abbey 绘制，约 1895 年）

　　《两位贵亲戚》约写于 1613 年，可能由于此剧为约翰·弗莱彻与莎士比亚合著，1623 年的《第一对开本》并未收录此剧，初版四开本于 1634 年问世。该剧开场是三位王后来恳求雅典公爵忒修斯（Theseus）为她们被底比斯国王克瑞翁（Creon）杀害的丈夫报仇——克瑞翁将他们抛尸野外，不准下葬。在未婚妻希波吕忒（Hippolyta）和她妹妹伊米莉娅（Emilia）的说服下，忒修斯答应暂缓他与希波吕忒的婚礼①，率军攻打底比斯。击败克瑞翁后，忒修斯还出资为三位故王举行葬礼。同时，他因欣赏克瑞翁那两个被俘的外甥阿奇特（Arcite）与巴拉蒙（Palamon）在战场上的英勇，不忍心让负伤的二人就此死去，便将其医治好后带回雅典关押。两个表兄弟在监狱里本是相扶相持，平静度日，直到他们透过囚室窗户同时爱上了伊米莉娅，旋即反目成仇。这时，因有亲王出面做担保，阿奇特被通知免去死刑，但终身不得再踏入雅典。而巴拉蒙则被换了牢房，但因有

---

　　① 《两位贵亲戚》与《仲夏夜之梦》（*A Midsummer Night's Dream*）之间存在明显的互文性，譬如二者均以雅典公爵忒修斯和阿玛宗女王希波吕忒的婚礼为故事背景，并于雅典城外的森林展现主人公恋情的纠结，说明莎士比亚在学习合著者约翰·弗莱彻的一些戏剧新技巧的同时，也没有放弃过去的亮点。

爱慕他的狱卒女儿帮忙，巴拉蒙顺利逃狱。之后，被流放的阿奇特为了能再看见伊米莉娅，在庆祝五月节的比赛场上以高超的技艺崭露头角，获得公爵一行人的赞扬，公爵甚至安排他去伺候伊米莉娅。而后巴拉蒙突然出现，要与阿奇特以决斗定胜负。忒修斯获知一切真相后，指责他们不守道义和法律。二人坦率认罪，但表示一切都是为了伊米莉娅的爱。忒修斯决定让伊米莉娅选择一人，但另一人必须被处死。伊米莉娅无法抉择，公爵便命令二人一个月后回来决斗，胜者可得伊米莉娅，负者则要被处死。最后阿奇特虽赢得决斗，却意外落马受伤。弥留之际，阿奇特与巴拉蒙和解，并成全了他与伊米莉娅。该剧主要故事情节取材于乔叟的《坎特伯雷故事集》中"骑士的故事"（*The Knight's Tale*）一篇；借此剧，莎士比亚继承发扬了乔叟赞颂骑士勇武精神和人文精神的主旨。

Death's the market-place where each one meets. | 死亡是让人们相遇的集市。

THIRD QUEEN   This world's a city full of straying streets,

   And **death's the market-place where each one meets**.

(I. v. 15-16)

王后丙　这世界是一个迷途纵横的城市，**死亡是市场让人人在此相遇**。

（第一幕第五场）

三位阵亡君主的遗孀得偿所愿，在雅典公爵的帮助下成功为亡君收尸。送葬的路上她们为自己的亡君唱起挽歌，而后王后丙便说了这句话，"death's the market-place where each one meets"（死亡是市场让人人在此相遇），道出了无论命运轨迹如何，人生旅途的终点皆是死亡的哲理。

与以莎翁为代表的西方生死观不同，西汉史学家司马迁曾在《报任安书》中写道："人固有一死，或重于泰山，或轻于鸿毛。"南宋末年政治家文天祥也曾写道："人生自古谁无死？留取丹青照汗青。"以他们为代表的中方生死观似乎都意在强调虽然人都固有一死，但所作出的贡献却有轻重之分，死也要死得有意义。

与死亡有关的英文谚语还有"a death's head at the feast"（扫兴的人或东西），"as pale as death"（面无人色，面如死色），"（as）still as death/the grave"（极其寂静），"at death's door"（生命危在旦夕；行将就木），"sign your own death warrant"（做出使自己丧命或失败的事；自寻毁灭），"flog sth. to death"（滥用；使成为陈词滥调）等。

例句

* No matter how different the lives we had, mortal are we, no one can avoid death. Death's a market-place where each one meets.

无论我们有怎样不同的生活，我们都是凡人，没有人可以避免死亡，死亡是让人们相遇的市场。

* Death's a market-place where each one meets—we don't have to deliberately find it but will eventually be there.

死亡是让人们相遇的市场——我们不需要刻意去找它，但终有一天会在那里出现。

bride-habited, but maiden-hearted |
身着新娘衣，却怀少女心

EMILIA   This is my last

Of vestal office. I am **bride-habited**,

But maiden-hearted. A husband I have 'pointed,

But do not know him. Out of two, I should

Choose one and pray for his success, but I

Am guiltless of election. Of mine eyes

Were I to lose one, they are equal precious—

I could doom neither; that which perished should

Go to't unsentenced.

(V. iii. 13-21)

伊米莉娅   这是我最后一次的处女礼拜；我已**穿上了新娘的礼服，但仍怀着处女的心情**。我已被派定了一位丈夫，但不知道他是谁。我得从两个中间挑选一个，并为他的成功祈祷，可我从不善于挑选。我的两只眼睛非要丧失一只不可，可它们是同样的宝贵，哪一只我都不能丧失；那个死去的可是未经判决的啊。

(第五幕第一场)①

---

① "New Oxford"版将 *The Two Noble Kinsmen* 的第五幕细分为六场，"纪念版"译本则只分为四场，故此处中英文幕场不一致。下同。

巴拉蒙和阿奇特分别携三骑士回雅典城决斗，决斗开始之前，伊米莉娅作为祭司向戴安娜（Diana）女神祈祷，并说出了这段独白。对于伊米莉娅提到的"maiden-hearted"有两种解释，一是伊米莉娅仍希望保持处女之身，二是指她的心愿听从处女女神戴安娜的抉择。女神戴安娜是古希腊神话中的狩猎女神、月神，又是处女的保护神，所以她的名字常成为"贞洁处女"的同义词。

与"heart"有关的英文谚语还有："(off) by heart"（牢记在心），"your heart is in the right place"（本意是好的，心眼是好的），"sb's heart is not in it"（对某事不是很热衷或不感兴趣），"heart leaps"（心花怒放；激动万分），"heart sinks"（心沉了下去；感到沮丧），"in good heart"（心情舒畅；兴高采烈），"take heart（from sth.）"（因某事树立信心；受到某事物的鼓舞），"take sth. to heart"（耿耿于怀；认真考虑某人的建议）。

例句

* She is bride-habited, but maiden-hearted, still reminiscing about the good old days on the wedding day.

  她身着新娘衣，但仍怀着少女心，在婚礼当天还在回忆美好的过去。

* If you are bride-habited, but maiden-hearted, there's no need to get married so soon.

  如果你身着新娘衣时，仍怀着少女心，那就没必要这么早结婚。

The conquered triumphs, the victor has the loss. | 被征服者凯旋，胜利者却失败了。

THESEUS   Never Fortune

Did play a subtler game: **the conquered triumphs,**

The victor has the loss. Yet in the passage

The gods have been most equal. Palamon,

Your kinsman hath confessed the right o'th' lady

Did lie in you, for you first saw her and

Even then proclaimed your fancy. He restored her

As your stol'n jewel, and desired your spirit

To send him hence forgiven.

（V. vi. 111-119）

忒修斯　命运从没玩过一场更不可捉摸的游戏。**被征服者凯旋了，胜利者失败了**；但是，在进程中，众神都非常公正。巴拉蒙，你的表弟已经承认，你对这位小姐的确拥有权利，因为是你先看见她，并且当即宣布了你的爱慕。他把她作为你的被偷走的珍宝物归原主，希望你的心灵对他宽恕，送他离开人世。

（第五幕第四场）

　　阿奇特虽在决斗中获得了胜利，但结束后却从马背上摔下，身受致命伤。弥留之际，阿奇特与巴拉蒙和解，并成全了巴拉蒙和伊米莉娅。目睹全程的忒修斯最后对这一切进行总结，并说出了这句"the conquered triumphs, /The victor has the loss"（被征服者凯旋了，胜利者失败了），意在强调命运的无常——决斗获得胜利的阿奇特丧失了爱情和生命，决斗失败的巴拉蒙反而赢得了宝贵的爱情。

　　表达"变化无常"的英文习语还有"chop and change"（变化无常；反复变换）：I wish he'd make up his mind—I'm tired of all this chopping and changing. （我希望他能打定主意，我厌倦了他的变化无常。）以及"here today, gone tomorrow"（今天来，明天去；待不长）：The restaurant staffs don't tend to stay for very long—they're here today, gone tomorrow. （在餐馆工作的一般都待不长，他们总是今天来，明天去）。

例句

* Guess what? I bet you can never predict the result: the conquered triumphs, the victor has the loss.

  你猜怎么着？我打赌你肯定猜不到结果：败者凯旋，胜利者却输了。

* "The conquered triumphs, the victor has the loss" reveals the unpredictability of fortune.

  "被征服者凯旋，胜利者却失败"揭示了命运的不可预测性。

《冬天的故事》
The Winter's Tale

第二幕第三场：安提哥纳斯发誓对里昂提斯忠诚（John Opie 绘制，1793 年）

  《冬天的故事》约创作于 1610—1611 年，1623 年收入《第一对开本》首次出版。该剧讲述的是波西米亚国王波力克希尼斯（Polixenes）来到西西里拜访童年挚友西西里国王里昂提斯（Leontes），准备回国时国王竭力挽留没成功，王后赫米温妮（Hermione）却凭借巧智将他留了下来。里昂提斯因此怀疑王后同其有不正当关系，下密令让大臣卡密罗（Camillo）毒死波力克希尼斯。善良的卡密罗向波力克希尼斯道出实情并助他逃回波西米亚，自己也因此留在波西米亚当大臣。二人的逃匿加深了里昂提斯的疑心，他公开指责王后并把她关进大牢，在狱中王后产下一个女婴。王后的挚友宝丽娜（Paulina）抱着公主去见里昂提斯，希望能打动他，没想到国王暴怒，否认女婴是自己的孩子，并让宝丽娜的丈夫安提哥纳斯（Antigonus）将女婴弃之野外。而后里昂提斯听闻赫米温妮在悲伤中死去，这才幡然醒悟，懊悔不已。王后托梦给安提哥纳斯让他给女儿起名为潘狄塔（Perdita），被弃的公主后来为好心的牧羊人所救，不幸的安提哥纳斯则在荒野中葬身熊口。转眼十六年过去了，潘狄塔与波希米亚王子弗罗利泽（Florizel）相恋，可国王却因二人门第相差悬殊而反对这桩婚姻，王子便决心与恋人私奔。大臣卡密罗被他们的真情打动，决定帮他们逃往西西里王国，并让牧羊人带上潘狄塔当年襁褓里的纸条。来到西西里王宫后，牧羊人拿出当年的纸条，大家这才发现原来潘狄塔就是当年被丢弃的西西里公主。第二天，宝丽娜引导大家去看她家中的一尊雕像，没想到雕像竟在音乐中活了过来，原来赫米温妮并没有死。最后众人团圆，皆大欢喜。莎士比亚将戏剧和诗意融在这部剧中，并借这部故事性强的戏剧抨击人性中的"恶"，告诫人们要警惕"猜忌"。

 Our praises are our wages. | 褒奖便是我们的报酬。

HERMIONE What, have I twice said well? When was't before?

I prithee tell me. Cram's with praise, and make's

As fat as tame things. One good deed dying tongueless

Slaughters a thousand waiting upon that.

Our praises are our wages. You may ride's

With one soft kiss a thousand furlongs ere

With spur we heat an acre. But to th' goal.

My last good deed was to entreat his stay.

What was my first? It has an elder sister,

Or I mistake you. O, would her name were Grace!

But once before I spoke to th' purpose? When?

Nay, let me have't. I long.

(I. ii. 90-101)

赫米温妮 什么！我的舌头曾经立过两次奇功吗？以前的那次是在什么时候？请你告诉我；把我夸奖得心花怒放，高兴得像一头养肥了的家畜似的。一件功劳要是默默无闻，可以消沉了以后再做一千件的兴致；**褒奖便是我们的酬报。**一回的鞭策还不曾使马儿走过一亩地，温柔的一吻早已使它驰过百里。言归正传：我刚才的功劳是劝他住下；以前的那件呢？要是我不曾听错，那么它还有一个大姊姊哩；我希望她有一个高雅的名字！可是那一回我说出好话来是在什么时候？告诉我吧！我急于要知道呢。

(第一幕第二场)

波力克希尼斯准备第二天回波西米亚，里昂提斯想劝他留下来再住一段时间没有成功，温柔聪颖的王后赫米温妮却用巧舌让波力克希尼斯甘心留下了。里昂提斯夸她的舌头立了两次奇功，赫米温妮追问她的第一件奇功是什么，还说出了这句"Our praises are our wages"（褒奖便是我们的酬报），意在强调褒奖的激励作用，希望里昂提斯能让她再领受一次立功的酬报。

然而，也有句俗语说"too much praise is a burden"（过多夸奖，反成负担），凡事过犹不及，看来夸奖也需要把握好度。此外，与"praise"有关的英文习语还有："damn sb./sth. with faint praise"（用轻描淡写的赞扬贬低；明褒实贬），"Praise is not pudding"（恭维话不能当饭吃），"praise sb./sth. to the skies"（把……捧到天上；高度赞扬），"sing sb.'s/sth.'s praises"（盛赞某人/某物）。

 例句

* Please don't be stingy with the praise; our praises are our wages.

请不要吝啬夸奖，夸奖便是我们的报酬。

* The more you praise, the harder we will work. Our praises are our wages.

你夸奖得越多，我们就会越努力地工作。褒奖便是我们的报酬。

set my pugging tooth on edge | 引得我贼心难耐

AUTOLYCUS　When daffodils begin to peer,

With heigh, the doxy over the dale,

Why then comes in the sweet o'the year,

For the red blood reigns in the winter's pale.

The white sheet bleaching on the hedge,

With heigh, the sweet birds, O how they sing!

Doth **set my pugging tooth on edge**,

For a quart of ale is a dish for a king.

The lark, that tirra-lirra chants,

With heigh, the throstle cock and the jay,

Are summer songs for me and my aunts

While we lie tumbling in the hay.

(IV. iii. 1-12)

奥托里古斯　当水仙花初放它的娇黄，

嗨！山谷那面有一位多娇；

那是一年里最好的时光，

严冬的热血在涨着狂潮。

漂白的布单在墙头晒晾，

嗨！鸟儿们唱得多么动听！

引起我难熬的贼心痒痒，

有了一壶酒喝胜坐龙廷。

听那百灵鸟的清歌婉丽，

嗨！还有画眉喜鹊的叫噪，

一齐唱出了夏天的欢喜，

当我在稻草上左搂右抱。

（第四幕第二场）①

　　流氓奥托里古斯（Autolycus）唱着歌上场，通过歌曲介绍自己，并道出自己的生计：做小偷。他看到"The white sheet bleaching on the hedge"，不由得起了贼心，但却把罪责推给"the sweet birds"，怪它们动听的歌声引得他难熬的贼心痒痒（set my pugging tooth on edge）。"pug"的名词意为"哈巴狗"，动词意则有"跟踪追寻（猎物）"的意思，因此"pugging"可以理解为"像哈巴狗一样的"，也可以理解为"追踪猎物的"。因为奥托里古斯以当小偷为生计，此处的"set sb. 's pugging tooth on edge"则可以理解为"激起了我对偷窃的欲望""引得我贼心难耐"。

　　"set sb. 's pugging tooth on edge"引申自"set sb. 's teeth on edge"这一表达。莎翁曾将"set one's teeth on edge"这一表达使用在《亨利四世》（上）（*Henry IV*, *Part I*）中：

HOTSPUR　Marry, and I am glad of it, with all my heart.

I had rather be a kitten and cry ' mew '

Than one of these same metre ballad-mongers.

I had rather hear a brazen canstick turned,

Or a dry wheel grate on the axle-tree,

And that would **set my teeth** nothing **on edge**,

Nothing so much as mincing poetry.

---

　　① "New Oxford"版将 *The Winter's Tale* 的第四幕细分为四场，"纪念版"译本则只分为三场，故此处中英文幕场不一致。

'Tis like the forced gait of a shuffling nag

(Ⅲ. i. 123-130)

霍茨波　呃，谢天谢地，我没有这种本领。我宁愿做一只小猫，向人发出喵喵的叫声；我可不愿做这种吟风弄月的卖唱者。我宁愿听一只干燥的车轮在轮轴上吱轧吱轧地磨擦；那些扭扭捏捏的诗歌，是比它更会**使我的牙齿发痒**的；它正像一匹小马踏着款段的细步一样装腔作势得可厌。

（第三幕第一场）

　　"set sb. 's teeth on edge"有两个意思：(1)(指声音)使人牙根发酸，使感到不舒服；(2)惹恼某人；使某人感到紧张。此处应取前一个意思，指"mincing poetry"的声音使霍茨波感到不舒服。

例句

* The window display of shining diamond necklaces and rings really set thieves' pugging tooth on edge.

玻璃橱窗里闪着光芒的钻石项链和戒指引得窃贼们贼心难耐。

* When he was as poor as a church mouse, the greasy turkey in the restaurant almost set his pugging tooth on edge.

当他一贫如洗，没钱吃饭的时候，餐馆里肥美的火鸡几乎引得他贼心难耐。

as white as driven snow | 像吹雪一样白

AUTOLYCUS　[*sings*] Lawn **as white as driven snow**,

Cypress black as e'er was crow,

Gloves as sweet as damask roses,

Masks for faces, and for noses;

Bugle-bracelet, necklace amber,

Perfume for a lady's chamber;

Golden coifs, and stomachers

For my lads to give their dears;

Pins and poking-sticks of steel,

What maids lack from head to heel

Come buy of me, come, come buy, come buy,

Buy, lads, or else your lasses cry. Come buy!

(IV. iv. 212-223)

奥托里古斯　（唱）**白布白，像雪花；**

　　　　　　　黑纱黑，像乌鸦；

　　　　　　　一双手套玫瑰香；

　　　　　　　假脸罩住俊脸庞；

　　　　　　　琥珀项链琉璃镯，

　　　　　　　绣闼生香芳郁郁；

　　　　　　　金线帽儿绣肚罩，

　　　　　　　买回送与姐儿俏；

　　　　　　　烙衣铁棒别针尖，

　　　　　　　闺房百宝尽完全；

　　　　　　　来买来买快来买，

　　　　　　　哥儿不买姐儿怪。

(第四幕第三场)①

小丑、毛大姐、陶姑儿、奥托里古斯等人在牧人村舍前（Augustus Leopold Egg 绘制，1845 年）

---

① "New Oxford"版将 *The Winter's Tale* 的第四幕细分为四场，"纪念版"译本则只分为三场，故此处中英文幕场不一致。

牧人的仆人急匆匆上场，并向牧人的儿子小丑介绍奥托里古斯，称他唱的歌有趣动听，小丑便要仆人把他叫了过来，奥托里古斯一边唱着这首叫卖歌一边走了过来。"driven snow"意为"吹雪，大风雪"，"as white as the driven snow"的意思是"颜色或肤色极白或苍白"。奥托里古斯这里用了比喻句，夸赞他卖的白布颜色像吹雪一样白。

莎翁也曾在《哈姆雷特》(*Hamlet*)中写过类似的表达：

OPHELIA　(*sings*) And will 'a not come again,

And will 'a not come again? —

No, no, he is dead.

Go to thy death-bed.

He never will come again.

His beard was **as white as snow**,

Flaxen was his poll.

He is gone, he is gone,

And we, cast away, moan

'God 'a mercy on his soul' —

(IV. ii. 181-190)

奥菲利娅　(唱)他会不会再回来？

他会不会再回来？

不，不，他死了；

你的命难保，

他再也不会回来。

他的胡须**像白银**，

满头黄发乱纷纷。

人死不能活，

且把悲声歇；

上帝饶赦他灵魂！

(第四幕第五场)①

① "New Oxford"版将 *Hamlet* 的第四幕分为四场，"纪念版"译本则细分为七场，故此处中英文幕场不一致。

这里，奥菲利娅为自己的父亲唱哀歌，也用了比喻的手法形容她父亲的胡须像雪花一样白。"as white as snow"和"as white as driven snow"这两种表达都能用来形容颜色或肤色极白。

与"driven snow"有关的表达还有"(as) pure as the driven snow"，意思是"像雪一样纯洁，绝对善良或贞洁的；道德高尚，不被罪恶或不道德的行为所玷污的"，这一表达常用于否定句，比如：I don't think you're really in a position to criticize her. You're hardly as pure as the driven snow yourself.（我觉得你没资格批评她，你自己也并非纯洁无暇。）与之类似，同样形容"诚实清白、洁白无瑕"的表达还有"whiter than white"，如：The government must be seen to be whiter than white.（政府须让人觉得是清正廉洁的。）

例句

* Her face is as white as driven snow.
  她的面庞像吹雪一样白。
* That horse's hair is as white as driven snow.
  那匹马的毛发像吹雪一样白。

附录一 字母顺序词条索引

A

B

L

M

T

附录二 主题分类词条索引

ACTION | 行为

CHOICE & COMPETITION | 选择与竞争

LIFE & DEATH｜生与死

LIFE & WORLD｜人生与世界

LOVE｜爱

MEN & WOMEN｜男人与女人

PLEASURE & PAIN｜愉悦与痛苦

THINKING & JUDGMENT｜思想与判断

TIME & OPPORTUNITY｜时间与时机

VIRTUES & VICES｜美德与恶行

WIT & WISDOM｜机智与智慧

WORDS & DEEDS｜言与行